Le Bouffon des rois

Du même auteur

Le Cœur déglingué, J.-P. Mengès, 1985.
Mon *Panthéon est décousu*, Le Rocher, 2003.
Degrés de lassitude : divertimento en cinq mouvements, éditions du Rocher, 2005.
Molière, chef de troupe, Plon, 2007.

Francis Perrin

Le Bouffon des rois

PLON
www.plon.fr

ISBN : 978-2-259-20712-6

« Qu'est-ce que la vie des mortels est d'autre qu'une vaste comédie dans laquelle divers acteurs travestis de divers costumes et masques déambulent, jouant chacun leur rôle jusqu'à ce que le grand ordonnateur les chasse de la scène ? »

ÉRASME

Avant-propos

Comme tout un chacun, je savais que Triboulet avait été le bouffon de François Ier mais lorsque je commençai mes recherches pour l'écriture de ce roman historique, quelle ne fut pas ma stupéfaction de m'apercevoir qu'avant d'avoir été le bouffon de François Ier, il avait été celui de Louis XII, son prédécesseur.

Même si mon attention fut des plus assidues durant les cours d'histoire de ma scolarité, j'avais totalement oublié le règne de Louis XII, le père du peuple, le seul roi à avoir baissé les impôts, le second mari d'Anne de Bretagne, le père de Claude de France, première femme de François Ier.

Si j'écris avec un amour respectueux de l'Histoire, je n'ai pas la prétention de me prendre pour un historien. J'aime simplement laisser voyager mon imagination et ma seule ambition est de faire partager aux lecteurs mes promenades dans le temps.

Depuis l'enfance, je me suis glissé dans la peau de d'Artagnan, le costume de Robin des Bois, l'esprit de Don Quichotte. J'ai vibré avec eux d'aventures en épopées comme si je les avais véritablement vécues.

Me voici à présent coiffé du bonnet à grelots de Triboulet pour vous conter des faits historiques qui se sont vraiment déroulés, d'autres qui auraient pu exister, certains complètement inventés.

Je vous propose d'embarquer pour un voyage romanesque d'un demi-siècle au cœur de l'Europe de la Renaissance où le bouffon Triboulet, tout en étant le témoin d'événements historiques majeurs, croisera Charles Quint, Léonard de Vinci, Machiavel, Henry VIII d'Angleterre, Érasme, Rabelais et tant d'autres…

Comme l'écrivait Albert Camus : « L'Histoire n'est que l'effort désespéré des hommes pour donner corps aux plus clairvoyants de leurs rêves. »

Prologue

« La bouffonnerie est une philosophie. Elle est la forme la plus achevée du mépris. Du mépris absolu. »

J. Kott

Je m'appelle Alain Triboulet, j'ai cinquante-cinq ans Profession : humoriste. Depuis plus de trente ans, je fais rire, j'amuse, je distrais. Parfois, je dérange. Lorsque, jeune adolescent, je prenais des cours de comédie, j'ai tout de suite détesté avoir un ou plusieurs partenaires pour me donner la réplique. Je les trouvais fades, scolaires, dépourvus d'originalité créatrice. Ce fut à ce moment que je décidai de toujours être seul sur scène et de faire, comme on dit si mal, du « one man show ».

J'eus de belles et grandes années de gloire mais avec l'arrivée en masse des nouveaux comiques au langage essentiellement « bite-cul-couilles », les salles, autrefois pleines à craquer, ne se remplissaient plus qu'à moitié dans le meilleur des cas. Disons-le : j'étais sur un piédestal, maintenant je suis sur le déclin. Mon public fidèle se nourrit d'un rire-nostalgie et on passe mes sketches à *Rires et Chansons* dans la rubrique « les légendes du rire ». J'ai bien un agent « artistique ! » qui s'échine tant bien que mal à me faire passer des auditions, à tourner des essais pour jouer des rôles qui devraient changer mon image de « rigolo », mais, chez nous, l'étiquette de comique colle tellement à la peau des acteurs qu'on oublie trop souvent qu'un comédien qui a la faculté de faire rire peut aussi émouvoir ou faire pleurer. En résumé, je ne suis pas encore mort mais on m'a déjà tué.

J'ai fait pas mal d'erreurs dans ma vie mais la principale – la monumentale – c'est de n'avoir jamais adhéré à aucun parti politique. Je les ai tous allègrement brocardés sans concession. Ce qui leur a d'ailleurs permis de m'accuser de parti pris. Bien sûr, j'aurais pu, comme certains l'ont si habilement fait et le font toujours, être le bouffon du représentant du pouvoir mais je n'ai jamais eu l'âme d'un courtisan flatteur : ma langue ne supporte que la saveur des bons vins et de la bonne chère, pas celle des bottes si bien vernies soient-elles. Néanmoins j'ai pu, grâce à une sympathie naturelle et sans artifice, passer avec entrain d'un gouvernement à l'autre suivant une route bien rectiligne sans être obligé de virer à un moment vers la gauche ou vers la droite et en prenant bien garde de ne jamais toucher les extrêmes.

Au moment où vous lisez ces lignes, je suis dans une maison située aux environs de Paris. Une maison qui me paraît immense depuis que tout ce qui la meublait a disparu. Une absence de huit jours due à quelques dates d'une tournée de mon dernier spectacle a suffi pour qu'*elle* emporte tout de la cave au grenier.

Il me reste tout de même le petit lit de la chambre d'amis, une table de nuit branlante destinée aux encombrants surmontée d'une lampe de chevet que j'ai mille fois sauvée de la poubelle, le petit fauteuil crapaud de mon défunt père, ma collection de CD d'opéras (sans la chaîne hi-fi pour les écouter) et, entassés pêle-mêle dans un coin du salon vide, quelques résidus sans valeur de ma bibliothèque.

Quel est le sinistre connard qui a pondu cet article du Code civil précisant qu'il n'y a pas de vol entre époux ? Le déménagement-surprise qu'*elle* a organisé, comment pourrait-on l'appeler ? Un emprunt non remboursable ou le paiement de la lourde facture de quinze années de vie commune ? Je ne m'attarderai pas à vous *la* présenter : *elle* fait partie de la race plus répandue qu'on ne croit des « femmes-rapaces » dont le visage à la rondeur angélique prend, au fil des années, la forme émaciée d'un oiseau de proie, la tendresse des yeux bleus virant au bleu-noir de la rancœur et de la méchanceté. *Elle* va tout faire pour que je me retrouve sur la paille. Ce sera l'expiation de tout ce que je *lui* ai fait endurer pendant ces quinze ans où *elle* m'a sacrifié « *sa* jeunesse et *son* énergie ».

Bien sûr, je *l*'ai trompée mais je cherchais des bras qui m'entouraient de leur tendresse pour échapper à *ses* serres acérées qui m'étouffaient. Évidemment, mon métier me prenait une grande partie du temps que j'aurais dû *lui* consacrer mais *elle* profitait non seulement des avantages financiers qui étaient loin d'être négligeables, mais *elle* était aussi partie prenante de cette vie mondaine tellement recherchée qui *lui* donnait l'impression d'exister. C'est d'ailleurs cela qui *la* met en rage en ce moment ; *elle* sait qu'*elle* va tout perdre sur l'abstrait alors *elle* tente de se rattraper sur le concret.

Je ne peux m'empêcher de rire car, en ouvrant un à un les nombreux placards vides du couloir menant à la chambre, je me suis rappelé que l'un d'eux possède un double fond. *Elle* a dû oublier ce détail car en déplaçant le panneau je découvre mes raquettes de tennis (qui n'ont pas frappé de balles depuis quelques années), un carton rempli d'articles de journaux et de photographies – derniers vestiges d'une glorieuse carrière qui n'a plus sa place que dans un obscur cagibi – et le vieux coffre à jouets de mon enfance qu'*elle* a voulu mille fois envoyer à la déchetterie. À l'intérieur s'entassent toujours, pêle-mêle, un château fort du Moyen-Âge aux tourelles démantelées, une boîte à chaussures débordante de soldats aux armures autrefois argentées et aux épées passablement ébréchées, un carton de cahiers jaunissants où, sur chaque page, étaient soigneusement collées des affiches de films en noir et blanc découpées dans des journaux et, parmi tous ces beaux souvenirs d'une paisible solitude enfantine, des marionnettes, personnages maintenant inanimés d'un guignol offert par mon père pour mon cinquième anniversaire. Je les sors une à une en me souvenant des voix que je donnais à chacune : Guignol, Monsieur Gendarme, la mère Michel, le père Lustucru, Colombine, Arlequin, le beau chevalier, la princesse, le Roi. Toutes les saynètes que je me plaisais à écrire et à jouer me reviennent en mémoire. Un, deux, trois, quatre, cinq, six, sept, huit, neuf…

Il me semble bien qu'il y en avait dix. En fouillant tout au fond du coffre, ma main sent un morceau de tissu et une boule ronde. Je soulève légèrement le château fort et en sors une autre marionnette à la figure poupine et rigolarde coiffée d'un bonnet prolongé par de longues oreilles pointues au bout desquelles pendent des grelots. J'avais tout de suite donné ma préférence à ce fou du roi pareil au joker des cartes à jouer de ma mère et que mon père nommait Triboulet.

« Eh oui, mon petit Alain, il s'appelle comme nous et il a vraiment existé, c'était le bouffon de François Ier. Il accompagnait partout le roi, et son métier c'était de le faire rire.

– Faire rire, c'est un métier, papa ?

– Pour des paresseux qui ne savent pas faire autre chose, oui.

– J'aimerais bien faire rire. »

Je me dégage à reculons du placard, laissant le double fond grand ouvert. En me retournant, je tombe sur mon reflet grandeur nature qui se dessine sur la grande psyché en pied scellée dans le mur du couloir. Je m'étonne qu'*elle* ne l'ait pas brisée à coups de marteau dans la rage de ne pouvoir l'emporter. Mais il faut avouer qu'à présent tout cela me laisse de glace.

Je me mire, « futur RMiste », et je me trouve pathétique avec cette marionnette au costume bariolé délavé par les années qui pend au bout de ma main. Je me traîne jusqu'à la cuisine déséquipée qui ressemble à une salle de clinique abandonnée ; un sac d'épicerie fine fait tache en plein milieu de ce désert sinistre de carrelage, de bois et de métal.

Je laisse de côté la saucisse sèche, les blinis, les tranches de saumon et la part de tarte Tatin pour m'emparer des deux bouteilles de Bowmore vingt ans d'âge. Il ne reste même pas la transparence opaque d'un verre Duralex. Qu'importe ! je boirai au goulot.

Oui, je sais, depuis trois ans j'ai fait le serment de ne plus jamais boire une seule goutte de whisky mais il y a des circonstances qui, si elles ne sont pas atténuantes, peuvent être primordiales. Pas de radio, pas de télé ?

Pas de nouvelles, bonnes nouvelles ! Un bon moyen de ne pas déprimer. Je sens que ça bouillonne dans ma tête, les 45° atteignent directement le cerveau. La bouteille se vide à grandes lampées salvatrices. Je suis allongé sur le lit, je regarde le plafond blanc, le plafond idiot, le plafond du néant, celui de la culpabilité, celui que l'on regarde après l'amour adultère, celui qui nous fait regretter l'acte, celui qui nous fait prendre conscience de l'inutilité de nos erreurs, de l'évidence de notre imbécillité, de la constance de notre légèreté, de l'importance de l'essentiel. Je sens que je ne m'appartiens plus, que je ne gère plus rien, que tout m'échappe.

Ma main droite engourdie est enveloppée du tissu de la marionnette que je n'ai pas lâchée. Je sens le tissu glisser, j'entends comme un frottement et, à travers mon regard mi-clos dans la faible lumière distillée par l'ampoule économique de la lampe de chevet, je vois ma marionnette préférée, le bouffon adoré de mon enfance, virevolter devant mes yeux.

C'est Triboulet vivant. Les couleurs de son costume sont aussi vives qu'au premier jour où il l'a endossé, sa tête s'agite de gauche à droite, ce qui fait tinter les grelots de sa coiffe, sa figure poupine s'anime, ses yeux globuleux roulent dans leurs orbites, les lèvres de sa bouche ouverte remuent, je ne vous mens pas : il me parle et je le comprends.

Chapitre premier

C'est drôle, tu me sors du placard au moment où on va t'y mettre. Je te préviens gentiment, ça fait exactement quatre cent soixante-dix ans que je me suis tu pour le monde et comme j'avais la réputation d'avoir la langue bien pendue, je ne vais pas me gêner pour rattraper tout ce verbiage perdu.

Ne t'étonne pas si je m'exprime avec un style qui ressemble fort au tien mais toi et tes pairs, je vous écoute depuis plusieurs siècles et notre langage autrefois si beau a subi une évolution phénoménale qui n'est pas toujours à son avantage. Si, parfois, je retrouve des expressions de mon temps, ne m'en tiens pas rigueur, je saurai te traduire « mon vieux françois » à bon escient.

Je n'ai jamais eu l'occasion de raconter ma vie et je te suis reconnaissant de me permettre de rétablir la vérité sur mon existence que l'on a trop souvent caricaturée. On a tant dit sur moi ! Que de calomnies, de mensonges, d'anecdotes totalement inventées ! Tant d'erreurs m'ont été imputées !

J'étais un personnage important de mon époque mais ma notoriété a quelque peu estompé la réalité. Je suis passé dans la Légende alors que j'aurais dû rester dans l'Histoire. Mais je n'étais qu'un bouffon et tu sais aussi bien que moi que les gens qui font rire ne sont jamais considérés à leur juste valeur.

Seuls les gens ennuyeux qui passent leur vie à se prendre au sérieux ont droit aux égards. J'ai même entendu dire qu'on conteste à notre plus grand auteur comique français la paternité de ses œuvres. On a déjà tenté de le détruire durant sa vie entière pour d'autres mauvaises raisons, et à présent on veut l'humilier dans sa mort, briser sa réputation universelle de meilleur auteur de comédies pour l'attribuer à l'un de ses contemporains qui n'en demandait pas tant et se contentait fort bien de la gloire que lui avaient procurée ses propres pièces.

Quel malsain plaisir certains hommes trouvent-ils à réfuter systématiquement du génie à ceux qui ont le don de faire rire ? Pourquoi chercher à les rabaisser ? Sommes-nous si dangereux pour susciter tant d'acharnement, tant de haine et tant de mépris ?

Mais j'en reviens à moi parce que, ce soir, je suis ici pour te parler de moi, Triboulet. Toi, c'est ton véritable patronyme, moi ce n'était qu'un surnom que l'on m'a donné au sortir de mon enfance.

Je m'appelle en fait Le Févrial. Je suis né un de ces jours ajoutés au mois de février en l'an de grâce 1479 dans un faubourg populaire de la bonne ville de Blois. Je dis « bonne ville », c'est méchante ville que je devrais dire tant les gens sont agressifs, égoïstes et médisants.

En naissant, je n'ai point salué la vie par des cris et des larmes, non, j'ai tout de suite ri à ma mère. Je me croyais arrivé dans les délices de la vie. Ivresse et ignorance !

« *Qui ne sait que le premier âge est le plus joyeux et le plus agréable à vivre !* » disait Érasme dans son *Éloge de la folie*.

Pas pour moi ! Je suis né difforme, mon épaule gauche était bien plus haute que la droite et dans mon dos une proéminence anormale était déjà visible. J'étais un bébé bossu !

Mes oreilles avaient presque la taille de mon visage qui, lui, était mangé par une bouche épaisse, un nez crochu et deux énormes yeux globuleux sous un front minuscule. Mais je souriais, j'étais heureux. Je ne me rendais pas compte de la stupeur suivie du dégoût que j'avais tout de suite inspirés à mes parents et aux proches venus aider ma mère à mettre bas. À mettre au plus bas, devrais-je dire. Mon père a repris *illico presto* le chemin du cabaret. Il avait enfin une véritable excuse pour noyer son chagrin dans le vin clairet qu'il savait faire couler à flots pour remplir l'outre de son estomac.

Certains affirment que chacun vient au monde dans la pureté la plus parfaite, que la notion du péché originel est une ânerie, une invention de curé. J'ai dû faire exception à cette règle.

Ma mère s'est toujours demandé quelle mauvaise action elle avait pu commettre pour qu'on lui envoie ce cadeau du diable. D'autres, tels mes sœurs et frères aînés, ont eu droit durant leur enfance à force caresses dans les tendres bras de leur mère, moi, ma mère était devenue experte en harangues frénétiques émaillées de phrases obscures et menaçantes dont elle m'abreuvait bien plus que de lait maternel.

Mon père ne manquait jamais une occasion de me cogner sur le dos avec tout ce qui lui tombait sous la main, histoire de me dresser et peut-être avec le secret espoir de me redresser. Toutes ces marques d'affection ne me portèrent pas à être casanier et la maison familiale devint très vite l'endroit où je ne rentrais plus que tard dans la nuit quand tout le monde ronflait et d'où je repartais dès que le jour pointait. Au-dehors, je ne trouvais ni franche convivialité, ni regards de compassion. Les adultes prenaient bien soin de ne pas croiser mon chemin ou se signaient sur mon passage ; quant aux gamins du hameau, ils s'en prenaient sans cesse à moi, me poursuivaient en hurlant des quolibets humiliants et me jetaient des pommes de pin quand ce n'était pas des cailloux. Je leur échappais en trouvant refuge au plus haut d'un arbre et je me débarrassais de leur présence en leur pissant dessus. Ils s'enfuyaient dare-dare en me maudissant et en gueulant que j'étais trop bête pour vivre ailleurs que dans les arbres comme mes compères les singes. Cette assimilation peu flatteuse découlait de mon physique particulier qui ne s'arrangeait pas avec l'âge. En effet, plus je grandissais, plus ma bosse enflait sur mon dos, mon nez morveux coulait sur ma bouche baveuse comme champignon à l'automne et j'avais les jambes torses, ce qui me donnait une démarche simiesque.

Le regard des autres me gênait moins que le regard que je portais sur moi-même lorsque j'avais le malheur d'apercevoir dans un miroir le reflet de ma disgrâce. Que de questions alors se bousculaient et faisaient tempête sous mon gros crâne difforme ! Pourquoi ma dérisoire présence dans ce monde ? Pourquoi ne me laisse-t-on jamais en paix ? Pourquoi ce plaisir cruel de persécuter ceux qui n'entrent pas dans le critère de la normalité ? Pourquoi l'être soi-disant humain trouve-t-il grande satisfaction à se gausser d'un malheureux ? Pourquoi la différence produit-elle ces attitudes sans pitié, lourdes de reproches mêlés de peur et de dégoût ? Pourquoi ne pas laisser en paix ceux que l'on considère comme simples d'esprit ?

Je ne comprenais pas ce rejet systématique qui m'interdisait le droit de vivre comme tout le monde. Je me trouvais pourtant bien plus doué et bien plus malin que les tas de bouseux de mon âge qui ne s'exprimaient qu'en patois rugueux et dont la plus grande occupation était de mordre à pleines dents en arrachant le cou des poules vivantes, de crier au renard pour que les paysans accourent et de m'accuser, moi, pauvre bougre débile, pour que l'on m'attrape et que je sois fouetté à leur place.

Un jour que j'étais descendu de mon arbre pour m'enfoncer au plus profond de la forêt, un domaine qui ne m'était point hostile, je m'amusai à déchiffrer le vol des mouches pour dénicher des truffes, quand, au détour d'une clairière, la bande de va-nu-pieds qui me harcelait sans répit me tomba dessus pour me rosser d'importance et, m'arrachant mes guenilles, tenta de m'attacher nu au tronc d'un chêne. Je me débattis si violemment que j'en assommai deux ou trois en hurlant plus fort que Stentor lui-même. Mes jambes trouvèrent alors miraculeusement une vélocité inhabituelle qui me permit de distancer mes poursuivants tout en rage de n'avoir pu accomplir leur forfait.

Sortant de la forêt, je traversai d'une traite un champ de blé qui bordait l'enceinte d'un monastère. Mon agilité à grimper aux arbres me permit de me hisser pierre par pierre le long d'une muraille pour me glisser par la fine ouverture ébrasée d'une croisée et trouver refuge dans le recoin d'un long couloir, suant et haletant comme un chien ayant couru le cerf durant une longue chasse. C'est à cet endroit que, quelques heures plus tard, frère Barthélemy me trouva endormi et prit soin de ma pitoyable personne.

Les moines m'adoptèrent, me nourrirent ; j'avais un endroit pour dormir, j'aidais aux tâches domestiques, je n'assistais aux prières que selon mon bon vouloir, je circulais en toute liberté dans le monastère sous des regards bienveillants sans pitié ni jugement.

Grâce à frère Barthélemy, je sus en un rien de temps lire et écrire, tant ma soif d'apprendre était intarissable. Il m'enseigna également le latin qui me permit de dévorer de nombreux ouvrages de l'imposante bibliothèque du monastère. Je me familiarisai aussi avec la foi en Dieu, acceptant enfin d'être une de ses créatures et non pas une quelconque incarnation du diable mais en gardant tout de même une certaine distance vis-à-vis du dogme catholique.

J'avais disparu de la vie de la population des faubourgs de Blois et chacun remerciait le Ciel de l'avoir délivré du bossu maléfique. Mes frères et sœurs étaient juste heureux de pouvoir se partager une part supplémentaire de lard et mon père continuait d'arroser sa délivrance en doublant les pintes de clairet qui rongeaient son estomac comme ver au fruit. Ma mère, depuis ma disparition, avait abandonné ses injonctions quotidiennes destinées à ourdir les plus mauvais sorts contre moi. Elle se sentit soulagée d'avoir chassé la malédiction que le Ciel lui avait envoyée pour l'avoir surprise, jupe retroussée, dans un champ voisin chevauchée par un autre que mon père. Elle consacrait maintenant ses dévotions à la bonne Vierge Marie, mère de Dieu, et la suppliait instamment de prier pour elle et « pour nous, pauvres pécheurs, maintenant et à l'heure de notre mort. Ainsi soit-il ! ».

Ma mère exprima une telle ferveur dans ses prières que notre Bonne Dame l'exauça sans tarder. Elle mourut deux mois plus tard dans d'atroces souffrances à la suite d'une épidémie de peste noire qui ravagea la « bonne ville » de Blois, emportant du même coup mes deux sœurs et mon frère cadet, épargnant miraculeusement mon frère aîné, gaillard si robuste que l'abondance de muscles ne laissait aucune place à une petite once de cervelle.

Mon père les suivit de peu, expirant au petit matin sur le plancher graisseux d'un estaminet, la panse explosée, répandant une odeur de vinasse qui avait depuis longtemps remplacé le sang de ses veines.

On considérait alors qu'à sept ans on atteignait l'âge de raison. Pour moi, ce fut l'âge de déraison qui ne me quitta jamais. Étant à l'abri du monde extérieur dans cette abbaye, n'étant plus la proie des quolibets et des maltraitances, ayant accepté le méchant cadeau que m'avait fait la nature en me « difformant » si parfaitement, j'avais décidé de mettre en valeur mes infirmités. Je pensais que c'était un bon moyen de les faire oublier.

J'en jouerais, j'en surjouerais même. Mes handicaps, au lieu de me rabaisser aux yeux de tous, me serviraient d'élévateurs. J'avais tant de pensées, d'idées que je voulais exprimer tout à la fois, mes paroles se pressaient tellement au sortir de ma bouche que je butais sur certaines syllabes, ce qui me donnait une diction hachée qui prêtait à sourire. Je trouvais grande satisfaction à dérider les moines. Possédais-je l'inconsciente aptitude de pouvoir divertir ? J'accentuais ma démarche claudicante, je me courbais de manière que mon dos ne soit plus qu'une énorme bosse et j'agrémentais la gaucherie de mes cabrioles d'onomatopées amphigouriques.

C'est suite à ces pitreries quotidiennes que l'on m'affubla du sobriquet de Triboulet qui vient du vieux mot français *tribulé*, *triboulé* ou *tribouillé* qui signifiait *secoué*, *agité*, *brouillé*, *mis sens dessus dessous*.

On utilisa même mon nom comme expression courante. J'avais passé tant d'heures à observer les moines, à les détailler que je pouvais avec précision les singer dans leur démarche ou dans leur comportement, ce qui les amusait fort. Ils en venaient à chercher le plus souvent ma compagnie quand les travaux et les offices leur en laissaient le loisir. Je commençais à trouver grand plaisir à voir mon prochain rire ou sourire de mes facéties. Moi, difforme, contrefaisant une personne bien conformée, je devenais comique. On ne riait plus de moi mais de la personne que j'imitais avec juste ce qu'il fallait d'exagération.

Mais je ne pris conscience de l'importance du rire dans notre société qu'à la suite d'un événement peu banal qui arriva au père supérieur. Il était atteint d'un mal de tête qui ne lui laissait aucun répit, comme une enclume martelée à l'infini. Il ne prononçait plus que des paroles tellement mesurées qu'elles annonçaient une pensée d'une lenteur accablante qui ne reflétait plus la vivacité de son esprit. Se méfiant autant de l'art des médicastres que de la maladie, il se résolut sur les instances de ses frères à faire appel à un barbier-chirurgien.

Je nettoyais la cellule du père supérieur quand, précédé d'une dizaine de moines, apparut un petit bonhomme frêle à nez court dont les yeux brillaient sous un large front qui le rendait semblable aux chiens de meute frétillants. Après un bref regard vers le malade alité, il fouilla dans un grand sac de cuir pour en extraire un petit marteau de bois. Il se dirigea vers le lit, dégagea le drap qui recouvrait le malade, souleva sa longue chemise de toile blanche et entreprit de lui frapper les articulations à petits coups de marteau pour entendre l'écho des os. Un des moines lui expliqua que le malade souffrait de migraines incessantes. Il lui fut répondu du tac au tac que le martèlement des os sert seulement à vérifier le chemin parcouru par un excès de bile qui a repoussé vers le crâne un flot d'humeurs malsaines compressant le cerveau et provoquant ces céphalalgies.

Il accompagna sa réponse d'une latinité incompréhensible qui se voulait savante. Rangeant son marteau, il sortit du sac une chignole à la pointe acérée qu'il allait utiliser pour forer un trou dans la tête du migraineux car, selon sa science irréfragable, ouvrir le crâne afin d'en chasser par cette brèche les humeurs excédentaires était le seul moyen d'arrêter le mal de tête. Le charlatan profita de la stupeur qui nous paralysa tous pour enfoncer la pointe de son instrument de torture dans le crâne du père supérieur et commença à visser avec une ardeur ricanante. Rejetant sa tête sanguinolente en arrière, le père supérieur se mit à hurler :

« Ne laissez pas échapper mon âme ! »

L'affreux petit bonhomme sauta à pieds joints sur le lit, menaçant à nouveau le presque trépané mais, avec un ensemble parfait, quatre moines l'empoignèrent par ses chausses et le conduisirent sans ménagement à la porte du couvent pour le jeter dehors avec son sac d'outils maléfiques.

Je restai prostré dans mon coin, encore sous le choc de la scène que je venais de vivre, quand un rire ininterrompu me fit sortir de mon inertie : c'était le père supérieur qui s'esclaffait, le visage en sang, la chignole du charlatan ayant dû chatouiller le nerf de l'hilarité. Il riait tellement que cet accès de joie frénétique lui faisait vomir un torrent de matières immondes qui souillait le drap blanc. Des moines se précipitèrent avec des linges propres, les uns pour éponger le sang qui continuait de couler du crâne par le petit orifice, les autres pour rouler en boule le drap visqueux et le jeter dans une bassine qui fut très vite emmenée hors de la pièce tant sa puanteur nous envahissait les narines. Je venais d'avoir la preuve que le rire avait été la médecine salvatrice, refoulant les mauvaises humeurs du cerveau tout en apportant l'apaisement et en ôtant la souffrance.

Ne serait-il pas le meilleur des remèdes pour le corps et pour l'esprit ? J'en conclus que le rire était curatif. S'il existait aussi pour châtier les mœurs, il pouvait devenir une espèce de geste social. J'avais trouvé ma raison de vivre. J'avais lu que depuis Aristote et bien avant, les plus grands penseurs se sont penchés sur le rire. Tout ce qui est comique est simplement humain mais cela s'adresse à l'intelligence pure. Le rire, grâce à moi, continuera à avoir une signification sociale. Mais ce n'est pas en demeurant dans ce couvent, où je sentais que l'on me verrait bien endosser la robe de bure, que je pourrais exercer ce que je considérais comme un talent unique et précieux.

Un jour bien gris de froid glacial de l'an 1499, une inhabituelle effervescence anima l'abbaye tout entière. Des murmures enflaient annonçant la visite du roi. J'étais trop jeune pour me souvenir de la mort de Louis le onzième et je n'avais pas vu passer les quinze années de règne du roi Charles le huitième. C'était donc Louis le douzième, notre roi, qui nous honorerait de sa présence prochaine. Je savais qu'il était né dans le vieux château de Blois, qu'à peine huit mois plus tôt il s'était fait sacrer à Reims pour ensuite entrer triomphant dans Paris. Il avait dû batailler fort pour obtenir son divorce d'avec Jeanne de France et épouser le 8 janvier 1499 la veuve de Charles VIII, Anne de Bretagne. Après une douce lune de miel passée sous les cieux pluvieux de son duché, c'est donc un tout jeune marié qui venait nous visiter. Il arrivait de Nantes et avait exprimé le désir de visiter l'abbaye dont il avait entendu vanter la rareté de sa bibliothèque. Il s'était attaché les services du prieur d'Angle, Jean d'Auton, devenu son historiographe. Il ne quittait pour ainsi dire jamais Sa Majesté sinon pour prendre de courtes heures de sommeil. Cet homme, qui savait se faire discret malgré sa carrure imposante, sera plus tard pour moi non seulement un protecteur, mais un conseilleur. J'aurai l'occasion de t'en reparler.

Revenons au jour de la visite royale : le père supérieur avait chargé frère Barthélemy de me cantonner dans ma cellule avec ordre de n'en pas bouger jusqu'au départ de l'équipage régalien. Je ne crois pas au hasard mais j'ai un instinct particulièrement développé qui, ce jour-là, s'est manifesté en me soufflant que c'était l'occasion ou jamais de pouvoir m'échapper de cette tanière monacale. Certes, les moines en me recueillant m'avaient protégé des agressions extérieures mais ils étouffaient une vie que je sentais différente.

Je me suis glissé hors de mon antre pour gagner un endroit où j'étais sûr que le roi et sa suite passeraient pour se rendre à la chapelle. Je me suis blotti derrière une colonnade et je n'eus pas longtemps à attendre. Le silence habituel du monastère était quelque peu troublé par une sorte de brouhaha ininterrompu qui provenait d'une procession à la tête de laquelle caracolait le père supérieur dont le trou dans le crâne avait décuplé les forces, il sautillait aux côtés du roi en le noyant de paroles que le monarque pensait faire cesser par des hochements de tête et un air peu engageant. Ils étaient suivis par des courtisans obligés de faire une visite dont ils se seraient bien passés. Je sentis que c'était le moment de me signaler. Je me jetai littéralement au-devant de Sa Majesté qui, elle seule, n'eut pas de mouvement de recul. Elle arrêta d'un geste les gardes qui se précipitaient pour me mettre à mal. J'en profitai pour faire deux ou trois cabrioles qui m'étaient personnelles puisqu'elles prenaient comme pivot ma bosse et je les accompagnai de mes fameuses onomatopées qui déclenchaient les rires à peine étaient-elles prononcées. Je terminai par une parodie de révérence à faire rougir le courtisan le plus asservi, assortie d'un compliment que j'avais mûrement préparé :

Beau Sire, Belle Majesté,
Ainsi que vous qui l'escortez
Plus pliés que moi dans la servilité ;
Ma bosse se dresse de curiosité
De vous voir portant la couronne
En ce lieu dépourvu de nonnes
Et propre à la Sainte Dévotion.
Prêtez-moi quelque attention !
Je vous adresse ma prière
Du fond de ce lieu si austère .
Gardez-moi auprès de vous,
Je serai votre "garde-fou"

Et je disparus aussi vite que j'étais apparu. La stupeur et l'amusement ayant cloué sur place toute la délégation, ce fut le père supérieur qui intervint pour expliquer ce qu'il considérait comme un fâcheux incident :

« Que Votre Majesté veuille bien nous pardonner et qu'Elle ne prête aucune attention à cet intermède imprévu. »

Il me présenta comme un pauvre insensé courant les rues de Blois, souffre-douleur des enfants et des laquais, recueilli par charité dans son monastère.

« Il sera puni pour son impertinence ! »

Louis le douzième, affichant un léger sourire, demanda :

« Comment le nommez-vous ?

– On n'a jamais très bien su son nom. On ne l'appelle plus que Triboulet, eu égard à ses facéties itératives.

– Si bien que si je le prenais auprès de moi, je vous soulagerais d'un grand poids ? »

Et, à l'étonnement général, le roi de France (soit par pitié, soit pour s'amuser de moi ?) m'envoya chercher et m'emmena avec toute la cour au château d'Amboise où un gouverneur nommé Michel Le Vernoy me fut affecté. Il était chargé de me dresser à jouer le rôle de bouffon, ainsi que de développer quelque peu mon esprit pour tenir cet emploi à la cour avec un certain éclat.

J'appris que la mode d'entretenir dans son logis des fous et des bouffons domestiques semblait avoir pris naissance en Asie, chez les Perses, à Suse, à Ecbatane et aussi en Égypte. Sur des peintures anciennes qui décorent les tombeaux de l'Heptanomide, on voit de riches Égyptiens accompagnés de personnages contrefaits et grotesques. De l'Orient l'usage passa en Grèce et de là à Rome. Il n'y avait point de banquet sans quelque conteur de facéties burlesques qui avait pris la place occupée par les chanteurs et les aèdes homériques ; suivaient des danseurs, des faiseurs de tours, des singes savants, des joueuses de cerceau et des cubistétères (ceux qui marchaient la tête en bas et les pieds en l'air), puis venaient les bouffons, qui avaient la lourde charge de faire rire.

Louis XI avait banni de sa cour les fous et Charles VIII avait fait de même, ne permettant auprès de sa femme Anne de Bretagne, sévère et guindée, qu'une folle, naine acariâtre et dépourvue de sens commun. Louis XII, qui n'était point non plus par humeur le patron-né des porteurs de marotte, n'avait pas dérogé à la tradition qui voulait qu'il y eût toujours au moins un bouffon à la cour de France. Il s'était adjoint deux fous qui, je l'appris plus tard, ne lui convenaient en aucune façon : Nago et Caillette. Ils n'apparaîtront jamais dans les comptes de la Couronne, et comme je ne crois pas qu'ils fussent payés sur des fonds particuliers, j'en ai conclu qu'ils n'avaient été choisis qu'au titre d'office. Mais ils étaient là et je compris vite qu'il fallait que je m'imposasse avec célérité si je ne voulais pas que l'on me renvoie croupir dans mon monastère. Ce statut de bouffon du roi, je le voulais pour moi tout seul. Nago et Caillette n'avaient plus leur place depuis que j'avais mis le pied au château d'Amboise.

Trois solutions s'offraient à moi : tout d'abord, travailler comme un acharné avec mon précepteur. Ensuite, me faire apprécier par les proches du roi sans employer l'artificieuse flatterie des courtisans. Et enfin – et surtout –, évincer mes deux bouffons rivaux.

Peu de temps après mon arrivée, je fus débarrassé de Nago qui, dans son incommensurable imbécillité, s'élimina de lui-même : croyant faire un compliment aux nouveaux époux, il se réjouissait de leur union et préférait voir « son jeune marié de roi dans la félicité de l'amour avec sa nouvelle reine plutôt que malheureux avec sa première épouse et s'adonnant à ses frasques de débauché ». Ce compliment fut suivi d'un lourd silence désapprobateur de toute la cour, ce qui aggrava la teneur du propos. Le regard noir de la reine Anne lancé à son époux fut suivi de l'ordre royal d'emmener sur-le-champ l'insolent innocent, et de le jeter dans un cachot au fin fond du château où je sais de source sûre que même les rats hésitèrent à le dévorer, effrayés à l'idée qu'une telle stupide nourriture puisse altérer leur fameuse intelligence.

Je m'enquis auprès de Le Vernoy de ce qui justifiait un si grand châtiment pour une plaisanterie certes déplacée, mais somme toute anodine. Il s'arrêta comme pétrifié, puis jetant un regard affolé vers la porte, il se précipita vers celle-ci en l'ouvrant brusquement, constata le vide du couloir, la referma au verrou, et revint vers moi en jetant plutôt qu'il ne le posa le livre des comédies de Plaute dont il me lisait et commentait quelques passages. Il me prit fermement par le bras et m'emmena dans un petit renfoncement contigu à la pièce où nous nous trouvions. Là, d'une voix basse au débit rapide, il me fit un court résumé des années passées de l'Histoire de mon royaume de France qui n'avaient pas percé les murs épais du monastère :

« Notre roi ne supporte pas qu'on lui parle de son passé. Il faut lui rendre cette justice que les deux rois précédents ne l'ont pas ménagé et lui ont mené dure existence. Vous ne pouvez vous rappeler le roi Louis le onzième, vous deviez avoir quatre ans quand il est mort. Son règne fut celui de la terreur. C'était un homme méchant au plus profond de son âme, envieux, dangereux et d'une rancune tenace. Il craignait que notre roi Louis qui était alors duc d'Orléans ne lui succède sur le trône de France. Il le haïssait depuis qu'il avait appris que Louis n'était qu'un bâtard. En effet, il était le fruit des amours de sa mère Marie de Clèves, à la cuisse ô combien légère, et de son valet de chambre. Néanmoins, son mari Charles avait reconnu l'enfant, ce qui faisait de Louis l'héritier mâle de la maison d'Orléans.

« Louis XI qui voulait absolument un fils pour porter la couronne de France ne supporta pas cette éventualité, d'autant plus que Charles d'Orléans lui demanda d'être le parrain de son petit Louis. Le grand Louis ne put refuser, et le jour du baptême, tenant le “bébé-bâtard” dans ses bras, il songea à le noyer dans le bénitier, mais son filleul, devançant les intentions de son parrain, urina abondamment sur la manche royale. Celui qui sera roi de France trente-six ans plus tard se permettait de pisser sur le roi en exercice ! »

Cette anecdote déclencha chez moi une si forte hilarité que Le Vernoy dut se fâcher pour me faire taire, craignant toujours que l'on entendît ses propos et qu'on les rapportât à Sa Majesté, et par là risquer de tenir compagnie aux rats de Nago.

Je dois t'avouer que tout ce qui se rapportait à la pisse, au pet ou à la merde m'amusait fort et j'en fis d'ailleurs profiter longtemps les cours de France qui étaient fort portées sur les plaisanteries scatologiques.

Voyant que j'avais ravalé mon fou rire, mon précepteur continua :

« Depuis l'épisode de sa manche arrosée, la colère de Louis XI n'allait jamais cesser de croître. Quand il fomentait une vengeance, il n'y avait personne au monde qui fût plus dangereux que lui. On disait qu'il faisait non seulement peur aux hommes mais aussi aux arbres et sa réputation était loin d'être usurpée.

« Ne pensant qu'à neutraliser ce filleul trop encombrant, une idée machiavélique jaillit de son esprit malveillant un peu plus d'un an après le fameux baptême urineux : en avril 1464, sa femme Charlotte de Savoie tout en admiration et grosse de son mari lui donne un enfant. Mais ce n'est pas l'héritier mâle tant attendu, c'est une fille laide, rachitique et, l'on s'en rendra compte quelque temps après, atteinte d'une déviation de la colonne vertébrale, difforme et affublée d'un pied bot. Sa rage va aussitôt se transformer en diabolique vengeance : la fiancer tout de suite à son filleul. Il écrit au père de Louis d'Orléans, lui faisant part de son idée de projet matrimonial pour les deux bébés en se gardant bien de décrire les infirmités de sa fille. Et ce qu'il escomptait lui revint par retour de courrier : Charles, flatté de cette démarche, accepta avec enthousiasme. On fiance les deux enfants d'abord par procuration, avant de signer le contrat de mariage qui transforme la rage du souverain en un ricanement intérieur ininterrompu. Sa diabolique vengeance est assouvie : jamais Louis n'aura de progéniture avec l'infirme et la dernière maison féodale des Orléans sera éteinte. »

Ma bouche s'ouvrit toute grande, cette fois-ci, non pour laisser échapper un éclat de rire mais pour manifester un étonnement qui dut passer pour un doute que Le Vernoy ne me permit pas d'exprimer :

« Notre roi est même en possession d'une preuve irréfutable qu'il conserve en un endroit secret et qu'il m'a fait lire. C'est un écrit confidentiel de Louis XI à son favori Antoine de Chabannes qui dit mot pour mot :

"*Monsieur le Grand Maître, je me suis libéré de faire le mariage de ma petite fille Jeanne et du petit duc d'Orléans parce qu'il me semble que les enfants qu'ils auront ensemble ne me coûteront guère à nourrir. Vous avertissant que j'espère faire ledit mariage, ou autrement ceux qui iront au contraire ne seront jamais assurés de leur vie en mon royaume.*" »

Et Le Vernoy enchaîna, pressé d'en finir avec ces confidences :

« Tant que Jeanne resta petite fille, on pouvait cacher habilement ses infirmités, sa mère s'y employait avec des robes et accoutrements qui ne laissaient rien paraître, mais quand, les deux enfants ayant atteint la nubilité légale, elle à douze ans, âge auquel les filles étaient aptes à consommer, et notre Louis, à quatorze, mais lui déjà nourri plus tôt en lubricité et en lascivité dans sa jeunesse florissante, on lui dénonça l'infirme et lorsqu'il put constater la "chose" *de visu*, il ne prononça qu'une phrase :

"*Je refuse d'avoir pour femme une bancroche !*" »

« Il alla se plaindre à son parrain, ce qui raviva une colère qui, si elle était enfouie, n'en était pas moins éteinte. Louis XI le menaça de l'enfermer dans un monastère et de renvoyer sa mère sur les bords du Rhin.

« Finalement, cédant devant ces menaces, Louis d'Orléans se résigne au mariage même si avant le "oui" fatal, il glisse à l'oreille de l'évêque qui les marie :

"Il m'est fait violence mais il n'y a nul remède !"

« Il jure cependant de laisser sa femme tout intacte, ce qui attriste évidemment la pauvre Jeanne qui s'est éprise de ce grand beau gaillard qu'elle espère bien avoir dans son lit pour être déflorée. Elle aurait pu se faner davantage à attendre un époux qui n'entre pas dans sa chambre, mais Louis XI, qui suit l'affaire de près, l'apprend, convoque son gendre, le somme de consommer céans, forçant le jeune époux récalcitrant à grimper sur le lit et sur son épouse. Il ordonne même à quelques courtisans et médecins de rester autour "du lieu de la consommation" pour lui rendre compte du résultat. Un pauvre soupir s'échappe de la tenture après une bonne heure d'antichambre et l'on rapporte au roi que le devoir conjugal est accompli, ce qui contente Sa "Gracieuse" Majesté qui, dans son for intérieur, ravive un ricanement sardonique.

« Louis, en guise de consolation, se jette alors dans une débauche folle, baisant tout ce qui passe à sa portée. Au bout d'un an il se vantait lui-même "*d'avoir tricqué devant et tricqué derrière tout ce qui portait robe à la cour d'Amboise*". Toutes, sauf une. Sa cousine Anne, notre reine. Ils avaient un faible l'un pour l'autre depuis leur tendre enfance, mais la politique, les intérêts du royaume et les intrigues avaient depuis toujours vaincu cette romance en ébauche.

« Elle était néanmoins plus que sensible à ce beau vert galant hélas déjà fiancé puis marié de force à Jeanne la Boiteuse dont il aurait le plus grand mal à se défaire. Elle repoussait tous les prétendants, fussent-ils des plus nobles familles, et, dans la fierté de son orgueil, était résolue à n'épouser qu'un roi ou un fils de roi.

« Louis XI ayant rendu le dernier soupir avec un ultime rictus de haine au cours de l'année quatre-vingt-troisième de notre siècle, et son fils Charles VIII n'ayant pas encore atteint l'âge de régner, c'est sa sœur aînée Anne de Beaujeu – elle avait tout pris à son frère, que ce soit en beauté ou en intelligence – qui assura une régence de tutelle autoritaire et efficace en attendant que Charles fût sacré roi de France. Anne de Beaujeu se languissait d'amour pour notre Louis qui l'ignorait complètement et songeait à se séparer de sa difforme Jeanne pour épouser l'autre Anne, celle de Bretagne. Mais ni Charles ni sa sœur ne l'entendaient de cette oreille. Vous me suivez ? »

Moi, mes deux oreilles étaient fort bien à l'écoute et ne perdaient pas une parcelle de cette leçon d'histoire que Le Vernoy distillait de sa voix douce et grave. L'attention de mon regard et l'immobilité de mes esgourdes ont dû le satisfaire puisqu'il continua son récit :

« Louis qui continuait néanmoins à se consoler dans la débauche passa brusquement à la révolte. Ce fut la "guerre folle" qui opposa les Beaujeu et le parti de Louis d'Orléans. Charles VIII en sortira vainqueur et Louis passera trois années emprisonné, de quoi renforcer son antipathie envers le fils de Louis XI, d'autant que ce dernier en profita pour se débarrasser de la tutelle de sa sœur et pour épouser en grande hâte Anne de Bretagne. »

Le Vernoy saisit une aiguière et se versa de l'eau dans une coupe d'argent non sans m'en avoir proposé auparavant ; je refusai d'un mouvement de la tête, ayant bien plus soif d'en savoir davantage sur la suite des événements :

« Je fus le précepteur du roi Charles dans sa jeunesse dont l'appétit sexuel n'eut d'égal que sa laideur. Il tomba littéralement en adoration de sa reine et par amour pour elle il embellit le château d'Amboise, l'agrémentant de tours, de bâtiments, de jardins, de tapisseries magnifiques et même d'une salle de bains. »

Moi qui, pour me laver, n'avais jamais employé qu'un linge sec pour m'en frotter de temps en temps, je lui demandais à quoi pouvait servir une salle de bains, alors qu'il n'était pas bon de se tremper dans une eau tiède, les étuves étant considérées comme des vecteurs de contagion. Mon précepteur marqua un instant d'agacement et je promis de ne plus l'interrompre.

« Anne qui aimait être traitée comme une reine, ce qu'elle était d'ailleurs, était au comble de la félicité mais elle allait bientôt subir les souffrances inhérentes à l'épouse d'un roi qui avait un corps à la folie génésique, et s'il contentait sa reine plusieurs fois par jour, il lui fallait en plus grimper sur quelques jeunes filles, longues de jambes, fines de taille, portant le tétin haut et ferme et surtout idoines (excuse-moi !), aptes à recevoir à tout moment les hommages royaux d'un braquemart perpétuellement dressé à l'instar de son sceptre d'or.

« Quand, à la fin de l'été 94, 1400 bien sûr, Charles partit pour l'Italie afin de conquérir Naples, ce fut un long voyage où l'on vit le roi, chaque jour et chaque nuit, faire la navette entre le char royal dans lequel il honorait sa femme et celui de son gynécée. La reine pleurait toutes les larmes de son corps de voir son époux se complaire dans une débauche mais ce que roi désire… !

« À Lyon, la halte dura si longtemps à cause de la lubricité complaisante des bourgeoises de la cité lyonnaise qu'on dut rappeler au roi pour quelle raison cette expédition avait été entreprise. C'en était trop, même pour une reine amoureuse. Elle retourna à Paris pour accoucher dans la sérénité, car bien entendu à force de subir les assauts régaliens, elle fut royalement engrossée.

« Il se souvint alors qu'il fallait marcher sur Naples et ne point tarder puisque là-bas y demeuraient de ravissantes Italiennes offertes qui n'attendaient que son bon plaisir et celui de son armée. Il parla même de pousser jusqu'à Constantinople pour goûter aux plaisirs des femmes orientales dont on lui avait vanté les étranges talents exotiques. Ses généraux et conseillers lui objectèrent qu'il n'y avait aucune raison d'aller conquérir un pays du soleil levant ; il leur répondit avec une évidente mauvaise foi qu'il était grand temps d'envisager de mettre sur pied une nouvelle croisade. L'arrivée à Naples effaça bientôt cette lubie extravagante. Si la conquête de la ville fut un échec, les séquelles furent encore plus catastrophiques ; les belles

Italiennes s'en étaient donné "à corps joie" et avaient dispensé leurs charmes au roi et à la totalité de son armée. Jolis présents, si les donzelles n'avaient pas été atteintes d'un sordide ulcère à la matrice qui eut pour effet de distiller du poison dans la chair de chacun des heureux élus. C'était une défaite bien "chair" payée. Pour comble de disgrâce, le mal italien fut ramené "dard-dard" en France au bout de leurs piques et nombre d'entre eux moururent dans d'atroces souffrances.

« Anne mit au monde l'héritier mâle que tout le monde attendait mais il mourra peu après d'une méchante rougeole. Si elle ne s'en consola jamais, elle possédera néanmoins une assez grande accoutumance à l'accouchement puisque Charles VIII la rendra mère encore cinq fois en quatre ans. Seules deux filles survivront.

« En avril 1498, il y a un peu plus d'un an, Charles allait repartir pour une nouvelle conquête de l'Italie. Il n'en eut pas le loisir, car il mourut bêtement, dans ce même château d'Amboise où nous sommes aujourd'hui. Après un copieux déjeuner, il quitta ses appartements pour aller assister à une partie de paume qui se jouait dans les fossés du château et, afin de prendre par le plus court, il s'engagea dans une galerie assez étroite et sombre que l'on n'empruntait guère d'ordinaire car c'était un endroit où tout le monde venait soulager des besoins plus ou moins pressants. Il ne prit pas garde à la voûte surbaissée d'une porte et, comme il marchait d'un pas rapide, il se heurta le front avec grande violence contre une poutre, ce qui lui ouvrit le crâne et le fit chanceler. On le transporta sur son lit où il expira quelques heures plus tard. Il était âgé de vingt-huit ans et laissait une veuve de vingt-deux ans qui avait perdu en un temps assez court son père, sa mère, sa sœur, quatre enfants et son mari.

« Notre bien-aimé Louis d'Orléans devint alors roi de France, sous le nom de Louis le douzième, et pouvait donc épouser la reine Anne à condition qu'il parvienne à faire annuler son mariage avec Jeanne de France.

« En attendant qu'il soit libéré de ses liens conjugaux, Anne s'en était retournée dans ses terres bretonnes. Je ne vous raconterai pas l'épisode de l'annulation du mariage qui ne fut pas à l'avantage de notre roi. Il vaut mieux n'en jamais souffler mot. Rappelez-vous ce qui est arrivé à ce pauvre niais de Nago quand il a osé faire allusion au passé matrimonial de notre monarque. Donc, son premier mariage annulé, il épouse en secondes noces la reine Anne au début de cette année, non sans qu'elle ait fortement négocié son alliance avec la couronne de France, changeant ainsi sa titulature : sous Charles VIII "*Anne par la grâce de Dieu reine de France*" devient sous Louis XII "*Anne, reine de France, duchesse de Bretagne*".

« Quand on ose dire qu'un être humain ne change jamais, notre roi donne une preuve évidente de la fausseté de cette affirmation : un débauché rancunier aux mœurs dépravées se métamorphose en prince vaillant plein de douceur, de sagesse et de prudence, très amoureux de sa reine au point de devenir un exemple d'affection et de fidélité qui doit inspirer tous les sujets du royaume.

« Est-ce l'amour pour notre reine Anne ou la satisfaction d'avoir obtenu sa main, son cœur et son corps qui le transforme au point d'être un fidèle amoureux transi ?

« La réponse est sous vos yeux, nous servons le plus juste et le plus loyal des rois et j'espère que vous vous rendez compte de la félicité qui vous est accordée de pouvoir peut-être distraire un jour un monarque tel que lui. »

Et le bon sieur Le Vernoy fut comme soulagé d'avoir terminé son récit. Il alla tout de même vérifier que personne n'avait laissé traîner une oreille à la porte, revint rassuré et reprit son office auprès de moi comme si de rien n'était.

J'en avais beaucoup appris sur mon maître et roi et je ne m'étais pas trompé sur la signification de nos regards quand ils s'étaient croisés lors de ma folle exhibition au monastère. J'avais compris à ce moment précis que ma vie dépendrait dorénavant de cet homme au regard bienveillant et je m'étais bien juré de le servir et de le satisfaire au-delà de mes aptitudes jusqu'à mon dernier soupir.

Chapitre deuxième

Ma formation réelle et intense se passait au mieux et je m'entendais merveilleusement bien avec mon précepteur qui, d'emblée, avait compris que je n'étais pas un petit imbécile niais et fat comme furent mes prédécesseurs et comme l'ont été parfois mes successeurs. On ne forge rien sur un idiot ; il m'avait refaçonné un esprit que je possédais déjà à la naissance et qui s'était épanoui avec les bonnes études faites au couvent. Ma soif de connaissance ne pouvait que m'élever dans l'apprentissage, le dressage, le repassage et le raffinement. Le roi avait exigé que l'on me formât aux bonnes manières de la cour et je les ai très vite assimilées pour pouvoir les contrer plutôt que de les appliquer. Je me suis toujours refusé à croire que Dieu m'avait laissé naître pour faire de moi un pauvre hébété et, dès mon plus jeune âge, je m'étais persuadé qu'un mauvais génie avait profité d'une courte inattention de Dieu pour me déformer en me pétrissant comme une vulgaire pâte à tourte avant de m'enfourner dans la fange du ventre de ma mère.

Nago ayant eu la seule intelligence de se mettre aux oubliettes, il fallait sans tarder écarter l'autre couillon. Je déclarai en mon for intérieur l'ouverture de la chasse à la Caillette. Cet histrion de bas étage n'était qu'un fol imbécile qui n'avait pas volé son surnom. Il passait la plupart de son temps à cailleter sans répit d'une voix aiguë et son babillage était semblable à celui d'une caille qui caquette sans cesse dans les vignes. Il avait un esprit tellement simple qu'il en était dépourvu. Cela lui valait d'être le souffre-douleur des pages, des laquais et des tournebrocques qui redoublaient de malveillante ingéniosité pour le tarabuster jour et nuit et abuser de sa faiblesse. Le pauvre nigaud prenait cela pour une marque d'intérêt, voire d'affection.

Une nouvelle fois, le hasard dans sa bienveillante fatalité allait promptement me débarrasser de ce gobe-mouche grotesque.

Les pages n'avaient rien trouvé de mieux que de lui clouer une oreille contre un pilastre de bois. Caillette restait là, ne disant mot, sans son caquetage habituel, étant persuadé que sa vie entière se passerait désormais ainsi. Un des seigneurs de la cour le découvrit dans cette posture ridicule et ne manqua pas de le déclouer de son pilier en lui demandant qui avait eu l'idée saugrenue d'une telle farce.

Caillette répondit :

« Que voulez-vous ? Un sot l'a mis là, là l'a mis un sot !

– Ç'ont esté les pages ? lui demanda-t-on.

– Oui, oui. Ç'ont esté les pages ! répéta-t-il en son idiotisme.

– Sçaurais-tu connoistre lequel ç'a esté ?

– Oui, oui, je sais bien qui ç'a esté ! »

Le seigneur commanda à son écuyer de réunir tous les pages et laquais du château en présence du benêt Caillette qui fut ravi de les revoir et leur fit même des petits signes d'amitié.

« Venez céans, a-ce esté vous ? » interrogea le seigneur avec un ton ne présageant pas une belle récompense en cas de réponse affirmative.

« Nenni, mon seigneur, ça n'a pas esté moi ! » répondit le premier page qui n'était pas un adepte du fouet.

Même question à chacun des vauriens, mêmes menteries échafaudées. Se tournant vers Caillette, le seigneur désigna la troupe des fabulateurs et lui demanda :

« En reconnoistres-tu l'un d'eux ?

– Nenni de nenni ! » répondit-il en son cailletois.

Et le seigneur insista en les lui désignant un par un :

« Esté celui-ci ? »

Et Caillette, telle une litanie, ne fit que répéter « nenni ».

Au fur et à mesure, on fit sortir les pages. Il n'en resta plus qu'un qui n'eut garde d'avouer son forfait après tant d'honnêtes camarades ayant tous démenti leur participation. Il se sauva en ayant dit comme les autres :

« Nenni, mon seigneur, je n'y estois pas ! »

Caillette, restant seul, ne se souvint même plus qu'on parlait de son oreille clouée et pensa qu'on allait l'interroger aussi, de sorte qu'il dit avec un grand sourire niais :

« Je n'y estois pas aussi ! »

Et le voilà qui plante là le seigneur et son écuyer pour aller retrouver les pages qui l'attendent au coin d'un couloir pour lui coudre l'autre oreille au premier pilier qui se trouvait là.

Quand on rapporte au roi cette histoire, il s'en amuse un brin puis demande que Caillette ne reparaisse plus à la cour et qu'on laisse cette pauvre cervelle délabrée courir les rues où bon lui semble. C'est ainsi qu'il terminera sa vie, cervelle creuse et traîne-misère, maltraité par les tire-laine, vivant d'aumônes et de railleries, hantant nuit et jour les rues de Blois pour finir quelque temps plus tard sur le pavé de Paris, sacré « roy des innocents » les jours de la fête des fous et de la fête des Conards.

Je ne ressentis aucune pitié de son sort et me consolai même en me disant que ce simple d'esprit sera le fou chéri de Dieu et un des premiers accueillis dans le royaume des cieux.

Peu après, mon roi convoque Le Vernoy, s'enquiert de mon éducation et, encouragé par les éloges de mon précepteur, lui mande expressément de me donner la charge de distraire ses invités tout au long du prochain banquet qu'il donne en l'honneur de son épouse la reine Anne.

Pour ma première apparition officielle devant la cour, on m'avait contraint d'enfiler le costume de bouffon qui avait appartenu à Caillette ; c'était une souquenille à moitié usée qui sentait fort la bête, la bêtise et le lait caillé. Pour mon malheur, j'avais un sens olfactif très développé, hélas ! Aucune odeur nauséabonde n'échappait à mes délicates narines, cependant la plus insupportable c'était celle de la bêtise dont se parfumaient la plupart des gens que j'ai pu croiser durant ma longue vie, à l'exception d'êtres remarquables qui ont fort heureusement enrichi mon existence et qui, tu le verras, n'ont jamais vraiment disparu des mémoires durant les siècles suivants.

Ce costume dont j'étais affublé était jaune et vert, couleurs désormais réservées aux bouffons de cour. Ces deux couleurs sont chargées d'histoire. Si elles caractérisaient en mon temps la folie, elles furent auparavant symbole de déshonneur.

Le jaune, au Moyen-Âge, était marque de félonie : le bourreau barbouillait de jaune la maison d'un criminel de lèse-majesté. C'était aussi le signe de la prostitution. J'avais lu dans un vieux grimoire du monastère qu'il y a plus de deux cents ans, le concile d'Arles avait décrété que les juifs devaient porter sur l'estomac une marque ronde de couleur jaune pour les distinguer des chrétiens. Je crois que récemment dans ton siècle dernier un dictateur fou avait transformé le rond en étoile dans un même but de distinction et de destruction. Plus légèrement, je crois savoir aussi que le jaune célèbre les maris cocus.

Le vert, lui, était marque de flétrissure : bonnet vert porté par un banqueroutier mis au pilori ou par un galérien condamné au bagne. Cette couleur est aussi marque de superstition chez certains comédiens de théâtre qui croient bêtement que le vert porte malheur alors que ce sont souvent eux qui font le malheur des auteurs et des spectateurs en jouant leurs rôles à « l'envers » !

Quant à moi, j'étais vêtu d'une jaquette cousue par bandes et passements de serge et de taffetas découpés en fines lanières, moitié de couleur verte et l'autre de jaune. Mes chausses étaient en harmonie avec le haut de l'habit, une jambe jaune, une jambe verte. Aux pieds, de larges poulaines dont le bout retroussé était agrémenté d'un grelot aussi gros qu'une pomme. Ma tête était coiffée d'un coqueluchon à oreilles d'âne, orné de grelots de plus petite taille, et je tenais à la main droite une marotte que je m'étais fabriquée durant mes nuits de veille. C'était une sorte de sceptre surmonté d'une tête réduite que j'avais sculptée dans le bois à mon image, c'est-à-dire d'une laideur à faire peur. Dans ma main gauche, une baguette où était suspendue à son extrémité une vessie de porc gonflée renfermant une poignée de pois secs.

Je te laisse à penser que mon entrée dans la salle de banquet fit grand bruit à tel point que le brouhaha étourdissant des convives se mua en un silence de stupeur. J'en profitai pour bafouiller aussitôt un compliment totalement improvisé :

« Gentes dames et beaux seigneurs, il faisait tellement froid dans les longs couloirs que je n'ai cessé de grelotter tout le long du chemin qui me menait vers vous dans ce lieu si spacieux où vous faites libation et où il fait si chaud grâce aux troncs d'arbres qui se consument dans cette imposante cheminée. Et malgré cette douce chaleur qui règne parmi nous, vous constaterez qu'en agitant ma tête d'adonis et mon corps d'athlète, je continue à grelotter. »

Les rires fusèrent, suivis d'applaudissements. Je ne quittais pas des yeux le couple royal : Louis secouait la tête avec un air souriant d'approbation et la reine Anne étirait légèrement ses lèvres minces pour figer un rare rictus de politesse réjouie. C'était tout à fait encourageant. Je ne manquai pas d'enchaîner sur-le-champ avec quelques cabrioles qui provoquèrent des murmures d'ébahissement.

Un seigneur qui n'aimait pas que l'on rie à autre chose qu'à ses grossières plaisanteries de corps de garde osa, sans le consentement royal, prendre la parole d'une voix forte :

« Majesté, vous avez là un acrobate fort adroit ! Heureusement que les figures qu'il exécute sont plus plaisantes que la sienne ! »

Je ne perdis pas une seconde pour rétorquer :

« Beau seigneur, si vous avez peine à regarder mon visage, j'en suis contrit au plus haut point. Apprenez que s'il est si laid c'est pour cacher un bel esprit mais votre visage est tellement beau qu'il ne peut que dissimuler un esprit fort disgracieux qui fait bien mauvaise figure devant cette auguste assemblée ! »

Les éclats de rire instantanés et admiratifs mirent en grande colère le seigneur qui jeta avec force dans ma direction un lourd hanap en argent que je réussis à éviter grâce à la célérité d'une roulade avant. En exécutant cette galipette j'eus le temps d'entrevoir le seigneur mettre la main à son épée et se précipiter vers moi en hurlant :

« Je vais châtier cet insolent ! »

Il s'arrêta net quand il entendit une voix l'interpeller :

« Monsieur de Rochefort, je vous conseille de ne pas faire un pas de plus. Il vous conduirait directement dans vos terres de Bourgogne où vous seriez assigné à résidence. Vous avez tous compris ce soir que Triboulet est mon fol et que je n'en veux point d'autre. À partir de cet instant, il compte parmi les officiers de la Couronne et, s'il a le devoir de me distraire, il a le pouvoir de tout faire et de tout dire sans encourir l'ire de son prince, sans jamais toutefois être aux dames malfaisant. »

Ainsi avait retenti la voix douce et ferme de mon roi qui suspendit le temps pendant quelques instants. Il m'invita ensuite à prendre place près de lui et à partager le somptueux festin qui, grâce à des musiciens et des danseurs appelés en renfort, reprit sa bacchanale initiale.

La vie dure du monastère m'avait paru douce par rapport à l'enfance maltraitée à laquelle j'avais échappé, mais ma vie quotidienne au palais, devenue déjà bien agréable, s'améliora avec une célérité qui se manifesta par la différence de traitement que les autres désormais me réservèrent. J'existais vraiment maintenant et j'étais quelqu'un que l'on craignait à défaut de le respecter. La protection d'un roi vaut tous les cautionnements.

Si je prenais conscience de l'embellissement de mon sort, je savais qu'il me fallait maintenant atteindre le plus haut niveau de qualité dans la fonction de bouffon officiel de la cour de France. Je ne serais pas seulement le joyeux drille à l'esprit vif et à la langue bien pendue, j'irais plus loin ; je me ferais passer pour sot au moment opportun. Pas un véritable insensé, non ! Ma folie deviendrait juste une simple métaphore. L'homme à la marotte ne serait alors qu'un histrion habile à feindre l'ingénuité du simple.

Je serais un comédien perturbateur, brouilleur de cartes, qui jouerait la folie. J'introduirais l'imprévisible dans le rituel. Je serais un témoin révélateur, miroir grossissant et grotesque. J'opposerais le sacré du respect au sacré de la transgression. Je révélerais au grand jour ce que taisent les sages. Je n'aurais plus rien à voir avec ce que j'étais, avec ce que j'allais devenir : un fou spirituel et subtil qui réjouit par des bons mots en sachant dire des choses profondes et sensées sous le couvert de la plaisanterie. Ceux qui me prenaient pour un demeuré dans le style Caillette en seraient pour leurs frais. J'imaginerais des farces extraordinaires mettant en crise l'identité personnelle et les fondements mêmes de l'existence. Je transformerais l'humaniste en pédant insupportable et l'homme savant en objet de satires et de comédies.

Tout en observant les gens qui s'occupaient de moi, laquais, tailleur ou cuisinier, je prenais exemple sur mon roi qui a toujours respecté l'être humain qu'il soit noble, serf ou vilain. Je me répétais cette devise que j'avais dû lire dans un recueil de l'histoire romaine et qui disait :

Respiciens post te hominem memento.

Il faut peut-être que je te traduise ? As-tu seulement appris le latin quand tu étais à l'école ? De mon temps, on parlait aussi bien le latin que le « françois », enfin, ceux qui étaient un peu cultivés, bien entendu, les autres se complaisaient dans un patois propre à chaque province, voire à chaque canton. Donc, je te traduis cette devise que tout homme qui se croit supérieur aux autres devrait se répéter du matin jusques au soir :

En regardant derrière toi,
souviens-toi que tu n'es qu'un homme.

Pour moi, être considéré comme un homme, cela voulait déjà dire beaucoup.

Le Vernoy, tout en m'apprenant le nom des seigneurs et des dames de la cour ainsi que ceux des membres du conseil, me mit en garde sur les sourires et les marques de sympathie dont j'étais tout à coup inondé.

Mais, par bonheur, j'avais un sens inné qui savait me faire percevoir au fond des regards faussement bienveillants des reliquats de pitié et d'animosité. Cela m'a permis tout au long de ma vie de déjouer aisément les pièges, les galanteries et autres friponneries des gens de cour, prenant conscience d'être un artiste en perpétuel péril, tel le funambule qui n'a droit qu'au parfait équilibre sur son fil et qu'un malencontreux coup de vent peut faire basculer pour le précipiter dans une chute mortelle. Moi aussi, j'étais menacé de mort si je ne remplissais pas mon devoir d'amuseur perpétuel.

Il m'a fallu tout au long de ces années déployer des trésors d'invention immédiate, de saillies qui devaient toujours atteindre leur objectif unique : faire rire. À chaque première lueur de l'aube, je m'éveillais en espérant que ce jour nouveau prolongerait la bonne fortune d'une inspiration clémente. Quel destin que le mien ! Avec ma difformité fort déplaisante – à la limite du repoussant, j'en conviens –, j'avais l'obligation d'être plaisant.

La reine Anne ne m'avait toujours pas accepté et tentait avec insistance de démontrer à son époux mon inutilité. Je craignais la détermination de cette femme séductrice, au charme très vif qui s'affichait dans un pur et grave visage presque florentin à l'ovale sans défaut : front haut, nez droit, bouche menue. Ses grands yeux bruns brillaient d'un ardent éclat qui n'atténuait pas la sévérité de ses manières. De taille moyenne, elle mettait en évidence une gorge fort belle et des mains d'une finesse exquise et savait astucieusement cacher une jambe plus courte que l'autre. Il était impossible de remarquer cette défectuosité car elle dissimulait un talon à patin spécial haut de plusieurs pouces sous des robes volontairement très longues, ce qui donnait un caractère majestueux à sa démarche royale.

Malgré ses grossesses et fausses couches antérieures, on en parlait comme d'une femme belle, bien conditionnée et d'une agréable tournure. C'était surtout son esprit subtil qui fascinait tous ceux qui la côtoyaient. Vertueuse, sage, honnête, charitable, elle avait cependant une promptitude à la vengeance et ne pardonnait jamais une offense. De mon côté, j'affichai une prudence et une servilité qui favorisèrent mon maintien auprès de mon roi tout en me méfiant sans relâche de cette Bretonne au cœur sec et à la tête froide.

Fort heureusement, j'eus quelques alliés qui contribuèrent au maintien et à la durabilité de ma fonction. Ils faisaient tous partie du grand conseil de Sa Majesté. J'y siégeais à toutes les séances selon les ordres de mon roi que je suivais à la lettre :

« Je veux désormais que tu sois assis près de moi lors de chaque conseil et tu y prendras la parole quand bon te semblera. Tu pourras donner ton avis sur ce que diront mes conseillers et même sur mes décisions et cela en toute impunité. Tâche seulement que ce soit plaisant.

« C'est toujours dans le dérisoire d'un insolent trait d'esprit que l'on entend la résonance d'une pensée profonde et juste. »

Comme je lui rétorquais que je n'oserais jamais ni le désavouer ni le railler devant ses conseillers, j'entendis cette phrase que m'ont répétée bien souvent mes deux rois :

« Je veux et j'aime que tu me désacralises ! »

D'abord étonnés puis amusés pour certains, courroucés pour d'autres, les conseillers de mon roi finirent par accepter ma présence.

Nous avions quitté Amboise pour le château de Blois qu'affectionnait particulièrement Louis et où se trouvaient maintenant la cour et le siège du gouvernement.

Le Grand Conseil se tenait dans une salle plutôt intime, qui ne ressemblait en rien à la taille des immenses pièces qui composaient la majeure partie de ce château. Les murs étaient recouverts de tapisseries qui nous isolaient du froid mais assourdissaient surtout les sons. Dans ce décor feutré, le roi était assis dans un imposant fauteuil en chêne verni dont le dossier sculpté le dépassait de plusieurs têtes. Au sommet, ciselé finement dans un bois précieux un porc-épic aux longs piquants hérissés surmontés d'une couronne bordée de fleurs de lys, son emblème. Tout au bout d'une longue table de marbre noir, il présidait ce qu'il se plaisait à nommer son conseil intime composé de huit membres réguliers.

Il y avait Jean d'Auton, dont je t'ai déjà parlé, qui, m'ayant conservé son affection première, continuait de me prodiguer des recommandations toujours avisées et jamais empreintes d'une quelconque condescendance ni compassion. Cet ancien moine bénédictin issu de la petite noblesse avait su se rendre indispensable auprès du roi, rédigeait une chronique de son règne en empiétant sur la charge d'historiographe de l'Italien Paul Emile.

Près de lui siégeait Georges d'Amboise. Cet homme d'à peine trente ans, aux yeux noirs perçants et sévères, aux lèvres minces sur un menton volontaire, fidèle d'entre les fidèles de Louis quand il était encore d'Orléans, fut abbé à quinze ans, évêque de Montauban neuf ans plus tard, puis évêque de Rouen, ensuite archevêque de Narbonne, enfin cardinal depuis peu. Lui seul, bien que ce ne fût pas sa nature, pouvait se vanter de la confiance absolue de son roi qui le considérait comme un « homme très excellent, accompli de sens, d'expérience, de loyauté et bonne vie » capable à la fois de traiter des affaires d'État ou privées par ses talents innés de grand diplomate et de redoutable négociateur.

En face de lui, son rival en quelque sorte, Pierre de Rohan, maréchal de Gié. On peut dire sans mentir qu'il avait entièrement gouverné pendant un temps le royaume de France. Il approchait de la cinquantaine et s'il n'était pas le plus âgé il s'était octroyé le titre de doyen de cette auguste assemblée. Il avait l'entière direction de l'armée, tel un ministre de la Guerre dont il n'avait pas non plus le titre. Fidèle serviteur de la Couronne, plus attaché à la France qu'à sa Bretagne natale, il était, tout comme moi, très méfiant à l'égard de sa « Bretonne de reine ». Tu verras par la suite qu'il a eu raison d'être sans cesse sur ses gardes. Ce Breton, issu de la maison de Rohan, proche conseiller de Louis XI, puis de Charles VIII, s'étant brillamment illustré et couvert de gloire dans les guerres d'Italie, était un des seigneurs les plus riches du royaume. Rien n'était trop beau pour cet homme ambitieux, suffisant mais brillant stratège aussi bien sur un champ de bataille que dans le gouvernement du pays. Cette même année, sa folie des grandeurs l'avait poussé à commander une impressionnante statue équestre à son image, réalisée par le sculpteur italien Guido Mazzoni, qui suscitait une hostilité et une jalousie dont il tirait une certaine délectation.

Plus discret mais non moins important et efficace, Florimond Robertet, la trentaine vaillante, issu du Forez, s'était acquis une grande notoriété en devenant notaire et secrétaire de Charles VIII. Il était à présent trésorier de France, proche collaborateur de Georges d'Amboise. Il allait accompagner le roi dans tous ses déplacements grâce à sa bonne connaissance des langues étrangères puisqu'il en pratiquait quatre : l'italien, l'espagnol, l'anglais et l'allemand.

À ses côtés, Étienne de Poncher, fils de bourgeois tourangeaux, entré tardivement dans les ordres, vertueux et de bonne renommée, apportait également une loyauté et un savoir fort utiles pour toutes les affaires du royaume.

Son compatriote, Guillaume Briçonnet, né dans une grande famille tourangelle, évêque à dix-neuf ans, était président de la Cour des comptes de Paris et commissaire du roi, inégalable dans « la boutique de l'argenterie » et dans le commerce.

Un peu tassé sur sa chaise, à cause de son physique malingre mais surtout par discrétion naturelle, Claude de Seyssel, ancien docteur ès droits en Italie, de souche noble et savoyarde, ecclésiastique dans l'âme, installé depuis plusieurs années à la cour de France, très proche du cardinal d'Amboise, sera lui aussi d'une grande utilité au royaume, trouvant toujours une solution à tous les problèmes délicats grâce à son tempérament calme, prudent et d'une droiture extrême.

Enfin, Guillaume Budé, ancien compagnon de beuverie et de débauche de Louis d'Orléans, avait renoncé, à l'exemple de son souverain, à tous plaisirs de boisson, de chasse et de luxure pour devenir un fervent chrétien, patriote au fond de l'âme. Il était le secrétaire particulier de mon roi. Latiniste médiocre mais très érudit en grec qu'il apprit et maîtrisa très vite, cet autodidacte, au prix d'un travail acharné, va devenir un humaniste reconnu. Il rencontrera et discutera avec les grandes pensées de son siècle tout en prenant le temps de faire onze enfants à sa femme qu'il avait épousée alors qu'elle n'avait que quinze ans.

À chaque conseil se prenaient les décisions essentielles de la politique royale et les affaires traitées se résolvaient dans une douceur feutrée, même si l'organe vocal du maréchal de Gié couvrait largement les autres voix plus mesurées. Mais mon « Beau Sire » – s'il parlait peu, il écoutait avec attention et réfléchissait beaucoup – retrouvait son éloquence naturelle pour énoncer d'une voix veloutée une décision qui était irrévocable.

Il avait hérité d'un royaume bien isolé diplomatiquement. Les envieux pessimistes, qu'aucun gouvernement ne peut éviter, prédisaient qu'il lui faudrait des années pour venir à bout des problèmes auxquels il devrait faire face. En moins d'un an, il résolut pratiquement tout. Je crois que c'est le seul monarque qui a donné la preuve que l'on pouvait être un grand politique tout en étant honnête, franc, généreux et spontané.

Il avait le don de discerner ce que les grands seigneurs du royaume, toujours jaloux du pouvoir absolu et du précepte du don d'obéissance, envisageaient plus pour leur profit personnel que pour celui du peuple. Au cours d'un conseil qui se révélait hostile à sa politique de bienfaits, il nous étonna tous par la soudaine colère qui l'anima quand on lui rapporta qu'un de ses grands seigneurs avait réussi à récolter six mille livres d'excédent d'impôts dans sa province prospère. Louis XII le convoqua sur-le-champ. Le malheureux, croyant être chaudement félicité, se transforma en statue de pierre en entendant le roi lui adresser de sévères remontrances :

« Je refuse que l'on accroisse les tailles. Nous redistribuerons cette somme à tous ceux que vous avez dépossédés. Je sais que vos comptes sont bien tenus, monsieur de Montmorency, et je vous en sais gré. Vous donnerez votre livre à M. Robertet, mon trésorier. Je sais que tout y est consigné et nous pourrons ainsi rendre leur argent à ces infortunés que vous avez taillés en pièces. »

Quand M. de Montmorency se fut retiré avec force courbettes, plus démuni que jamais, le roi profita des regards désapprobateurs de ses conseillers pour leur assener un ordre qui les plongea dans une stupeur qui éternisa un silence déjà pesant :

« Le peuple paie déjà trop d'impôts. À partir d'aujourd'hui et cela à chaque nouvelle année, vous octroierez à mon peuple un dégrèvement d'un dixième sur ses impôts. »

Cette initiative qui, je crois, n'a pas été souvent imitée par les gouvernants du monde entier le rendit très populaire et très aimé, tu t'en doutes. C'est ainsi qu'il fut nommé aussitôt « père du peuple ».

Cette flatteuse appellation ne sera jamais usurpée et il la conservera tout au long de son règne et bien au-delà puisque c'est ainsi que son nom est resté dans notre Histoire. Cependant, c'est un des rois de France que l'on a complètement oublié. Qui connaît encore Louis XII ? Cette injuste omission dans laquelle on l'a claquemuré prouve bien que l'on n'a aucune reconnaissance pour ceux qui respectent les petites gens. Le peuple français lui-même mécontent en permanence, bien qu'il soit saigné à blanc et parfois affamé par des dirigeants sans scrupule, est sujet à l'éblouissement quand on lui jette à la face les dépenses somptuaires, les fastes et le honteux gâchis d'un mode de vie royal.

Ne crois pas que le peuple ne payait plus d'impôts, la taille, même avec sa réduction, restait toujours aussi lourde et c'était sans compter – si je puis m'exprimer ainsi – les impôts indirects sur le grain, le vin, la farine, le bétail, le cuir, la laine, le bois, les pierres, les métaux. Ils étaient variables d'une région à l'autre. Ajoutons les péages que l'on devait verser au seigneur du canton lorsqu'il fallait franchir un pont, passer sur l'autre rive d'un fleuve en « empruntant » le bac, ou même prendre un chemin qui traversait des terres appartenant à de grands féodaux. Louis XII a tenté de supprimer ces abus de pouvoir mais je crains qu'il n'ait été souvent désobéi !

J'allais omettre de te parler des droits de gruerie sur la vente des bois et l'usage des forêts. Et puis la gabelle, cet impôt sur le commerce du sel, était toujours de mise. J'avais composé une chanson qui donnait une mine renfrognée à chaque receveur collecteur quand je l'entonnais d'une voix nasillarde :

Si tu as trop de sel
Tu paieras la gabelle.
Si tu refuses de la payer
L'apostille sera salée.
Tu perdras ta belle
Viendront les écrouelles.
Pour ne pas payer la gabelle
Suis donc un régime sans sel.

Tous ces impôts indirects ou qui ne représentaient pas plus de la moitié des revenus de chacun étaient bienvenus pour renflouer le trésor royal.

Mon roi, par son sens profond de l'économie à la limite de l'avarice, attirait la moquerie de certains de ses courtisans. Quand des « âmes charitables » lui rapportaient ces discourtoisies, il n'en prenait point ombrage et répondait en souriant :

« J'aime beaucoup mieux les faire rire de mon avarice que de faire gémir mon peuple de mes profusions. »

Et il ajoutait :
« L'amour du peuple vault trésors ammassez. »

Quand, au tout début de son règne, on vint lui annoncer qu'il n'y avait pas assez de réserves dans le Trésor pour payer les obsèques royales du feu roi Charles VIII et que les funérailles seraient des plus confidentielles, il refusa tout net et prit en charge sur son propre argent l'enterrement somptueux de son prédécesseur qu'il ne portait pourtant pas au plus haut dans son cœur.

Le peuple touché par ce premier geste de générosité et de grandeur put admirer la fière allure de son nouveau souverain dans la pourpre de ses habits de deuil royal, qui faisait corps avec son grand destrier noir. Ce jour-là, sa royauté laissa transparaître toute la noblesse qui était en lui.

Même si leur architecture majestueuse et la beauté des salles voûtées nous donnaient une sensation de quiète félicité, la vie derrière les remparts des châteaux était bien monotone. Les occasions de se distraire étaient rares et l'effervescence était grande du fin fond des caves jusqu'aux créneaux des donjons quand le grincement de la grille du pont-levis se faisait entendre les jours de fête pour laisser entrer ménestrels, jongleurs et autres baladins conteurs de facéties. Le rire, les chants et la musique qui allaient résonner agréablement et remplir les hautes voûtes du château, nous faisaient oublier pour un temps l'ennui pesant et les réalités de la violence de la chasse, de la guerre ou tout simplement de la vie courante. Le rire devenait alors la nourriture inattendue et salvatrice qui coulait comme un miel succulent tout au creux de nos entrailles.

Car si mon économe de roi ne manquait pas de donner de grandes fêtes en l'honneur de la reine de son cœur, même la magnificence des réjouissances et des banquets se voulait raisonnable. Il avait à cœur de surveiller les dépenses en avertissant bien Florimond Robertet qu'il ne fallait en aucun cas que cela coûtât un denier de plus pour les charges du peuple.

Mes prestations devenaient de plus en plus fréquentes et – je dois te l'avouer sans aucune modestie – toutes plus remarquables les unes que les autres. Je commençais à être un maître incontesté dans l'art de la bouffonnerie. Par la métaphore du rire je donnais à mes propos un tour imprévisible, cocasse et satirique, je mettais fin aux bouffons de cour niais que tout un chacun considérait comme un animal de foire distrayant durant quelques minutes et que l'on verrouillait ensuite dans sa cage, récompensé par une abondante nourriture s'il avait bien exécuté ses facéties ou corrigé avec des verges s'il n'avait pas été l'amuseur que l'on attendait.

Je n'étais plus un « homme du Moyen-Âge », je ressentais comme mes contemporains un véritable renouveau, un bouleversement total d'une époque révolue. Évidemment, des renaissances avaient fleuri à partir de l'époque carolingienne avec de semblables analogies et influences, mais elles étaient bien différentes. On sentait venir, portée par un vent aux senteurs de basilic, une culture qui nous arrivait de par-delà les Alpes. Un bon nombre d'artistes italiens venaient travailler en France, la vie devenait plus active, mondaine, politique, civile et engagée. C'était un fait : l'homme nouveau naissait.

Et moi, qui étais-je ? Un fantaisiste ? Sûrement. Mais pas seulement ! Mon esprit s'accordait parfaitement avec mon physique biscornu. J'étais le fol sage. Et si l'on pense que tous les hommes qui nous gouvernent sont fous, le seul homme sensé ne peut être que le fou véritable. Laisser la parole à la folie, c'est aussi faire entendre la voix de la vérité qui fait tomber les masques des faux sages, déstabilise les hypocrites et dérange les artificieux. Au milieu de cette cour, j'incarnais le bon sens populaire en privilégiant le jeu, l'invention libre, l'habileté à manier parodies et satires. Je n'épargnais personne avec mon franc-parler.

Je dis mon franc-parler, c'est assez cocasse quand on pense à mes difficultés d'élocution, à ma façon de buter sur les mots qui étaient sujets de bien des moqueries. Mais de ce handicap, je m'étais fait une marque de fabrique qui pouvait devenir une arme mortifiante. Grâce à ce défaut qui aurait dû davantage me gêner que me servir, j'avais une manière bien à moi pour apostropher les uns et les autres en martelant certaines consonnes ou en traînant exagérément sur les voyelles. Résultat : le rire était instantané et la phrase assassine aussi rapide qu'une flèche – même si son parcours n'était pas direct – atteignait sa cible avec beaucoup plus de pénétrabilité. Mais que de labeur cela m'a demandé !

La vélocité de mes pensées était telle que je croyais que mes paroles pouvaient prendre la même cadence, d'où l'origine de ce bégaiement. J'avais lu que l'Athénien Démosthène, grand orateur dans la Grèce antique, était bègue de naissance tout comme Moïse. Il surmonta sa difficulté d'élocution au prix d'un dur entraînement en se forçant à parler avec des cailloux dans la bouche et devint ainsi le modèle de l'éloquence. Je lui avais emprunté sa méthode. Des heures, des nuits, des années pour enfin arriver à maîtriser ce qui deviendra un des atouts majeurs de ma personnalité, ou devrais-je dire plus justement de mon personnage.

Car cette situation entre la réalité et la fiction ressemble étrangement à celle du saltimbanque sur ses tréteaux. Tout le monde était en constante représentation, comme au théâtre, mais sans être dupe de son personnage.

Moi, j'avais un rôle de premier plan, j'étais le théâtre incarné et j'avais un avantage démesuré sur tous les histrions de la terre : je ne cessais jamais de jouer de l'aube jusqu'aux épaisses ténèbres. D'ailleurs étais-je certain d'être le maître de mon sommeil et de mes rêves ? À force de ne pas être moi-même, de simuler l'aliénation ou la naïveté, j'en étais arrivé à transformer ma vraie nature et la vérité avait trouvé son refuge grâce à cette mascarade consentie.

La vérité ne se fait tolérer que sous le masque de la folie. C'est dans la démesure que l'épanouissement de mon génie trouvait sa raison d'être. Oui, tu as bien entendu, j'ai dit « génie » ; on ne traverse pas trente-sept ans d'histoire à une fonction tellement convoitée, on ne côtoie pas jour et nuit deux rois si différents, seize ans avec le premier, vingt et un ans avec l'autre, sans posséder ne serait-ce qu'une pincée de génie. J'ai le droit de me prévaloir de cette épithète ! Il fallait bien que je me targuasse d'une once de satisfaction au milieu de cette gigantesque métamorphose.

Le Vernoy avait pris soin, dans le temps de sa consciencieuse formation, de m'adjoindre des maîtres de musique qui m'enseignaient l'art de jouer de la cornemuse, de la trompette, du rebec. J'étais devenu également un virtuose du tambourin et des cymbales qui s'accordaient fort bien avec mes grelots quand je les accompagnais allègrement de mes cabrioles et de mes gambades.

Il n'y avait qu'un instrument dont je n'ai jamais réussi à tirer un son, c'était la viole de gambe. J'eus pourtant comme professeur un des maîtres incontestés de cette *vihuela de mano* : Josquin des Prés. Ce chantre de la chapelle pontificale de Rome était venu en France fort de sa réputation de « prince de la musique ».

Quant à moi, je n'ai jamais apprécié ses messes, ses motets ou ses chansons qui m'ennuyaient profondément. Je préférais l'amusement débridé des groupes de paysans qui venaient danser la folia ou la gamba. Son sens de la fantaisie était en harmonie – ce qui est la moindre des choses pour un musicien – avec le sérieux de ses compositions et je n'avais droit qu'à un regard méprisant quand je lui entonnais une nouvelle chanson de mon cru :

Mon bon Maître Josquin des Prés
De moi daignez prendre pitié
Déjà mes oreilles se décollent
Quand vous me condamnez pour viole
Alors, je m'enfuis à toutes gambes
Avant qu'au bûcher on ne me flambe.

Mes compositions personnelles n'atteignaient pas le niveau des grands poètes, j'en suis conscient, c'est pour cette raison que j'avais la maligne finesse d'apprendre par cœur des vers, des contes et des chansons écrits par « messieurs les respectables troubadours » que je n'hésitais pas à interpréter avec un style qui n'appartenait qu'à moi.

Tu ne te figureras jamais tout ce que j'ai pu ingurgiter et savoir en si peu de temps. Je crois que lorsque l'on cherche à plaire, l'enseignement peut devenir un enchantement. Mon enthousiasme n'avait d'égal que ma frénésie à donner du plaisir et à entendre s'esclaffer.

On ne pouvait qu'être admiratif devant tant de virtuosité et c'est grandement à cause de cela que je devins le compagnon indispensable de mon roi qui fit de moi son favori, le familier le plus assidu, le confident et, sur sa demande, le conseiller particulier de Sa Majesté qui semblait m'appeler « au secours » quand des palabres incessants et trop souvent dérisoires s'enlisaient dans un ennui certain et une confusion sans issue au cours d'une séance du Grand Conseil. J'intervenais à bon escient, guettant, parfois même anticipant un regard de mon maître :

« Un mauvais orateur vous rend en longueur ce qu'il vous prend en qualité. »

Les applaudissements de contentement du roi détendaient immédiatement l'atmosphère et il arrivait souvent que d'importantes décisions fussent arrêtées à la suite d'un de mes égayants intermèdes.

Je portais une véritable admiration à mon souverain. Je l'appelais « Beau Sire »; il était flatté de ce titre que je lui avais donné dès notre première rencontre au monastère. Ce solide gaillard de taille imposante, au regard vif qui se ternissait d'une mélancolie récurrente, avait un nez aux larges narines qui lui mangeait la moitié du visage, surplombant une bouche gourmande qui ne permettait que très rarement les sourires qui m'étaient le plus souvent destinés.

J'aimais sa manière sobre de s'habiller sans déploiement de richesses. Soyons justes, loin de mettre des habits de manant, il était vêtu comme un roi doit l'être mais sans cet excès de colliers d'or, d'imposantes bagues multicolores aux pierres plus que précieuses que j'ai pu voir chez d'autres souverains. Il portait soit un manteau d'hermine, soit une houppelande écarlate fourrée de martre, un pourpoint en drap d'or sous des robes garnies d'orfroi, une paire de pantoufles de vair bordées d'hermine. Encore de l'hermine ! Outre sa douceur et la chaleur qu'elle procure, l'hermine était l'attribut d'Anne de Bretagne, tout comme le porc-épic était celui de Louis XII.

Son obsession d'économies n'altérait en rien ce qui touchait au bien-être de ceux si précieux qui l'entouraient et de ceux si rares qui avaient l'heur de jouir de son affection. J'étais choyé royalement, le terme n'avait jamais été mieux approprié. Selon ses ordres, on ne lésinait pas sur les dépenses affectées à mon entretien. Rien n'était trop cher, rien n'était trop beau. J'étais partie prenante des dépenses du roi dans les comptes d'argenterie de la Couronne.

Je n'avais pas besoin de monnaies sonnantes et trébuchantes, il me suffisait d'exprimer un souhait, il était exaucé dans l'heure ; il me suffisait de demander un objet, un vêtement, une friandise, on me l'apportait dans les instants qui suivaient.

Je ne revêtais pas tout le temps la livrée distinctive de ma fonction, non ! Seulement dans les cérémonies officielles pour lesquelles on me taillait chaque fois un habit neuf où la couleur jaune dominait grâce au safran que l'on tirait du pistil du crocus. Ce colorant était aussi un aromate réputé pour exciter le rire et en trop respirer le parfum pouvait conduire à la folie. Quelle aubaine pour moi ! Je sentais bon le safran et mon roi m'en faisait compliment, ce à quoi je lui rétorquais :

« Beau Sire, c'est parce que je suis si franc que je me parfume au safran. »

Et j'ajoutais : « C'est le parfum de la franchise et ces arômes vous prouvent que je ne suis guère enclin à vous parler autrement ! »

J'étais aussi bien vêtu qu'aucun des plus magnifiques seigneurs du royaume. Les étoffes de mes habits de tous les jours étaient les mêmes que celles du roi. Je ne m'habillais plus comme un fou mais comme le roi. Réplique ou contrefaçon ? Ni l'une ni l'autre ! Double grotesque ? Encore moins ! Alors, valeur toute symbolique ? Je dirais tout simplement : image renversée du pouvoir.

Mes repas étaient également les mêmes que ceux de mon roi et mon estomac s'habitua très vite à cette opulence, lui qui, pendant plus de dix ans, s'était quelque peu rétréci au bref passage des repas frugaux du monastère.

Mon logement était assuré dans une pièce assez confortable du château. Je n'avais pas le loisir d'en profiter pleinement, passant trop de temps à suivre mon roi jusque dans sa chambre où il m'arrivait souvent de dormir sur les épais tapis qui entouraient son lit, bien plus douillets que la paillasse et la râpeuse couverture trouée de ma glaciale cellule monacale sans lumière.

Avec un ventre bien rempli dans une vie d'opulence, certains auraient eu peut-être tendance à se laisser aller à l'oisiveté, à se laisser endormir dans une douce torpeur et une inertie stérile. Pas moi ! Avec mes lourdes tares et ma situation précaire, je prenais tous ces bienfaits pour un cadeau du ciel, bien que Dieu ne fût jamais mon refuge et que je me refusasse à lui payer une quelconque indulgence. J'avais une devise que n'aurait pas reniée la religion catholique : « Plus on me donne plus je me donne. »

Certaines mauvaises langues jamais fatiguées de saliver leur méchanceté ne cessaient de s'agiter en déversant leur venin pour me traiter de tous les noms d'animaux : du singe au perroquet, en passant par l'âne. Ils trouvaient cependant normal que je fusse aussi largement traité, seulement parce que c'était au même titre que les animaux de la ménagerie royale dont je faisais partie. Je vais te faire une confidence que je n'ai jamais révélée à personne : mon bon roi me témoignait plus d'affection qu'il n'en prodiguait à ses chiens, ce qui n'est pas peu dire !

En dehors de la réelle passion qu'il avait de régner, il avait celle de la chasse et, si ses deux chiens gambadaient dans toutes les pièces du château en totale liberté, il leur était très attaché. Chailly et Herbault – ainsi les avait-il dénommés – étaient deux molosses magnifiques, au pelage gris lustré tirant fort sur le brun, de la bonne race des chiens du roi, descendant tous deux d'un braque hors du commun nommé Ralay qui fut une des plus grandes joies de sa vie avant son règne quand, ne s'épargnant ni l'un ni l'autre, ils couraient les cerfs en Valois et en Bretagne. À l'heure où, âgé de treize ans, Ralay partit rejoindre le paradis canin, Louis d'Orléans le pleura beaucoup mais se consola grâce à l'excellence des deux plus forts chiots de sa descendance. Ils n'avaient de considération que pour leur maître et pour moi évidemment. Je m'entendais si merveilleusement avec ces deux superbes mâtins que certaines nuits je m'endormais entre eux deux sur les tapis moelleux de la chambre du roi.

Il avait aussi un amour immodéré pour un oiseau de proie qui répondait au doux nom de Muguet. S'il n'avait qu'une chose de douce, c'était bien son nom car ni son regard ni ses déploiements d'ailes n'avaient rien d'engageant et il valait mieux se trouver à bonne distance de ses serres tranchantes et de son bec acéré. Fort heureusement, lorsque le roi ne le tenait pas au bout de son poing pour aller chasser la perdrix, l'épervier avait son perchoir dans une pièce adjacente où ne pouvait pénétrer qu'un mince rai de lumière et il ne nous rappelait sa présence que par des cris perçants et stridents. Je me suis toujours méfié de ces animaux au bec aussi pointu que leur œil est perçant et qui ont la suprématie de s'envoler dans le ciel.

Une image revient régulièrement troubler mes courtes nuits de sommeil : je vois toutes les sortes d'oiseaux existants se grouper dans une effroyable coalition et fondre sur nous pour nous crever les yeux et nous étriper sans que nous puissions nous défendre d'une manière efficace.

Mais passons du cauchemar au rêve : on alla jusqu'à composer une pièce en vers intitulée « Muguet, l'oiseau du roy Louis XII », qui rendait hommage à ce méchant tas de plumes carnassier :

Trois passetemps parfaicts a eu Loys douziesme
Triboulet & Chailly, & je fais le troisiesme ;
Triboulet pour la chambre, Chailly pour champ est duict [dressé]
Et moi, je volle en l'air pour gibier & déduict [divertissement]
Le bon Chailly, Triboulet et Muguet
Tous de par moi doivent aller au guet.

Même si on m'associait aux chiens et à l'épervier, j'étais cité. Il ne s'écrivait plus une poésie, il ne se composait plus une chanson dont je ne fisse partie; j'étais au cœur de toutes les conversations, c'est te dire combien j'étais déjà en grande considération.

Avant le départ de chaque chasse, Louis ne manquait jamais de me faire répéter ce compliment :

Mon Beau Sire,
S'il y a bien une chose
À laquelle je n'ai jamais "Chailly"
C'est d'avoir "l'Herbault",
Mais je reste bien sûr aux abois
Sans tenter de cueillir Muguet
Puisque je ne puis conter fleurette.

« N'est-ce pas le roi des bouffons et n'est-il pas digne d'être le bouffon du roi ? » se plaisait-il à questionner ses vassaux qui ne pouvaient que répondre par l'affirmative. Il attendait ensuite que toute la compagnie retentisse d'un rire bien plus tonitruant que les cors de chasse qui tentaient de prendre le relais.

Je détestais ces rires forcés et serviles mais en même temps ils affermissaient ma position et mon pouvoir !

J'enchaînais *ipso facto* (ah non, je ne vais pas te traduire cette expression qui est entrée dans le vocabulaire courant !) :

Mon Beau Sire,
Tu t'éreintes céans chaque jour que Dieu fait
À vouloir tuer des bêtes dans tes forêts
Alors qu'il en pullule grand nombre à la cour.
C'est le moment de faire une vraie "chasse à cour"
Allez ! N'hésite plus, refais-nous Azincourt.
Moi de ce pas derechef, je m'enfuis, je cours
Tout au fond des bois touffus je vais me cacher
Si je reste ici, je suis un trop gros gibier.

La chasse ne me mettait pas en joie et j'y assistais peu. J'éprouvais une solide aversion envers ces chasseurs dont l'âme n'était vraiment heureuse qu'aux sons des trompes, des aboiements des chiens et des gueulantes des piqueurs. Ni l'odeur du sang, ni celle du gibier suant et haletant, ni le « doux fumet » des excréments ne portent mes sens jusqu'à l'extrême excitation au bord de l'orgasme. Je n'ai pas supporté le regard d'affolement puis de résignation de la biche ou du cerf au moment de la curée. Quelle ivresse peut-on avoir à dépecer la bête ? Je n'avais que la délectation de la déguster en civet ou à la broche !

Pendant qu'ils galopaient après leurs proies, j'allais dégourdir mes jambes torses dans les champs alentour. J'emplissais ma poitrine des parfums de la marjolaine, de l'ambroisie ou de la violette. Moments inaccoutumés pour moi, dont je profitais pleinement. Je me complaisais durant deux ou trois heures au ravissement de la paresse, à la mollesse de l'étourderie, à l'inactivité de l'esprit. Le sentiment quotidien d'être en danger n'existait plus si ce n'était celui de la piqûre inopportune d'un dard de bourdon ou de guêpe.

Quelle volupté de prendre le temps d'étaler avec délicatesse sur l'apaisant tapis d'herbe verte le linge immaculé qui enveloppait une miche de pain et la terrine de sanglier aux champignons sauvages que m'avait préparées le premier cuisinier de Sa Majesté ! Une fois le tout avalé, il me restait à aller grappiller quelques mûres dans un buisson voisin. Je n'avais jamais à chercher bien loin une source ou un puits pour m'y désaltérer, repérer un chêne assez imposant pour me faire suffisamment d'ombre et m'allonger sous son feuillage touffu afin de goûter la lasciveté d'un court sommeil réparateur en rêvant à cet enfant tordu qu'on n'avait pas songé à abandonner.

Tu l'ignores sûrement mais, à cette époque, l'abandon d'un enfant était une pratique admise par l'Église qui encourageait vivement les parents les plus démunis à déposer leurs rejetons dans un lieu public, de préférence sous le porche d'une église. Cette opportunité avait dû échapper à mes géniteurs ; il est vrai qu'ils n'en auraient tiré aucun profit. Ils pensaient peut-être devenir plus riches en me vendant à un bateleur de passage qui m'aurait mis en cage pour m'exposer comme une monstruosité de la nature.

Mon rêve effaçait l'enfant pour le faire vite grandir et laisser la place à cette contrefaçon de jeune homme de vingt ans qui ne s'est pas aperçu des années déjà passées et qui prend conscience du privilège de son présent en ignorant si cette vie inespérée va perdurer.

Ce qui m'a sauvé, la raison de ma longévité, c'est que même dans mes rêves je savais qu'il fallait savoir profiter de l'instant présent.

Chapitre troisième

Comment ne pas croire au destin ? C'est à Blois, dans la ville qui m'a donné le jour (et qui maintenant vole mes nuits), plus précisément dans ce château familial des Orléans où j'officie en tant que premier et unique bouffon de Sa Très Gracieuse Majesté, que je vis pour la première fois *« venire diretto di Firenze »*, un Italien du nom de Niccolo Machiavelli. Sa carrure imposante, ses manières avenantes, ses gestes mesurés d'une extrême élégance et ce visage qui se voulait impassible mais qui savait s'éclairer d'une lueur malicieuse à la moindre remarque pertinente donnaient à ce Florentin basané aux cheveux de jais un charisme qui forçait le respect et la confiance.

Comment qualifier sa profession ? Chargé des relations extérieures pour la ville de Florence ? Officiellement, c'était la façon dont on l'annonçait. Moi, pour l'avoir côtoyé à plusieurs reprises, je lui avais donné le titre d'instructeur des princes. Mon intuition ne me trompa pas puisqu'il écrivit plusieurs ouvrages, fruit de ses réflexions sur tous les gouvernants qu'il croisa durant un quart de siècle ; il avait l'art de fort bien les observer, de les juger en silence, de les conseiller souvent, de les réprimander parfois, de les encourager discrètement, de les critiquer avec retenue, et celui si délicat de ne jamais omettre de les louanger sans flagornerie.

Sa présente mission en France consistait à demander l'aide du roi en faveur de la ville de Palerme. Il ne perdit pas un instant pour observer les habitants de notre pays qui furent également pour lui matière à réflexion.

Louis lui avait accordé sans délai un entretien auquel j'assistai, pour une fois muet et admiratif. J'attrapai au vol quelques phrases que je maintins fortement ancrées dans ma mémoire :

« Les rois sont créés pour servir aux peuples qui peuvent être sans rois, et non les rois sans peuples.

« Il faut préserver la politique, fût-ce aux dépens de la morale.

« Vers bon conseil prince se doit *retraire* s'il *veult* en paix maintenir sa couronne.

« Il ne faut pas se laisser gouverner par la fortune, il faut la gouverner, c'est-à-dire la forcer.

« Maîtriser la fortune, c'est maîtriser sa propre nature.

« Le mépris et la haine sont sans doute les écueils dont il importe le plus aux princes de se préserver. »

Outre le plaisir d'entendre de belles choses, c'était celui de les comprendre qui me ravissait. Ce fut la première personnalité qui me montra une véritable attention, me parla non pas d'égal à égal mais d'esprit à esprit, d'être humain à être humain sans condescendance ni commisération. Me considérait-il comme un grand ou plutôt considérait-il tous les grands de ce monde au même niveau que mon humble personne ? Tu vois, je sais retrouver l'humilité quand je croise la grandeur.

Machiavel eut également de longues conversations avec Georges d'Amboise. Un soir de juin encore diurne, au détour d'un couloir, une porte suffisamment entrebâillée laissa échapper quelques phrases prononcées dans un pur françois saupoudré d'un bel accent italien ; je n'ai jamais cessé de m'en délecter :

« Mio carissimo Giorgio, la démonstration est claire pour moi, Louis le douzième est un véritable prince. Il a tout et il sait qu'il peut gagner beaucoup plus en en faisant bénéficier ses sujets. C'est la maîtrise parfaite de la fortune au nom de l'humanité. Je songe à composer un ouvrage sur la manière d'acquérir et surtout de conserver le pouvoir mais qu'il prenne garde :

Roy qui se gouverne par femme
Jamais ne fera nu beau fait. »

Il avait compris, après une semaine passée au château de Blois, que notre reine était une femme de pouvoir redoutable. Notre chère Anne de Bretagne : nulle ne pouvait mieux porter son nom, tellement elle était attachée à sa province. Si elle était véritablement aimée de notre Louis et qu'elle lui rendait son amour sans retenue, pour en arriver à cette heureuse communion, le chemin fut plus semé des épines que des pétales de la rose.

Quand elle épousa Charles VIII, son contrat de mariage stipulait qu'en cas de disparition de son époux (ce qui est arrivé, rappelle-toi la poutre des latrines en plein front !), elle était dans l'obligation de se remarier avec le roi successeur de son mari et ses biens, utilité et profit deviendraient la propriété du royaume de France.

Tout concordait avec l'attirance toujours vivace d'Anne pour le nouveau roi qui, en se débarrassant de sa « boiteuse », d'abord se vengeait de Louis XI et ensuite allait recouvrer la Bretagne, cette Bretagne qui appartenait non seulement à Anne mais dont elle était en quelque sorte la souveraine.

Gai ! Gai ! Marions-nous !

Les chansons ne sont pas toujours des panacées. Que de sentes tortueuses pour arriver à cette cérémonie matrimoniale tant attendue !

Louis devait d'abord obtenir l'annulation de son mariage avec Jeanne de France, qui résista longtemps pour enfin céder et s'effacer devant la raison d'État, le 17 décembre 1498 après deux mois de palabres devant des tribunaux ecclésiastiques souvent déstabilisés par les mensonges éhontés de notre « père du peuple » qui, à ce moment précis, aurait dû porter le titre de « fils de putain ».

Et puis, Louis et Anne étaient cousins (parents au quatrième degré en ligne collatérale), il fallait donc obtenir l'indispensable dispense pontificale pour convoler en de justes noces.

La bulle de dissolution fut accordée par le pape Alexandre VI, qui avait eu deux fils avant son ordination. Il envoya son second, le cardinal César Borgia, lequel arriva dans notre pays en déployant un faste indécent. Pendant quatre mois, il garda dans ses bagages les lettres signées de son père le pape, avec l'intention de les monnayer contre un appui décisif lui permettant de faire un mariage qui arrangerait ses douteuses affaires, mais on le dénonça au roi et celui-ci l'obligea à lui remettre les précieux papiers qui manquaient pour finaliser une union qui n'avait que trop traîné.

Le pape Alexandre VI accordait « *au roi des chrétiens et à la reine Anne, par un don de sa grâce spéciale et au cas où le mariage du roi et de sa première femme serait annulé, la permission de convoler librement en secondes noces et de vivre désormais dans cette union licite qui leur promettait des fruits légitimes* ».

Anne profita de l'amour aveugle (ou tout au moins ayant une vue bien ternie) que Louis éprouvait à son égard pour lui dicter des conditions draconiennes afin que sa Bretagne retrouve son indépendance.

Si elle décédait avant son souverain roi, celui-ci garderait à titre viager l'administration de la Bretagne qui, à sa mort, reviendrait aux prochains et vrais héritiers de ladite dame sans que les autres rois et successeurs de rois en pussent quereller, ni demander autre chose.

Louis qui croyait unir la Bretagne à la France ne se rendit pas compte qu'en signant le contrat de mariage avec Anne il se trouvait dans une situation moins favorable que son prédécesseur. Anne n'était plus une jeune fille innocente mais une femme de pouvoir qui démontrait par cet acte l'habileté féminine sur l'amoureuse faiblesse d'un homme que son désir désarme totalement.

À vingt et un ans, cette petite noiraude, d'apparence fragile, presque maladive, savait mettre en valeur un physique ingrat en se vêtant avec goût, privilégiant les couleurs sombres qu'elle imposait d'ailleurs à ses dames d'honneur. Elles étaient toutes d'une tenue tellement triste que leurs visages prenaient l'austère apparence de leurs vêtements. Je me plaisais à penser (et jamais à dire !) qu'elles feraient débander un régiment de priapes.

Elle avait une façon bien à elle de donner le change, ce qui renforçait son côté hautain et distant. Redoutable et habile négociatrice, elle savait obtenir ce qu'elle voulait par n'importe quel moyen : quand ce n'était pas bouderie tenace, elle passait allègrement des larmes aux cris, du doux sourire au rictus de rancune, des coquetteries irrésistibles aux inquiétantes menaces.

La seule justice que l'on pouvait lui rendre c'était d'avoir transformé Louis d'Orléans : de le faire passer du stade de débauché aux mœurs dépravées à l'amoureux transi et fidèle. En obtenant sa main, son corps, son cœur et son esprit ? À mon avis, elle avait pris tout le lot.

Elle avait reçu une éducation qui avait développé en elle le goût des belles choses. D'une âme ardente, d'une pensée ingénieuse et fine, profondément éprise de culture, d'art et de beauté naturelle, je comprenais mieux son aversion évidente pour moi.

Elle s'entourait de beaux esprits. Son secrétaire n'était rien moins que le très célèbre poète André de La Vigne qui composait lui-même des mystères, des ballades et des complaintes en français tout à l'honneur de sa « belle reine ».

Elle adorait une musique qui me procurait de tels bâillements que je craignais chaque fois que ma mâchoire ne restât béante pour le restant de mes jours. Elle avait à son service deux chantres : Prégent Jagu et Yvon Lebrun, et cinq musiciens : Pierre Yvon, Jehannet du Bois, Jacques Lorhignière, maître Paul et maître Jérosme. Un orchestre pour elle toute seule ! Pour moi, une cacophonie à eux tous ! Mais cela ne lui suffisait pas, elle faisait venir des ménestrels de Paris ou d'ailleurs qui jouaient devant elle plusieurs moralités et ébattements ou les plus belles mélodies de leur répertoire. Elle les remerciait d'un sourire et les congédiait sans les avoir récompensés d'une quelconque aumône. Si elle était parcimonieuse pour rétribuer ce qu'elle appelait le menu fretin, elle ne pouvait vivre que dans un luxe exorbitant au milieu des tapisseries, des bijoux, des livres rares, des objets précieux, de la vaisselle d'or et d'argent qui faisaient partie de son quotidien. Elle avait aussi une garde privée entretenue à grands frais.

La reine dépensait, le roi économisait et le peuple payait !

Si – en termes vulgaires – elle ne pouvait me sentir, en revanche on la sentait à des lieues à la ronde tant elle se parfumait abondamment avec un mélange de rose et de violette musquée.

Le château et les alentours ne tardèrent pas à se faire l'écho d'une nouvelle qui se répandit plus vite que son parfum ne s'évapora :

« Notre reine est grosse du roi ! »

Je n'étais pas plus étonné que cela : ne quittant pratiquement pas mon roi, chaque soir, parfois même plusieurs fois par journée, mes tympans étaient à la limite de l'éclatement tant les râles et les cris de jouissance du couple royal défiaient sans complexe l'épaisseur des murailles.

Au joli jeu du pousse avant
Fait bon jouer.

C'est le moment pour moi de te parler des femmes ou si tu préfères de mes rapports avec elles. Rapports ! C'est un mot qui ne s'applique guère à ma vie amoureuse, dont je n'ai jamais soufflé mot même à mes amis les chiens. Qu'en aurais-je pu dire d'ailleurs ? Une vie sans amour est-elle narrable ?

Mon sale museau sitôt sorti de la matrice de ma mère, d'instinct je me suis méfié des femmes. Je me suis très vite imposé des interdits. Premièrement : interdit de séduction; cela me paraissait raisonnable vu ma contrefaçon. Deuxièmement : interdit à mon âme et à mon cœur de s'enflammer; aucun remède n'étant assez puissant pour éteindre de tels embrasements. Troisièmement : interdit à mes oreilles de se laisser envoûter par une voix féminine à l'accent mélodieux; tu penses bien que la lecture de l'*Odyssée* et la belle histoire d'Ulysse avec les sirènes n'étaient pas tombées dans l'oreille d'un sourd !

Je m'étais moi-même condamné à une chasteté forcée. Pourtant mes attributs étaient plus qu'honorables, témoin mes bourses bien gonflées et ma verge d'une bonne mesure qui aurait sûrement fait le bonheur d'une vulve accueillante.

J'étais assez fier de mon gourdin qui doublait de taille et de volume le matin au réveil. Tendu à l'extrême, il semblait ne vouloir jamais retrouver sa mollesse. Je m'amusais beaucoup à le voir dressé tout droit comme un trébuche, je me disais qu'il était moins tordu que mon dos et que c'était certainement la seule partie qui se tenait bien droite dans mon corps. J'avais tout juste vingt ans et je sentais que cette sève qui s'agitait à gros bouillons à l'intérieur de moi ne demandait qu'à s'épanouir au grand jour. Alors, je le prenais à pleines mains et le secouais comme prunier à l'automne pour lui redonner une forme raisonnable. C'est ainsi que je découvris un plaisir solitaire qui me donna toujours entière satisfaction, me consola de bien des chagrins et calma des ardeurs qui auraient pu me détourner de mon sacerdoce.

Je croyais les femmes incapables de tendresse ; il faut dire que ma mère ne m'avait jamais donné la preuve d'une quelconque existence affective.

Les seules robes que j'avais croisées durant ces dix dernières années étaient de bure et portées par des moines qui ne m'inspiraient aucun sentiment.

Depuis qu'à la cour je côtoyais quotidiennement la gent féminine, il est vrai que ma verge se raidissait aussi l'après-midi et le soir au point de me faire méchamment souffrir. Comme si je n'avais pas assez de souffrances à traîner avec moi ! J'analysais fort bien les regards des femmes quand ils se posaient sur moi ne fût-ce qu'un court instant ; elles savaient si bien exprimer dégoût et moquerie. Parfois c'était plus humiliant : je décelais de la pitié. Les femmes sont par nature voluptueuses et frivoles, donc elles sont attirées par les fous. J'en déduisais que je ne leur étais pas indifférent et pouvais le constater quand je surprenais un petit groupe qui m'observait à la dérobée en chuchotant et en laissant éclater des rires espiègles. Peut-être que la proéminence de mon appendice nasal leur laissait espérer que ma verge fût en proportion ? Toujours est-il que mon fripon de phallus ne manquait pas de me rappeler sa présence quand mes yeux croisaient une gorge bombée laissant deviner des tétons grassouillets ; je sentais une enflure s'agiter dans mes chausses qui accentuait ma démarche de boiteux.

Malgré toutes les barrières que je m'étais construites, malgré la volonté inébranlable de ne jamais succomber au charme désarmant d'une femelle, j'avais le cœur meurtri dès qu'une odeur de femme venait me chatouiller les narines, ou quand la soie d'une robe effleurait ma main.

L'attirance physique est un sentiment dangereux car à cause d'elle j'ai vu beaucoup d'hommes privés de leur raison, qualité qui nous place tout de même au-dessus des animaux. Il me fallait réagir ou plutôt forcer ma volonté à ne pas laisser paraître une quelconque réaction naturelle. Souviens-toi que mes saillies (je parle de mes moqueries !) ne devaient jamais être malfaisantes envers les femmes. Je devais donc garder au fond de moi cette grande frustration de ne pouvoir exprimer ni mes sarcasmes ni mes ressentiments. Dans un ouvrage médical dont j'ai oublié l'auteur, un passage m'avait amusé. Je l'avais appris par cœur et je me le récitais comme une prière quand je sentais qu'une chaleur de femelle risquait d'incommoder ma chasteté : « Je m'occuperai ici avec l'aide de Dieu de ce qui touche aux femmes et comme la plupart du temps les femmes sont de méchantes bêtes, je traiterai ensuite de la morsure des animaux venimeux. »

Dieu m'est témoin, je n'ai jamais été mordu !

À part ces petits « déplaisirs », je me délectais de cette vie prospère mais c'était sans compter sur la politique belliqueuse que mon roi portait en lui, comme une nécessité de se défouler. La chasse n'était pas suffisante comme palliatif. Les guerres sont les plus grandes distractions des rois.

Après un conseil assez houleux – je m'étais recroquevillé dans un coin de la salle où d'ailleurs on oublia ma présence –, le roi décida d'aller reconquérir le Milanais. C'était la récupération de l'héritage de Charles VIII qui avait échoué dans son rêve italien et n'avait qu'une idée en tête, prendre sa revanche. (Ne revenons pas sur la malheureuse poutre qui fut la dernière chose qu'il eut en tête !) À ce même conseil, les généraux et chefs d'armée furent convoqués. Parmi eux Stuart d'Aubigny, Louis de Ligny, Jean-Jacques Trivulce, Jacques de Chabannes, seigneur de La Palice, qui s'étaient tous brillamment illustrés dans les guerres d'Italie sous Charles VIII, et un homme enrôlé depuis peu dans la cavalerie lourde dont on vantait déjà l'avenir glorieux, Pierre Terrail, seigneur de Bayard. Ils avaient aussi fière allure campés sur leurs deux jambes qu'à califourchon sur la selle d'un fougueux destrier. Louis, au nom de sa grand-mère paternelle Valentine Visconti, revendiquait le titre de duc de Milan et projetait d'aller reprendre Naples. Tous les conseillers le mirent en garde : l'expédition n'allait pas être une simple promenade de santé ; à ce moment-là toute l'Europe, hormis l'Angleterre, avait des intérêts dans la péninsule italienne. Son talent de diplomate avait déjà réuni des alliés de poids : le pape, la république de Venise, le roi d'Aragon, la reine de Castille, le roi de Portugal, le roi d'Écosse, le roi de Hongrie, le roi de Bohème, la Confédération helvétique, l'empereur Maximilien et plusieurs princes électeurs d'Allemagne.

Mais Louis rêvait de conquêtes : rêves de gloire indispensables au prestige de la monarchie pour affirmer la puissance de son nouveau statut de roi. Il était fasciné par l'Antiquité, féru de l'histoire des empereurs romains qu'il lisait en latin et il connaissait sur le bout du Rubicon toutes les campagnes de Jules César.

Il voulait aussi qu'on le comparât aux chevaliers héros de guerre du Moyen-Âge, courageux, vaillants, triomphants et glorieux. La guerre offrait l'opportunité de briller à des hommes courageux, certes, mais inconscients du danger. Son caractère, qui pouvait être de douceur, de sagesse et de prudence, se transformait jusqu'à atteindre une cruauté bestiale insoupçonnable. C'était le roi guerrier dans toute sa splendeur. Il en avait l'étoffe et pas seulement par ses habits qui n'avaient plus la simplicité quotidienne. Pour partir guerroyer, il portait une robe blanc et rouge brodée d'or qui recouvrait son armure forgée à la manière de celle des empereurs romains. Le casque était surmonté d'un plumet recouvert de fils dorés, ses éperons étaient en or, naturellement, tout comme le harnais et les étriers de sa monture, qui elle-même était revêtue d'une robe semblable à celle de son maître.

J'avais la folie de penser (c'était ma seule façon de penser !), j'avais la folie de penser qu'un bouffon n'avait rien à faire à la guerre et j'espérais rester bien à l'abri entre les murailles rassurantes de ce beau château de Blois.

Mon roi ne l'entendit pas ainsi et me pria d'aller sans tarder préparer mes malles en me commandant de ne pas oublier d'y mettre mes attributs et mes instruments pour lui donner « festes et réjouissances ».

« Mon Beau Sire, laissez-moi céans ! Je ne suis pas fait pour m'en aller à la guerre. Tous vos chevaliers sont preux, moi je suis peureux !

– Je te veux près de moi où que j'aille. Là-bas, j'aurai besoin de maintes distractions. Va préparer tes malles et fais-les charger dans ta carriole. »

Je détestais les voyages pour la bonne raison que je n'en avais jamais fait, n'étant allé que de Blois à Amboise et d'Amboise à Blois. J'arpentais les couloirs et les salles du château en gémissant :

J'étais à Blois
Où je ne m'ennuyais guère
Mon roi me traîne à la guerre
Je suis aux abois.

Il fallut plusieurs semaines de préparatifs pour qu'enfin, au début du mois de juin 1499, l'immense et imposant cortège se mît en mouvement et s'étirât comme une longue chenille multicolore. Les haltes furent nombreuses, la première, dans la plate Sologne, au château de Romorantin où Louis conduisit sa « tendre » et chère Anne, sa « brette », enceinte de cinq mois.

« Vous ne pourrez pas être mieux qu'en cet endroit, Madame, pour mettre au monde le dauphin que le royaume tout entier attend avec une impatience bien compréhensible. Nous allons déjouer cette malédiction qui refuse un héritier à la couronne de France depuis presque trente ans. »

En ce château, vivait Louise de Savoie. Veuve dans sa vingtième année, elle n'avait gardé de son mariage avec

Charles, comte d'Angoulême, que peu de souvenirs ineffaçables hors la naissance de ses deux enfants et surtout de ce gros garçon de cinq ans, François, duc de Valois, l'orgueil et la joie de sa vie, qu'elle appelait son idole. Elle était prête à se sacrifier elle-même et, à plus forte raison, à sacrifier le monde entier pour le voir régner à la suite de notre roi Louis.

Cette femme, dotée d'une force de caractère peu commune, s'était accommodée avec une grande philosophie des frasques de son époux qu'elle ne pleura pas quand il mourut prématurément; elle resta même en excellents termes avec l'une de ses maîtresses dont elle éleva les enfants avec les siens.

Elle sera toujours aux aguets lors des naissances et des disparitions successives des enfants de Louis XII et d'Anne de Bretagne de même qu'elle l'avait été lorsque Charles VIII fécondait « la BretAnne » comme elle se plaisait à la surnommer perfidement. Elle ne songeait même pas à cacher sa joie quand un héritier mâle disparaissait avant terme.

Les astrologues lui avaient promis un avenir glorieux pour son François, son roi, son seigneur, son César, son fils adoré. Cette prédiction ne pouvait signifier autre chose qu'une inaltérable assise sur le trône de France.

Ce petit gaillard m'avait adopté dès notre première rencontre. Il était en joie dès qu'il m'apercevait et ses élans n'étaient pas de feintes attentions. L'attachement profond qui nous unira pendant quarante-deux années ne connaîtra jamais – ne fût-ce qu'un instant – l'usure de l'affection.

Louise de Savoie et Anne de Bretagne, en employant des termes mesurés, se détestaient au plus haut degré de la haine et les voilà toutes deux obligées de cohabiter quelque temps. Cela m'inspira bien sûr une chanson que je fredonnais seulement en cachette pour quelques pages hilares qui étaient devenus, non pas mes amis, n'exagérons rien, mais mes complices : être du dernier bien avec moi devenait une règle d'or à la cour ; on me craignait, tant ma complicité avec mon roi me conférait un pouvoir « souverain » !

Le danger sera moins grand
En combattant les Italiens
Qu'entre les murs imposants
Du château de Romorantin
Où deux reines vont s'affronter
L'une par sa Bretagne entêtée,
L'autre par son nom de Valois
Saura faire entendre "Savoie".

Le voyage dura plus d'un mois, infiniment ralenti par l'importance des équipages de vénerie dont mon chasseur de roi ne voulait pas se séparer, même durant cette expédition guerrière semblable aux grandes croisades des siècles précédents. Dernière halte avant de passer les Alpes et de nous retrouver en Italie, nous nous arrêtâmes à Lyon où toute l'armée fut concentrée. Elle était imposante, comprenant près de vingt mille hommes dont beaucoup d'étrangers. Mon roi avait bien promis à sa belle reine grosse de ses œuvres de ne pas conduire lui-même les opérations mais il fit entorse à son serment et dans ses habits d'apparat il passa ses troupes en revue, punissant impitoyablement les moindres négligences de soudards indisciplinés avant de chevaucher aux côtés de Jean-Jacques Trivulce.

Ce Milanais d'origine, de son vrai nom Giovanni-Giacomo Trivulzio, tout autant bardé de fer dans son armure que de cicatrices sur son corps, avait pour son âge – il avait passé le demi-siècle – une vigueur qui laissait pantois les autres chevaliers et qui forçait même l'admiration des ennemis. Insensible au froid, à la chaleur, pouvant rester des jours entiers sans quitter sa monture, il était redoutable dans le combat singulier et grand expert dans les manœuvres sur un champ de bataille. On allie souvent la bravoure et la vaillance d'un preux chevalier avec le physique avantageux d'un homme de grande taille au port noble surmonté d'un visage aux traits réguliers comme celui des seigneurs Bayard et La Palice ; cette description ne s'appliquait guère à Jean-Jacques Trivulce : il était petit, rondouillard, avec la figure rougeaude d'un adepte du tonneau de vin. Toujours est-il que, vissé sur sa selle à pommeau d'or et donnant de robustes coups d'éperons pour transmettre à son cheval l'ardeur guerrière qui l'animait, il entraîna l'avant-garde de l'armée royale qui comptait quinze cents soldats d'infanterie et six cents lanciers suivis de l'artillerie et du reste de la cavalerie. Mon roi caracolait en tête, pressé lui aussi d'en découdre avec l'ennemi.

Je ne participais pas au combat, tu t'en doutes bien. J'aurais peut-être été efficace comme épouvantail dans un champ de blé mais je ne suis pas sûr que ma sale trogne aurait suffi à faire fuir l'ennemi sur un champ de bataille. J'évitais aussi de monter à cheval d'abord parce que ma bosse sur le dos d'un destrier l'aurait changé en dromadaire, ensuite parce que je suis un piètre cavalier. La preuve ? Durant les jours de campement à Lyon, j'avais la charge d'organiser des fêtes impromptues destinées à distraire l'impatience des chefs d'armée qui ne songeaient qu'à aller promptement mettre en pièces les Milanais et leur chef Ludovic Sforza dit Le More. Au cours d'une soirée pour amuser la galerie, j'avais imaginé de singer un chevalier italien qui se préparait à nous affronter. Juché sur un âne, je fis une entrée remarquable et remarquée qui provoqua force rires et applaudissements.

L'animal, ne goûtant guère la plaisanterie, s'offusqua que l'on osât se moquer ainsi de lui et me jeta à terre dans un mouvement de mauvaise humeur. Ma chute, accompagnée des braiments moqueurs de la bête, augmentèrent l'hilarité générale. Je m'empressais de dire que si la bête m'avait désarçonné, je ne l'étais pas moi-même car je n'étais pas étonné qu'un âne refusât de garder sur son dos l'un de ses congénères.

Le jour où les hostilités débutèrent, j'étais sinon rassuré, tout du moins un peu plus serein d'avoir à mes côtés, dans une petite carriole perchée sur le faîte d'une colline d'où la vue était imprenable sur la plaine du Milanais, Jean d'Auton, chroniqueur attitré de Sa Majesté, chargé de coucher sur parchemins le récit entier des combats. Il ne manqua pas de rapporter dans notre plus beau vieux françois, tel un poète, une réalité qui était tout autre. Ne lui jetons pas la pierre, tant d'autres historiographes ne s'en sont pas privés ! Je ne résiste pas à te donner un exemple de sa magnifique prose au moment où l'armée s'ébranla pour partir au combat :

Qui, au raiz du souleil, heust veuz les armes reluyre, les estandards au vent bransler, les groz chevaulx aux champs bondir et faire carrière à toutes mains, tant de lances, picques, hallebardes et autres enseignes de guerre par chemin, tant de gens d'armes, piétons, artillerye et charroys en avant marcher, bien eust peu dire seurement que assez de force y avoit pour tout le monde conquérir.

Je ne traduirai pas ces quelques lignes, elles me paraissent aussi claires que le sang qui commençait à couler à flots dans une cacophonie de hurlements, d'aciers durement entrechoqués et de grondements de canonnades. J'étais littéralement horrifié par ce spectacle que mon voisin, dans son délire poétique, qualifiait déjà de « merveilleuses tueries ». L'ordre royal qui m'obligeait à assister aux combats ne m'enchantait guère mais je ne cesse de te le répéter : on ne transige pas avec la volonté d'un roi.

Je suis un froussard dans l'âme. Le bruit des canons, des tambours et des fifres me glace les sangs et je ne pense qu'à une chose : aller me cacher dans le coin le plus retiré et me rouler en boule comme un hérisson jusqu'à ce que l'on vienne doucement me prévenir que l'affreux spectacle sanguinolent marque une trêve. Vu l'exiguïté du chariot où nous nous trouvions, j'aurais eu du mal ne fût-ce qu'à m'asseoir.

Sans y avoir jamais assisté, je n'aimais pas la guerre, comme je ne supportais pas toute forme de violence. Outre la peur qui me tordait le ventre (comme si je n'étais pas déjà assez tordu !), je n'avais ni le courage ni la rage de me battre ; aurait-on d'ailleurs trouvé une armure qui fût adaptée aux formes bizarroïdes de mon corps ? J'ai parfois porté l'épée fièrement et avec bravade, mais elle était en bois.

Même si je fermais parfois les yeux devant les écœurants massacres qui se déroulaient à quelques centaines de mètres de moi, la guerre en plein mouvement n'était pas la pire des choses. C'est l'après-combat qui m'a marqué pour la vie et même au-delà puisque je t'en parle encore. Les horreurs de la guerre sont sur les champs de bataille après la bataille. Ces champs pavés de morts, ces bras et ces jambes coupés par-ci, ces mains et ces têtes décollées par-là, ces corps désarticulés et cette plaine qui n'est plus qu'un lac rougi où se noient les mourants dans de déchirants gémissements. Une gigantesque « escorcherie » pour les puissants, une colossale escroquerie pour le peuple.

Louis XII était aux portes du paradis, « *tout était plaisance pour lui avec cette mortelle feste* ». Ce roi de guerre, ce vainqueur d'armes achève donc le portrait d'un souverain à l'âme vertueuse, prince redoutable et vaillant, le preux des preux et digne des plus nobles figures de notre Histoire.

Milan fut pris au mois de septembre ; il avait fallu à peine un mois pour réaliser cette conquête. C'est sous l'inscription « *Loys, roy des Francs, duc de Milan* » peinte sur un immense écusson entouré de fleurs de lys tout en or et surmontant la grande porte que le roi vainqueur fit une entrée somptueuse dans la ville. Les cris d'allégresse d'une foule enthousiaste parvenaient à se faire entendre malgré les volées de cloches de toutes les églises et les fanfares de milliers de trompettes. Notre Roy de France était vêtu du costume ducal, long manteau blanc doublé de la douce fourrure grise des écureuils de Russie, et portait sur la tête la toque royale. La griserie de la victoire ajoutée à sa prestance naturelle le faisait paraître tel un géant conquérant sur son beau cheval noir sous le regard admiratif et soumis du peuple milanais. Il était suivi de sa horde de chevaliers, d'évêques, de cardinaux, de notables et de Ludovic Sforza, Le More qui fut fait prisonnier d'une manière peu glorieuse : se voyant vaincu, sans espoir de pouvoir échapper à une capture qu'il redoutait, il se mêla à ses fantassins suisses en se travestissant en lansquenet, tout d'écarlate vêtu et la hallebarde au poing. Furieux de n'avoir pas touché sa solde depuis des mois, un de ses soldats le dénonça et le livra au commandant en chef des armées, Louis de La Trémoille. Le More, qu'on avait craint pour sa cruauté, transpirait de peur sous les quolibets et les menaces d'une foule devenue hostile, laquelle n'attendait qu'une fugace inattention des nombreux gardes qui le protégeaient pour le transformer en une sanglante poupée désarticulée.

Pâle comme un More (pardonne-moi ce mauvais jeu de mots qui fit beaucoup rire Ma Majesté !), Ludovic Sforza, autrefois fastueux, paraissait aujourd'hui bien minable, vêtu d'une simple robe noire sur le dos d'un âne qui le « *tribalait* » avec une certaine volupté. La volupté d'un âne c'est de savoir qu'il transporte plus bête que lui : *Asinus asinum fricat.*

Ça aussi, tu as oublié ce que cela veut dire ? Tes professeurs de latin ont pourtant dû t'en rebattre les oreilles (d'âne) : l'âne frotte l'âne ! C'est-à-dire : quand un âne rencontre un autre âne, qu'est-ce qu'ils se racontent ? Des âneries.

Ce qui ne qualifie aucunement ma narration depuis plus d'une heure que je me livre à toi. Tout ce que je te dis est pure vérité, je te parle en mon « âne » et conscience. (Oui, je sais, c'est facile, mais je me mets au même niveau que certains comiques de ton époque, je crois même que je suis bien au-dessus, « vu ce que j'ai entendu » ces derniers temps.) N'oublie pas que la fonction du bouffon est de trouver une repartie amusante à tout moment. C'est une gymnastique qui demande une grande virtuosité et le résultat n'est pas toujours du meilleur cru. Même les vins les plus réputés ont leurs mauvaises années. Le principal c'est de ne jamais cesser d'agiter son esprit. Parfois, on touche au sublime et les bons mots passent les siècles, comme tu t'en rendras compte par la suite. J'ai laissé à la postérité des phrases que n'auraient pas reniées les plus grands écrivains. D'autres fois fusent des saillies indignes d'un grand esprit mais qui font partie de l'entraînement quotidien et sont souvent le tremplin de pensées profondes et éternelles.

Je vais te faire une confidence qui va révolutionner le monde actuel mais fort heureusement tu l'auras oubliée à ton réveil. Là-haut, dans le ciel, tout au fond d'une lointaine galaxie, j'ai retrouvé des hommes et des femmes qui avaient gardé leur plus belle apparence physique. C'est ainsi que j'ai pu croiser un bel homme barbu en redingote noire nommé Victor Hugo qui était tout heureux de voir que j'existais et qui s'est tout de suite excusé d'avoir, dans une de ses pièces de théâtre, *Le roi s'amuse*, romancé mon personnage auquel il avait attribué une fille déshonorée par le roi et dont il voulait se venger. Je lui ai répondu que je lui pardonnais bien volontiers puisqu'il m'avait permis d'être immortalisé dans cette image même du bouffon de cour. Il en profita pour me présenter un autre bel homme, barbu lui aussi, coiffé d'un magnifique haut-de-forme, parlant fort avec un bel accent italien : egregio signore Giuseppe Verdi qui s'inspira de la pièce du même Victor pour en faire un opéra qui reste le chef-d'œuvre absolu de toute l'histoire lyrique : *Rigoletto*. Je me rendis compte que je ne pouvais qu'être unique et remarquable puisque j'avais été le principal inspirateur de deux génies. J'ai oublié de te dire que c'est une immense galaxie réservée aux êtres exceptionnels et je peux te confier qu'on y vit parfaitement à l'aise parce qu'on ne s'y bouscule pas. Mais je m'égare, je voulais seulement te dire que Victor Hugo me félicitait pour mes bons mots et justifiait même les plus exécrables en m'affirmant que les mauvais calembours étaient la fiente de l'esprit.

Revenons à moi et à ma place dans ce cortège solennel ; revêtu de mes habits de ville, je m'étais glissé à la droite de Jean d'Auton, qui observait avec un certain détachement cette parade victorieuse et continuait de noter mille petits détails. Il en ferait bientôt lecture à Louis qui revivrait avec émotion ce moment historique tant attendu depuis son avènement.

Pour Le More, au mauvais souvenir de la défaite qui ne s'effacera jamais, s'ajoutera l'espoir déçu d'une clémence tant espérée de la part d'un monarque à la réputation de magnanimité.

Louis XII lui refusera toujours l'audience qui lui aurait permis de plaider sa cause. Il le livra aux membres du Grand Conseil qui le soumirent à un impitoyable interrogatoire durant deux semaines et s'il ne fut fait « *aucun outrage en la personne de ce prince* », l'ancien duc fut condamné à terminer ses jours enfermé dans une chambre voûtée sous terre du château de Loches, enchaîné dans une cage de fer qui « *contenait à peine six pieds de large et huit de long, n'ayant place que pour mettre un petit pavillon pour coucher* ». Voilà une condamnation bien cruelle que n'aurait pas reniée le méchant Louis précédent ! Punition encore plus terrible, Ludovic Sforza, dit Le More, tomba dans une telle indifférence que je n'entendis plus jamais personne à la cour prononcer ne serait-ce que les initiales de son patronyme.

Le soir même de la victoire fut célébrée une des fêtes les plus grandioses jamais organisées.

Dans le palais ducal de Milan, le sol multicolore de carreaux de faïence d'un grand couloir aux colonnades surmontées d'or conduisait à l'imposante salle du banquet où bon nombre de tables étaient dressées. Elles étaient toutes recouvertes de nappes finement brodées sur lesquelles une vaisselle d'or et d'argent étincelait. La lumière des flambeaux rivalisait avec les flammes de la large cheminée qui se nourrissait d'énormes bûches que de jeunes pages « acheminaient » deux par deux dans leur rutilante livrée aux couleurs de notre roi de France, nouveau duc de Milan.

Mon entrée en plein milieu du festin fit grand bruit quand je lançai à bon escient :

« Beau Sire, vous avez Milan, c'est un grand pas vers l'immortalité ! »

Je vis bien que quelques belles Italiennes, belles à dérouter un saint, n'étaient pas insensibles à ma drôlerie et se seraient bien laissées aller à franchir le cap de la laideur et même à éprouver du désir et une malsaine excitation en jouant à la bête à deux dos avec un bossu, mais je sus résister à l'appel de la chair pour m'empiffrer d'autres milanaises, celles-ci en timbale, délicieux mélange de pâtes, de champignons et de ris de veau.

Mon roi était plus porté sur la Génoise, je ne parle pas de ce biscuit fait de sucre et d'œufs fouettés mais d'une véritable native de Gênes, qui irradiait de son insolente beauté la « *mirifique feste* » au point qu'il en oublia quelques heures sa Bretonne engrossée. Les Milanaises s'étaient parées de leurs plus beaux atours pour s'offrir aux nouveaux conquérants « *en allure un peu altières, en accueil gracieuses, en amour ardentes, en parler facondes* », mais elles n'égalaient pas la splendeur de cette Génoise dont la pure beauté venait d'Italie, certes, bien que l'éblouissement qu'elle provoquait ne m'eût point masque son côté rusé et ses ronronnements putassiers de chatte orientale.

Jean d'Auton, savant tourneur de phrases devant l'Éternel et d'abord devant son roi, nota dans ses chroniques l'épisode de la Génoise avec une retenue qui lui ressemble bien :

L'une des plus belles de toutes les Italles, laquelle gecta souvent ses yeulx sur le Roy... tant l'avisa cette dame que, après plusieurs regards, Amour, qui rien ne doubte, l'enhairdya de parler à luy, et lui dire plusieurs doulces parolles ; ce que le Roy, comme prince très humain, ung beau prince à merveille, prist en gré voluntiers ; souvent devisèrent de plusieurs choses par honneur, et tant, que cette dame soy devant familière de luy, une fois entre autres, luy pria très humblement que, par une manière d'accoincte, il lui plust qu'elle fut son intendyo et luy le sien, qui est à dire accoinctance honnourable et aymable intelligence.

Ne trouves-tu pas que notre manière de s'exprimer était vraiment superbe ? Tout y est aussi clair et concis que dans une strophe de rap. Peut-être vais-je avoir l'outrecuidance de te traduire le mot *intendyo* : c'est l'équivalent de chevalier servant. En tout bien tout honneur, tu n'en doutais pas !

Je ne te cache pas mon impatience de revenir à la cour et d'être présent quand notre historiographe national fera la lecture de ce passage à notre « bonne reine » qui entretenait une vigilante jalousie féroce attisée par la souvenance des frasques « pré-maritales » de son époux qui était resté avec « *la graciosa Thomassina* » avenant, affable mais proche de passer la limite de l'amour courtois.

J'eus peur un instant que mon roi recouvre ses anciennes manières de « pratiquer l'amour discourtois et ravageur » qui avait fait naguère sa réputation mais, pour ne pas l'avoir quitté d'une semelle, je peux me porter garant de sa chasteté. Le matin qui suivit cette grande et inoubliable fête, grisé par une fièvre vineuse due aux généreuses richesses fruitées des grands crus italiens, il n'a cependant pas pu résister à la folle idée de passer sous les fenêtres de la dame qui, depuis peu, s'était mise au lit avec son époux. Il fit demander s'il ne pourrait pas la saluer à son balcon, et dans les rayons naissants du soleil effaçant l'aurore, elle accourut.

> Belle, sans ornements, dans le simple appareil
> D'une beauté qu'on vient d'arracher au sommeil.

(C'est la phrase que j'ai immédiatement murmurée dans mon extase et je suis assez fier qu'un grand poète du XVIIe siècle se la soit accaparée.)

Immobile et médusé aux côtés de mon roi, j'ai pu me délecter un court mais intense instant de la perfection d'un corps de femme à la peau légèrement cuivrée sur laquelle fleurissaient une magnifique chevelure noire et un adorable et abondant duvet assorti.

C'est la première fois que je vis mon « Beau Sire » sur les rives dangereuses de l'infidélité. Je sais qu'il n'y plongea pas mais il s'y aventura assez pour avoir les pieds bien mouillés !

En confidence, Dieu sait si je tenais mon roi en haute estime et loin de moi d'en dire jamais le moindre mal mais je m'étonnais que cette Thomassina, cette perfection sculpturale d'une vingtaine de printemps qui ne connaîtra sûrement jamais le moindre automne, fît tant d'efforts pour séduire un homme à l'hiver de ses quarante ans qui n'avait pour principal atout que le charme d'un roi vainqueur. Je crois, en mon for intérieur, qu'elle avait été mandatée par les notables milanais pour obtenir, par le biais d'une économique séduction, des arrangements et des allègements concernant les exigences du nouveau duc de Milan.

Quelques jours plus tard, arriva de Romorantin une nouvelle à la fois bonne et mauvaise : le 14 octobre, la reine Anne avait mis au monde non pas l'héritier de la Couronne tant espéré mais une fille à laquelle elle donna le « doux » prénom de Claude.

J'imaginais le soulagement et la jubilation de Louise de Savoie au bout du lit de la reine quand Madame de Tournon, la gouvernante, annonça d'une voix forte et enjouée en déposant l'enfant dans les bras de sa maman :

« Majesté, c'est une fille ! »

Anne, à qui rien n'échappait, eut le temps d'apercevoir la lueur de joie qui brillait dans les yeux de Louise, ce qui attisa davantage la haine qu'elle lui vouait.

Le bébé Claude avec sa petite tête de pruneau fripé était bien chétif et l'on pouvait redouter le pire mais Anne l'entoura de tels soins et d'une vigilance sans repos que la future reine Claude afficha bien vite une figure poupine d'appétissante prune aux joues d'ambre.

Vu son jeune âge, le petit François n'était pas présent lors du royal accouchement, tout à son éducation que Louis XII avait confiée au seigneur Jean de Saint-Gelais, homme de haute stature assez conscient de sa séduction à tel point que la veuve non éplorée de son poète de mari lui accorda toutes ses faveurs. C'était une mère attentive qui ne reculait devant aucun sacrifice pour veiller à la bonne instruction de son fils chéri qu'elle imaginait à chaque seconde voir porter la couronne de France.

À mon retour d'Italie, comme si je n'avais pas eu ma dose de morts, un premier deuil me frappa en plein cœur, mon bon sieur Le Vernoy passa l'arme à gauche dans d'atroces souffrances, hoquetant, toussant et crachant des flots de sang et de pus qui se projetaient hors de ses poumons comme d'effrayants feux d'artifice. J'étais près de lui dans ces derniers moments ; il ne lâchait pas ma main et je lisais dans ses yeux la gratitude de ne pas le laisser mourir tout seul.

On craignait les épidémies, la toux était bruit dérangeant et alarmant et la maladie n'était pas la bienvenue dans l'entourage royal. Le Vernoy avait été mis à l'écart dans un sous-sol humide loin de toute « contagion ». Ce mot qu'on avait volontairement banni du vocabulaire courant revenait régulièrement « à la mode », surtout depuis les dernières épidémies de peste qui avaient ravagé une bonne partie du royaume, et suspicion et prudence étaient de mise quand le moindre égrotant faisait son apparition. Il me fit signe de m'approcher un peu plus près de lui et me balbutia à l'oreille :

« Merci de m'avoir si bien écouté et surtout merci pour ce que tu es. »

C'était la première et la dernière fois qu'il me tutoyait. Je m'apprêtais à lui répondre quand je le vis prendre une ultime respiration avant de laisser tomber sa tête sur son épaule gauche en exhalant un dernier soupir que je qualifiai de délivrance.

La bonté de cet homme, sa modestie, son érudition, son savoir immense qu'il aimait à transmettre, sa patience, son abnégation, son indulgence et sa tolérance resteront pour moi l'exemple même de l'enseignement d'un maître comme peu ont la chance d'en croiser durant leur existence ; ceux qui ont le don si rare de savoir léguer à leurs disciples un enseignement qui n'est pas seulement celui d'un moment mais celui de toute une vie.

On a osé écrire qu'il m'a instruit à coups d'innombrables volées d'étrivières. Faussetés et calomnies ! Il n'a jamais levé la main sur moi, si ce n'est par deux fois pour me caresser la joue en signe d'encouragement et peut-être d'affection.

J'étais encore en larmes au bord du trou profond où l'on avait précipité le corps recouvert de chaux de mon maître aimé quand quatre gaillards encapuchonnés me soulevèrent de terre et m'emportèrent sans ménagement dans une salle où l'on m'arracha mes vêtements pour les brûler aussitôt.

On me jeta ensuite dans une grande bassine d'eau bouillante. La séance du « Triboulet nettoyé » achevée, je finissais à peine d'enfiler de nouvelles chausses propres et nettes qui n'avaient pas effleuré de près ou de loin l'agonisant que je vis arriver un jeune homme de taille moyenne, les mains jointes et le corps un peu penché en avant. Je me fis d'emblée la réflexion qu'il devait sortir d'un séminaire ou qu'il n'allait pas tarder à y entrer. Il se présenta à moi d'une voix douce et mélodieuse comme un cantique :

« Bonjour, je me nomme François Bourcier. Je suis votre nouveau précepteur. »

J'ignorais que l'on eût déjà désigné un remplaçant à mon défunt maître et j'en lâchai mes chausses me découvrant de la ceinture jusqu'aux genoux et lui adressant un regard ahuri. Cet inhabituel « esbaubissement » ne le perturba pas un brin et même l'amusa fort, car il continua sans hausser le ton :

« C'est monseigneur d'Auton qui, avec l'accord de Sa Majesté, a pensé que je pourrais vous être d'une quelconque utilité. »

Monsieur le prieur d'Angle prenait bien soin de moi et je lui en savais gré mais quelle drôle d'idée de m'envoyer un garçon qui avait sensiblement le même âge que moi, ignorant évidemment tout de ma fonction et qui se demandait « à mon instar » ce qu'il venait faire en ma compagnie. Je lui fis vite comprendre qu'il n'allait pas m'être d'un grand secours dans un domaine que je maîtrisais parfaitement et je lui démontrai que j'étais à présent, grâce à feu mon bon Le Vernoy, tout à fait capable de compléter par moi-même une formation infrangible pour atteindre le plein épanouissement dans cette fonction de premier et unique bouffon de la cour.

Il en convint aisément et m'approuva sans retenue quand je lui proposais de nous entendre pour donner le change tout autour de nous afin d'arrondir les susceptibilités de notre prieur d'Angle et surtout pour nous éviter à l'un et à l'autre les foudres royales qui nous auraient consumés sur place si notre secret avait eu le malheur d'être éventé.

Pendant que je m'entraînais à « cabrioler » et à articuler de nouvelles facéties, ce sympathique jouvenceau prenait le temps d'étudier à son aise en puisant sa science dans les nombreux ouvrages que nous avions à notre disposition. Que serions-nous devenus si Johannes Gensfleisch n'avait pas existé ?

Pardon ?

Tu ne sais pas qui est Johannes Gensfleisch ?

Si je te dis qu'on l'appelait aussi Gutenberg ? Ah oui, tout de même, tu as imprimé ! Sans lui, et surtout sans notre prieur de la Sorbonne Guillaume Fichet, nous n'aurions pas pu avoir entre les mains tous ces ouvrages écrits en latin ou en bon françois. L'imprimerie s'était énormément développée dans tout le royaume et l'on pouvait même trouver des publications italiennes éditées en petits formats plus pratiques à transporter dans sa besace d'un lieu à un autre que les lourds volumes habituels. L'Église avait tout de suite accaparé cette invention novatrice pour faire imprimer ses textes sacrés mais, heureusement, nous avions accès à moult recueils des grands auteurs classiques de l'Antiquité que je lisais sans lassitude. La mode était aussi à la publication de confessions ou de mémoires où tout le monde prenait plaisir à se raconter allègrement : cardinaux, courtisans, architectes, peintres et sculpteurs. Ils enjolivaient leurs exploits tout comme les historiographes attitrés de la cour ne se gênaient pas pour détourner l'Histoire en caressant la royauté dans le sens du poil.

Heureusement que je suis là ce soir pour rétablir la vérité. Je te le répète, il n'y a que les bouffons pour être les miroirs réformables de la réalité. C'est grâce à nous que le peuple peut arriver à faire le tri parmi les mensonges et les promesses miroitantes dont il est abreuvé.

François Bourcier et moi, nous échangions nos points de vue sur tel ou tel livre, nous discutions d'une traduction que nous trouvions plus fidèle à la pensée de l'auteur et nos jugements étaient si semblables que nous en riions de bon cœur, ce qui renforça notre complicité et ravit ceux qui nous avaient réunis. Ma modestie eût-elle une fois encore à en souffrir, j'avais souvent l'impression d'être le précepteur de mon précepteur, tant il me demandait de l'instruire sur des sujets qui touchaient aux mœurs de la cour qu'il découvrait et qu'il appréciait davantage de jour en jour, rêvant de devenir bientôt un de ses obséquieux courtisans.

Il est vrai que ma science était telle sur ce vaste sujet que j'en aurais remontré au grand chambellan lui-même qui était censé ne rien ignorer des us et coutumes de la cour.

À son retour d'Italie, à Blois, dans le somptueux château de sa naissance tout de neuf restauré, Louis XII retrouva sa reine qu'il prit temps de choyer tout comme sa fille Claude. Il reprit de plus belle ses séances au Grand Conseil où je me devais d'être toujours inventif, surprenant et pertinent. Quand il réglementait de façon plus rigoureuse la Chambre des comptes de Paris et qu'il surveillait de près la gestion des aides et des impôts en rappelant à ses trésoriers de bien prendre garde de continuer à diminuer la taille, je m'amusais à imiter les mines des conseillers qui passaient de renfrognées à revêches quand mon roi éclatait de son rire joyeux et approbateur. Je restai muet (était-ce de stupeur ou d'effroi ?) quand Louis prit des mesures pour mieux organiser l'administration de la justice par la grande ordonnance de Blois. Les juges convoqués semblaient trouver légitime de n'engager aucune poursuite pour les viols collectifs de plus en plus fréquents commis par de jeunes garçons n'ayant même pas atteint leur majorité.

Les juges condamnaient même l'attitude provocante de la victime qui, selon leur impartial jugement, n'avait que ce qu'elle méritait. Ces jugements heurtant la bienséance et prouvant que la femme ne comptait guère dans leur opinion n'étaient pas du tout appréciés par mon roi qui sut faire entendre aux juges, par de vertes remontrances, que ce n'étaient pas eux qui détenaient les pleins pouvoirs et qu'il restait le suzerain suprême épris de justice, de paix, toujours à la recherche de la perfection tout en conservant une grande humilité.

« Un juge n'est pas au-dessus des lois, il est seulement là pour les faire respecter », conclut-il pendant qu'une envolée courroucée de robes écarlates quittaient la salle.

« Beau Sire, la jugeote de votre jugement pour juger les juges jugeurs est justement juste et judicieuse », ne puis-je m'empêcher d'ajouter, ce qui me valut un large sourire de gratitude de la part de mon roi.

Les conseillers allaient bientôt prendre congé quand un messager essoufflé et couvert de poussière fut introduit pour annoncer que la ville de Milan, profitant de l'absence de son nouveau duc, tentait de se soulever une nouvelle fois. Sans hésiter un seul instant, bien qu'il n'aimât pas se séparer trop longtemps de lui, Louis ordonna que Georges d'Amboise partît pour l'Italie sans tarder, épaulé de hardis chevaliers, heureux de retourner en découdre et ayant la ferme intention de mettre à sac la cité tout entière et de mettre à mort les habitants âgés de plus de quinze ans.

Les Milanais, ayant sûrement eu vent du terrible dessein de massacre, changèrent vitement d'intention, si bien que Georges d'Amboise entra dans la ville au milieu d'une foule agenouillée en signe de soumission, demandant humblement pardon pour ce désir de rébellion. Le conseiller de Louis XII leur parla d'une douce et intelligible voix, empreinte d'une froide autorité :

« Le Très Chrétien Roy des Francs est vostre vrai et naturel seigneur à qui vous devez amour, foy et obéissance selon que Dieu l'a ordonné. Il vous pardonne vos vies, vostre honneur et vos biens, vous exhortant à vous garder de jamais plus encourir soupçon de rébellion, soubz peine d'estre chastiés si asprement que la mémoire en reste à toujours. De plus, le Roy Nostre Sire, dans sa grande fontaine de pitié et dans son infinie sagesse, convertit l'amende criminelle de trois cent mille écus, en une amende civile de cent soixante-dix mille écus. »

Nous approchions de la fin de l'année 1499, la fin du siècle quinzième. Un nouveau siècle s'ouvrait devant nous et je savais déjà qu'il verrait s'accomplir ma gloire et si mon roi était le seigneur souverain de tous ceux dont il avait la charge, je serais le seigneur souverain de tous ceux dont je me moquais.

Chapitre quatrième

La première année du siècle nouveau se déroula dans une heureuse quiétude aussi bien dans le royaume qu'à la cour de France. Les époux royaux vivaient un bonheur conjugal qui forçait l'admiration. Louis était en adoration et en joie devant sa fille, même s'il avait été déçu qu'elle ne fût pas garçon ; il pensait conjurer le mauvais sort en répétant :

« Quand on a fille, c'est bon espoir de fils ! »

La reine ne partageait pas la même allégresse, elle était très inquiète de la santé fragile de Claude et ne se consolait pas de la savoir un peu contrefaite. En effet, la pauvre enfant avait hérité de la légère boiterie de sa mère.

Mon mauvais esprit, aguerri à la causticité, ne cessait de me seriner :

Jeanne, Anne, Claude.
Toutes trois courtaudes
S'en allaient au bal
Toutes trois bancales
Ni ne savaient baller
Ni sur quel pied danser !

Mais ma volonté de survie ne permit jamais que cette phrase atteignît le bout de ma langue pourtant si bien pendue. Je me serais retrouvé la langue pendante au bout d'une corde !

La reine semblait mieux supporter ma présence, ou plutôt semblait mieux l'ignorer. Point de remarques désobligeantes, point de regards méprisants, juste une calme indifférence qui m'habillait admirablement au point de me rendre invisible à ses yeux. Anne la Bretonne était ravie de retrouver son mari après son accouchement car elle avait de nouveau l'ardeur amoureuse et elle sollicitait jusqu'à quatre fois par jour son tendre époux qui rejoignait sa couche avec un désir quelque peu émoussé par la fatigue. Elle n'en avait cure ! Elle était experte dans l'art de réveiller les ardeurs assoupies de son conjoint. Néanmoins sa jalousie maladive ne s'était pas éteinte malgré la conduite irréprochable de mon roi qui clamait partout qu'il avait déposé en elle tous ses plaisirs et tous ses délices. Cette jalousie trouva un motif pour s'exprimer au cours d'une scène assez cocasse dont je fus le témoin et que j'espérais en secret depuis plusieurs mois :

« Avez-vous des nouvelles de Dame Spinola ? » demanda Anne d'un ton qui excluait toute réponse mensongère.

Sous le regard sévère de sa reine, mon roi ne chercha pas à prolonger l'hypocrite étonnement qu'il essaya d'afficher un court instant :

« Point, ma brette ! Vous me parlez là d'une dame qui est sortie de mes pensées depuis presque une année.

– Vous pensez bien, Louis, que j'ai été mise au courant de cette rencontre qui aurait pu durement faire chanceler la félicité de notre mariage. Je sais aussi que vous n'avez pas cédé à la tentation qui, d'après ce que l'on m'a rapporté, était d'importance tant la dame était d'une rare beauté. Je vous rappelle que je n'ai jamais oublié vos frasques prémaritales et que j'ai été suffisamment échaudée par mon premier mari sur les préceptes de la fidélité.

« Je voulais simplement vous narrer ce qui est arrivé à cette Génoise après votre départ et que vous ignorez. Dès que vous quittâtes Milan, tellement bouleversée qu'elle était par votre rencontre, elle a non seulement refusé de regagner la couche de son mari mais elle s'est enfermée dans un couvent où elle a pris le voile en priant jour et nuit pour le salut de votre âme. On l'a retrouvée pendue dans sa cellule voici deux semaines. Elle a laissé une lettre à votre intention. Vous plaît-il de la lire ? »

Elle lui tendit le fin parchemin scellé que Louis hésita un instant à prendre puis, d'un geste brusque, il l'arracha presque de la main d'Anne et me le jeta aussitôt au visage :

« Brûle ceci sur-le-champ ! » m'ordonna-t-il.

Pour détendre l'atmosphère, je pris le temps de dire :

« Sur le champ, cela prendra du temps, et comme il y a feu qui brûle dans la cheminée, j'aurais plus vite fait de l'y jeter. Comme tu vois, je t'obéis au pied de la lettre ! »

Et je regardai avec mélancolie le parchemin se consumer, dégageant une légère fumée qui s'effaça dans le conduit de cheminée beaucoup plus rapidement que le souvenir de la belle Thomassine ne quittera mon cœur ébloui. Mon roi, par ce geste spontané, venait d'éviter un conflit avec sa « BretAnne » qui n'attendait que ce prétexte pour lui concocter une de ses scènes favorites où larmes et criailleries étaient étroitement liées. Lui qui préférait sourires, chatteries et caresses – qu'elle savait d'ailleurs aussi bien distiller quand elle le voulait – pour éviter de pénibles royales scènes de ménage, lui cédait le plus souvent quand cela ne tirait pas à conséquence. Anne, convaincue de son ascendant sur son envoûté de mari, semblait à présent vouloir se mêler de toutes les affaires du royaume. Si Louis se montrait fataliste face à cette aspiration de prise de pouvoir, les proches conseillers du roi ne partageaient pas sa passivité, en particulier le maréchal de Gié qui m'avait chassé de ma place dans la détestation de la reine. Il faut dire qu'elle avait de quoi être attisée : mon roi n'avait rien trouvé de mieux que de le nommer précepteur du petit François d'Angoulême en remplacement de Saint-Gelais quand il avait appris la liaison de ce dernier avec Louise de

Savoie. En faisant venir à la cour le petit homme, il faisait deux heureux, l'enfant et moi. En priant sa maman de l'accompagner, il faisait deux malheureux, Saint-Gelais bien sûr qui perdait son amante et la reine qui se retrouvait confrontée avec celle qu'elle accusait de jeter des mauvais sorts sur ses maternités.

Elle supportait encore moins de voir le bambin s'amuser et courir partout, éclatant de santé, alors que sa fille Claude avait besoin de grands soins à cause de sa santé fragile que des courtisans malveillants ne manquaient pas de nommer rachitisme. Cependant, elle passait le plus clair de son temps à faire le dénombrement de tous les princes disponibles d'Europe susceptibles d'être de bons prétendants pour sa fille qui venait à peine d'atteindre son quatrième mois. Du matin jusques au soir elle revenait sans cesse sur ce sujet auprès du roi qui tentait de se dérober en avançant timidement :

« Ma Brette, même si c'est la coutume, notre fille n'est pas encore sortie de son berceau, ne trouvez-vous pas que cela est prématuré ? »

Si elle était passée maîtresse dans l'art d'ignorer les douces réflexions de son époux quand celles-ci allaient à l'encontre de ce qu'elle avait décidé, lui était passé expert en promesses mensongères pour échapper à des scènes pénibles qui commençaient à le lasser. Il lui promettait les yeux dans les yeux que le futur époux de sa fille était sa préoccupation majeure et qu'il en parlait chaque jour avec ses conseillers. Dès que nous étions seuls, je le gourmandais gentiment :

Tu mens si bien,
que même au sein
de l'Empire ottoman
nul ne ment
aussi finement
que mon roi Louis
et de cela tu m'en
laisses tout ébloui.

Il y a des jours marqués plus que d'autres par des faits inexplicables. Dans la nuit du 24 au 25 février de ce début de siècle, vint au monde Charles, fils de Philippe de Habsbourg dit le Beau (si tu regardes de près son portrait, tu verras que son surnom est bien usurpé !) et de Jeanne d'Aragon qui sera surnommée plus tard Jeanne la Folle (une dénomination qui devrait m'en faire une parente pas très éloignée !). Du côté paternel, ses grands-parents étaient Maximilien d'Autriche et Marie de Bourgogne et du côté maternel, Ferdinand et Isabelle qui régnaient en Espagne.

Voilà un bébé qui naissait « on ne peut plus » nanti : entre les mariages intrafamiliaux et les morts prématurées, son héritage était conséquent : par sa grand-mère il possédait les dix-sept provinces flamandes des Pays-Bas, l'Artois, la Franche-Comté, par son père la souveraineté sur l'Autriche et la Hongrie, par sa mère les royaumes d'Aragon et de Castille et il était à même de revendiquer la Bourgogne, ralliée depuis peu au royaume de France.

Quand les ambassadeurs descendus de la province de Flandre vinrent nous annoncer la naissance et le baptême de Charles, je compris pour quelle raison, une semaine plus tôt, j'avais passé une nuit dépourvue de sommeil, agité par je ne sais quel pressentiment. J'avais eu l'intuition d'un événement qui allait bouleverser le monde. Durant ma vie, j'ai ressenti plusieurs fois à l'intérieur de moi des prémonitions d'épisodes importants qui perturbaient mes nuits en me brouillant l'esprit et l'estomac. Et toujours cela s'est révélé juste. Au sujet de cette naissance, tu n'as sûrement pas fait le rapprochement : Charles de Gand allait devenir l'empereur Charles Quint qui nous causera bien des soucis. Range-le dans un coin de ta mémoire, j'aurai maintes fois l'occasion de te reparler de lui !

Dès que la Bretonne entendit cette annonce, elle ne cacha pas sa joie. Voilà le gendre idéal ! Elle décida donc de marier Claude au petit-fils de Maximilien afin que sa fille puisse mettre sur sa tête une couronne d'impératrice.

À partir de ce moment, j'ai assisté pendant des années à un ballet fort bien orchestré de mensonges, de cachotteries, de louvoiements, de dispositions secrètes, d'intrigues, de complots au milieu desquels je me devais d'être impartial et discret, toujours divertissant mais sans jamais rien laisser paraître de ce que j'avais vu ou entendu.

Georges d'Amboise, qui agissait en Italie comme un vice-roi, ne tarda pas à rentrer en France. Il n'aimait pas rester trop longtemps éloigné de la cour, soucieux que Pierre de Rohan et Florimond Robertet ne prennent sa place.

Il redoutait la concurrence et tenait à rester le conseiller principal de son roi qui lui fit fête, le gratifiant d'un comté et le rassurant ainsi sur l'importance de sa position auprès de lui.

Quand Louis lui apprit le projet d'alliance de Claude et de Charles de Gand, il parla tout de suite de menace pour l'avenir de la France :

« Sire, vous devez prendre garde à la renaissance d'un grand État féodal ! Il est évident que Bretagne et Bourgogne réunies, c'est grand danger pour le royaume !

– Mon cher Amboise, je suis de vostre avis et je m'en vais faire semblant de lui céder, d'abord pour goûter une paix domestique mais surtout parce que j'ai besoin de mon alliance avec Maximilien pour aller conquérir Naples. Il sera toujours temps de me délier d'un engagement dont je ne minimise pas le danger certain et je suis conscient qu'il faut un héritier à la Couronne. La reine et moi-même nous nous y appliquons en œuvrant jour et nuit, mais si, par malheur, le destin nous frappait de sa malédiction en refusant de masculiniser ma semence royale, il faudra bien envisager un successeur qui ne soit pas issu de ma descendance. Vous savez l'affection que je porte à mon héritier présomptif François d'Angoulême. Je n'ignore pas que sa mère n'attend que mon trépas pour hisser son fils sur mon trône, mais je le juge encore très confortable pour mon auguste postérieur et je trouve qu'il est un peu tôt pour que je laisse la place. Néanmoins, marier ma petite Claude au bouillant François ne me déplaît pas et je préférerais cent fois cette union à un mariage avec l'Autrichien. »

Je laissai tomber maladroitement ma marotte qui grelotta et lui rappela ma présence, il se tourna brusquement vers moi :

« Regardez-le, tapi dans son coin avec les oreilles plus dressées que celles de Chailly et Herbault ! Que penses-tu de ce que tu viens d'ouïr, et réponds-moi sans aboyer ? »

Georges d'Amboise semblait pour une fois prendre un intérêt à ma réponse.

« Je pense, Beau Sire, que tu es sage et que moi je suis fou, chacun est à sa place et d'après ce que j'ai entendu, tu n'es pas près de prendre la mienne ! »

Cela parut les satisfaire puisqu'ils partirent d'un rire simultané interrompu par l'arrivée de la reine. On ne pouvait ignorer sa venue tant elle s'annonçait par un brouhaha dû aux innombrables personnes qui se déplaçaient à sa suite. C'était une véritable cour à l'intérieur de la Cour : cinquante-neuf dames d'honneur et quarante et une demoiselles, deux femmes de chambre, un maître d'hôtel, un grand écuyer, un trésorier particulier et une centaine de gentilshommes tous bretons commandés par Pierre de Maillé à la tête aussi dure que les cromlechs de sa Bretagne natale.

Anne attaqua d'emblée le roi et son conseiller en les interrogeant d'un ton sec qui ne souffrait aucune réticence :

« Avez-vous réfléchi à l'union de ma fille et de l'archiduc ? »

Louis prit pourtant le temps de regarder Georges d'Amboise avant de lui répondre :

« Madame, nous étions une fois de plus au cœur de ce sujet quand vous êtes arrivée. Je vous l'ai maintes fois répété, le mariage que vous projetez ne peut se faire dans la hâte et demande moult réflexions. Il faut bien sûr songer au royaume de France mais également au bonheur de Claude.

– Vraiment ! À vous entendre, on croirait que toutes les mères conspirent au malheur de leurs filles !

– *Sachez, Madame, qu'à la création du monde, Dieu avoit donné des cornes aux biches aussy bien qu'aux cerfs ; mais que, comme elles se virent un si beau boys sur la teste, elles entreprindrent de leur faire la loy ; dont le souverain créateur étant indigné, leur osta cet ornement, pour les punir de leur arrogance.* »

La réponse de mon roi fut prononcée d'un trait et d'une manière cinglante qui ne pouvait que clore la discussion. Pourtant, la Bretonne ne cacha pas sa rage pour avoir le dernier mot :

« Sachez, Sire, que moi vivante, jamais ma fille n'épousera ce Valois ! »

Elle tourna les talons pour aller s'enfermer dans ses appartements, accompagnée de toute sa cour qui s'éloigna dans un bourdonnement de mauvaise humeur lequel mit un long moment à disparaître. Dans le silence pesant qui lui succéda, le roi et son conseiller songeaient tous deux à une parade prochaine, sachant que la reine Anne reviendrait bientôt à la charge et n'abandonnerait jamais son dessein. J'osais le rompre en susurrant à peine :

Beau Sire,
Il te faudra
Sans coup férir
Gagner ce combat
Si tu veux François
Comme futur roi.

Quant à moi, je réfléchissais à ce qui pouvait faire naître une telle hostilité proche de la haine pour ce petit homme d'à peine cinq ans, pour sa mère, pour son précepteur et pour moi aussi d'ailleurs car je ne faisais pas tache dans le « quatuor détesté de la reine Anne ». Je craignais cette femme sujette à des accès d'humeur qui la menaient à se venger d'une odieuse manière quitte à s'en repentir plus tard en se confessant humblement, consciente de son caractère vindicatif. J'eus tout de suite l'instinct de protéger cet enfant qui me bouleversait à chacune de nos rencontres. Quand il m'apercevait au détour d'un couloir, agile et rapide comme un félin, il échappait à son précepteur et à ses gardes pour se jeter dans mes bras et se serrer contre moi. Les autres enfants que j'avais pu croiser ne me manifestaient pas le même élan. Les parents, les nourrices ou les précepteurs devaient me décrire comme un personnage ridicule dont on se gausse ou comme une sorte de père fouettard, ultime et effrayante punition garantissant une prompte obéissance :

« Si tu n'es pas sage, Triboulet va venir te chercher ! »

La sincère affection que me portait le petit François d'Angoulême et que je lui rendais tout autant me fit prendre peur pour sa vie. Il n'y avait pas si longtemps quiétude et loyauté semblaient le mieux définir l'ambiance de la cour royale mais l'appétence du pouvoir et de l'argent avait gangrené l'atmosphère, et laissé s'installer hypocrisie, cachotteries, supercheries, veuleries et courtisaneries.

Je fis part de mes craintes au maréchal de Gié que je savais méfiant à l'égard de sa reine et qui promit de ne jamais relâcher sa surveillance. Il n'était pas le seul à être sur ses gardes : Louise de Savoie faisait goûter à ses serviteurs chaque mets préparé dans les cuisines avant que son César s'en nourrisse de bon appétit. Parfois, elle surveillait la cuisson des plats et les apportait elle-même à son fils dont les yeux débordaient d'amour et de reconnaissance pour une telle adoration maternelle.

Je l'approuvais entièrement et ne mangeais rien que le roi eût déjà goûté ou quelqu'un d'autre avant moi. J'observais le même rite pour les boissons, même si je ne buvais pas de vin, ou très rarement; en effet, les vins que l'on m'avait présentés me tournaient fort la tête. Je me souviens qu'une fois au cours d'une fête royale, j'avais fait mon office de bouffon en état d'ébriété, ayant un tantinet abusé d'un clairet d'Anjou. Je ne contrôlais plus mes paroles ni mes gestes mais il paraît que je fus désopilant bien que je ne fusse plus maître de mes facultés. Je n'ai plus jamais cédé à cette tentation de la facilité, étant tout aussi inventif et efficace sans avoir bu une goutte de vin. Je ne pouvais rester en exercice qu'avec la pleine possession de mes moyens. Je n'allais pas risquer ma place pour un mot de travers ou un geste déplacé et finir comme mes prédécesseurs, exilés ou enfermés dans quelque sombre cachot à cause d'un breuvage avalé sans modération. Même épuisé, vidé de toutes substances, il fallait que je sois en perpétuelle création de railleries, de bons mots, de justes réflexions, sans cesser d'être distrayant. Je ne devais jamais oublier que mon pouvoir n'était qu'une illusion de pouvoir, un ersatz de puissance que l'on m'accordait au jour le jour et qui pouvait m'être ôté à tout moment.

L'eau était donc ma source permanente mais je ne dédaignais pas le jus un peu pétillant que l'on obtenait en pressant des pommes. J'avais, comme partout dans le château, mes entrées dans les vastes cuisines qui, jour et nuit, étaient en effervescence. Quand ce n'était pas souper de gala, c'étaient repas d'ambassadeurs, collations pour le roi, la reine, les dames d'honneur, les messieurs du Conseil, la domesticité, la pâtée des chiens, les coupelles de morceaux choisis de viande fraîche pour ce bec fin de Muguet.

C'est un lieu où j'aimais traîner mes chausses en grappillant çà et là quelques friandises. Je garde en mémoire le mouvement incessant des marmitons, les vociférations des maîtres-queux et cette odeur grisante du mélange des arômes. Ma bouche n'a jamais perdu la saveur de cette miche de pain à la croûte craquante mordorée entourant une tendre mie tiède et de cette crème fraîche et onctueuse dans laquelle je plongeais ma main pour en étaler le contenu sur la tranche de pain avant de mordre dedans avec gourmandise. Je n'oubliais jamais ensuite de me lécher les doigts avec délice pour prolonger ce moment de totale volupté.

Puisque je te parle de volupté, ce soir-là, mon roi en fut privé. La porte de la reine Anne restait irrémédiablement close. Son roi l'avait contrariée, donc pas question d'aller la rejoindre sur sa couche et de l'honorer de la semence même si celle-ci avait été « potionnée » spécialement par les médecins empiriques pour procréer un mâle régnant. Après avoir insisté une bonne heure en tambourinant et en suppliant, il se résolut à regagner ses appartements, congédia les derniers courtisans sur le seuil de sa chambre, renvoya ses laquais et sa garde rapprochée et me pria de rester avec lui. Il décrocha un flambeau de son socle mural et me fit signe de le suivre.

Nous allâmes dans la salle du Conseil où sur un mur, côte à côte, étaient accrochées deux grandes toiles peintes qui le figeaient dans sa gloire. Il alluma plusieurs candélabres et resta de longues minutes à s'admirer dans cette immobilité picturale qu'il espérait éternelle.

Moi, je me taisais, assis en tailleur dans un coin de la pièce (position qui délassait mes pauvres jambes cagneuses), le regardant avec une indulgence amusée mais bientôt je trouvai que ces moments « d'autoextase admirative » avaient assez duré et comme mes nerfs devenaient pelote, il était temps de le ramener sur terre :

« Beau Sire, tu vieilliras bien plus vite que ton portrait. N'aimerais-tu pas garder la jeunesse qui est figée sur ce tableau ? Demande donc à ce portrait de vieillir à ta place ! Qui peut te refuser quelque chose en ce bas monde ? À l'instar de tes ennemis, le reflet de ton miroir te renverra une telle image de toi que tu ne pourras bientôt plus te voir en peinture ! »

Les semaines et les mois suivants alternèrent les scènes de dispute et de réconciliation entre les époux royaux. Tout en essayant de mettre au monde un fils qui régnerait sur la France, la reine campait sur sa position irréductible : placer une couronne impériale sur la tête de sa fille. Elle n'en démordrait pas.

Mon roi, de guerre lasse, fit semblant de céder, au grand dam de Pierre de Gié, farouche partisan du mariage Claude-François. Quant à Georges d'Amboise, on le vit brusquement retourner sa soutane en soutenant Anne de Bretagne. Il imaginait volontiers pouvoir troquer sa barrette de cardinal pour la tiare pontificale mais je voyais clair dans son jeu et s'il pensait la reine mieux placée que le roi pour mettre ce dernier échec et mat, c'était compter sans le fou qui, on le sait, peut facilement renverser la situation.

Toujours est-il que dans cet imbroglio machiavélique, on décida de signer une promesse de mariage *a futuro* et non *de presente* pour la bonne raison que les enfants n'étaient pas encore nubiles.

La signature et les célébrations des fiançailles eurent lieu à Lyon où mon roi faisait une halte avant de partir à la conquête de Naples. Voilà près d'un an qu'il n'avait pas enfourché son destrier de guerre pour aller décapiter quelques têtes italiennes et d'après ses confidences, je savais qu'il ressentait un grand besoin d'ailleurs, en s'éloignant de sa « BretAnne » !

Il avait emmené avec lui tous ses chevaliers et la plus grande partie de ses conseillers, Georges d'Amboise bien entendu et le maréchal de Gié qui abandonna pour un temps l'éducation du petit François, ce qui soulagea sa mère. En effet, ayant appris sa liaison avec Saint-Gelais, le maréchal pensa naïvement qu'il avait hérité non seulement de la charge de précepteur de François d'Angoulême mais également de celle d'amant de sa maman.

Il harcelait sans relâche Louise qui, de sa voix tonnante, le morigénait vertement. Mais le vieux militaire n'était pas du genre à se décourager et continuait de penser qu'une femme, comme une place forte, finit toujours par céder quand on en fait assidûment le siège.

Avant la cérémonie officielle de la signature des fiançailles, j'assistai à une scène qui me laissa tout pantois. Dans une pièce de petite taille dont la lourde porte en bois était recouverte d'une tapisserie non moins épaisse, éclairée faiblement par la croisée, elle-même fermée, se retrouvèrent Louis XII, le maréchal de Gié et ton serviteur qui se demande encore ce qu'il faisait là, si ce n'est par ordre du roi de ne pas le quitter. Je sentais que j'allais être le témoin d'un événement marquant mais j'étais loin de me douter que j'allais découvrir le machiavélisme de mon roi. Je me laissai glisser contre un des murs en me recroquevillant pour paraître le plus invisible possible.

Et mon roi prit la parole :

« Ma quarantième année approche, et si je ne sens encore pas trop le poids des ans, mon corps éprouve une certaine usure due aux abus de ma jeunesse. Je ne suis pas éternel, si je venais à disparaître, la reine parviendrait à ses fins à propos de cette union et il ne le faut pas. C'est pourquoi j'ai préparé une déclaration secrète que j'ai scellée après l'avoir paraphée en bonne et due forme et que je vous confie, mon fidèle Pierre, afin que vous procédiez à son enregistrement. Vous savez ce qu'elle contient, elle frappe de nullité tout accord matrimonial qui accorderait ma fille Claude à un autre que le petit duc de Valois-Angoulême. Cela ne m'empêchera pas de promettre Claude à Charles de Gand et de la doter largement de duchés et de comtés qui raviront ses parents et grands-parents. Il sera toujours temps plus tard de me délier de mes engagements. »

Mon estomac était tellement noué qu'il n'aurait pu émettre le moindre gargouillis, je retenais à tel point mon souffle que je ne me souviens pas d'avoir seulement respiré et aucun de mes grelots ne s'était manifesté fût-ce par le plus discret des tintements, mais mon silence devait être si bruyant qu'il fit se tourner vers moi d'un même mouvement le roi et son conseiller. Les regards qui me transpercèrent étaient d'une clarté limpide même si on y voyait la noirceur d'une terrible menace. Le secret était d'importance et j'avais compris que si je ne savais pas tenir ma langue, elle me serait arrachée dans l'heure pour régaler Muguet.

Je fus le roi (eh oui, c'est à mon tour !) des grandes réjouissances qui célébrèrent les fiançailles des deux bambins. Le peuple fêta triomphalement les parents. La reine Anne, au comble de la joie, persuadée qu'elle avait vaincu la volonté de son époux-roi de France, ne savait que faire pour le contenter. On se serait cru dans la rare entente parfaite d'une réunion familiale. Je ne pus me retenir de m'esclaffer quand j'entendis mon roi se pâmer d'admiration devant le berceau du petit poupon Charles noiraud et tout ridé :

« Que voilà un beau prince ! »

On évita de montrer trop longtemps la petite Claude à ses futurs beaux-parents, prétextant qu'elle avait besoin de beaucoup de repos dans un endroit moins bruyant. Ils n'eurent pas le temps de remarquer les imperfections et l'absence de beauté de la petite fiancée. Au bout de quelques jours de *festes et de bombances*, on en arriva à un accord pour une paix proche et durable avec Philippe de Habsbourg et Jeanne d'Aragon et avec Maximilien, le grand-père de Charles de Gand. Les adieux furent intenses d'émotion à la fois feinte et sincère et la séparation se fit « *en toute doulceur* ».

Deux années s'étaient écoulées depuis mes débuts dans la haute bouffonnerie. Au titre officiel de premier bouffon de la cour du roi s'ajouta une pension que l'on pouvait qualifier de royale, autre signe constitutif de ma fonction.

Comme je te l'ai déjà dit, ces pièces d'or et d'argent ne m'étaient pas d'une grande utilité puisque je ne manquais de rien. J'en distribuais quelques-unes en faisant l'aumône à quelques pauvres hères et à quelques familles que je savais dans la misère, mais je me refusais à engraisser les gens d'Église en achetant leurs prétendues indulgences. La foi, l'espérance, la charité étaient leurs maîtres mots mais plus que tout cela j'y voyais le profit qu'ils ne cessaient d'en tirer.

Mes rapports avec Dieu ne s'étaient pas détériorés mais disons que le doute s'était confortablement installé dans mon âme. J'expliquais cela par les scènes d'horreurs que j'avais été contraint de voir pendant la guerre. J'étais surtout très méfiant envers ces intermédiaires qui se servaient de la crédulité de leurs fidèles pour s'enrichir. Que devenait tout cet argent ?

« Dieu vous le rendra ! nous disaient-ils.

– Dieu a-t-il besoin d'argent ? Est-ce lui qui l'a inventé ? leur répondais-je.

– Il faut marcher plus près de Dieu, m'avait-on souvent répété durant ma "retraite monastique".

– Dieu a-t-il des jambes ? Il se déplace comment ? demandais-je innocemment.

– Sois un bon chrétien. Sois charitable. Vis ta vie en vertu de tes goûts autant que de tes besoins.

– Cela tendrait à signifier que tout est permis, que je peux faire ce que je veux ?

– Oui, mais sans faire offense à Dieu et à sa Création. »

Ah, c'est commode ! Tempête dans mon gros crâne où se bousculaient invocations confuses, les dix commandements, les Évangiles, les épîtres comme celle de saint Paul aux Corinthiens que je pensais écrite pour moi :

Dieu a choisi les choses folles du monde pour confondre les sages. Que celui d'entre vous qui paraît sage devienne fou pour être sage car la folie de Dieu est plus sage que les hommes… Si quelqu'un parmi vous pense être sage selon ce siècle, qu'il devienne fou afin de devenir sage, car la sagesse de ce monde est une folie devant Dieu.

J'étais maintenant à bonne école avec mon roi qui, sans le savoir, m'avait enseigné l'art de dissimuler. Sur tout ce qui touchait la religion, il fallait être de plus en plus mesuré dans ses propos et ne pas colporter des idées ou des interrogations pouvant heurter ou mettre en doute la croyance en Dieu. Malheur à celle ou à celui qui tombait entre les mailles d'un tribunal du Saint-Office nommé plus couramment tribunal de l'Inquisition dont la fonction était d'assurer la rédemption des âmes des chrétiens déchus !

Ces tribunaux créés par le fanatique et cruel inquisiteur général d'Espagne Tomás de Torquemada commençaient à se développer grandement sur notre territoire. Ils abusaient souvent de leur pouvoir et sous le couvert d'accusations d'hérésie ou de sorcellerie, on torturait, brûlait, écartelait, arrachait les ongles, brisait les membres à tout-va pour extirper le diable afin que les accusés puissent retrouver le chemin de Dieu. Il suffisait de dénombrer les cardinaux, archevêques, prélats, tous richement vêtus, qui gravitaient autour du roi pour se dire que Dieu était source de revenus et que les offenser pouvait conduire tout droit à l'estrapade sur le chevalet d'un inquisiteur bienveillant.

Comment mon roi, prince parfait, loyal par nature, qui disait ne jamais abuser de son pouvoir et ne rien usurper sur autrui, tolérait-il ces pratiques ? Je ne manquais pas de lui poser la question à laquelle il ne répondit jamais.

Les ambassadeurs de tous les pays voisins se succédaient de semaine en semaine, nous apportant des nouvelles plus ou moins bonnes. C'est ainsi que l'on apprit par les ambassadeurs du roi d'Aragon avec qui Louis venait de s'allier pour reconquérir le royaume de Naples que le marin génois, qui pensait rallier l'Asie par l'ouest et qui, neuf ans plus tôt, avait accosté sur un rivage inconnu découvrant de nouveaux territoires après avoir traversé la mer océane avec trois caravelles, était revenu en Espagne, certain que l'on allait le couvrir de gloire. Sa récompense fut de croupir dans un cachot d'une prison de Castille.

J'écoutais ses récits avec avidité et, comme mon roi se tournait vers moi, il fallait bien que je « fisse mon office » de bouffon. Fruit d'un travail ardu, je donnais la primeur d'une invention que j'avais baptisée « ventriloquus » qui allait asseoir ma réputation dans toutes les cours d'Europe. J'agitais ma tête faisant sonner tous mes grelots et, sans remuer les lèvres, juste la bouche à peine entrouverte, avec un sourire niais, je faisais entendre une voix de fausset qui sortait de mon ventre et semblait venir de ma marotte que je brandissais devant ma figure :

Au pays de l'Aragon
Il y avait messire Colomb
Qui croyait à la terre ronde
Et à un nouveau monde.
Il avait une ambition
À la hauteur de ses visions.
Après sa découverte nouvelle
Il revint avec ses caravelles
Pour recevoir sa récompense :
Honni soit qui mal y pense !
Le roi lui dit son ingratitude,
La reine feignit la lassitude
Et l'homme qui savait qu'un œuf
Pouvait se tenir debout,
Il en fit la preuve par "n'œuf",
Se retrouva au fond d'un trou
Où il se recroqueville
Au pays de la Castille.

Ce grand voyageur qui maîtrisait parfaitement la cosmographie et les mathématiques avait, pour le souverain d'Aragon et de Castille, des visions d'empire nouveau telles qu'aucun monarque n'en avait jamais rêvé. Toute sa science, sa passion et ses ambitions pour un pays qui n'était même pas le sien n'avaient jamais altéré sa modestie et sa simplicité. Il se plaisait à dire que « la plupart des choses sont faciles quand on vous montre le chemin et qu'il suffisait d'y penser ».

La punition était sévère pour celui qui avait voulu faire évoluer le monde, sans se contenter des acquis de connaissances et désireux d'aller plus avant. C'est souvent le lot de ceux qui, sans espoir de gain, veulent améliorer la vie des autres.

1501 fut aussi l'année où Pierre Gringore entra en lice, il était en charge de tous les spectacles joués sur la place publique, mystères, farces et soties. Il était également le grand ordonnateur des entrées parisiennes de notre roi quand il revenait triomphant de ses victoires en Italie.

Jean Perréal était en charge lui aussi, mais en tant que peintre ordinaire du roi. C'était l'auteur des deux tableaux dans la salle du Conseil, ceux qui ne vieilliront jamais. Il venait d'être nommé valet de chambre de Sa Majesté, qui le voulait plus proche de lui, pour qu'il le croque et l'esquisse en permanence, de profil, de face, de dos, sous toutes les coutures. Il avait ainsi immortalisé l'entrée de Louis XII à Paris en 1498, puis à Lyon l'année suivante. Louis, qui ne cessait de prôner l'économie, ne rechignait pourtant pas sur les magnificences d'une belle entrée dans la ville. La liesse populaire célébrait à grand bruit les victoires militaires dans les rues et sur les places du royaume. Feux de joie, processions, joutes et banquets organisés par un roi glorieux, rien de mieux pour marquer les esprits. Toute cette magnificence coûtait bien sûr beaucoup d'argent mais Louis, l'économie faite homme – je le surnommais d'ailleurs « l'éconhomme » –, avait eu l'ingénieuse idée de financer ces dépenses somptuaires grâce au butin ramené de ces pillages… Pardon, de ces conquêtes !

Pierre Gringore et Jean Perréal avaient beaucoup en commun en dehors de leur talent respectif. Hommes de grande taille, à la chevelure brune et frisée qui leur donnait un air enfantin, ils avaient tous deux les yeux bleus et un sourire engageant et je ne les vis jamais de mauvaise humeur. Ils remerciaient chaque jour le Ciel de leur accorder le bonheur d'accomplir leur travail, qu'ils considéraient comme un réel plaisir. Tous deux me traitaient en confrère, respectueux de mon état de bouffon.

Je n'avais que des satisfecit à distribuer à mon roi, mais je lui en décernerai un qui m'avait comblé de bonheur : son goût pour le théâtre. Ses prédécesseurs l'avaient banni des divertissements de la cour, en particulier Louis XI qui détestait à un tel point le théâtre qu'on osait à peine représenter des farces sous sa souveraineté.

Le théâtre réduit au silence donne la terrible leçon d'un règne. Heureusement les Louis peuvent se suivre par le chiffre et non à la lettre. Sous l'impulsion de mon roi, les farces, les mystères et les soties refleurirent sur les places publiques et par là même retrouvèrent leur indispensable insolence. Louis tolérait la satire et ne s'opposait pas à ce que l'on se moquât de son avarice comme d'un péché mignon. Les auteurs et les comédiens ne s'en privèrent pas, pour le plus grand plaisir du peuple qui, tout en respectant son souverain, adorait qu'on le bousculât. N'étais-je pas à la cour le complément idéal du théâtre populaire ? N'étais-je pas le meilleur représentant de la pensée du peuple ?

Les bateleurs me fascinaient. J'assistais le plus souvent possible aux Halles, durant le carnaval, à *La Farce de l'aveugle et du boiteux* et à *La Farce du Muryer* qu'André de La Vigne avait écrites et comme j'en parlais avec enthousiasme à Ma Majesté, Elle m'ordonnait aussitôt d'organiser une représentation en son château.

La reine Anne goûtait fort peu ces farces qui faisaient le bonheur de son époux et de ses vassaux lourdauds. Elle obligea André de La Vigne, qui était toujours son secrétaire particulier, à délaisser ses farces de bas étage pour composer en son honneur des mystères, des ballades et des complaintes en un françois châtié qu'elle appréciait grandement même si elle n'en voulait rien laisser paraître du bout de ses lèvres boudeuses.

André de La Vigne n'était pas à une concession près. Il s'était permis d'être l'auteur du récit de la conquête de Milan et de Naples à laquelle je savais qu'il n'avait jamais participé, étant prudemment resté bien loin du champ de bataille des guerres d'Italie.

Heureusement, Pierre Gringore, ce Lorrain d'origine, excella dans l'art de la farce, lui qui ne s'était pas distingué de prime abord avec le théâtre mais avec une allégorie larmoyante et mélancolique intitulée *Le Chasteau de Labour* où il gémissait sur notre nouveau siècle et se plaignait de l'amour qui n'était que souffrance. Il avait changé de ton dans une farce nouvelle moralisée *Les gens nouveaux qui mangent le monde et le logent de mal en pire*. Je me souviens encore de ce passage :

Du temps passé nous n'avons que faire,
Ni de ce qu'ont fait les gens anciens.
On les a peints ou mis dans les livres d'histoire ;
Mais nous, nous ne voulons rien en savoir.
S'ils ont bien fait, on en a grand bien ;
S'ils ont mal fait, on en a les maux.
Nous marchons par d'autres chemins.
Pout tout dire, nous sommes gens nouveaux
Les vieux ont régné, il suffit ;
Chacun doit régner à son tour.
Chacun ne pense qu'à son profit,
Car après la nuit vient le jour.
Faisons les oiseaux voler sans ailes,
Faisons les gens d'armes sans chevaux :
Ainsi serons-nous gens nouveaux.
Faisons les avocats donneurs d'aumônes,
Et qu'ils ne prennent plus notre argent
Sous peine de passer pour faux :
Ainsi serons-nous gens nouveaux.

Qu'il soit noble, bourgeois ou manant, l'homme de la Renaissance reconnaissait son voisin dans la caricature de chacun des personnages et se moquait de son ridicule en ne se doutant pas que c'était sa propre image qui était représentée et déclenchait l'hilarité générale. Cette gaieté était vivifiante et permettait, le temps d'une représentation, d'oublier les tribulations d'une vie difficultueuse.

« Mon cher Triboulet, toi qui lis le latin et qui le parles tout aussi bien, tu te doutes que l'étude approfondie des comiques latins a été pour moi une source d'inspiration inépuisable. C'est grâce à eux si notre théâtre aujourd'hui peut se targuer de palingénésie. »

J'étais fier de comprendre tout ce qu'il me disait et je n'étais jamais rassasié de l'écouter, buvant ses paroles et dévorant ses écrits.

Les origines du théâtre n'étaient guère étudiées et ceux qui s'y étaient intéressés n'en avaient que de vagues notions. Pierre Gringore, lui, était érudit en la matière et savait faire partager sa passion. Il me racontait que, en Grèce, au moins cinq cents années avant Jésus-Christ, se produisaient des acteurs avec le visage noirci de suie et couvert d'un masque de papyrus dont le jeu trivial et obscène traduisait une franchise et une liberté d'esprit totales dans la satire des personnages en place, des mœurs et des institutions. Il devenait intarissable quand il parlait des comédiens, de leur manière d'aborder un personnage, de se l'approprier, du plaisir de l'imagination, de la façon d'être rompu à cet exercice de l'esprit sans être gêné par la présence de figures nouvelles ni par un public souvent bruyant et versatile, de l'excitation avant de sauter sur les tréteaux, de la nécessité de sentir et de créer seul un personnage.

Je le regardais bouillant, emporté, et j'avais l'impression que c'était moi qu'il décrivait tant cela me ressemblait. Il parlait de moi quand il dépeignait l'acteur qui entrait dans une sorte de délire en développant des qualités brillantes, originales et naturelles. Et n'était-ce pas bien me résumer en une phrase que de dire :

« Un talent pareil est rare et long à former. »

Il ajoutait :

« Il est plus facile de former dix acteurs pour la comédie régulière qu'un seul pour la comédie improvisée. »

À ma grande stupéfaction, il m'apprit qu'à la fin du XVe siècle, un des premiers comédiens professionnels se nommait (de son vrai nom) Triboulet.

En 1470, à la *Feste des Roys*, il avait créé *La Farce de Maître Pathelin* en y interprétant le rôle-titre. Il partageait les succès avec son Compère Maître Mouche. Joueurs d'expertise, experts en tours d'acrobaties et de prestidigitation, leur réputation avait même dépassé les frontières. Ils avaient tous deux trouvé une mort à la fois horrible et cocasse qui collait bien avec leurs personnalités : alors qu'il représentait un mystère de la passion du Christ, Maître Mouche jouait le rôle de Judas et devait faire semblant de se pendre. Il y mit un tel zèle de repentance qu'il se pendit pour de bon et déclencha des cascades de rire en s'agitant désespérément au bout de sa corde. Triboulet jouait le diable et sortait des enfers entouré d'un cuisant brasier. Son habit de Lucifer prit feu et cet acteur qui, dans la vie, était tout feu tout flamme, mourut en brûlant les planches. Leur épitaphe, si elle peut engendrer la bonne humeur n'est pas d'une extrême délicatesse :

Males morts te puissent avorter,
Paillards, fils de putain cognus.
Pour à mal faire t'enhorter,
L'un s'est tout brûlé le cul,
L'autre à la potence accrochié
Par le col s'est bien pendu.

Une matinée encore toute fraîche d'un été qui mettait du temps à venir nous réchauffer, sortit de la brume une caravane composée de plusieurs carrioles bariolées qui transportaient une troupe de Bergamasques venue tout droit d'Italie. Ces baladins aux costumes bigarrés, tous jouant avec des masques sur la figure, s'inspiraient grandement de la comédie attique.

L'un d'entre eux, plus mobile et agité que les autres, au costume multicolore fait de pièces de tissu cousues bout à bout, se nommait Arlecchino, natif de Bergame, et portait un masque de cuir noir qui lui mangeait presque tout le visage, ne laissant paraître que ses deux yeux pétillants et rieurs et sa large bouche qu'il peignait d'un rouge vermillon entourée d'un grossier trait noir.

Ses partenaires, le docteur, le capitan, le vieillard bafoué et ridicule à qui la belle et jeune Isabella faisait porter les cornes, étaient eux aussi tous masqués. Si la mobilité de leurs corps faisait merveille, en revanche, je trouvais que l'expression de leur moitié de visage était trop figée.

Je n'avais pas besoin de porter un masque puisque je m'étais moi-même masqué en dédoublant ma personnalité. Ma figure se métamorphosait à loisir selon les sentiments que je voulais traduire et je possédais ainsi une diversité infinie d'expressions qui m'étaient propres.

Devant les suppliques câlines de sa reine, Louis avait fait venir spécialement pour elle, et toujours d'Italie, les *pupazzi*, des montreurs de grande renommée. Ils avaient construit un petit *castello* dans une salle près des appartements de la reine qui leur avait demandé de jouer pour elle et son entourage des scènes d'amour courtois et des moments épiques de la mythologie. Elle les avait tout de suite mis en garde :

« *Il ne saurait être jamais question d'espées et de bastons, encore moins de tromperies !* »

Anne avait aussi un penchant pour les marionnettes et se régalait du spectacle de ces poupées montrées à mi-corps, avec une tête et des mains de bois ; le buste n'est qu'une poche en étoffe dans laquelle on passe la main, le pouce et le médius font agir les bras, l'index fait mouvoir la tête au moyen du cou creusé à cet effet. Cette tradition date de fort loin et la simplicité primitive des scènes représentées faisait la joie des enfants et de toute la famille sur les places publiques au Moyen-Âge où étaient montées les baraques. Quand je pense que c'est dans cet affublement que je te parle aujourd'hui.

J'ai cru un moment à la réincarnation et me voilà bois et tissu ayant dormi dans un placard pendant quarante ans au milieu d'autres marionnettes. Si tu ne m'avais pas sorti de là, je n'aurais jamais pu faire le récit de ma vie.

Mais je m'égare, il me reste à te conter encore douze années auprès de mon roi Louis avant de passer aux vingt et une suivantes auprès de mon autre roi François. Ne perdons plus de temps ! Si tu m'écoutes toujours, branle juste un peu du chef, cette réponse me suffira pour que je poursuive mon récit et que je n'aie pas la désagréable impression de parler dans le vide. Merci ! Je continue.

Un an sans faire la guerre, c'était trop pour le glorieux roi belliqueux qui repartit pour une nouvelle conquête en Italie. Belle occasion pour Anne de concocter de longues scènes de ménage faites de reproches d'être une fois de plus délaissée, mais aussi teintées d'inquiétudes sincères pour la santé de son époux qui devenait alarmante par moments. Le roi trouve les mots pour la rassurer et retrouve une vigueur sans pareille dès son départ, tant l'envie de guerroyer est pour lui le meilleur des remèdes pour recouvrer la santé.

L'expédition est tellement précipitée qu'il ne m'oblige pas à le suivre en Italie et je peux rester à la cour désertée de tous ses chevaliers.

Quand je ne passais pas mes journées à discourir avec François Bourcier ou à écouter Pierre Gringore me raconter *Les Folles Entreprises* et *Les Abus du Monde*, ses prochaines pièces, j'étais livré à moi-même et je trouvais le temps de vivre sans l'usuelle contrainte de distraire à la demande.

Les jours d'été où je pouvais m'échapper, j'allais me baigner dans la rivière, je m'étendais dans l'eau, immergeant juste une partie de mon visage pour avoir les oreilles dans l'eau et ne plus rien entendre, seulement un léger bourdonnement étrange et apaisant que je m'imaginais être celui du repos éternel. Si je te parle en ce moment, cela signifie qu'il existe une éternité mais pas de repos.

En sortant de l'eau, je me séchais aux rayons brûlants du soleil qui brillait à son zénith. Je le fixais jusqu'à m'aveugler puis je fermais les yeux, ne sentant même plus mes paupières rougies. Je n'étais plus moi-même mais un être libre, beau, grand et fort comme j'aurais souhaité.

Ressembler au superbe chevalier Bayard ou au noble seigneur de La Palice. Planté sur le bord de la rive, sans personne alentour, je me mettais à hurler les bras en croix :

« Divin astre du jour, brille sur moi, brille pour moi. »

Il fallait bien que je me rhabille et tout en enfilant mes vêtements, je reprenais conscience de ma contrefaçon humaine.

Il était vain de penser que ma condition d'éveilleur de souffre-douleur était loin derrière moi. Quelle erreur ! Bien sûr, je continuais à rire de moi-même, faisant semblant d'être habitué à ma difformité et l'ayant parfaitement assumée. Je savais que ma position serait renforcée si je savais souffrir en silence. Cette identité que je m'étais forgée comme un solide paravent cachait mon état malheureux et évitait de mettre au jour mon malaise en société. Elle servait à montrer qu'au contraire j'étais à sa recherche pour mettre de la gaieté sur ma souffrance. Tout en ressentant les choses profondément, je devais paraître étranger aux émotions, insensible ou ignorant de ce que peuvent être chagrin et joie, ignorer les quolibets et les regards hostiles, maîtriser mes pulsions agressives. Ensuite peaufiner mes armes pour riposter : mimer l'attitude adéquate, utiliser les bons mots en me servant de la parole comme les chevaliers se servaient de leur épée. Faire tomber des têtes ou ruiner des réputations au moyen de « la formule qui tue » en prenant bien garde de ne jamais être pris en défaut.

Quand je présentais mon corps difforme et ma laideur grotesque comme des objets dont on s'amusait, ma souffrance n'était pas que morale, je supportais en plus une souffrance physique qui me prenait soudain, comme si on avait pénétré à l'intérieur de mon corps pour en triturer les os.

Je pouvais à peine poser le pied par terre, des milliers d'aiguilles s'enfonçaient au plus profond de mes os. Ma bosse devenait un intolérable fardeau, j'aurais voulu me gratter tout au creux, la crever avec un couteau pointu pour qu'elle se dégonfle comme une pauvre vessie. Je n'avais plus qu'un moyen, surmonter la douleur en en faisant un ressort comique pour l'entourage qui riait de bon cœur de me voir ainsi feindre, alors que le mal me rongeait avec frénésie. Tu me croiras si tu veux, mais en l'exagérant j'arrivais à oublier la douleur.

Est-ce que la laideur et la difformité sont des critères rassurants pour devenir l'objet de constantes dérisions ? L'absence du roi dut donner de l'audace à certains qui projetèrent de perturber méchamment ma tranquillité, mais leurs mauvaises intentions n'aboutirent pas. J'avais un protecteur puissant en la personne du maréchal de Gié qui s'occupait toujours aussi bien de mon cher François, lequel avait passé l'âge de raison. L'admiration de sa mère était immuable tout comme sa détermination à ne pas céder aux avances de plus en plus insistantes du maréchal. Louise n'avait pas le cœur à la bagatelle, elle venait d'apprendre que notre reine Anne était grosse du roi et accoucherait dans les premiers jours de janvier prochain.

Chapitre cinquième

L'année 1503 s'ouvrit sous de tristes auspices : à la fin du mois de janvier, la reine accoucha d'un fils qui ne vécut que quelques heures. La joyeuse perspective d'avoir enfin un héritier à la couronne de France fut de courte durée et laissa la place à une grande déception. Louise de Savoie tenta de cacher sa réjouissance et son soulagement en promenant un chagrin avec trop d'ostentation pour être vraiment sincère. Je n'étais pas dupe de ses larmes de « crocodilus » quand elle répétait à chaque instant avec des sanglots dans la voix :

« Pauvre petit si tôt monté au ciel, faute de vie ! »

Le désenchantement de ne pas avoir encore l'héritier souhaité fut compensé par le retour de notre roi victorieux et par les récits des combats qui firent l'admiration d'une cour reprenant une animation engourdie par l'austérité ordonnée de la reine Anne.

On ne cesse de louanger le courage exceptionnel de Louis, combattant au milieu de ses soldats, exhibant une témérité hors du commun pour soulever leur ardeur, taillant en pièces avec son épée tout ennemi qui ose l'approcher, la visière de son heaume ouverte, à visage découvert, marque de la plus haute noblesse et d'un héroïsme frisant l'inconscience. On rend hommage aussi à ses valeureux chevaliers et l'on frémit au récit du duel qui opposa tout un après-midi Bayard et le capitaine Alonzo de Sotomayor qui, la poitrine percée, la gorge ouverte et le visage fendu, gisait mort alors que son vainqueur lui criait de se rendre pour sauver sa vie. Mais, comme d'habitude, on ne parle que de glorieuse victoire et jamais d'atroce boucherie. Nul n'ose faire allusion aux mutilés, aux blessés, encore moins aux cadavres pourrissant sur les champs de bataille et servant de nourriture aux rapaces.

Mon roi, irradié par le triomphe comme par un soleil éblouissant, reprit les rênes du royaume, s'attachant toujours à faire appliquer ses réformes, légiférant à tout-va au moyen d'ordonnances et d'édits et intransigeant quand il s'agissait de faire régner l'ordre dans son royaume.

Nous étions dans l'obligation d'assister aux exécutions des grands malfaiteurs en même temps que le peuple qui était friand de ces manifestations. Même si je fermais souvent les yeux devant l'atrocité du spectacle, il y a des images et des sons qui ne peuvent s'effacer de ma mémoire : main tranchée net pour les coupeurs de bourses, langue sectionnée pour les blasphémateurs, oreilles arrachées pour celui qui a été sensible aux sirènes de l'hérésie, bain d'huile bouillante pour les faux-monnayeurs.

Mais la principale cause de mes nombreuses nuits de cauchemar est le supplice infligé à ce capitaine ramené d'Italie et accusé de haute trahison.

Ce crime réclamait le châtiment le plus horrible : « l'étripement », précédé de la castration : le bourreau, après avoir coupé le membre viril et les génitoires du condamné, lui fendait le ventre jusqu'à la poitrine, et lui ouvrait si largement le corps avec les deux mains que les intestins s'échappaient comme un long serpentin. Malgré cela, l'homme n'était pas mort mais bien vivant, au point qu'il avait encore la force de parler : il demanda à voir son cœur que le bourreau lui mit devant le visage avant de le percer aussitôt et de constater que le condamné venait bien de passer dans l'autre monde.

Pour terminer en beauté la séance et déchaîner les vivats et les applaudissements de la foule en liesse, la tête fut aussitôt tranchée et le corps mis en quatre quartiers. Moi, devant ce spectacle atroce, j'avais souillé mes chausses et tu peux me croire, ce n'était pas un pipi de fourmi.

Après ces intermèdes sanglants, je redevins le centre d'intérêt de réjouissances plus douces qui procuraient à mon roi un contentement salutaire. Certains courtisans supportaient mal mon prestige retrouvé et ne cessaient de m'asticoter en m'insultant par de doux vocables tels que face à cul, cornecouilles, tique à bique ou sac à pisse. Ils ne manquaient pas ensuite de me bousculer assez durement pour s'excuser aussitôt d'un ton ironique :

« Oh ! C'est toi, Triboulet ? Nous t'avions confondu avec un pied de table mais nous nous sommes trompés. Mille pardons, il n'existe pas de table aussi bancale ! »

Et ils tournaient les talons, laissant éclater de gros rires gras.

Ces fausses excuses ne me suffisaient plus et je me promis de leur faire payer prochainement leurs camouflets. Ce moment arriva plus tôt que je ne l'espérais. Un des jours suivants, je souffris d'une rage « de dents » qui se manifesta « dehors » (!) par des joues gonflées comme une outre trop pleine, ce qui m'enlaidissait plus que de coutume. Un page compatissant m'apporta un clou de girofle et me garantit que sa mère souffrant du même mal avait été guérie en appliquant plusieurs heures l'épice dans sa bouche. Effectivement, en suivant ces instructions, je dégonflai dans la journée de ma fluxion. Je demandai à mon sauveur d'où venait ce remède miraculeux.

Mon gentil page,
Toi qui soulages
Mon doux visage
De cette rage,
À qui rendre hommage
Pour ce sauvetage ?

« Ma mère le tient d'une vieille sorcière qu'elle avait croisée sur un marché.

– Sais-tu où elle demeure ?

– Au fin fond de la forêt.

– Saurais-tu m'y conduire ?

– Certes non ! Personne n'a jamais trouvé sa tanière. Et c'est tant mieux, elle doit partager sa couche avec Lucifer. »

Il me planta là et s'enfuit en se signant et en me criant que Dieu me vienne en aide s'il me prenait l'envie d'aller à la rencontre de la femme de Belzébuth.

Le lendemain matin, dès que le jour montra sa première clarté, je m'enfonçai dans les bois touffus qui jouxtaient le château. La marche fut longue. Après avoir passé huit clairières et force sentiers broussailleux, mon odorat délicat décela une odeur inaccoutumée qui m'attira vers une petite maison faite de bois, de pierre et de chaume au milieu de plusieurs bosquets.

Je frappai à la porte et, n'entendant pas de réponse, je la poussai doucement pour pénétrer dans une pièce où s'amoncelaient alambics et cornues. Je n'eus pas le temps de tout détailler car, derrière moi, une voix rauque m'interpella :

« Que viens-tu faire ici ? »

Je me retournai et découvris une femme assez forte proche de la trentaine lointaine, avec de grands yeux bleus qui adoucissaient un visage buriné entouré d'une abondante chevelure noire parsemée de longs filaments blancs. J'avais vu brûler des sorcières aux traits affreux inspirant une peur panique mais elle n'avait rien d'effrayant, bien au contraire, je lui trouvai une douceur rassurante qui avait dû passer pour un certain charme durant sa jeunesse si elle en avait eu une.

« Je suis Triboulet, le bouffon du roi.

– Tu m'as l'air aux abois
Tout au fond des bois.

Entres-tu dans mon antre
Ou sors-tu de la sorte ? »

Devant mon air étonné, elle me fit un large sourire de sa bouche gourmande à demi édentée :

« Tu n'es pas le seul à manier le galimatias ! »

La cheminée était allumée et les bûches chauffaient un chaudron suspendu d'où montait cette odeur indéfinissable qui m'avait guidé à l'intérieur de la masure. Elle prit une grande cuillère de bois qu'elle trempa dans le chaudron pour en retirer un liquide verdâtre. Elle le versa dans un creuset en terre qu'elle me tendit à deux mains. Je remarquai que ses doigts étaient terminés par des ongles démesurément longs comme les serres d'un aigle royal. Je pris la coupelle et bus d'une traite le breuvage qui me chauffa la gorge et me brûla l'estomac comme si on m'y avait allumé un brasier. Elle me regarda en plissant ses yeux d'un air provocant. Je la détaillai, femme mûre mais pas blette, d'une taille moyenne, les hanches larges ; sa chemise était entrouverte et montrait deux mamelles lourdes et charnues. Elle se coucha soudain sur la table, releva sa jupe et ses cottes de futaine grise, se troussa assez haut pour découvrir, en écartant deux cuisses couleur de lait, un vagin humide et tout rose entouré d'une épaisse touffe de poils noirs.

Le breuvage n'était sûrement pas étranger à l'enfièvrement que me procurait cette vulve accueillante. Ma verge ne tenant plus en place dans mes chausses, je les baissai jusques au sol et sautant à cloche-pied les deux derniers mètres qui me séparaient de cette matrone je l'enfourchai allègrement. Elle se mit à hurler de plaisir et à enfoncer ses ongles dans ma bosse jusqu'à en toucher l'os.

Mes cris de douleur se confondirent avec nos glapissements d'orgasme. Cette première pénétration dans un corps féminin me changeait quelque peu de l'exercice solitaire qui m'était habituel et qui me servait plus d'exutoire hygiénique que de plaisir sexuel. Je dois t'avouer que cela ne me déplut pas et que je bénis cette occasion qui fit de moi un beau larron d'amour.

Quand nous nous désaccouplâmes, elle se releva, laissa retomber sa jupe et ses cottes comme si rien ne s'était passé :

« Tu n'es pas le premier à m'avoir enfourchée mais tu es bien le premier qui ais réussi à me débusquer. Tu es tellement laid qu'il t'a fallu marcher des heures pour trouver une femelle consentante ?

– Je venais te remercier pour avoir calmé ma rage de dents.

– J'ai calmé aussi l'ardeur de ton chibre. Il est bien vigoureux. Tu m'as bien prise. Reviens quand bon te semblera. Tu seras toujours le bienvenu. Demande-moi ce que tu veux, je te l'accorderai. Si tu as besoin de te débarrasser d'un importun, j'ai des médecines douces qui ne laissent aucune trace. »

C'était l'opportunité rêvée de mettre fin à ces fréquentatives humiliations courtisanes qui commençaient à me lasser.

« N'as-tu pas quelque remède qui ne tue pas mais qui peut provoquer une gêne passagère et incommode ? »

Je partis de chez elle ce jour-là avec une décoction chargée en feuilles d'aubour. J'avais de quoi me venger de ce groupe de courtisans.

Je n'eus pas longtemps à attendre pour savourer leur châtiment. Le soir même, un nouveau banquet était servi à toute la cour dans la grande salle à manger du château qui résonnait des bruyantes conversations. Au cours du repas, personne ne faisant attention à moi, j'avais repéré l'endroit de la table où mes « bousculeurs » étaient tous agglutinés. Je suivis le marmiton qui apportait la soupière qui leur était destinée et, sans être vu, je versai le contenu du sachet que la matrone m'avait donné. Elle m'avait assuré que la poudre se diluait instantanément et n'altérait en rien le goût des aliments.

Revenu discrètement prendre ma place auprès de mon roi, je les regardai se servir abondamment jusqu'à vider entièrement la soupière pour laper goulûment et bruyamment leur potage. Ma chère matrone ne m'avait pas menti : à peine s'essuyaient-ils la bouche d'un revers de manche que la décoction fit son office, provoquant des vents violents et nauséabonds.

Je fus au comble du ravissement quand, sous les regards dégoûtés de leurs voisins de table, je les vis tous se lever d'un bond et se précipiter hors de la salle du banquet pour aller empester les couloirs et faire s'ébaudir pages et laquais qui les entendaient lâcher des pets sonores en se tordant de douleur. Et quand mon roi me posa l'inévitable question :

« Qu'ont-ils donc à quitter ainsi la table ?

Je répondis évidemment :

« Beau Sire, ils sont partis en coup de vent toutes affaires "pétantes" ! »

Louis adorait mes plaisanteries graveleuses et voulait toujours que la reine partage son hilarité. Elle ne décochait pas la grimace d'un sourire et en profitait pour dire de sa voix hautaine et cassante :

« Louis, Triboulet est votre bouffon. Il vous amuse et c'est tant mieux. C'est son emploi ! Je le tolère comme je tolère vos deux molosses, rien de moins, rien de plus. Mais ne me demandez pas de cautionner ces incongruités. J'ai, Dieu merci, des divertissements qui sont de plus haute lignée ! »

Je craignais que cette évidente incompatibilité d'humeur entre elle et moi, loin de s'amenuiser, finisse par me nuire. Ne venait-elle pas de chasser de la cour une de ses demoiselles d'honneur favorites qui avait eu le malheur de lui cacher son mariage clandestin ! Elle l'avait renvoyée dans l'heure chez son père avec ordre de la tenir enfermée. Elle s'arrangea ensuite pour que Louis envoyât le jeune marié en ambassade au fin fond de l'Empire ottoman et personne n'eut jamais plus de ses nouvelles. Elle mettait à profit la santé chancelante de son mari pour obtenir de lui tout ce qu'elle désirait. Je voyais venir le moment où elle demanderait mon exil, voire pire : le fil ténu qui me reliait à la vie pouvait vite se transformer en une grosse corde de chanvre, déplaisante collerette pour pendouiller tout au haut d'un gibet.

Mais mon inquiétude première se manifestait surtout pour mon roi qui s'affaiblissait de jour en jour. La rapidité avec laquelle la vieillesse rongeait son corps était impressionnante. L'air qu'il respirait ne paraissait plus suffisant quand il devait monter les marches d'un escalier qu'autrefois il grimpait quatre à quatre, laissant derrière lui des courtisans époumonés et un bouffon frappé de dyspnée.

L'atmosphère de la cour changea du tout au tout. Le peu de gaieté qui y régnait laissa place à une tristesse accablante. Je m'efforçais bien de continuer à distraire mon roi mais même ses sourires de gratitude étaient aussi sinistres qu'alarmants.

Louis, conscient de sa santé chancelante, sentait parfaitement que « sa chère Anne » prenait véritablement un fort ascendant sur ses décisions.

Il avait alors des sursauts de révolte et des démonstrations outrancières de pouvoir qui devenaient des provocations permanentes envers sa femme et la cour. Le jour où il appuya fortement le mariage de Marguerite de Nemours avec le maréchal de Gié (qui en profita pour s'approprier aussitôt le titre de duc de Nemours !) fut la goutte qui fit déborder le vase de Bretagne. Anne jura à cet instant précis la perte du maréchal. N'oublie pas que, sous ses abords agréables qui trompaient tout le monde (sauf moi !), elle pouvait être odieuse et sa rancune était une arme redoutable. Gié allait bientôt l'apprendre à ses dépens.

Sous ses apparences rustaudes, le maréchal pouvait cependant se montrer un fin politique ; il avait remarqué depuis fort longtemps que le roi accordait de moins en moins sa confiance à Georges d'Amboise qui, lui, se rapprochait de plus en plus de la reine.

Tout membre du Conseil avait ses propres espions qui tous éprouvaient grande méfiance envers moi, évidemment ! J'étais au courant du moindre détail des événements quotidiens de la cour et des rumeurs de couloirs.

L'on savait pertinemment que je pouvais tout répéter au roi ou même pire : en parler haut et fort à tout moment. Gié poursuivait avec compétence l'éducation de François d'Angoulême et se faisait remettre heure par heure en main propre plusieurs rapports décrivant ce qui se passait en son absence dans l'entourage du roi et de la reine. Je l'avais maintes fois surpris exprimant sa préoccupation à propos de la santé vacillante et des manifestations de la sénilité précoce de son souverain. La dernière semaine de février, ayant réussi – et ce n'était pas chose facile ! – à tromper la vigilance de la reine, je le vis accourir auprès du roi. Je l'apostrophai d'entrée :

Beau Sire,
Faites résonner tambours
Voici le duc de Nemours,
Titre qui a vu le jour
Grâce à ses belles amours
Avec son épouse favorite
La toute belle Marguerite.

Le maréchal, ne m'accordant même pas un regard courroucé ni une main levée en signe de menaces badines, entra sans ambages dans le vif du sujet :

« Majesté, je me permets de mettre en garde mon souverain contre la complaisance amoureuse qu'il manifeste envers sa bien-aimée épouse. »

Louis lui répondit en haussant les épaules :

« Il faut qu'un homme souffre beaucoup d'une femme quand elle aime son honneur et son mary. »

Gié insista :

« C'est le devoir d'un roi d'oublier son amour quand le sort de la France est en jeu. Votre reine est plus bretonne que française et depuis la naissance de votre fille, elle vous pousse à concrétiser son mariage avec Charles de Gand. Vous n'ignorez pas que la Bretagne tomberait irrémédiablement aux mains des Habsbourg et c'est bien l'unique but de Maximilien : soustraire la Bretagne à la France pour en faire don à l'empire. »

Louis ne répondit rien et continua de fixer le maréchal de ses deux yeux qui, enfoncés au creux de leur orbites, brillaient d'un éclat impressionnant.

Sans se démonter, Gié repartit de plus belle :

« Sire, il y a trois années, vous avez signé une déclaration secrète annulant par avance le mariage de Claude de France avec un autre prince que François, il est temps de signer une confirmation formelle de cet engagement. Le temps passe, votre fille Claude a cinq ans et François dix ans. Vous n'ignorez pas que je continue avec zèle à préparer le fils de Louise de Savoie au métier de roi et je peux vous garantir qu'au vu de son aptitude et de sa célérité à assimiler mes enseignements, il ne pourra que devenir le digne successeur de Votre Majesté. »

Louis se tourna vers moi, comme pour chercher une approbation, et je m'empressai de lancer, en écartant les bras dans un geste d'évidence :

« Il ne faut allier les souris qu'aux rats de son grenier ! »

Lorsqu'il tendit à mon roi un parchemin qu'il ne prit pas la peine de lire, Gié crut bon d'ajouter :

« Dans deux années, vous pourrez fêter officiellement leurs fiançailles. »

Dès que mon roi eut apposé sa signature et le sceau royal, le maréchal afficha un sourire épanoui et se retira non sans avoir exécuté force courbettes. Louis n'eut pas le temps de se retourner vers moi une nouvelle fois que ma marotte s'agitait déjà dans un petit bruit de grelots qui rythmaient ma phrase :

Ô Roi grandiose,
Quand tu apposes
Ton royal sceau
Et que tu signes,
C'est bien le signe
Que tu n'es pas sot.

Dans les jours qui suivirent, le nouveau duc de Nemours sillonna le Val de Loire et fit contrôler tous les bateaux qui descendaient vers Nantes. C'est ainsi qu'il fit bloquer un important convoi qui devait acheminer vers la Bretagne un bon nombre de coffres appartenant à la reine Anne dans lesquels elle avait mis ses trésors personnels. Gié alla même jusqu'à prévoir une occupation militaire du duché de Bretagne dès que l'on aurait annoncé « *par grand malheur* » le décès royal. Il conseilla enfin à son roi d'exiger des gentilshommes de sa garde qu'ils fissent le serment de s'opposer à l'enlèvement de la princesse Claude au cas où la mort se rappellerait à son mauvais souvenir; tous s'y étaient engagés. Tu penses bien que ces précautions « anti-reine » ne tardèrent pas à parvenir aux oreilles d'Anne qui sauta sur l'occasion pour devenir l'instigatrice d'un complot destiné à faire condamner Gié pour haute trahison et le mener ainsi à la déchéance, sinon à la mort. Elle profita des jalousies que procurait sa réussite trop éclatante. Celles-ci n'étaient pas nouvelles : on enviait son parcours sans faute depuis Louis XI et Charles VIII; on supportait mal qu'il se fût approprié plusieurs fiefs dans le duché de Milan et qu'il ait obtenu l'archevêché de Lyon pour l'un de ses fils; on convoitait sa fortune considérable et on s'inquiétait de son pouvoir sans cesse croissant. Son mariage avec Marguerite de Nemours avait certainement calmé quelque peu ses ardeurs amoureuses envers Louise de Savoie mais il continuait de la harceler moralement, lui reprochant sa trop grande indulgence envers son fils adoré. Enfin, on entretenait pour son auguste personne une haine vivace qui dénotait bien cet esprit français adorant construire un piédestal et y élever au plus haut celui qu'on a décidé d'admirer pour mieux ensuite le faire chuter et le traîner plus bas que terre. Une réussite trop flagrante devient vite dérangeante pour les minables et les médiocres. Ah ! La médiocrité, je l'ai observée si souvent dans mon existence, elle s'immisce avec une telle adresse dans la vie quotidienne que, si je n'y avais pris garde, elle m'aurait « médiocrisé » comme tant d'autres.

Dans le courant du printemps, Louis reprend quelques forces mais c'est un convalescent fragile que l'on est obligé de couvrir de soins en permanence. Sa maladie, loin d'être guérie, risque d'être longue et difficile. Il ne voyage plus qu'en litière hermétiquement close et encore, pour de très courts trajets. Il préfère sa résidence confortable : le château de Blois, là où il se sent le mieux. Je suis toléré dans sa chambre mais avec interdiction de lui parler. On a même ôté tous les grelots de mon costume. Je suis le bouffon de l'inutile ! Mon roi feuillette quelques livres, tournant maladroitement les pages de ses doigts amaigris. Il se lève avec difficulté de son fauteuil, va caresser distraitement une grosse mappemonde, rêvant sûrement d'illusoires conquêtes et, s'appuyant contre le mur, reste de longues minutes à regarder par la fenêtre. Je piaffais dans mon for intérieur et je m'attristais de tant de belles et joyeuses répliques perdues qui auraient sûrement redonné à mon roi ce regain de santé qu'il avait tant de mal à retrouver. Si je n'avais pas le droit de lui adresser la parole, il n'en était pas de même pour la reine Anne qui ne manquait pas de le visiter plusieurs fois par jour, prenant pour excuse de venir voir si son époux avait repris quelque vigueur mais surtout pour que Louis ordonne une enquête sur les dangereux agissements du maréchal de Gié contre sa propre personne. Louis aurait souhaité une convalescence plus calme et ce qui n'était qu'une lutte sournoise se transforma en crise ouverte. Anne exerça une telle pression sur lui que, par lassitude curative, il finit par céder à ses incessantes suppliques. Il accepta d'accorder une entrevue à Pierre de Pontbriand qui n'était autre que le sous-gouverneur de François de Valois et qui devait sa fortune au maréchal. Quand l'ingratitude prend la figure de la calomnie, nous baignons dans un bain de cour où resurgissent à la surface tout un banc de prédateurs qui attendaient frétillants le signal de la dévoration.

Revêtu de vêtements richement brodés, le pas hésitant, le visage maigre et pâle où perlaient des gouttes de sueur, Pontbriand (que j'avais déjà anobli en le surnommant « l'aqueduc blafard ») avait d'importantes révélations à faire à Sa Majesté au sujet du maréchal de Gié. Mon roi recevait peu et désormais dans sa chambre. Sous une croisée, je m'étais trouvé un petit recoin assez lumineux où je pouvais lire en toute quiétude. Pour y être encore plus à l'aise, j'avais superposé deux couvertures en hermine sur lesquelles je pouvais m'étendre confortablement et où les chiens Chailly et Herbault venaient souvent me rejoindre, préférant la douceur et la chaleur de la fourrure aux carreaux glacés de la chambre de leur maître. Quand Pontbriand fut introduit, je fermai avec regret le livre des *Fables* d'Ésope qui m'enchantaient les sens et mes oreilles s'agrandirent autant que celles de mon coqueluchon privé de grelots à l'écoute de son récit.

Sans rien nous apprendre de bien nouveau, les accusations très graves portées contre le maréchal par ce pauvre Pontbriand paraissaient confuses et contradictoires comme une leçon pas très bien apprise et mal récitée. Louis l'écouta distraitement et le congédia en ayant bien soin de lui signifier qu'il ne croyait pas à la culpabilité de son cher Pierre de Rohan. Il lui conseilla d'aller voir Georges d'Amboise pour lui demander son avis. Je profitai du court moment où le chambellan en raccompagnant Pontbriand à la porte de la chambre me tournait le dos pour glisser à mon roi en chuchotant :

Ce Pontbriand
N'est point brillant
En conspuant
Pierre de Rohan
Pour l'effigier
Et le "fustiGié".

Mon roi se mit à rire, ce qui ne lui était pas arrivé depuis bien longtemps. Ses hoquets de rire se transformèrent en une toux tenace qui manqua de l'étouffer. Les valets de chambre appelés en hâte le portèrent jusqu'à son lit où l'on réussit à lui faire boire un peu d'eau puis à l'étendre. L'étranglement se mua en une respiration saccadée qui n'inquiéta pas les médecins aussitôt accourus.

Ma fonction était de faire rire le roi mais pas de le faire mourir de rire. Quel aurait été mon sort si, par mauvaise fortune, le roi avait trépassé des suites de mes deux tiercets ? Je n'osai y songer.

Le chambellan entra dans une grande colère, me chassa de la chambre et m'en interdit l'entrée pendant plusieurs semaines malgré les instances du roi qui me réclamait à ses côtés.

L'entourage de la reine et la reine elle-même se félicitèrent de cette opportunité de ne plus avoir de témoin gênant pour persister plus aisément dans leur chasse à l'homme.

Je prévins le maréchal du complot que l'on fomentait contre lui. Il me répondit qu'il n'en était pas le moins du monde étonné et qu'il attendait tous ses détracteurs de pied ferme, n'ayant rien à se reprocher.

Mais quand la calomnie, la haine, l'envie, la méchanceté, le mensonge, la mauvaise foi et la détermination ont décidé de s'unir, même l'honnêteté et l'âme la plus pure ne peuvent lutter. Le maréchal avait trop d'ennemis et la reine était trop affamée pour lâcher une proie qu'elle avait décidé de dévorer. Sa rancune décupla son énergie et elle mit en marche sa machine de destruction.

Georges d'Amboise, pour entrer en grâce après de sa reine, fit semblant de prendre au sérieux les ridicules accusations de Pontbriand. C'était la contingence idéale pour évincer un rival encombrant. Je fus à tel point écœuré de sa conduite hypocrite que je ne lui ai plus jamais adressé la parole jusqu'à son dernier soupir.

Il savait pertinemment que Gié n'était pas coupable. Il n'en rédigea pas moins un acte d'accusation qui dénonçait les agissements malveillants du maréchal contre Anne de Bretagne lors de la maladie du roi.

Louis XII prit connaissance de l'acte et y attacha la même importance qu'à l'audition de Pierre de Pontbriand.

Je n'étais pas présent quand eut lieu une scène homérique entre Anne et Louis. Je te dis « scène » mais c'est monologue que je devrais dire, la reine n'ayant pas laissé son époux placer un mot durant près d'un quart d'heure. De mon logement, pourtant situé à une bonne distance des appartements royaux, j'entendais les éclats de voix et les cris déchirants d'une Bretonne au bord de la crise de folie. Elle alla jusqu'à se traîner aux genoux de Louis en se tordant les mains et en hurlant ses devises : « *Non mudera !* (Je ne changerai pas !) *Potius mori quam foedari !* (Plutôt la mort qu'une souillure !) »

Ses clameurs de reine déshonorée, de duchesse bafouée, de femme humiliée, d'amoureuse délaissée étaient d'une telle ampleur que les murs du château eux-mêmes ne résistèrent pas à tant de douleur et se mirent à suinter de chagrin.

C'en était trop pour mon pauvre roi malade qui, dans un désir de paix et de repos, accepta de convoquer le maréchal et de lui lire l'acte d'accusation qui comprenait : le projet d'arrestation de la reine Anne et de sa fille Claude, la séquestration de François de Valois au château d'Angers, son désir de s'emparer du duché de Bretagne, toutes les dispositions prises au début de la maladie du roi et enfin – griotte sur la gaufrette ! – son secret espoir de s'emparer de la couronne.

Devant de telles inepties, Gié ne put que clamer son innocence. Il rappela sa fidélité à la couronne de France et les services rendus au royaume depuis plus de trente années puis prit congé du roi, bien décidé à en découdre avec ses détracteurs. Mais ce belliqueux combattant que rien n'effrayait sur un champ de bataille céda à une indignation si violente qu'elle le poussa à quitter brusquement la cour. Ce fut là son grand tort. Son départ fut aussitôt interprété comme une fuite et comme l'aveu de sa culpabilité. Il ne faut jamais laisser le champ libre aux adversaires, surtout quand ceux-ci sont animés d'une motivation voisine de l'acharnement.

Le cauteleux Georges d'Amboise, se refusant à procéder lui-même aux interrogatoires des témoins, voulut charger le chancelier de France Gui de Rochefort de prendre sa place. Ce dernier savait pertinemment que les accusations n'étaient qu'un tissu de mensonges et des règlements de comptes de basse vengeance. Connu pour la brutalité de ses réactions, il étonna tout le monde en se dérobant habilement et en suggérant au cardinal de désigner deux magistrats plus aptes que lui à remplir cette délicate besogne. Par un étrange hasard, deux protégés de la reine furent choisis et se mirent en quête de témoignages accablant Gié. Ils en récoltèrent un bon nombre, tous colporteurs d'infâmes ragots qui marquaient trop la flagrance d'une haine avérée envers le maréchal.

Il y eut deux surprises de taille : d'abord le désistement de Pontbriand craignant quelque vengeance qu'il aurait bien méritée, ensuite l'audition de Louise de Savoie. On pensa qu'elle allait défendre le gouverneur de son fils, erreur ! De peur d'être compromise et n'ayant pas oublié ses avances importunes, elle chargea le maréchal dans le dessein industrieux de se rapprocher de la reine. Elle ne put rapporter que des propos de table et de couloir, des réflexions glanées ici ou là, mais elle sut le faire avec une telle habileté que l'on ne pouvait pas les interpréter sans une certaine ambiguïté. Maigres résultats ! Dossier pratiquement vide ! Pas de quoi entamer une procédure. Voici deux magistrats bien embarrassés, un Georges d'Amboise passablement gêné et une Anne en fureur. Que faire ?

La décision de poursuivre l'instruction appartenait au roi seul. Qu'à cela ne tienne, c'était mal connaître l'obstination de la reine qui, loin d'avoir dit son dernier mot, n'était pas femme à s'avouer vaincue.

Quant à moi, c'est au début de l'été que je retrouvai ma place auprès de mon roi. Je lui faisais exclusivement la lecture. Il adorait les pièces de théâtre de Plaute. Il est vrai que je mettais une ardeur passionnée à camper tous les personnages, ce qui le transportait de joie et ses applaudissements spontanés pareils à ceux d'un enfant devant un montreur de singes me remplissaient de bonheur. J'avais maintenant la noble charge de bouffon curatif et je le soignais mieux qu'aucun remède ne l'aurait fait.

Vers la fin du mois de juillet, Louis XII finit par signer les lettres patentes instituant une commission d'enquête sur le maréchal de Gié.

On annonça la reine qui, ce jour-là, avait opté pour une attitude bien différente de celle des autres entretiens. Dans une robe noire de velours fermée jusqu'au haut du col, sans aucun bijou, seulement un crucifix au bout d'une fine chaîne d'or, elle affichait un visage fermé aux yeux plissés et à la bouche pincée. Seules ses mains trahissaient un agacement qu'elle arrivait à maîtriser en respirant régulièrement avant de rompre le silence de sa voix grave :

« Louis, il faut en finir une fois pour toutes. Il n'est plus l'heure de tergiverser et il y va de l'honneur de votre épouse, de la duchesse de Bretagne et de la reine de France. Je vous somme de signer ces parchemins établissant la commission d'enquête sur les graves agissements du maréchal de Gié. Non content d'avoir convoité mon duché de Bretagne, il avait médité mon arrestation et celle de notre fille Claude avec la ferme intention de nous faire un "mauvais parti"; il avait aussi prévu de séquestrer votre cher François d'Angoulême non sans avoir menacé sa mère de violences physiques et morales. Louise, vous le verrez, a désiré spontanément témoigner contre lui. Vous lirez des phrases que le maréchal a prononcées devant elle quand il était le précepteur du petit François, phrases qui ne laissent aucun doute sur ses intentions et sur sa culpabilité. Je ne vous en lirai que deux. La première : "Je ne me soucie guère que la reine ne m'aime pas, je ne la crains pas et je me tiens sûr du roi, mon maître." La seconde : "Si Dieu faisait son plaisir du roi, la reine penserait bien s'en aller en Bretagne et emmener avec elle Madame sa fille, mais on l'en garderait bien. Vous devez savoir, Madame, que je suis la personne de ce royaume qui vous peut mieux servir, ou nuire, ou faire mauvais tour." N'est-ce pas assez ? Laisserez-vous ces faits de haute trahison impunis ? Cela ne mérite-t-il pas une sanction exemplaire ? Je vous demande de signer ces lettres de patente qui accusent formellement Pierre de Rohan, vicomte de Gié et duc de Nemours de crime de lèse-majesté. »

Les criminels de lèse-majesté étaient condamnés à la décapitation, parfois pis (les bourreaux devenant de plus en plus inventifs dans l'atrocité des supplices), on confisquait leurs biens et le déshonneur rejaillissait sur leur famille pendant plusieurs générations.

Et Louis signa. Et Anne jubila. Cela faisait si longtemps qu'elle attendait ce moment. La haine qui avait toujours dressé l'une contre l'autre les deux plus grandes maisons bretonnes, les Rohan et les Dreux-Montfort, était à son apogée. La Bretonne venait de laver à grande eau l'injurieux affront qui entachait son cher duché depuis des années et, du même coup, elle se débarrassait de son pire ennemi.

Je n'ai jamais compris la lâcheté conjugale dont mon roi faisait trop souvent preuve à mon gré. Je me refusais à croire que l'amour fût une excuse valable. Il est vrai que je suis mal placé pour en parler puisque je n'ai jamais éprouvé ce sentiment.

La superbe porte en chêne sculpté de la chambre se refermait à peine sur le départ triomphant de « sa chère épouse totalement comblée » que Louis savait qu'il ne pourrait se dérober à mon regard réprobateur. Pour se justifier de sa pusillanimité, il tenta de me démontrer qu'il ne croyait pas un traître mot des ces accusations, qu'il savait que son cher Pierre de Rohan saurait fort bien se disculper, que, devant de telles énormités, cette affaire qu'on voulait d'État se métamorphoserait rapidement en « une affaire d'été qui ne survivrait pas à l'automne » et qu'il était grand temps que je reprisse ma lecture interrompue de la pièce de Plaute : *L'Asinaria* (qui, je te l'apprends, est l'histoire d'un vieillard qui vend ses ânes pour favoriser les amours de son fils mais qui vit en « puissance d'épouse » !). Drôle de coïncidence, non ?

Le « roi-lion » avec ses griffes rognées, le maréchal enferré dans une absence coupable, le cardinal ayant en tous points mis de côté ses vertus, la reine Anne était seule à régner en tissant sa toile que les plus gros taons malfaisants n'arriveraient jamais à déchirer.

Elle ne va pas ménager sa peine ni les moyens financiers pour que tout concorde avec ses désirs et qu'ils deviennent réalité : elle ordonna d'arrêter, non pas Pierre de Gié, mais Olivier de Coëtmen, son fidèle ami et grand maître de Bretagne. Elle ordonna d'adjoindre Antoine Duprat, un nouveau maître de requête, pour surveiller les deux magistrats qu'elle craignait de voir corrompus. Elle ordonna de procéder à une deuxième audition des premiers témoins à charge et d'en trouver de nouveaux. Elle ordonna aussi à Georges d'Amboise de reprendre contact avec les Austro-Espagnols pour négocier sur leurs divergences des conquêtes italiennes et ainsi parvenir à un traité confirmant le projet de mariage entre Claude de France et Charles de Gand.

Enfin, agissant en reine, il fallait bien qu'elle le fût officiellement : pourquoi pas un deuxième sacre ? Louis le lui avait bien suggéré dès leur union, mais elle s'était dérobée, jouant la modestie et l'humilité, « ne se sentant pas encore prête pour recevoir un tel honneur », alors que la vérité était que, dans son entêtement, elle préférait rester duchesse de Bretagne plutôt que reine de France. Forte de son pouvoir affirmé et se sachant très impopulaire auprès des Parisiens, elle va obtenir de son cher et tendre Louis que son sacre ait lieu avant la fin de cette année 1504. Louis XII écrit aussitôt au prévôt des marchands :

Echevins, bourgeois, manants et habitants de Paris, je vous annonce que ma très chère et aimée compagne a manifesté son intention de faire enfin son entrée dans la principale ville du royaume. J'entends qu'elle soit accueillie le plus joyeusement et honorablement de même que ma propre personne.

Louis ne résiste pas aux cajoleries d'Anne. Il est en adoration devant elle au point qu'il n'a plus conscience de son pouvoir. Elle lui laisse chambre ouverte. Le corps convalescent du roi a ses limites, mais elle n'en a cure, elle lui fait administrer certains remèdes pour revigorer la verge royale épuisée. Au lieu de garder ses forces pour reprendre en main les rênes du royaume, il va les dispenser sans mesure pour le plus grand plaisir du couple couronné, à en juger par les gémissements qui emplissaient à nouveau les couloirs du château. Drôle de musique qui donna à l'instrument qui se dressait au fond de mes chausses l'envie de faire partie de l'orchestre. Comme l'aiguille d'une boussole, il m'indiquait la direction pour aller rendre visite à la matrone qui m'avait si bien accueilli la première fois.

L'automne avait tapissé la forêt de ses feuilles mortes et je ne retrouvais plus le chemin de sa cahute. J'avais l'impression de tourner en rond dans cette forêt et au bout de trois heures d'errements, je m'apprêtais à regagner le château. Mais par quel chemin ? Je n'avais pas pensé à marquer quelques arbres comme repères qui m'auraient permis de revenir sur mes pas. De toutes les façons, le vent et la pluie s'étaient chargés d'effacer toutes traces de mon passage. Allais-je mourir de faim et de froid au beau milieu de cette forêt de Blois que je commençais à trouver bien hostile ? Soudain, derrière un imposant bouquet de châtaigniers, surgit comme par magie ma matrone. Avais-je gardé un souvenir flatteur de son apparence physique ou avais-je entièrement occulté cette femme corpulente d'un âge incertain qui se dressait devant moi ? Fallait-il une année à ma mémoire pour effacer toute trace de laideur ? J'avais oublié aussi sa voix rauque :

« Dans la forêt
Visite inattendue
Du sieur Triboulet
Avec ses attributs. »

Tu seras d'accord pour dire qu'elle n'atteignait pas mon niveau question quatrain et ses vers ne valaient pas tripette. Elle devina tout de suite ce qui m'avait fait revenir en ces lieux :

« Tu as la verge qui te démange et comme je dois être la seule qui veuille bien accueillir ton braquemart au fond de moi, tu n'as pas hésité à t'aventurer dans cette forêt au risque de ne jamais me dénicher. Suis-moi ! Maintenant que tu m'as trouvée, je n'ai plus qu'à espérer que ton désir tiendra le temps du voyage ! »

Nous marchâmes encore un bon quart d'heure avant de pénétrer dans son antre où régnaient des odeurs qui me soulevèrent le cœur. Je n'eus pas même le temps de penser à vomir. La matrone se courba sur la table en y écrasant sa forte poitrine et releva ses cottes, offrant ainsi à ma vue une croupe proéminente aux reflets d'ivoire. Elle écarta ses jambes pour découvrir son vagin, cible rosée perdue au milieu d'une épaisse broussaille noire. Ma verge qui avait un peu perdu de sa tension durant la longue marche ne tarda à se montrer impatiente de retrouver cette vulve accueillante. Je m'élançai donc pour pénétrer la donzelle. Je ne mis pas plus longtemps qu'un chien ou qu'un taureau au cul d'une femelle. Ce qui aurait pu être sordide devint divin grâce à l'image somptueuse qui m'apparut quand je fermai les yeux : le corps parfait de Thomassina, la belle Génoise, qui s'était imprimé depuis cinq années dans toute sa splendeur au fin fond de mon cerveau. Et ma jouissance fut un pur ravissement au lieu d'être un simple soulagement.

Vint ensuite le dégoût, non pas de la matrone mais de moi-même. Je me promis de prendre sur moi désormais, de ne plus m'écarter de mon plaisir solitaire et surtout de ne plus rêver à la bagatelle. J'ai dû même songer une fraction de seconde à couper cet organe « pendouilleur et frétilleur » qui m'occupait trop l'esprit.

Je compris pourquoi Louis était parfois esclave des pulsions que lui donnait sa verge et, fût-elle royale, elle avait le même ascendant pour annihiler les facultés mentales et fausser tout raisonnement.

En me désignant un tabouret pour m'asseoir devant une assiette fumante de viande et de légumes, comme si elle avait deviné ce que je voulais lui demander, la matrone devança ma question :

« Je m'appelle Rosa Caron. Je suis native de Chançay près d'Amboise. J'ai été mariée à un riche marchand dès l'âge de douze ans. Il me battait, me violait, je lui ai échappé un jour de foire en m'enfuyant cachée dans une carriole de bohémiens. Ils m'ont traitée comme une des leurs et j'ai voyagé en leur compagnie jusque fort loin de notre royaume de France. J'ai beaucoup appris avec eux mais j'ai surtout hérité des secrets d'une vieille gitane. Je m'étais toujours juré de revenir me venger de ce marchand qui avait massacré ma jeunesse. Il y a quelques années, j'étais de retour à Amboise pour retrouver mon cher époux qui habitait toujours la même maison. Son commerce avait prospéré et il avait épousé une toute jeune femme à qui il avait dû faire subir les mêmes sévices qu'à moi. Elle lui avait néanmoins donné six enfants. J'ai observé sa vie pendant plusieurs semaines et j'ai attendu le moment propice pour le surprendre. Il était en train de soulager un besoin naturel tout au fond de son jardin dans des latrines immondes et puantes. Je lui ai planté un couteau qui lui a crevé son énorme panse. Comme il hurlait comme un goret qu'on égorge, je lui ai plongé la tête dans ses excréments en la maintenant jusqu'à ce qu'il fût inerte. Je lui ai offert l'insigne faveur de mourir dans son élément. Ses cris de gros porc avaient attiré le voisinage, je n'ai eu que le temps de m'enfuir à toutes jambes sans savoir où j'allais. J'ai marché des jours et des nuits et j'ai fini par me trouver au creux de la forêt de Blois devant cette masure où tu m'as dénichée. Un vieil ermite vivait là depuis toujours. Je suis restée avec lui jusqu'à sa mort en illuminant ses dernières années. Il m'a appris beaucoup de choses qui complétèrent l'enseignement de la vieille gitane. Mon corps s'était transformé, je suis devenue méconnaissable pour qui se souvenait encore de la pure et fragile Rosa Caron. J'ai pu me rendre dans tous les marchés des environs et y vendre des remèdes qui guérissaient bien mieux que les potions des charlatans ou autres médecins notoires. Je me suis bientôt fait une solide réputation de guérisseuse. Certains me traitent de sorcière et me craignent. Ils se signent sur mon passage. Je me méfie d'eux, ils sont propres à me dénoncer comme suppôt de Satan et seraient satisfaits de me voir sur un bûcher hurler au milieu des flammes. Je prends mille précautions quand je vais visiter une personne malade dans les fermes alentour et je sais disparaître quand il le faut. Personne ne sait où et comment je vis, à part toi. J'ai un remède pour chaque mal, j'en ai aussi pour ne plus en avoir. Je sais aussi bien mettre au monde les enfants qu'empêcher qu'ils grossissent dans le ventre. Tu n'as donc rien à craindre pour ta descendance ! Je n'aurais de toute façon pas permis de mettre au monde un rejeton qui te ressemblât. Tu es rassasié de nourriture, de déchargement et de confidences ? Tu peux t'en aller maintenant. Prends cette fiole. Elle te servira sûrement un jour. C'est un savant mélange de corroyère à feuille de myrte, de graines de capucin, de moelle de fougère mâle et de racines de brione pilées. Tu mêles cette poudre à du vin et la personne qui boira cette mixture va pisser sans source tarir, péter, éructer, gargouiller et se mettra à tourner en rond comme un coq ivre au milieu de sa basse-cour en folie. Te voir une fois par année suffit amplement à mon rassasiement. »

L'automne vient à peine d'étaler la flamme de ses couleurs qu'elle ravive celle d'Anne qui voit l'apogée de sa vie : d'abord le traité de Blois, signé le 22 septembre, aboutit à une alliance avec l'Autriche et un triple accord entre Maximilien, Philippe et Louis. Les trois s'allient secrètement contre les Vénitiens, profitant de la mort soudaine du pape Alexandre VI Borgia survenue au mois d'août et, suprême victoire d'Anne de Bretagne, Louis promet sa fille Claude au futur Charles Quint.

Je ne manquai pas de dire à Louis ce que j'en pensais :

Ce qui te préoccupe
Me semble bien être
Un traité de dupes

Signé par des traîtres
Voulant te compromettre.
Dans tout cela tu t'empêtres
Et n'es plus ton propre maître.

Connaissant la versatilité de l'empereur Maximilien, de son fils Philippe et de mon roi, je me rassurai tant bien que mal en espérant que ce traité ne fût qu'une mascarade.

Le mois d'octobre continua en fanfare pour la reine de France puisque ce fut la comparution de Pierre de Gié devant le Grand Conseil. Antoine Duprat, qui avait participé à l'instruction, siégeait au tribunal, ce qui était contraire à la loi, mais comme personne ne souleva cette illégalité, la justice put suivre son cours. Durant huit jours, le maréchal répondra sans hausser le ton à toutes les accusations, nullement ébranlé par tous ces magistrats dressés devant lui et bien décidés à le perdre. Sans laisser percer le moindre signe de colère indignée, il réfuta avec un calme impressionnant tous les chefs d'accusation, mettant ainsi ses juges dans un embarras profond. Les témoins présents furent désarçonnés devant sa fière allure et leurs griefs manquèrent de crédibilité. Pontbriand, rongé par la honte, se rétracta avec une courageuse lâcheté, et Louise de Savoie revint sur certaines affirmations de sa première déposition. Elle tenta néanmoins de l'accabler de reproches et le menaça même de la colère divine. Avec une impassibilité qui laissa transparaître une douce mélancolie, il lui répondit tout simplement :

« Si j'avais servi Dieu comme je vous ai servie, Madame, je n'aurais pas grand compte à lui rendre !… »

Les juges étaient plongés dans une immense perplexité, même après le véhément réquisitoire du procureur qui ira jusqu'à comparer Pierre de Rohan à « *un pourceau qui s'engraisse tellement des glands d'un chêne qu'il finit par déraciner l'arbre qui l'a nourri* ». Il énuméra tous les arguments amassés depuis l'instruction qui semblaient prouver que le maréchal n'avait que « *pensée mauvaise contre la couronne de France* » et demanda qu'on l'emprisonnât séance tenante « *sans avoir égard à sa dignité de chevalier* ». Il le traita de parjure, d'infâme et exigea qu'il fût soumis à la torture pour avouer ses crimes avant d'avoir la tête tranchée, ses biens confisqués et ses enfants déclarés infâmes et incapables d'hériter.

Devant des preuves pratiquement inexistantes, les magistrats n'eurent qu'une possibilité : prendre la décision de rendre sa liberté à Gié et l'ajourner à comparaître le 1er avril prochain afin de présenter sa défense.

La reine fut loin d'être satisfaite de cette ordonnance du tribunal et promit que le félon ne perdait rien pour attendre. Pour l'heure, les préparatifs de son sacre l'occupaient totalement.

Le 18 novembre, tout comme cela s'était déjà passé lors de son premier mariage, Anne se rend à l'abbaye de Saint-Denis pour y prendre la couronne des mains de son vieux complice le cardinal Georges d'Amboise. Toute la cour est présente, bien entendu, grands princes du royaume, gentilshommes du roi et grande baronnie de France et de Bretagne. Mon roi est aux anges de voir son épouse ainsi comblée. Je le suivais telle son ombre et j'avais pu entendre ce qu'elle lui avait murmuré à l'oreille avant d'aller s'agenouiller aux pieds du cardinal :

« Je suis un autre tel que vous. »

Tout un programme ! Et mon roi souriait béatement pendant que Georges d'Amboise glissait « *l'aneau sponsal* » au doigt d'Anne en lui énumérant ses devoirs de reine :

Pour bien régner, et vivre justement,
Princesse doit recongnoistre comment
Elle n'a riens qu'autre n'ayt en nature,
Et que Dieu seul luy donne prelature
Sur ses subgectz, et plain gouvernement.

Elle épousait et prenait ainsi possession du royaume de France après le roi, mais il s'agissait d'un roi malade, et tout le monde présent dans la basilique pensait qu'elle remplirait bientôt les fonctions de veuve douairière.

Le lendemain, selon la coutume, elle coucha au village de La Chapelle et le 20 novembre, elle fit son entrée dans Paris par la porte Saint-Denis.

Les rues étaient parées de riches tapisseries. Dans tous les quartiers, des bateleurs jouaient des comédies « *en louant très haultement la magnificence du lys et l'excellence de l'ermyne* ». Le visage habituellement grave de la reine Anne s'irradiait d'un large sourire devant l'accueil du peuple en liesse. Il faut dire qu'il avait de quoi manifester son délire tant Paris avait mis les petits plats dans les grands : le char sur lequel trônait notre gracieuse souveraine était entièrement décoré d'hermine et de vermeil doré et les six haquenées qui le tiraient étaient caparaçonnées de satin cramoisi frangé d'or. La reine était vêtue d'une robe de drap d'or à bandes d'hermine fermée par des boutons de diamant et couverte d'une cape de soie blanche ornée de pierres fines sous un long manteau de velours rouge toujours doublé d'hermine. Le spectacle était majestueux, digne des plus grandes célébrations des impératrices byzantines. À la fin de la journée, un somptueux banquet fut servi pour plus de mille convives dans la grande salle du palais. Passé l'ennui des harangues françaises et latines, on soupa royalement. Les festivités furent de très grande qualité et je me félicitai qu'on ne me demandât point d'intervenir dans les divertissements. J'étais toujours proche de mon roi et de sa reine. Je pus glaner quelques bribes de phrases échappées dans l'euphorie de cette journée de triomphe :

« Il n'est pas impossible que je porte le fruit de votre amour mais les événements présents et à venir sont les résultats de la politique que j'ai menée durant votre convalescence. Vous conviendrez que je n'ai pas eu tort d'agir de la sorte. En tout cas, vous avez la preuve aujourd'hui que j'ai eu raison de tout. »

Petite anicroche dans cette arrogante félicité : la Basoche, parmi tous les spectacles de rue, s'est permis de représenter une sotie qui met en scène « *un maréchal (de Gié !) qui a voulu ferrer son âne (de Bretagne !) et qui en a reçu un coup de pied tel qu'il a été jeté hors de sa cour jusqu'en un verger...* », allusion manifeste au procès de Gié. On ne doit jamais toucher à la personne de la reine de France. Blessée dans sa dignité, elle somme le roi d'interdire le spectacle et d'en punir les auteurs. Elle le presse de quitter Paris sans tarder mais Louis s'y oppose fermement :

« Ma Brette, il ne faut jamais fuir devant l'insolence. »

Prolonger son séjour dans la capitale n'était peut-être pas la meilleure idée. L'air de Paris était malsain. Les ruelles étaient remplies d'immondices aux odeurs méphitiques sans compter les fréquentes brumes dont la fraîche humidité déclencha chez le roi de nouvelles crises de toux. Louis prit la décision de regagner les bords de Loire et son cher château de Blois :

« C'est là et là seulement que je retrouverai forces et santé ! »

À la fin du mois de novembre, deuxième accroc à la toile si bien tissée de la reine de France nouvellement sacrée : le pape Pie III, après vingt-six jours de ce que l'on peut nommer un bref pontificat, passe l'arme à gauche. Le terme est bien approprié puisque le nouveau pape est de la graine de soudard. Ce n'est autre que le cardinal Giuliano Della Rovere qui prend le nom de Jules II. Cet homme robuste de soixante ans que l'on va surnommer « le Terrible » est un pape guerrier en quelque sorte, un conquérant-flibustier qui entretenait une véritable haine pour la France et pour Louis XII. Il ne va pas tarder à en donner la preuve. Il commence par destituer la noblesse italienne de son autorité pour restaurer celle du Saint-Siège. Il fait emprisonner César Borgia et ses premières paroles indiquent clairement ce que sera son pontificat :

« Je ne suis pas un Borgia. Je veux l'honneur pour l'Église, non pour moi-même, et je me servirai de l'art et du glaive pour la gloire de la foi. »

Au début de la cinquième année du XVIe siècle, le 4 février pour être plus précis, on vient annoncer à mon roi la mort de sa première épouse, Jeanne de France, à l'âge de quarante ans. Depuis l'annulation de leur mariage, elle s'était retirée à Bourges, la capitale de son duché de Berry que lui avait généreusement accordé Louis XII avec une pension plus qu'honorable. Elle soignait les malades et avait fondé quatre ans plus tôt l'ordre de l'Annonciade. Louis fut bouleversé en apprenant sa disparition et lui fit l'honneur de grandes funérailles. Anne resta impassible, ne se permettant aucun commentaire sur un passé qu'elle avait rangé tout au fond de sa mémoire et que pas une personne de son entourage ne songeait à lui rappeler.

Un soir, après avoir congédié courtisans et serviteurs, je m'apprêtai à sortir. Mon roi me pria de rester avec lui. Il était bien tard pour trouver une facétie nouvelle à cette heure tardive mais, heureusement, il m'arrêta dans ma recherche infructueuse. Il s'assit sur le bord de son large lit.

« Ôte ta coiffe, pose ta marotte et viens t'asseoir près de moi. »

Je lui désobéis en m'asseyant en tailleur à ses pieds, bien que cette position me soit douloureuse et inconfortable. Il ne sembla pas m'en tenir rigueur et se mit à parler si doucement que je dus me rapprocher jusqu'à le toucher pour entendre ses paroles :

« La maladie ronge mon corps. Je perds mes dents, je peux à peine m'asseoir tant mon royal postérieur me fait atrocement souffrir. Il n'y a que sur un cheval que j'ai loisir d'écraser mes hémorroïdes. C'est pitié de voir que le corps ne garde pas la même vivacité que l'esprit et je suis conscient de tomber doucement en décrépitude. Au début de mon règne, j'ai pensé un moment que je pouvais être immortel. Naïveté de roi, ivresse du pouvoir ! Les potions qu'on me fait avaler me tordent le ventre et je passe plus de temps à vomir qu'à manger. Dieu doit me faire payer les mauvaises actions de ma jeunesse. J'éprouve un remords éternel que j'ai toujours caché à mes confesseurs. Dieu était le seul à savoir mais je voudrais aussi te le confier à toi, Triboulet. Vous serez ainsi les deux seuls au courant. Si, ce soir, je ressens le besoin d'ouvrir mon cœur, c'est que je sais que ma maladie est un clair avertissement pour que je n'oublie pas que la mort se tient prête à faire son office. Mon amour de la beauté est légendaire et l'on s'étonne que je supporte depuis tant d'années ta laideur et ta difformité. Tu as beau les mettre en évidence et t'en servir comme d'une carapace inaltérable, tu ne peux les faire oublier.

« Tu es l'ange gardien de ma mauvaise conscience. Jeanne vient de mourir. C'était ma première épouse, elle était mal conformée, tout comme toi. Je l'ai tellement mal traitée. Il y a des actions que je voudrais n'avoir jamais commises, des paroles que je voudrais n'avoir jamais prononcées. Même mon pouvoir de roi n'effacera jamais mes actes les plus répréhensibles et si, autour de moi, on feint de ne plus s'en souvenir, le remords ne cesse de me ronger l'âme.

« Pour obtenir l'annulation de mon premier mariage, j'ai menti, calomnié et j'ai fait honteusement souffrir une femme pour arriver à mes fins et en épouser une autre. Jeanne avait pour moi une véritable adoration qui ne méritait sûrement pas une telle veulerie.

« J'ai été jusqu'à jurer devant un tribunal que notre mariage n'avait jamais été consommé alors que je m'étais vanté lors de soirs de beuverie de l'avoir chevauchée quatre fois et que, rien que pour cela, j'avais bien mérité de me saouler. Elle était consciente de ne pas être gâtée par la nature mais elle souffrait surtout de la répulsion qu'elle m'inspirait. Je me plaisais à l'humilier en lui vantant mes exploits amoureux avec de belles femmes pour avoir le plaisir de la voir pleurer. Je suis allé jusqu'à amener dans le lit conjugal des femmes de mauvaise vie pour me motiver. J'ai poussé l'ingratitude jusqu'à ne pas me souvenir qu'elle m'avait soigné mieux que ne l'aurait fait aucun médecin quand j'ai été fort malade durant mes trois ans de prison où elle était intervenue sans relâche auprès de son frère Charles VIII pour me faire libérer. Tu penses bien que je ne suis pas resté chaste durant trois années. Il fallait bien que je me soulageasse. Comme Jeanne fut ma seule visiteuse, même gâtée du corps, je l'ai fort connue, n'ayant pas d'autre possibilité.

« Et cependant, j'ai tout mis en œuvre pour obtenir l'annulation de ce mariage. Au cours du procès, elle se montra digne, courageuse, réservée. Sans s'irriter, sans se plaindre, sans prononcer un seul mot qui m'infligeât un brutal démenti, elle laissa toujours entendre que je l'avais traitée en épouse. Les juges ordonnèrent qu'elle fût visitée par des matrones qui diraient si, oui ou non, elle était encore vierge. Jeanne se refusa à ce contrôle humiliant et j'entends encore ses paroles qui résonnent dans ma tête comme le tocsin de la honte : “ *Je ne veux d'autre juge que le roi mon seigneur. S'il affirme par serment que ses imputations sont véritables, j'accepte par avance ma condamnation.* ” Et j'ai juré ou plutôt je me suis parjuré. J'ai méprisé une femme qui n'avait éprouvé pour moi que respect, tendresse et dévouement. J'ai souillé son amour pour satisfaire celui que j'éprouvais pour Anne quand j'étais Monsieur d'Orléans : ma Brette que je n'ai jamais cessé d'aimer et que j'aime de plus en plus fort ; on ne peut se défaire d'un grand feu quand il a une fois saisi l'âme. Ce n'est en aucun cas une excuse pour mes mensonges et ma lâcheté et ce remords qui ne cesse de me hanter est une punition méritée, certes, mais bien lourde à porter. Il fallait que je partage ce fardeau, que je soulage ma conscience et de tous ceux qui m'entourent, tu es le seul en qui je peux avoir confiance. Tu n'as pas besoin de briguer un quelconque pouvoir puisque je t'ai permis de les posséder tous. Tu es même plus puissant que moi : tu as le pouvoir de faire rire. Si elle n'était pas dessinée sur ton corps, j'ai vu la droiture au fond de ton regard la première fois que tu m'es apparu au monastère. La laideur de ta présence m'oblige à surmonter mes erreurs passées. Tu m'es indispensable. »

Il est des moments dans une vie que l'on voudrait prolonger à l'infini, des moments de grâce, des moments où la moindre respiration, le plus petit geste sont ancrés au plus profond de soi. Je ne m'étais pas rendu compte que mon roi s'était laissé tomber sans bruit sur le côté pour s'endormir paisiblement. Je me relevai en prenant bien garde de ne pas faire craquer mes os et, soulevant avec précaution ses jambes, je l'étendis plus confortablement et le recouvris d'une épaisse fourrure. Je gagnai mon coin près de la fenêtre sur la pointe des pieds et je m'étendis à mon tour, me frayant une place entre les deux chiens qui ne soulevèrent pas même une paupière. Je me souviens être resté le regard fixé sur mon roi endormi, à jamais reconnaissant de m'avoir permis durant une heure de ma vie d'être Le Févrial, un simple être humain et certainement pas Triboulet, son bouffon.

Chapitre sixième

Quelle drôle d'année que cette année 1505 ! Elle allait pourtant donner le ton aux dix suivantes. Anne, voulant toujours affirmer sa volonté et refusant de perdre la face pour le procès de Gié, obtint de Louis qu'il dessaisisse le Grand Conseil dont l'indulgence l'avait offensée personnellement. Les cris et les larmes étaient toujours les armes les plus efficaces pour faire céder le roi. Il accepta donc de porter l'affaire devant le Parlement de Toulouse. Anne avait choisi cette juridiction qui lui paraissait plus malléable pour faire condamner le maréchal. Elle ne ménagea ni les présents ni son argent pour tenter de circonvenir les magistrats qui, tout en acceptant d'être corrompus, n'en raisonnèrent pas moins à l'instar du Grand Conseil et, en diplomates expérimentés, demandèrent un long délai avant de pouvoir se prononcer.

Après avoir joyeusement fêté Pâques avec sa femme et sa fille, encore bouleversé par la disparition de Jeanne de France et par les nouvelles catastrophiques venues de Naples qu'il espérait bien reprendre, notre roi fit une soudaine rechute.

Il tomba si gravement malade qu'on le crut aux portes de la mort. Il restait de longues heures prostré, sans forces, puis se dressait soudain, hurlant, se débattant contre des adversaires imaginaires, appelant sa reine, sa fille, criant mon nom, puis retombait, épuisé, dans une sorte de léthargie proche du dernier sommeil. Il ne dormait plus, il n'avait aucun appétit, se trouvait au dernier degré de la faiblesse. On criait partout « *que de luy fust faict* ».

Les médecins déclarèrent qu'il n'était pas en leur pouvoir de le sauver, ils tentèrent bien plusieurs fois de le saigner mais Louis avait encore la force de repousser leurs lancettes et de murmurer :

« Je ne verse mon sang que sur un champ de bataille ! »

Il se passa un phénomène ahurissant : le peuple, ayant appris que le roi était au plus mal et s'apprêtait à rendre son âme à Dieu (les mauvaises nouvelles courent plus vite que les bonnes !), se mobilisa en processions et prières publiques pour que « *son cher père* » recouvrât sa santé. Jour et nuit, dans les villes et villages de toutes les provinces, des femmes et des hommes se rendaient dans les églises en implorant la clémence divine pour celui « *que l'on avait si grand'peur de perdre comme s'il eût été le père de chacun et qu'il les eût tous engendrés* ».

Des foules considérables, toutes classes confondues, se pressaient chez le prévôt de chaque ville ou de chaque village pour prendre des nouvelles de la santé du roi.

On m'avait bien sûr éloigné de la chambre de mon roi. Il ne restait près de lui que le premier chambellan La Trémoille, Georges d'Amboise et Florimond Robertet, son secrétaire particulier. Il y avait bien sûr l'inaltérable présence de son épouse Anne, en digne reine et en femme amoureuse gardant une placidité qui lui était habituelle au milieu de l'affliction générale, ce qui ne l'empêchait pas de préparer en douce son départ pour sa chère Bretagne. Elle se disait peut-être que ce moment tant attendu de prendre le pouvoir était arrivé. En attendant, elle ne quittait pas le roi, agenouillée au pied de son lit en constantes prières. Quand je vis entrer le père Clérée, son dernier confesseur, je crus bien ne plus jamais revoir mon roi. Mais il se passa un événement qui allait changer le cours de l'Histoire. Un matin du mois de mai, le jeudi 10 précisément, il a suffi d'une courte absence de la reine, délaissant le chevet de Louis afin de se rendre à ses ablutions quotidiennes, pour que ce dernier reprenne ses esprits et, reconnaissant toutes les personnes présentes autour de son lit, se rende compte qu'il en manquait une de taille et demande qu'on aille quérir sur-le-champ le jeune François de Valois. Mon museau à peine visible par la porte entrebâillée de ma chambre, je ne perdais pas une miette de tous ces va-et-vient et quand je vis François se rendre vers la chambre royale, je ne pus résister à ouvrir mon huis en grand. Le jeune garçon m'aperçut, échappa à ses accompagnateurs et vint se jeter dans mes bras pour m'enserrer affectueusement :

« Ah ! Mon cousin, je ne vous vois plus guère et vous me manquez. J'aurais tant besoin de rire en ces tristes temps. »

On vint bien sûr nous séparer sans ménagement en me jetant violemment par terre. Avant qu'il ne disparaisse dans la chambre royale, j'entendis le jeune garçon de onze ans menacer sa brutale escorte :

« Ne faites pas de mal à « mon cousin » ou je saurai m'en souvenir. »

Georges d'Amboise avait eu le bon sens de prier le roi d'établir ses dernières volontés. En fin politique qu'il était resté et dans un sursaut de lucidité patriotique, reprenant à son compte tout ce qu'avait entrepris en secret Pierre de Gié, il rappela au monarque son intention de rompre le traité de mariage de sa fille Claude avec Charles d'Autriche.

Ce fut sûrement le meilleur des remèdes qu'on pût administrer à Louis XII agonisant. Je dirais même que ce fut la potion miracle qui permit au roi de retrouver instantanément vigueur et perspicacité. Se redressant d'un bond dans son lit de douleurs, il dicta son testament à son « cher » Georges d'Amboise : sa fille Claude n'épousera pas Charles de Luxembourg, elle restera donc dans notre beau pays de France et, dès qu'elle sera nubile, elle convolera en de justes noces avec François d'Angoulême. Oubliés les serments sur l'Évangile du traité de Blois conclu il y a un an à peine ! De plus, il instituait un Conseil de régence constitué du cardinal bien évidemment, mais aussi de Louise de Savoie, de La Trémoille, de Florimond Robertet et du chancelier Rochefort qui suppléerait à sa veuve.

Quand la reine Anne revint dans la chambre du roi, son premier étonnement fut de voir l'époux à l'agonie qu'elle avait quitté quelques instants plus tôt assis dans son lit comme si de rien n'était. Son second étonnement, proche de la stupeur, fut d'entendre les décisions prises en son absence. La voilà prise de court ! Comment ne pas adhérer aux dernières volontés d'un mari au seuil de la mort et, qui plus est, un mari roi de France qui fait jurer sur l'Évangile à toutes les personnes présentes de servir et protéger François et sa fille Claude laquelle ne devra quitter le royaume sous aucun prétexte et de faire célébrer leur mariage dès que possible ?

Tout le monde jure sur l'Évangile, sur le canon de la messe et sur la relique de la sainte Croix. De cette manière, Louis nourrit peut-être l'espérance que leurs serments seront bien mieux tenus que les siens.

Si, à l'annonce des décisions royales, Louise de Savoie afficha une joie triomphante, il n'en fut pas de même pour notre Anne. Elle se rendait compte que sa Bretagne allait perdre sa liberté et qu'elle était en quelque sorte grugée par son époux de roi. Si sa désapprobation fut visible, elle ne put que faire mine d'accepter, incapable de s'opposer à une volonté quasi unanime. Profondément blessée dans son orgueil et s'estimant gravement offensée, Anne quitta

Blois sans sa fille Claude le 1er juin et se rendit dans sa Bretagne. Elle prit pour excuse un pèlerinage, le *Tro Breiz*[1], qu'elle avait juré de faire si le roi retrouvait guérison. Elle voulut prouver une nouvelle fois son indépendance. Et loin des autres broutilles coutumières, c'est une véritable brouille qui va, pour la première fois, opposer les deux « fols amoureux ».

Louis l'accusera ouvertement de prolonger exagérément son voyage et le « sage ministre » Georges d'Amboise interviendra, raisonnant l'une, apaisant l'autre et permettant finalement au couple de se réconcilier.

Elle ne revint cependant à la cour que fin septembre. Ils retrouvèrent très vite leur intimité et même si elle le mit en garde – « Je ne suis pas revenue uniquement pour suffire à la satisfaction de vos appétits charnels et sachez que mon cœur n'est pas encore pacifié !... » –, elle sent bien que son roi a changé et qu'il se défie de sa reine. Elle sait qu'elle a perdu toute influence sur lui mais se refuse à admettre la nullité de sa politique. Je t'ai assez décrit son caractère, ce n'est pas une femme à s'avouer vaincue et elle va user de tous ses charmes et de toute son intelligence pour reconquérir son pouvoir terni. Elle retrouve un peu de sa superbe quand, le 9 février de l'année suivante, le Parlement de Toulouse, après un an de tergiversations, prononce enfin l'arrêt contre Pierre de Gié. Il est condamné pour « certaines grandes causes et considérations » mais totalement absous du crime de lèse-majesté. Il perd le gouvernement de François de Valois, les capitaineries d'Amboise et d'Angers et sa compagnie de cent-lances. Il est en outre, pendant cinq ans, suspendu de sa dignité de maréchal et exilé à dix lieues de la cour. Les juges n'osèrent pas le condamner aux frais de procédure qui s'élevaient à 36 000 écus. Comme la reine Anne s'était portée partie civile, elle dut les payer sur ses deniers personnels.

---

1. Le *Tro Breiz* était un pèlerinage dans les cathédrales consacrées aux sept grands saints bretons.

À l'écoute du verdict, sans manifester le moindre mouvement d'humeur, l'ex-maréchal ne prononcera qu'une seule phrase :

« La pluie m'a saisi de bonne heure !… »

Il se retira au Verger, un magnifique domaine qu'il possédait en Anjou, ne reparaîtra jamais à la cour et mourra sept ans plus tard, avec la satisfaction de savoir que son cher disciple François était assuré de succéder à Louis XII sur le trône de France.

On ne sut jamais si la reine Anne s'estimait totalement vengée. Entre la mise à mort réservée à Pierre de Rohan et sa luxueuse et libre existence oisive dans la douceur du pays tourangeau, je ne suis pas sûr que la reine n'ait pas trouvé la sentence bien clémente par rapport à ce qu'elle espérait. La réussite de son acharnement se réduisait à l'avoir écarté définitivement de la cour mais elle venait de réaliser qu'elle avait privé le roi d'un ami fidèle et d'un précieux conseiller. Elle allait vite comprendre que son royal époux, en fin stratège de l'instrument politique, allait lui faire payer cher son semblant de victoire.

Mon roi fut un des premiers gouvernants à se servir de l'opinion en la manipulant adroitement. Il chargea des agents à sa solde de répandre la rumeur du mariage de la fille du roi de France à un Autrichien-Flamand-Espagnol alors qu'il serait tellement mieux pour elle et pour le royaume qu'elle épousât François de Valois.

Devant l'ampleur suscitée par ce mouvement populaire, il n'y avait plus qu'une solution : réunir une assemblée consultative composée des députés de la nation. Un an jour pour jour après la « résurrection de notre souverain », c'est au château de Plessis-lès-Tours, où toute la cour s'était déplacée, que va se dérouler, le 10 mai 1506, ce qui peut ressembler à des états généraux.

Le roi, vif de corps et de figure, siégeant sur son trône, la reine à ses côtés, tous deux entourés par le jeune François de Valois et par le cardinal d'Amboise, en présence des principaux prélats, des princes de sang et des grands seigneurs, y compris les barons bretons, reçut l'importante délégation constituée des deux représentants de chaque ville du royaume parmi les nobles et les bourgeois. Ils avaient choisi comme orateur un théologien de grand renom qui n'était rien moins que le chanoine de Notre-Dame de Paris, Thomas Brico. Plus habitué à dispenser des remontrances que des compliments, il commença néanmoins son discours par un éloge fort appuyé qui n'était autre que le panégyrique du roi et des bienfaits prodigués à son peuple : la tranquillité intérieure du royaume, la diminution de la taille, le respect des personnes et des biens, la réduction des dépenses de la cour et la réforme de la justice. Le chanoine ne manqua pas de clore son apologie par une phrase qui allait faire mouche :

« *Pour ces causes et autres qui seraient trop longues à citer, nous devons appeler le Roi Louis douzième : Père du peuple.* »

Les acclamations à n'en plus finir et les ovations aussi tonitruantes qu'elles étaient sincères suscitèrent une émotion partagée par toute l'assistance.

Au travers de mes yeux embués, je vis que mon souverain lui-même ne pouvait retenir ses larmes. Thomas Brico enchaîna avec peine la seconde partie de son discours :

« Sire, nous sommes ici venus sous votre bon plaisir pour vous faire une requête pour le bien général de votre royaume, qui est telle que vos très humbles sujets vous supplient qu'il vous plaise de donner Madame Claude de France, votre fille unique, en mariage à Monsieur François, duc de Valois, ici présent, qui est tout *françois*. »

Louis laissa se prolonger le silence soudain qui gagna l'assistance et prit la parole en s'éclaircissant difficilement la gorge tant l'émotion l'étreignait.

Il remercia pour les bonnes paroles et, ne répugnant pas à mentir ouvertement, osa déclarer :

« *qu'au regard de la requête touchant ledit mariage, il n'en avait jamais ouï parler mais que de cette matière il communiquerait avec les princes de son sang pour en avoir leur avis* ».

Moins d'une semaine plus tard, il fit annoncer par son chancelier qu'il acceptait la requête dans un discours fleurant bon le mensonge, l'humilité et la démagogie la plus totale dont le dernier paragraphe aurait mérité l'accompagnement des violes larmoyantes de Josquin des Prés :

« *... et pour ce que nous sommes tous mortels et qu'il n'y a plus chose certaine que la mort, ny plus certaine que l'heure d'icelle, le roy, notre souverain seigneur, veut que si le cas advenait qu'il allast de vie à trepas, sans avoir lignée masculine, que vous promettiez et juriez, et faictes promettre et jurer par les habitants des cités et des villes dont vous estes envoyez, selon la forme qui vous sera baillée par escrit, de faire accomplir et consommer ledit mariage, et obeyrez et tiendrez, le dict cas advenant, mondit sieur de Valois vostre vray roy, prince et souverain seigneur, et que, de tout ce, envoyerez vos lettres et scellés de chascune cité et ville en dedans la feste de la Magdeleine prochain venant ; combien que le roy, avec l'ayde de Dieu, a bon espoir de vivre qu'il fera consommer le dict mariage et verra les enfans de ses enfans.* »

Vive le Roy !
Gloire à Notre Père du peuple !
Que Dieu lui accorde santé et prospérité !
Après son règne, « *luy doint Dieu le royaume de Paradis* » !

Au milieu de ce délire, on jure sur les Saints Évangiles et comme si cela n'était pas prévu de longue date, on fixe les fiançailles au surlendemain, le 21 mai. Claude a six ans et demi, son fiancé, le beau François, est dans sa douzième année.

Absent des réunions qui ont précédé l'acceptation de la requête, je connaissais trop bien mon roi et ses conseillers pour savoir qu'ils avaient tout établi d'avance. Le traité de

Blois était effacé comme s'il n'avait jamais été signé et Louis le douzième renforçait son autorité suprême en maintenant une tradition de la succession capétienne par ordre de progéniture, sauvegardant ainsi son royaume de tout risque de morcellement.

L'impassibilité de la reine Anne figurait bien sa totale désapprobation et si elle avait renoncé à ses fameuses scènes, elle ne pouvait s'empêcher de répéter qu'elle était « *moult déplaisante de ce qui se faisoit* » et rappelait sa devise : « *Non mudera.* »

Quelle splendide fête fut donnée dans cet agréable château de Plessis-lès-Tours ! Encore une preuve que tout ce rassemblement qu'on disait sans aucune préparation n'était qu'une mise en scène parfaitement orchestrée.

Tu penses bien que de telles agapes ne s'improvisent pas en deux jours ! On mangea à s'en faire péter la sous-ventrière, on dansa jusqu'à perdre haleine, on s'amusa jusqu'à ne plus pouvoir s'en tenir les côtes et je fus le premier responsable des plus grands éclats de rire en me taillant un succès retentissant dans mes tours les plus spectaculaires et dans mes reparties les plus spirituelles qui faisaient mouche en rafale.

Je retrouvais ma verve et mon invention qui s'étaient grandement étiolées à la suite de tous les événements tragiques de ces trois dernières années et je fus moi-même rassuré d'être encore opérationnel et – n'ayons pas peur des mots – au plus haut sommet de ma sagacité.

Louise de Savoie rayonnait de bonheur dans une robe écarlate qui mettait en valeur le noir corbeau de sa chevelure et le vert émeraude de ses yeux.

Je compris pourquoi Pierre de Gié avait poussé son insistance à obtenir ses faveurs jusqu'aux frontières du harcèlement. Mais elle ne quittait pas d'un regard courroucé son François qui papillonnait au milieu d'un parterre de femmes qui caressaient ce « beau grand garçon ». Elle envoya sa fille Marguerite, la sœur aînée de François, jolie jeune fille qui paraissait bien plus que ses treize ans, pour faire cesser ces badinages qui risquaient de désunir l'harmonie adorative d'une mère et d'une sœur pour leur « César d'amour ».

Cette foison de femelles aux charmes enfin dévoilés nous changeait de l'austérité habituelle de la reine obligeant les demoiselles de sa suite à des tenues tellement incolores qu'elles effaçaient leurs séduisants attraits. Ces robes aux couleurs chatoyantes, ces coiffes brodées d'or, ces lèvres vermeilles, ces gorges apparentes et ces minauderies à nouveau tolérées me mirent le corps en émoi et je me dis qu'il était grand-temps que j'aille faire mon « pèlerinage annuel auprès de ma sainte matrone Rosa Caron ». L'excitation me troublait si fort que je songeai même à augmenter la fréquence de mes visites mais je savais que cette pensée s'évanouirait dès que j'aurais « œuvré ».

Il y avait longtemps que la cour ne s'était pas mise en joie de cette belle manière mais nous étions tous conscients que cela ne durerait pas.

En effet, les guerres d'Italie reprirent de plus belle et on retrouva notre roi guerrier aussi fort et vigoureux que dans sa jeunesse. Louis XII s'empara de Gênes et exigea que l'on fêtât son triomphe dans toutes les grandes villes du royaume. C'était une liesse populaire très différente des festivités de la cour. Tout d'abord, dès son retour à Lyon, ce fut l'accueil victorieux des troupes, Louis XII en tête, immortalisé dans un magnifique tableau de Jean Perréal et glorifié par l'ouvrage de Jean Marot qui, comme à son habitude, raconte les exploits du roi à Gênes sans y avoir mis les pieds.

Dans sa précipitation à partir pour la guerre, mon roi m'avait pour ainsi dire oublié en route et c'était tant mieux. Durant toute sa campagne d'Italie, je ne quittais pas « mon cousin » et j'assistais à son éducation, confiée à Artus Gouffier, seigneur de Boisy, son nouveau gouverneur après la disgrâce de Pierre de Gié. François était entouré de quatre fils de nobles qui profitaient également de son éducation et partageaient ses passions et ses loisirs.

Les liens d'amitié qui les unissaient étaient très forts et ils resteront proches du futur roi François Ier qui les fera accéder aux plus grandes charges du royaume.

Pour l'instant, ils rêvaient tous de s'illustrer sur les champs de bataille à l'exemple de leur roi Louis et des grands capitaines et chevaliers dont ils se répétaient les noms : Jacques de Nemours, Georges de La Trémoille, Gaston de Foix, La Palice et, bien sûr, le chevalier Bayard. Ils rageaient de ne pouvoir participer aux expéditions et se défoulaient comme de jeunes loups en furie lors de l'apprentissage du maniement des armes.

La préparation au métier de roi n'était pas vraiment une partie de plaisir, comme tu vas t'en rendre compte :

Dès le lever, pendant que « mon cousin » prenait des forces en avalant un déjeuner fort plantureux, on lui lisait des histoires relatant les prouesses passées des grands chevaliers. Après commençaient les leçons de géométrie, d'astronomie et de musique. Ensuite il « *s'esbaudisssait à chanter musicalement* », ce qu'on appelait « *plaisir de gorge* ». On lui enseignait le luth, l'espinette, la harpe et la flûte. Vers le midi, tout en mangeant un repas frugal, il révisait les leçons matinales. Suivaient des pages d'écriture en lettres romaines. Ensuite, il changeait de vêtements pour aller monter un coursier et galoper durant une heure ou deux pour s'arrêter au bord d'un lac ou d'une rivière et nager en eau profonde par n'importe quel temps et quelle que fût la température; quand il sortait de l'eau, il grimpait aux arbres aussi lestement qu'un chat. Frotté, nettoyé et rafraîchi, il s'en revenait au château en observant arbres et plantes et en se récitant les écrits des anciens. Il rentrait souper et pendant qu'il dévorait de bon appétit entouré de ses condisciples, je les faisais s'esclaffer en imitant quelques figures les plus représentatives de la cour. Puis, avant le coucher, on priait Dieu, en lui rendant grâce de ses bienfaits, en particulier celui d'avoir la santé du corps et de l'esprit : « *Mens sana in corpore sano.* »

Parfois, les nuits de pleine lune, on réveillait François et ses camarades pour les emmener sur les remparts du château voir la face du ciel et noter les aspects et les conjonctions des astres. On les laissait enfin dormir quelques heures et récupérer d'une journée bien remplie.

Mon roi se plaisait à dire qu'un royaume ne se confie pas à un jeune cousin inexpérimenté et il insistait pour que l'éducation du jeune François fût intensive et sans relâche.

Ce jeune garçon était déjà un rude gaillard infatigable et ne donnait pas l'impression d'avoir été un enfant retenu dans les jupons de sa mère et de sa sœur. Cette atmosphère féminine ne lui avait pas ôté la moindre virilité mais, au contraire, le poussait à rechercher la compagnie des femmes qui le trouvaient charmant et sentaient bien, en fines mouches qu'elles étaient toutes, qu'il serait un « bien bel amant-roi ». François me parlait si souvent des charmes et des attraits de la beauté féminine que je n'avais pas besoin d'être devin pour savoir que « mon cousin » ne serait jamais l'homme d'une seule femme, encore moins de la petite Claude.

Notre intimité finissait par déranger, si j'en juge par l'agacement de ses condisciples qui, parfois, ne manquaient pas de me titiller :

« Tu ferais mieux de prendre pour compagnon un des singes des montreurs de foire ! lançait un des jeunes compagnons de François, en me désignant du coin de l'œil.

– Réponds-lui donc, « mon cousin » ! » me pressait le jeune duc, passablement énervé que l'on me brocarde, même gentiment.

« Mon cousin », je prends sa comparaison pour un compliment. Je lui répondrai qu'avec son grand savoir, il ne doit sûrement pas ignorer que l'on a toujours prêté à la gent simiesque de grandes marques d'intelligence. Je ne m'étonne donc point qu'il ne fasse pas partie de ma famille !

– Mes amis, vous comprenez pourquoi, lorsque je serai roi de France, si Dieu le veut, Triboulet sera mon bouffon. »

Lorsque j'entendais une phrase comme celle-ci, je devenais le croyant le plus fervent de la religion catholique et me précipitant hors du château toutes affaires cessantes, je distribuais à profusion des aumônes à tous les mendiants qui jonchaient le parvis de l'église avant d'y pénétrer, de me jeter à genoux à me faire éclater les rotules et de demander à Dieu et à la Vierge Marie de me laisser vivre assez longtemps pour « bouffonner mon cousin ».

Pour fêter encore sa belle victoire de Gênes, le 28 septembre 1508, Louis XII avait choisi la ville de Rouen pour faire une dernière entrée solennelle. L'usage voulait que l'on m'envoyât en avant pour annoncer l'arrivée de la cour. D'habitude, j'étais dans une carriole tirée par un âne que conduisait un voiturier. Ce jour-là mon roi avait décidé que je partirais annoncer sa venue sur un beau destrier caparaçonné à ses couleurs. Si je pense sincèrement que je ne suis pas un mauvais cheval, cela ne m'empêchera jamais d'être persuadé que je suis un piètre cavalier.

Me suis-je pris pour le roi ce jour-là ? Me suis-je senti prêt à troquer mon royaume pour un cheval ? Quelle mouche m'avait piqué ? Tout gonflé d'orgueil et brandissant ma marotte des bonnes grandes fêtes, je me mis aussi à piquer vigoureusement mon cheval, lequel, évidemment, m'emporta au grand galop. Les chambellans et autres valets de chambre avaient beau s'égosiller :

« Arrête-toi, malheureux, arrête ! Si on t'attrape, nous te ferons voir de quel bois nous nous chauffons ! »

Tu penses bien que leurs menaces, au lieu de me freiner, me donnaient des ailes. J'en donnais aussi au cheval qui devait se prendre pour Pégase tant je l'éperonnais de toutes mes forces tandis que les autres couraient derrière nous affolés en me houspillant de plus belle :

« Tu n'arrêteras donc pas ? Arrête, ventredieu ! »

Hors d'haleine comme mon coursier et caracolant toujours, je leur criais en riant comme un bossu :

« Par le sang Dieu, maudite bête ! J'ai beau le piquer tant que je peux, il ne veut pas s'arrêter ! »

Heureusement, arrivé sur la grand-place, deux lansquenets se jetèrent au-devant de ma monture, la stoppèrent net, évitèrent ainsi que je ne fasse une mauvaise chute qui m'aurait peut-être plus bistourné que je ne l'étais déjà.

On rapporta cet épisode au roi qui s'amusa beaucoup et voulut faire partager son hilarité avec « sa Brette » qui réagissait inévitablement en levant les yeux au ciel et en gratifiant son cher Louis d'un regard d'une méprisante condescendance qui signifiait clairement :

« Comment puis-je être amoureuse d'un homme si niais qui ne s'amuse qu'aux singeries d'un vulgaire histrion ? »

Le soir même, dans une des salles du château de Bouvreuil[1], elle s'amusait néanmoins d'une pièce de théâtre assez leste représentée par une troupe mandée tout exprès de Paris. En toute franchise, mes « singeries » étaient cent fois plus drôles et moins vulgaires que cette bluette mais elle avait l'avantage d'être le fruit issu des ineffables cerveaux de ses protégés André de La Vigne, Jean Marot, Faustus Andrelin et Jean Lemaire de Belges qui lui avaient flatteusement dédié ce qu'ils avaient pompeusement intitulé : *Le Roman de Jehan de Paris*. Leur absence de talent exigeait bien qu'ils fussent quatre pour pondre d'aussi insipides dialogues entre une pucelle et son roi Jehan qui firent se tordre de rire ces seigneurs et dames tant les allusions au couple royal étaient appuyées :

1. Le château de Bouvreuil était l'ancien château de Philippe Auguste à Rouen.

LA PUCELLE : *Sire, vous avez amené une moult belle armée, la mieulx en point que jamais l'on vit en ces contrées.*

JEHAN : *Ma mye, je l'ai fait pour l'amour de vous !*

LA PUCELLE : *Et comment pour l'amour de moy ?*

JEHAN : *J'ay ouy dire que l'on vous devoit combattre demain, et pource que je vous viens offrir si vous avez point à faire de mes gens d'armes, qui ont de bonnes lances et roiddes.*

LA PUCELLE : *Sire, je vous mercie de vostre offre, car il n'y fault pas si grande assemblée.*

JEHAN : *Il est vray, car ce sera corps à corps en champ de bataille estroit.*

À la fin, le roi « *à la lance roidde va se coucher avec la pucelle et grant joye s'entrefirent les deux amants* »...

Voilà ce qui contentait « dame reine Anne ». Elle félicita les auteurs pour leur bonne humeur qui savait distraire si agréablement l'auguste assistance et elle les gratifia d'une belle somme en or qui suscita au quatuor bien accordé une démonstration de courbettes serviles et une abondance de promesses louangeuses dans leurs prochains ouvrages consacrés uniquement à leur « douce et charitable reine ».

Louis, qui dévorait les légendes chevaleresques des chevaliers du Moyen-Âge en s'imaginant être le roi Arthur et fort de ses victoires militaires suivies de ses entrées cérémonieuses dans les principales villes du royaume, finissait par se prendre réellement pour un empereur romain de la veine du grand César ou de l'empereur Auguste. Il poussa la vanité jusqu'à se faire « buster » en armure romaine *all'antica* par le sculpteur italien Lorenzo de Mugiano. Au bas de chaque frontispice ou de chaque peinture était gravé : « *Force impériale* », « *Gloire victorieuse* », « *Rex belli* » ou « *Rex imperator* ». Cette apothéose lui triturait parfois les méninges et on ne pouvait pas lui en vouloir de songer à devenir empereur mais son souci de bien gérer son royaume le ramenait immédiatement à la raison.

Le peuple lui en a été toujours reconnaissant, ne serait-ce que par l'intermédiaire de Pierre Gringore, devenu l'auteur populaire par excellence. Dans *Les Abus du monde*, il représente le roi entouré de deux dames, à sa droite la Justice, les yeux bandés et les mains liées, et à sa gauche la Cour, avec un glaive et une balance. Au pied du roi, un homme, Jugement, tenant un rouleau de papier, s'adresse à lui :

Tu fais régner la sacree majeste
Du magnanime en son auctorite
Portant ceptre et royalle couronne
Car sans justice et magnanimite
Ne regneroit, c'est pure verite.

Le 22 avril 1509, le roi Henry VII d'Angleterre meurt, et son fils Henry, huitième du nom, monte sur le trône. La réputation de ce beau garçon de dix-huit ans trousseur de jupes avait largement traversé la Manche et j'eus une nouvelle nuit blanche agitée de prémonitions. Le lendemain matin, je fis part de mes craintes à mon roi : « Celui-là va nous causer du souci ! »

Il opina de la couronne. Tout comme moi, il s'attendait sous peu à une manifestation hostile de la part du nouveau roi anglais. Contrairement à nos présomptions, il ne sera pas le premier à perturber « notre règne ». Ce fut notre « guerrier-pape » Jules II, fort de sa haine viscérale pour Louis XII et pour la France, prenant comme outrages personnels l'établissement des Français en Italie, qui déclenchera les hostilités. Cet homme de soixante ans, qui ressemblait comme deux gouttes de marbre au *Moïse* de Michel-Ange, était aussi violent qu'intelligent, ce qui n'est pas peu dire. Il était plus à l'aise en armure qu'en soutane. Il ne ressemblait pas du tout à ses prédécesseurs et fuyait la pompeuse apparence des rouges prélats, juchés sur leurs mules et semant la parole de Dieu uniquement s'ils étaient certains que la récolte serait abondante et augmenterait leur inépuisable enrichissement.

Je me suis posé la question et me la pose encore : quand le pape Jules II prenait les armes au nom de la Chrétienté, y avait-il encore quelque chose de sacré ? À cette époque, pas le temps de trouver une réponse, la guerre étant clairement déclarée, il fallait donc reprendre les armes. Tous les conseillers de Louis, sans exception, le mettaient en garde contre les fâcheuses conséquences d'une nouvelle expédition en Italie. Il leur répondait inlassablement :

« Il faut exporter la guerre pour avoir la paix chez soi ! »

Et il ajoutait en guise de conclusion :

« L'honneur le vault, justice l'ordonne ! »

Une fois de plus, je suis astreint à escorter mon roi à la guerre. Il ne veut plus partir en campagne sans que je sois à ses côtés, avant et après la bataille, cela s'entend !

Beau Sire,
Tu veux que je t'accompagne
Dans toutes tes campagnes
Parce que ta douce compagne
Me poursuit de sa hargne
Et m'enverrait jusqu'en Romagne
Pourvu que de ma vue je l'épargne.

Je fus donc contraint de le suivre non pas jusqu'en Romagne, mais dans son expédition contre les Vénitiens, au siège de Preschiera plus précisément. Jean Marot, pour une fois, avait été obligé de délaisser « sa reine adorée », qu'il venait de glorifier protectrice des arts dans une de ses flagorneuses « odes-guimauves », pour faire partie du voyage et remplir entièrement sa charge d'historiographe-correspondant de guerre en étant cette fois-ci au cœur même des combats. Dès qu'ils furent engagés, je fus à tel point effrayé par l'artillerie que je me cachai sous un lit où l'on vint me dénicher avec peine une fois la bataille achevée.

Je l'avoue, je suis un froussard dans l'âme, les détonations des canons et les roulements des tambours me glacent les sangs. Dès que j'entends une pétarade, je suis à tel point affolé que je perds tout jugement et je n'ai plus qu'une issue : me terrer comme un animal jusqu'à ce que tout soit fini.

Ce que je fis ! Et ce qui n'échappa pas à cet imbécile de Jean Marot, trop content d'avoir enfin l'occasion de me ridiculiser, en écrivant :

> Triboulet, fol du roi, ayant le bruit, l'horreur,
> Courait parmi la chambre en su grande frayeur
> Que sous un lit de camp, de peur, s'est retiré
> Et croy qu'encore y fut, qui ne l'en eut tiré
> Qu'est de merveilles pour si sages craignant coups
> Qui font telles tremeurs aux innocents et foulx.

Marot, que je n'arrêtais pas de traiter de « maraud » devant toute la cour, trouvait là une « bien belle basse » vengeance avec ses vers de mirliton. Il n'en était pas à sa première attaque. Il se plaisait à réciter à qui voulait l'entendre un portrait de moi grossièrement brossé et guère flatteur prétendant que j'étais un pauvre hère tout juste capable de dire d'énormes sottises, que mon cerveau était fêlé, totalement dépourvu d'idées sérieuses et raisonnables et que je ne fâchais aucun de ceux que je contrefaisais. Il n'omettait pas au passage de décrire mes caractéristiques physiques en appuyant perfidement sur ma difformité. Je te livre ses six vers dans leur version originale :

> Triboulet fut un fol, de la tête escorné,
> Aussi saige à trente ans que le jour qu'il fut né,
> Petit front et gros yeux, nez grand, taillé à voste
> Estomac plat et long, hault dos à porter hoste.
> Chacun contrefaisait, chanta, dansa, prescha,
> Et du tout si plaisant qu'onc homme ne fascha.

Tu l'as bien compris, ce maraud de Marot ne m'aimait pas beaucoup et je le lui rendais bien. Cependant, le monde entier peut lui être reconnaissant d'une action d'éclat dont il est l'auteur, du moins je le présume : il a été le géniteur de son fils Clément qui, lui, était un véritable poète doté d'un immense talent. Eh oui ! Parfois les chiens de gouttière font des chats de race ! Ce pauvre Jean est bien le père du célèbre Clément Marot dont j'aurai l'occasion de te reparler dans mon second règne de bouffon. Je l'ai toujours appelé messire Clément, ayant pour lui tout le respect que je n'ai jamais eu pour son père. Toutes ces critiques, qui ne pensaient qu'à me rabaisser, qu'à m'ôter toute valeur, sont tellement loin de la vérité qu'elles ont retenu l'attention de quelques historiens de qualité lesquels m'ont réhabilité en écartant les soupçons d'idiotie, d'hébétude ou de simplicité d'esprit dont on m'a affublé trop souvent.

Toi aussi, tu as dû connaître la critique et sûrement en souffrir au moins un temps ; mais c'est le genre de blessure qui cicatrise vite dès que l'on se rend compte du peu d'intérêt que représentent ces gens nés pour détruire, incapables de construire et inaptes à la création. On est bien heureux de savoir que, finalement, chacun est à sa place et qu'elle ne peut être interchangeable. Ces écrivaillons m'ont méchamment égratigné avec un constant acharnement, et alors ? Qui reste dans l'Histoire ? Pour eux, le pire, c'est qu'en croyant m'anéantir, ils ont contribué à ma renommée.

Cette même année, je venais de fêter mes trente ans et je n'ai pas résisté à m'offrir un curieux présent : mon épitaphe. En étant l'unique auteur, j'évitais d'être la victime posthume d'un quelconque « Marot d'heure » (maraudeur pour ceux qui ont l'esprit trop bien tourné !). J'espérais bien entendu qu'on la graverait le plus tard possible sur ma pierre tombale et j'étais assez fier de ma clairvoyance qui montrait le parfait reflet de moi-même :

Triboulet suis, qu'on peut juger en face
N'avoir esté des plus sages qu'on face.
Honneste fus chacun contrefaisant,
Sans jamais estre aux dames malfaisant.
Du luth jouay, tambourin et vielles,
Harpes, rebecs, doulsaines, challemelles,

Pipetz, flaiolz, orgues, trompes et corps,
Sans y entendre mesure ni accords.
En chantz, danses, fis choses non pareilles,
Mais dessus tout de prescher fis merveilles ;
Car mon esprit, qui n'eut oncques repoz,
En vingt paroles faisoit trente propoz.
Armé en blanc, joustay d'espée et lance,
Aussi cruel à plaisir qu'à oultrance.
Devant moi pages tremblaient comme la fièvre,
Fyer menaceur, et hardy comme un lièvre.
Le roy adonc me fait seoir à sa table,
Où luy donnay maint passe-temps notable.
Oncques homme qu'il eust en son service
Ne fit si bien comme moi son office.

Et puis, orgueilleusement, je ne doutais pas que tous ceux qui passeraient devant ma tombe fussent bien obligés de s'arrêter un long moment pour prendre le temps de lire le texte tout entier de cette belle épitaphe.

À propos d'écriture, Anne se languit de son roi qui ne revient pas assez vite de la guerre et elle lui envoie des lettres déchirantes qui transcrivent sa réelle tristesse de ne plus avoir son « cher et tendre mariamant » auprès d'elle. Elle avait conseillé (et non plus exigé !) à son cher seigneur et maître de s'établir solidement dans le Milanais au lieu d'aller se disperser jusqu'au sud de l'Italie mais il ne tenait plus compte de ses conseils et s'entêtait à guerroyer loin de sa couche. Anne, noyée dans une profonde tristesse, se comparait à Pénélope, fidèle et confiante dans le retour de son mari, et demandait au divin Jean Bourdichon de « l'enluminer » dans une miniature qui la représentait écrivant, toute vêtue de noir, un chien à ses pieds, symbolisant la fidélité avec, derrière elle, au pied d'un grand lit vide ses dames de compagnie agenouillées. À chaque heure de la journée, Anne écrivait à Louis et ses lettres se terminaient toutes par ces mots :

... dont la Royne qui se plainct a bon droict
Et qui tousjours pres d'elle te vouldroit
reviens sans auculne retarde
car ton retour trop longtemps me tarde.

Deux bonnes nouvelles vont se croiser et mettre en joie les deux amoureux séparés. Louis lui annonce sa victoire à Agnadello, et Anne lui annonce qu'elle est une nouvelle fois enceinte. Tous deux font « *faire partout feuz de joye* » pour fêter ces heureux événements.

Louis revient victorieux pour le plus grand contentement d'Anne qui le reçoit avec « *baisers, accollemens et embrassemens* ». Mais elle ne peut pas s'empêcher de l'agacer en voulant à nouveau lui donner des conseils sur la marche à suivre en Italie :

« Arrêtez-vous sur le succès d'Agnadello et cessez vos querelles avec le pape. Il vous sera aisé de trouver un terrain d'entente.

– Croyez-vous mon oreille si paresseuse pour ne pas entendre ce que vous me répétez sans cesse ?

– Ce pape est dangereux, ce n'est pas un Borgia.

– Mes armées le rendront à la raison, comme elles ont fait des Vénitiens. C'est lui qui pliera et se mettra à mes genoux.

– Vous blasphémez, mon doux sire, et vous comprendrez que je ne saurai me ranger sous vos enseignes. »

Adieu les chatteries ! Bienvenue aux bouderies. Les retrouvailles amoureuses et passionnées n'auront pas duré bien longtemps et la morosité ambiante se serait confortablement installée si Pierre Gringore, de plus en plus prolifique, ne nous avait régalés de sa dernière pièce *Les Écus du pape*. Cette satire sans compromis du souverain pontife à qui il fait dire « Je suis le pape Jules second qui agace ou nuit au monde entier » réjouit grandement la cour et le peuple.

Pendant l'absence du roi et des principaux seigneurs et chevaliers, le royaume continuait à être bien géré par tous les conseillers qui appliquaient à la lettre les ordres royaux. La bourgeoisie, autrefois plus discrète, commençait à prendre une grande importance dans les principales villes de France. Les commerçants, eux aussi, décidèrent de se grouper en une puissante communauté de métiers, tout comme les ouvriers, les maîtres d'ouvrage et les maîtres d'œuvre qui créèrent une société compagnonnique qu'on appelait « les premiers compagnons du devoir », ayant pour outils symboliques l'équerre et le compas. Ces associations discrètes aux signes distinctifs prônaient la fraternité, la solidarité, le travail sur la matière, la soif d'apprendre et de savoir et une plus grande connaissance des uns et des autres dans leur différence de pensées. Ces fratries se réunissaient régulièrement et échangeaient leurs idées pour la réalisation d'ambitieux projets. L'ambition, vertu longtemps réservée aux nobles, s'étendait maintenant à toutes les couches de la population qui voulaient démontrer que la véritable noblesse n'est pas l'apanage des grands seigneurs.

Louise de Savoie, qu'on avait éloignée de la cour et qui se morfondait dans sa résidence de Cognac, se faisait donner un rapport hebdomadaire et détaillé des progrès de l'éducation de son fils chéri mais elle voulait surtout être informée des moindres avancées de la grossesse de « sa chère sœur Anne ». Et elle ne voyait rien venir jusqu'à ce jour du mois d'octobre où la reine donna naissance à une nouvelle fille, Renée.

Louise se sert de "sa voix"
Pour hurler sa grande joie
Apprenant que par deux fois
Anne met bas fille de roi.

J'étais une fois de plus satisfait de ce quatrain qui remportait un immense succès dans les cuisines du château et qui, fort heureusement, n'eut jamais d'écho auprès des appartements royaux.

La reine, déjà désespérée de ne pouvoir donner un héritier au trône, quelques heures après la naissance de sa seconde fille, apprit la mort de Georges d'Amboise, ce qui la plongea dans un immense chagrin que son mari ne partagea absolument pas.

J'attendais le retour de mon roi au relais de chasse quand je vis arriver le secrétaire du cardinal qui cherchait Sa Majesté pour lui annoncer « une bien triste nouvelle » :

« Mon maître, Monseigneur Georges d'Amboise vient de rendre son âme à Dieu. »

« Il a dû ne pas savoir qu'en faire ! » fut la rapide pensée que je me gardais bien de livrer, préférant afficher hypocritement une figure de circonstance, tout en lui indiquant :

« Le roi chasse. Si le cœur t'en dit d'aller le retrouver pour lui annoncer la b… la triste nouvelle, il est parti il y a une bonne heure dans la direction de Molineuf. »

Après deux heures de marche, il réussit à rejoindre la chasse pour livrer sa triste nouvelle qui ne parut pas émouvoir le roi puisque ce dernier, sans un mot de condoléances, éperonna son cheval pour continuer sa partie de chasse.

Je regrette d'apprendre que Machiavel est à Lyon pendant que nous sommes allés passer quelques jours à Amboise, mais il me fait porter un pli où je reconnais son exquise délicatesse dans un style très pur qui n'appartient qu'à lui ; il m'avertit de sa tristesse de n'avoir pu me rencontrer avant son départ pour l'Italie et m'assure de son retour en France l'année suivante. Quand on a le privilège de faire partie des personnes à qui Machiavel porte un certain intérêt, tu penses bien que le mépris et la méchanceté de ceux qui ne lui arrivent pas au bas de son talon sont choses bien futiles et ne méritent qu'indifférence.

L'espoir de paix avec l'Italie n'était qu'un doux leurre qui s'évapora avec la haine grandissante de Jules II pour les Français qu'il n'hésitait pas à traiter de barbares. Il fit savoir *urbi et orbi* que si Louis XII ne retirait pas ses troupes de l'État pontifical, il serait considéré non seulement comme son ennemi personnel mais aussi de la Foi. Louis, pour toute réponse, le traita d'antéchrist, ce qui mit la reine Anne dans tous ses états. Elle voyait déjà son mari damné et, avec lui, tous ceux qui participaient à cette guerre impie.

Cela eut pour effet de renforcer sa ferveur religieuse car, dorénavant, elle passait ses jours en prières et avait donné l'ordre à toutes les églises du royaume d'élever leurs supplications vers le ciel pour que le roi mette fin à cette guerre-sacrilège.

Jules II forme la Sainte Ligue des princes italiens bientôt rejoints par l'Aragon, les cantons suisses et l'Angleterre. Louis est largement dépassé par ce pape, ces rois et ces princes passés maîtres dans l'art de la politique tortueuse et il ne peut leur opposer qu'une brutalité qui répond parfaitement à celle de Jules II. Sur qui compter ? De qui se méfier ? Il se sent trahi de toutes parts et n'a plus le temps de réfléchir ; il lui faut combattre sans perdre un instant et c'est la guerre horrible où l'on ne fait pas de quartier, où les campagnes sont ravagées et les paysans massacrés.

Au cours d'un pillage, Louis, dans sa colère guerrière, commet, à mon sens, un bien plus grand sacrilège que cette guerre contre le pape. Il fait refondre la statue en bronze de Jules II qui trônait à Bologne pour en faire un canon qu'il baptisera « la Julie ». Cette belle statue était l'œuvre de Michelangelo Buonarroti (Michel-Ange), cet athlète, âgé de trente-cinq ans, qui avait été chargé par Jules II de peindre la voûte de la chapelle Sixtine. Il avait débuté son travail depuis deux ans et était loin d'être au bout de ses pinceaux, la voûte mesurant quarante mètres de long sur quinze de large. Lui qui disait :

« Je suis né pour sculpter, non pour peindre », avait, avant ses vingt ans, déjà sculpté une *Madone à l'escalier* et un sublime *Combat des Lapithes et des Centaures*. Il se plaisait à affirmer sans modestie qu'il avait atteint la perfection en sculptant la *Pièta* de San Pietro, polie et achevée dans les moindres détails. Mais cet artiste tout en contradiction, comme tous les bons artistes, aimait aussi donner un aspect inachevé à ses œuvres, préférant s'arrêter de peur de compromettre son ouvrage à force de finition.

Je te parle de lui parce qu'il méritait grandement ces quelques mots en hommage à son génie car je n'ai pas approuvé le triste sort réservé à sa belle statue. Louis XII, le premier mécène à contribuer au renouveau de la renaissance artistique, s'abaisser ainsi à ce vandalisme, c'est révoltant !

On a beau être en guerre, c'est une atteinte à la beauté et à la création de profaner ou de détruire des œuvres d'art qui doivent rester intactes, signatures d'une nécessité d'éternité.

Mais contrairement aux certitudes de mon roi qui pensait que l'âme humaine s'ennoblissait en faisant la guerre, je persistais à croire qu'elle rendait les hommes indignes.

« Vous vous exposez aux vengeances célestes ! » menaçait la reine Anne en égrenant inlassablement son chapelet d'or et de pierres précieuses, persuadée que tout ce qui arrivait n'était qu'une punition divine, conséquence du conflit avec le pape.

Les vengeances, célestes ou non, furent de taille ! Milan et Gênes perdus, la France frappée d'interdit et Louis excommunié par Jules II. Au plus fort de sa haine antifrançaise, il commande que l'on frappe une médaille à son effigie le représentant coiffé de la tiare, brandissant un fouet, chassant les « barbares » et foulant aux pieds les fleurs de lys.

Toute la belle aventure italienne qui était à l'avantage de mon roi tournait à son détriment hors des frontières du royaume car, en France, personne ne va lui en faire grief, ni ses conseillers, ni les grands seigneurs, ni la bourgeoisie, encore moins le peuple. On oublie les expéditions coûteuses, les sévères défaites, on ne parle que de sa supériorité morale, de sa persévérance à améliorer le sort de ses sujets et on se remémore avec une certaine nostalgie les accueils victorieux des troupes. Louis peut continuer sans faillir sa sage politique financière en appliquant toujours ses trois principes : paix, justice et police.

Pierre Gringore ne prend pas les armes mais continue son combat littéraire et théâtral contre le pape : il publie coup sur coup *La Chasse du cerf des cerfs*, virulent pamphlet contre Jules II qu'il ne craint pas de nommer serf des serfs (*serrus serrorum*) et de jouer sur l'équivoque de l'homophonie par rapport à sa bestialité (cerf) et son devoir de servir Dieu (serf).

Mais il va connaître un triomphe absolu avec son fameux *Cry et sotie du jeu du Prince des Sotz* où il se permet d'aller beaucoup plus loin puisqu'il n'hésite pas à représenter le pape sous le nom d'*Homme obstiné*, revêtu des habits pontificaux et coiffé de la tiare. Deux autres comédiens représentent le *Peuple français* et le *Peuple italien* venant se plaindre de sa tyrannie. L'*Homme obstiné* fait venir ses deux confidentes *Hypocrisie* et *Simonie* quand surgit une autre comédienne *Punition divine* qui les oblige à se repentir de leurs péchés. Il n'y allait pas de main morte !

Faustus Andrelin, Jean Lemaire de Belges avec mon « cher » Marot y vont aussi de leurs diatribes pour dénoncer les abus de Venise et du pape. Malheureusement, il fallait bien que ce regain de santé qui durait depuis plus de cinq années se détériorât. Fatigué par les combats perdus et les nombreuses expéditions transalpines, notre bon roi retomba malade au point qu'il « *estoit pour lors tout décrépit* ».

Entre deux expéditions, il tente de se requinquer dans ses châteaux, tantôt à Amboise, tantôt à Blois. C'est l'endroit qu'il préférait à cause du doux climat de la vallée de la Loire. Il avait fait ajouter une aile au château et l'on pouvait ainsi y loger toute la cour qui comptait un demimillier de personnes dont la suite d'Anne représentait les deux tiers.

C'est donc au château de Blois que Louis reçoit Machiavel qui, durant son séjour, écrit *Les Histoires florentines*. Mon roi lui demande évidemment son avis sur la situation italienne et l'agresse d'entrée :

« J'ai l'impression que le pape mène sa politique d'après vos écrits.

– Sire, je vous assure qu'il n'en est rien. Je pense simplement qu'il en fait une mauvaise interprétation. Je souhaite qu'il n'en soit pas de même pour les princes qui me feront l'honneur de me lire. Je vous confirme mon absence totale d'admiration pour le pape Jules et dois avouer que je le hais de toute mon âme. Si Votre Majesté me fait la grâce d'écouter mes paroles avec une indulgente attention, je ne saurai trop lui conseiller de ne pas user de la force avec l'infernal pontife. Vous vous présentez à lui comme le fléau de Dieu.

– Je suis Louis le douzième, roi Très-Chrétien, cependant je ne puis souffrir que le représentant de Dieu sur la terre nous traite de barbares, c'est une insulte que je ne saurai pardonner. Il prend les armes comme un vulgaire soudard en me crachant sa haine au visage, c'est lui qui le premier a lancé les hostilités Je vais dénoncer mon serment d'obédience et lui jeter un concile à la tête. Je suis résolu à sauver mon honneur ou à perdre tout ce que l'on possède en Italie. *Cy endroit faict mettre au lieu d'honneur !* »

Machiavel, loin de s'offusquer, s'amuse de la vive réaction du roi et se plaît même à attiser sa colère. Il va jusqu'à accuser feu Georges d'Amboise d'avoir sciemment élaboré la perte du roi de France en contribuant à l'élection de Jules II. Il lui suggère l'ingénieuse conception de susciter une révolte des barons romains afin de mettre cet insupportable pontife en difficulté et de lui donner assez de tablature pour ne rien entreprendre contre la France. Mais malheureusement, mon roi ne reconnaît pas l'efficacité de la politique diplomate telle que la prône Machiavel et ne suivra pas ce judicieux conseil car il n'avait cure d'inquiéter Jules II, il voulait tout simplement l'abattre.

Nos longues promenades dans le parc du château étaient beaucoup plus calmes et ne généraient aucun conflit. Elles ne s'émaillaient pas tout le temps de dialogues, nous pouvions rester de longues minutes sans dire un seul mot avec juste la satisfaction de nous sentir bien ensemble. Il avait même l'exquise délicatesse de s'enquérir si cette longue marche ne me fatiguait point et si mes pauvres jambes cagneuses ne me faisaient pas trop souffrir.

« *Carissimo Niccolo*, lui disais-je, j'ai souffert bien plus sans bouger à côtoyer des gens dénués d'esprit et mon bonheur d'être à vos côtés me donne une telle force que je me sens de marcher jusqu'à l'épuisement bien au-delà de la course de Philippidès ! »

Quand je le regardais me sourire de ses yeux malicieux, je mesurais ma chance d'intéresser, ne serait-ce que quelques heures, cet homme remarquable qui était l'exemple type de l'homme historique dans ses caractéristiques et dans ses qualités, qu'elles soient intimes ou extérieures.

Il me flattait au plus profond de mon orgueil quand il me complimentait sur mes bouffonneries. Il alla jusqu'à me dire « que le génie a des droits et transforme les hommes et les choses selon les besoins de son invention ».

Je le voyais comme un des précurseurs de ce que j'ai appelé le renouveau, la renaissance, ma renaissance puisque, avec lui, je me sentais devenir un autre, celui que j'aurais rêvé être. J'oubliais ma difformité mais mes chers os ne manquaient pas de me ramener promptement à la réalité. Quand il regagna son Italie natale, il me serra dans les bras, plongea longtemps son regard dans le mien et, le temps d'une phrase, délaissant son bel accent italien, me dit :

« Rien de ce qui résulte du progrès humain ne s'obtient avec l'assentiment de tous, et ceux qui aperçoivent la lumière avant les autres sont condamnés à la poursuivre en dépit des autres. »

Un courtisan m'avait croisé dans le parc du château lorsque je conversais avec Machiavel et le soir, au beau milieu du banquet, les nombreuses coupes de vin ayant fait leur office, il se mit à m'apostropher avec hargne :

« Je t'ai vu cet après-midi avec *il signore Machiavelli*. Comment un homme tel que lui peut-il converser avec un âne et encore un âne qu'on ne peut même pas bâter tant il est bossu comme un chameau ? »

Les rires complaisants qui suivirent ces insultes se dissipèrent très vite pour laisser place à un silence interrogatif. Quelle allait être ma réponse ? Le roi me regardait avec insistance et encouragement, semblant me dire :

« J'espère que tu vas lui clouer le bec mais j'espère surtout que tu vas me faire rire. »

Je n'eus pas besoin de tourner sept fois ma langue dans ma bouche, la riposte avait déjà fait cent fois le tour de mon cerveau :

« Un âne ? Je suis peut-être un âne, monseigneur, mais moi, j'ai eu le privilège d'avoir assisté à la naissance de Notre Seigneur Jésus-Christ. J'ai peut-être l'apparence d'un âne mais ce n'est qu'un déguisement pour tromper les sots. Quant à ma promenade avec maître Machiavel, ce n'était qu'un échange d'idées que nous avons eu ensemble et j'en suis ressorti tout intelligent. Quelle différence avec vous, monseigneur, nous avons à peine échangé deux phrases et j'en ressors tout bête ! »

Le roi, émerveillé de ma vivacité d'esprit et de mes reparties si bien troussées, rit et applaudit à tout rompre, accompagné dans la seconde par toute la salle. J'eus même droit, ô miracle !, à un sourire de la reine, mais peut-être m'étais-je trompé et n'était-ce qu'un rictus d'amertume en raison d'un assaisonnement trop vinaigré.

À la fin du repas, j'eus droit à un : « Tu ne mérites que le bâton » de la part du seigneur adepte de Bacchus, qui, après avoir eu grande difficulté pour se lever de table, chancelait dangereusement en se dirigeant vers la cour du château pour regagner sa demeure.

Les menaces à mon encontre étaient choses courantes et je n'y attachais plus aucune importance. Je n'avais pas à me plaindre de ma condition qui devait être enviable pour ceux qui avaient comme moi choisi le dur métier de bouffon de cour. En Italie et plus particulièrement à Rome, les bouffons étaient roués de coups. En Allemagne, les bouffons étaient de véritables guerriers, prenant une part active aux conflits, aux conspirations et surpassant parfois en audace les plus illustres chevaliers. C'était loin d'être mon cas. Accompagner mon roi à la guerre m'était à présent un véritable supplice, et j'avais demandé l'insigne faveur de ne plus être contraint de le suivre dans ses pérégrinations guerrières. Il m'avait généreusement accordé ce privilège, d'autant que « mon cousin » avait insisté pour que je lui tienne compagnie plus souvent. J'en avais profité pour inventer la locution « de guerre las ». On prononçait las : lasse. C'est devenu par la suite « de guerre lasse ». Je ne te fais pas un cours mais j'aime bien, par-ci par-là, t'apprendre des choses, ça te permettra de briller dans des dîners, si tu y es encore invité !

Chacun s'étant souhaité la bonne nuit, mon roi ayant rejoint sa reine, je regagnai mon logement par des couloirs assez sombres. Au détour d'un escalier, des laquais m'attendaient et se précipitèrent sur moi pour me bastonner sévèrement. Ils appartenaient ou étaient à la solde du seigneur qui, une heure plus tôt, n'avait pas apprécié mon humour. Je pris quelques méchants coups et je pus en parer d'autres tant bien que mal. Tout à coup, je me mis à hurler comme un forcené ; cela me sauva.

Ma voix résonna plus fort que dix cloches un jour de Pâques. Le roi et la reine furent même interrompus dans leurs ébats et le roi, tourmenté par mes cris, envoya ses gens pour s'enquérir de la cause de ce grabuge nocturne.

De tous les couloirs du château, on accourut avec des flambeaux, ce qui eut pour conséquence de faire fuir les argousins. On me raccompagna à ma chambre où l'on soigna « mes plaies et ma bosse » ! Malgré la demi-obscurité, j'avais eu le temps de reconnaître quelques-uns de mes agresseurs car ma mémoire visuelle ne me trahissait jamais. Je les avais, comment dis-tu ? Ah ! Vous employez un terme qui résume parfaitement ce que j'avais imprimé dans mon cerveau. Aide-moi ! Il existe depuis que Nicéphore Niepce a réussi à figer une image sur du papier… La photographie ! Merci, c'est bien cela !

Je les avais « photographiés » et leurs figures étaient soigneusement rangées comme un souvenir ineffaçable tout au fond de ma grosse tête. En mon temps, nous n'avions que les peintres ou les enlumineurs pour nous tirer le portrait. Moi, je n'ai jamais eu l'honneur de figurer sur un tableau, il n'existe qu'un dessin de moi. Tu peux toujours aller l'admirer au château de Chantilly. C'est une sanguine faite au crayon par l'admirable Jean Clouet qui fera d'ailleurs le portrait le plus célèbre de François Ier. Un peu de patience, nous arrivons bientôt à son règne ! Si tu t'attardes quelques instants devant ce dessin, tu remarqueras qu'il est aberrant que l'on ait pu me traiter de benêt sans malice tant mon regard narquois respire l'intelligence.

Le lendemain matin, je suis allé rapporter l'événement de ma nuit agitée à mon roi qui avait été déjà mis au courant de ma mésaventure. Il me demanda si j'avais reconnu mes agresseurs. Je me suis offert le plaisir de les décrire avec une telle précision qu'il ne fut pas difficile de les trouver et de les amener céans devant Sa Majesté. Je ne suis pas comme cet imbécile de Caillette, j'ai reconnu chacun d'eux. Certains, tremblant de peur, s'oublièrent et n'hésitèrent pas à mouiller leurs chausses. Le chambellan nomma le seigneur à qui ils appartenaient. Le roi ordonna qu'on les chassât de sa vue et qu'on les punisse sévèrement en m'assurant que l'histoire n'en resterait pas là.

Le soir même, il réunit la cour qui faisait déjà des gorges chaudes de l'incident de la nuit et certains courtisans s'étonnèrent même de me voir encore debout, ou plutôt courbé comme à mon habitude.

Louis le douzième prit la parole :

« Mes seigneurs, l'un d'entre vous a cru bon d'envoyer quelques sbires pour caresser le dos de mon bouffon ici présent, dos qui est déjà assez cabossé sans que vous vous mêliez de lui donner plus grand volume. Pour se passer de tels traitements, j'ai châtié ces manants qui ont eu la lâcheté d'attaquer un infirme qui ne fait de mal à personne si ce n'est de vous dire vos quatre vérités et, croyez-moi, vous en méritez bien davantage. »

Puis se tournant vers moi, avec un doux regard de complicité affective :

« Triboulet, que diras-tu à ce lâche qui t'a cherché noise ?

– Mon Beau Sire, je lui dirai que, tout comme vous, cela ne m'étonne qu'à moitié. Mais ne perdons pas la moitié de notre temps en bavardages et ne disons pas les choses à moitié : comme ce bon seigneur ne fait pas non plus les choses à moitié, je vous propose de réduire de moitié ses bénéfices que nous partagerons moitié-moitié entre les pauvres et les blessés de nos guerres.

« Cher seigneur, n'étant plus que la moitié de vous-même, vous serez obligé de réduire de moitié votre somptueux train de vie mais ce n'est que justice car me voici à moitié vengé. »

Plus jamais je ne fus agressé ou même bousculé sous le règne de mon Beau Sire et j'eus même la douce satisfaction de voir qu'au détour d'un couloir toute personne venant vers moi faisait « volte-fesses », évitant ainsi tout contact fâcheux avec moi.

Le mois de janvier 1512 fut tellement froid que l'on vit la Loire charrier des glaçons et les loups rôder aux abords des villes. On avait beau garnir les cheminées de troncs d'arbre imposants, on arrivait à peine à chauffer les pièces et c'est là que le blason d'Anne prit sa véritable valeur. Tous se couvraient d'hermine et jamais l'on ne vit plus grande débauche de fourrures et de manteaux.

Un soir où je m'étais bien fatigué à tenter de réchauffer l'atmosphère en distrayant la cour durant un banquet, la représentation terminée, sachant que mon roi irait prendre chaleur auprès de son épouse dont la froideur n'était qu'apparente, je délaissai les deux chiens qui, chaque nuit, me tenaient lieu de chaufferette pour regagner ma chambre, escorté par un garde chargé de ma protection rapprochée par ordre de Sa Majesté depuis l'illustre soir de la bastonnade. Je fermai la porte au verrou et je me débarrassai soudain de mes oripeaux, mes attributs de bouffon, cette seconde peau qui me brûlait plus qu'elle ne m'habillait. Je l'arrachai et la jetai loin de moi pour empêcher qu'elle ne me pénètre plus avant. C'était un des soirs où je ne supportais plus ce que j'étais devenu. Faisant fi du froid glacial qui traversait les épaisses murailles, rejetant les couvertures, je m'étendis nu sur mon lit, en fermant les yeux, pour goûter ces rares moments de plaisir total où je me trouvais non pas avec moi-même mais avec un corps nu que j'imaginais sans défaut, et avec un esprit dénué de tout souvenir. J'avais oublié tout ce qui m'entourait : plus personne contre qui lutter, plus personne à qui plaire, plus personne pour me regarder, m'écouter, me juger. À ces instants précis, je me demandais si la mort apportait cette même sensation de vide, de paix, de sérénité.

Je suis bien heureux de constater que ton regard hagard et fixe ne me quitte pas depuis que j'ai retrouvé forme en poupée de chiffon mais j'éviterai de répondre à la question qui te brûle la rétine :

« Qu'y a-t-il après la mort ? »

Je t'en ai déjà trop dit tout à l'heure en te parlant de ceux que l'on peut croiser là-haut. Prends patience, je suis là pour te parler de ma vie, alors laisse-moi mourir en temps voulu.

Au milieu de cette atmosphère bizarre où froideur et ennui s'entremêlaient, je tâchais de retrouver de ma joyeuse énergie pour tenter de distraire mon roi et de déclencher quelques rires au milieu de la cour au grand complet.

La tâche devenait de plus en plus ardue, même si la moindre petite perspective de gaieté était la bienvenue et pouvait, par miracle, détendre l'atmosphère.

À ce propos, je ne peux m'empêcher de te faire part d'une anecdote qui, je pense, t'amusera, bien qu'elle ait failli tourner au drame. Dès son retour de la bataille de Ravenne où il remporta une victoire éclatante et toujours par souci d'économie, Louis décida de ne plus faire d'entrée triomphale dans les villes de son royaume. Dans son château d'Amboise, il recevait souvent bon nombre d'ambassadeurs qui avaient pour usage d'aller visiter la reine en sortant de chez lui. Ils étaient introduits par Monsieur de Grignaux qui, tout comme Florimond Robertet, était polyglotte. La reine, chaque fois, lui demandait de lui apprendre quelques amabilités dans la langue des ambassadeurs pour leur être agréable. Grignaux, malgré sa haute fonction, ne dédaignait pas de faire des farces. Il faisait partie de ceux qui m'avaient pris en sympathie et nous nous amusions souvent à imaginer quelques bons tours à jouer. Un jour, une idée saugrenue a germé dans notre esprit : si, au lieu d'apprendre à la reine les amabilités d'usage, nous lui apprenions des grossièretés ? Nous nous en amusâmes fort et nous décidâmes de mettre notre roi dans la confidence. Il rit de bon cœur avec nous et attendit avec impatience l'audience pour entendre « *sa reine dire des petites salauderies* » aux ambassadeurs. Au moment où l'on introduisit la délégation espagnole, je remercie la bonne étoile qui m'inspira de conseiller au roi d'aller découvrir à la reine notre joyeuse plaisanterie qui aurait pu amuser n'importe qui mais pas Anne de Bretagne. Il fut de mon avis et lui découvrit le pot aux roses juste à temps. Anne entra dans une de ses fameuses colères bretonnes, exigeant que l'on chasse céans Monsieur de Grignaux. Louis la calma avec peine mais, dans son entêtement rancunier de Bretonne, elle refusa de voir Monsieur de Grignaux durant plus d'un mois pour finir par accepter enfin ses humbles excuses mais elle lui garda méfiance et ressentiment. Dieu merci, mon roi avait jugé bon de ne pas même prononcer mon patronyme, m'évitant ainsi d'être mêlé à cet incident qui m'aurait coûté ma place, sinon ma tête.

Que te conter d'autre que des histoires de guerre ? J'en suis désolé mais c'était la préoccupation majeure qui était au cœur de toutes les conversations. Comme si ce n'était pas assez des interminables guerres d'Italie s'ajoutèrent celles que les Anglais ne manquèrent pas de nous déclarer. Henry VIII s'était rapproché de Jules II qui lui promettait la couronne de France comme récompense de sa prochaine victoire sur nous. Alléché par cette proposition, il avait décidé sans attendre d'envahir le nord de notre royaume. Par où arriva-t-il ? Par la mer, évidemment, car il fut bien obligé de traverser la Manche pour mettre le pied sur le sol français. Et la France engagea le combat contre l'Angleterre dans les eaux d'Ouessant pour empêcher à tout prix les Anglais de pénétrer dans la rade de Brest.

La Cordelière, énorme caraque ayant à son bord les marins bretons les plus expérimentés et les chevaliers les plus braves escortés de leurs meilleurs hommes d'armes, tous presque exclusivement de la maison de la reine, sous le commandement d'Hervé de Portzmoguet (les marins l'appelaient Primauguet), affronte le plus puissant des navires ennemis *Le Régent*. Porztmoguet avait pour devise : « Faire face ! » Il n'y va pas manquer. *La Cordelière*, avec vent contraire, est seule au milieu de la flotte anglaise et un combat inégal, qui méritera bien le titre d'homérique, s'engage. Deux heures durant, c'est un chassé-croisé de boulets de vingt livres que crachent les canons, mais la flotte saxonne est trop forte. Il va falloir rompre. Mais rompre, c'est se mettre à la merci des Anglais et cela Primauguet ne peut l'admettre. « À l'abordage ! » Son ordre a été entendu malgré le vacarme effrayant des canonnades et, tous ses avirons sortis, *La Cordelière* fonce sur *Le Régent*. Les grappins jaillissent collant les deux vaisseaux l'un à l'autre, joue à joue, si bien que les deux ponts ne forment plus qu'un unique champ de bataille laissant la place à un corps à corps meurtrier. En quelques instants, les deux navires sont inondés de sang mais les Anglais sont supérieurs en nombre et la défaite est inévitable. C'est mal connaître Hervé de Portzmoguet qui n'entrevoit plus qu'une solution : incendier son navire pour que les deux nefs coulent ensemble. Il hurle à son second : « Aux poudres, l'ami ! » Ce sera son dernier ordre. Le second s'est frayé un passage au travers des débris et des cadavres pour atteindre la sainte-barbe où sont rangés les tonneaux de poudre non encore utilisés. Il y met une mèche qu'il allume. Une explosion gigantesque soulève la coque, la disloque et entraîne avec elle, au fond de l'océan, l'ennemi auquel elle est agrippée. Les Anglais n'auront pas Brest. Tout le monde a péri par le feu ou la noyade, sauf une vingtaine de survivants qui ont pu être repêchés. Ils sont encore pris de tremblements quand on leur demande de nous conter le récit de cette ineffaçable bataille maritime. Quant à moi, je ne résiste pas à te chanter une chanson bien connue des marins qui résume parfaitement ce duel naval :

Pendant que nous faisons le guet
Parlons un peu de Primauguet
Qui commandait La Cordelière,
La frégate armée à Morlaix
Pour faire la chasse aux Anglais.
Le failli chien nous vit venir,

Fit force de voiles pour s'enfuir.
Hervé, le gagnant de vitesse,
Dit : la mer sera mon linceul !
Mais je n'y veux pas coucher seul.
Et l'abordant par son tribord
Il foutit la flamme à son bord.

Mais un autre combat, plus agréable celui-là, est celui de nos époux royaux qui avaient la couche nuptiale pour mener les assauts répétés de leurs ébats lesquels portèrent leur fruit puisque la reine se trouva encore grosse de Louis.

Je ne saurais te dire pour quelle raison, mais dès que le douzième coup de minuit a sonné l'avènement du 1er janvier de l'année 1513, je savais que ce ne serait pas une année de bonheur et de joie. Avant que se termine le mois, notre reine accoucha d'un fils mort-né. Elle ne s'en remettra pas, ni moralement ni physiquement. La maladie allait aussi la tourmenter jusqu'à son dernier soupir. En fervente et pieuse catholique, elle pensait que le ciel la punissait des écarts religieux de son mari. Lui, abattu, désespéré, le regard fixe, aura juste la force de murmurer dans un souffle :

« J'espère que je ne serai pas le seul représentant sur le trône de la branche des Valois-Orléans ! »

Un mois plus tard, la mort frappa une nouvelle fois mais, pour Louis, ce fut plutôt une bonne nouvelle. Le pape Jules II « rendait son âme au diable », selon la phrase prononcée par mon roi en guise d'oraison funèbre.

Son successeur fut élu deux semaines plus tard : c'était le second fils de Laurent le Magnifique, un pur esthète de trente-huit ans aimant l'art, la littérature et accessoirement la religion. Il s'appelait Giovanni de Médicis et exercera son pontificat sous le nom de Léon X. Il était cardinal à treize ans, mais pas encore prêtre. Il ne manqua pas de se faire ordonner quatre jours après son élection. Il sera aussi bienveillant et conciliant que Jules II avait été brutal et intraitable. Tout son entourage le vénère, trop heureux de rester bien au chaud dans les palais italiens au lieu de courir sous la neige et la mitraille. Il relève aussitôt Louis XII de son excommunication et suspend l'interdit jeté sur la France qui continue de subir défaite sur défaite, en particulier celle de Novare qui fut désastreuse. Mais Louis, tant bien que mal, tient toujours son royaume où chacun, du simple serf au grand seigneur, continue à le soutenir.

C'est surtout chez les courtisans, qui portaient bien leur nom tant leur obséquiosité rimait avec duplicité, que l'on commençait à s'impatienter de la longévité du règne de mon roi et j'avais surpris certains d'entre eux souhaiter qu'il ne tarde pas trop à passer l'arme à gauche. Ce sont les mêmes qui venaient faire leur cour à « mon cousin » qui, lui, avait trop d'éducation pour montrer la moindre impatience. Il faut dire qu'il ne cachait point sa certitude de monter sur le trône de France. Il menait déjà un train royal comprenant deux cents officiers, sans compter sa garde personnelle.

Il s'entourait également de musiciens et de peintres et vivait dans un grand luxe, adorant les belles étoffes, les objets de prix et les bijoux précieux. Ses dépenses dépassaient largement celles de son cousin et futur beau-père qui ne se départait pas de son sens de l'économie. Je l'entendais se plaindre :

« Ce gros garçon gâtera tout ! »

La reine en profitait pour lui répondre avec acrimonie :

« Je vous l'avais bien dit ! »

Mais Louis estimait néanmoins qu'il valait mieux préserver le royaume et ne supportait plus la moindre réflexion sur la résolution de sa succession :

« *Estimez-vous qu'il n'y ait point de différence que votre fille commande à la Petite-Bretagne, sous l'autorité des rois de France, ou qu'étant femme d'un très puissant roi elle jouisse des commodités d'un très noble et florissant royaume ? Voulez-vous préférer le bât d'un âne à la selle d'un cheval ?* »

Ce fut d'ailleurs le dernier sursaut de rébellion d'Anne de Bretagne. Quelque temps plus tard, elle tomba gravement malade, atteinte de la gravelle [1], préférant souffrir le martyre plutôt que d'ingurgiter les potions ordonnées par ses médecins.

Sa méfiance envers eux, cette répugnance à exécuter leurs prescriptions trahissaient la rancune qu'elle leur portait : ils avaient laissé mourir ses quatre premiers enfants et, comme les plus simples femmes du peuple, Anne les rendait responsables d'une impuissance qu'elle tenait pour ignorance ou maladresse. Jean Marot pleurait et osait se plaindre :

« Grand Dieu, si la reine succombe, que deviendrai-je, moi, povret, mes enfants et ma femme ? »

Les souffrances de sa reine le touchaient moins que la peur panique de perdre sa protectrice. Il ne se sentait plus d'orgueil depuis qu'il avait été « enluminé » par Jean Bourdichon agenouillé devant la reine Anne et lui offrant un livre. Dès qu'elle se sentait mieux, quand s'éloignaient les fortes fièvres qui l'épuisaient, il célébrait avec grandiloquence sa guérison dans des odes toujours aussi flatteuses que melliflues.

Je t'ai dit que je n'avais pas force affinités avec ma reine et qu'elle ne m'avait jamais accepté, encore moins estimé. Dieu m'est témoin que je n'ai jamais souhaité sa mort ni sa souffrance, ni même celles de qui que ce soit. À la vue d'un être humain ou d'un animal qui souffrait, ma cervelle s'encombrait d'écumes et d'embruns qui interdisaient à mes pensées de se teinter d'une once d'ironie ou de malice.

Le 9 janvier 1514, Anne de Bretagne, à la veille de ses trente-sept ans, dans ce château de Blois où elle se sentait presque aussi bien que dans sa Bretagne chérie, rendit son âme à Dieu. Elle mourut après d'atroces souffrances qui lui avaient torturé les reins durant une année, à la suite du

1. Petits graviers ou calculs.

pénible accouchement de son fils mort-né. Cette femme au destin unique fut deux fois reine ! Une reine qui avait l'étoffe d'un autre roi.

Durant ses derniers moments, elle était allongée dans un lit immense, les mains jointes sur son ventre, tenant les deux sceptres de ses sacres.

Au-dessus d'elle, un dais aux armoiries de France et du duché de Bretagne, d'un côté du lit quatre religieuses laissaient monter au ciel leurs prières à peine balbutiées, de l'autre côté ses demoiselles d'honneur en larmes dans une tenue encore plus sombre qu'à l'ordinaire et, au pied du lit, agenouillés, les prélats du royaume. Au fond de la pièce au sol carrelé, les barons bretons pâles, silencieux, figés, pareils à leurs propres statues, masquaient l'immense cheminée où des bûches se consumaient en hautes flammes. Et près de la fenêtre, mon roi, n'entendant plus rien, n'écoutant plus rien, dont les sanglots hachaient la respiration. J'étais tout près de lui, pelotonné dans un coin, mais il ne remarquait même plus ma présence. Étais-je d'ailleurs à ma place ? J'en doutais fort : ma fonction était de distraire, non de consoler.

Avant de fermer les yeux pour toujours, Anne de Bretagne confia noblement ses deux filles à celle qu'elle détestait le plus : Louise de Savoie. Elle la fit appeler et lui dit :

« Approchez, Louise, vous n'avez rien à craindre de moi, je suis désormais sans pouvoir. Votre fils sera roi, je ne vous en veux pas, bien que vous m'ayez manqué naguère.

« Le roi a toujours voulu que Claude épouse votre fils, elle l'épousera donc. Je voudrais me mettre d'accord avec vous sur quelques détails.

– Rien ne presse, ma cousine, seule votre guérison nous importe.

– Dieu vous entende, mais je n'ai plus beaucoup d'espoir. Il est resté sourd à mes prières. C'est le prix à payer pour l'insubordination de mon roi. Louise, je vous demande de veiller sur mes filles quand je ne serai plus.

– Comme si elles étaient miennes, ma cousine.

– Particulièrement ma fille Renée qui n'a pas encore quatre ans. Je n'entends point seulement que vous lui serviez de gouvernante, mais je vous la donne et veux que vous lui soyez comme mère, remettant en elle le même amour que vous portez à vos enfants. »

Dès que Louise de Savoie eut quitté la chambre, on introduisit Claude et Renée qui s'approchèrent doucement du lit de leur mère. Quand elle les vit, Anne éclaira son visage pâle d'un sourire attendri. Elle caressa avec peine les cheveux de Renée et fit signe du regard qu'on l'emmenât vite hors de la pièce. Claude allait faire de même quand la main décharnée et tremblante d'Anne prit celle de sa fille. La reine murmura :

« Bientôt, vous serez duchesse de Bretagne. N'oubliez jamais tout ce que je vous ai dit. Le roi votre père a toujours souhaité que vous soyez reine de France. C'est une très lourde charge mais je sais que vous en serez digne. Je vous bénis, ma très chère fille. Que Dieu vous garde en sa toute bonté. »

Claude se retira après avoir baisé la main de sa mère. C'est à ce moment que Louis quitta la fenêtre pour se précipiter en pleurs aux pieds de sa chère épouse. Il parvint à articuler :

« Ma Brette, si vous me quittez, je n'y survivrai pas. »

Elle lui répondit avec lenteur :

« Mon doux sire, vous survivrez, ne serait-ce que pour vos filles et pour le royaume de France qui ont tant besoin de vous. Et ne pleurez pas tant, laissez-moi partir dans la confiance et dans la paix du Seigneur. Je sens que je ne vais pas tarder à me présenter devant lui. J'ai toujours désiré être enterrée en Bretagne mais je sais que cela n'est pas possible, mon corps reposera donc à Saint-Denis, mais je voudrais que mon cœur soit déposé en l'église des Carmes à Nantes auprès de mes chers parents. J'ai chargé Louise de

Savoie de l'administration de mes biens personnels et de l'éducation de Claude et de Renée. Mon doux ami, faites venir mon confesseur, l'heure est proche de mon départ. »

Tout le royaume de France fut en deuil. Les uns perdaient la souveraine la plus sage, la plus clairvoyante et la plus habile, d'autres vantaient sa piété, sa simplicité et sa bonté. Louis s'enferma pendant plusieurs jours sans admettre personne auprès de lui, sinon son héraut d'armes Pierre Choque, surnommé Bretagne – c'était de circonstance ! –, auquel il confia l'organisation des obsèques de la reine Anne.

Il les voulait dignes de celle qu'il avait perdue, c'est-à-dire dépassant en éclat et en majesté toutes les funérailles qui eussent jamais été célébrées.

Conformément à ses dernières volontés, le corps de la reine fut embaumé afin qu'il reposât dans la basilique de Saint-Denis. Son cœur fut séparé des viscères puis enfermé dans une urne d'or d'un mètre et demi de hauteur, portant cette inscription gravée sur un émail vert :

En ce petit vaisseau
De fin or pur et munde
Repose ung plus grand cueur
Que oncque dame eut au munde
Anne fut le nom d'elle
En France deux fois roine
Duchesse des Bretons
Royale et souveraine.

L'urne fut emportée à Nantes et placée dans la tombe de ses parents.

Jean Perréal reçut la charge de réaliser tous les ensembles décoratifs qui serviraient aux obsèques.

Le corps d'Anne dont le visage était resté intact grâce à l'embaumement fut exposé dans une grande salle du château. Elle était en habits royaux tissés de pourpre et d'or et bordés d'hermine avec tous ses attributs de reine de

France et duchesse de Bretagne. Durant trois semaines, des religieux se relayaient jour et nuit sans cesser de psalmodier et de prier pendant que toute la cour défilait en pleurs devant la dépouille royale car ce fut seulement le 4 février qu'elle quitta Blois pour gagner la capitale. Le char funèbre tiré par six chevaux caparaçonnés de satin noir et blanc transportant le corps de la reine mit dix jours pour atteindre le portail de Notre-Dame de Paris. Une foule immense s'était recueillie au passage de l'imposant cortège. À l'intérieur de la cathédrale, toute tendue de draps noirs sur lesquels étaient cousus des écussons aux armes de la reine, trois mille cierges brasillaient. Guillaume Parvy prononça un émouvant éloge funèbre qui s'acheva sur ces deux phrases qui étonnèrent, sans toutefois altérer l'émotion qui avait envahi tous les cœurs :

« Elle a connu une fin digne de ses ancêtres. Je jure devant vous que je l'ai confessée, communiée, administrée et qu'elle a rejoint le royaume de Dieu sans avoir commis un seul péché mortel. »

Le jeudi 16 février, le corps d'Anne de Bretagne, reine de France, fut descendu dans la crypte des rois, pour dormir en paix sous la protection de saint Denis et de ses compagnons martyrs. Ce fut le moment où Bretagne, revêtu de la cotte d'armes, s'avança au-devant du chœur de la basilique et s'écria :

« *La reine très chrétienne, duchesse, notre souveraine dame et maîtresse est morte ! La Reine est morte ! La Reine est morte !* »

Tout vêtu de noir, je me tenais appuyé à un des lourds piliers de la basilique, regardant avec une profonde tristesse mon roi qui enserrait de ses bras le cercueil où reposait sa chère Anne en versant des torrents de larmes et en gémissant :

« *Devant que soit l'an passé, je seray avecques elle et luy tiendrai compaignie !* »

De toutes les douleurs qui avaient frappé chacun de nous dans le royaume, celle de Louis fut la plus sincère et sembla ne jamais prendre fin.

Il était si affligé que, huit jours durant, il ne fit que larmoyer, répétant inlassablement qu'il souhaitait que Dieu le rappelât à lui pour aller rejoindre au plus tôt son Anne adorée, la douce compagne de ses plus beaux jours.

À le voir dans ce désespoir le plus total, je le crus inconsolable et me demandais comment il était possible de tant pleurer sans jamais larmes tarir.

Pendant plusieurs semaines, aucune réjouissance ne fut bien sûr autorisée dans toute l'étendue du royaume et cela faisait belle lurette que l'on n'avait plus entendu ma belle marotte et mes sonnettes « *faisant bruyt à merveille* ».

Je me fis une raison et me rapprochai de plus en plus de « mon cousin » qui n'avait pas l'obligation de partager aussi longtemps un tel chagrin.

Il venait d'atteindre sa vingtième année et mordait dans la vie comme dans un fruit avec ses belles dents qui soulignaient merveilleusement son sourire éclatant et charmeur. Son penchant envers le beau sexe donnait grande inquiétude à sa mère et à sa sœur qui le surveillaient de près, sans cesse sur le qui-vive pour quelque raison que ce fût. Depuis qu'il s'était échappé de son berceau et que ses jambes s'étaient mises en marche, il leur avait causé à maintes reprises de grandes frayeurs. On ne comptait plus les accidents qui avaient émaillé sa turbulente enfance. À sept ans, une pierre reçue en plein front fit craindre pour sa vie, mais fort heureusement, malgré l'abondante hémorragie, la blessure ne fut que superficielle comme celle de cette lame d'épée qui lui traversa la cuisse le jour de ses quinze ans. Le dernier accident en date était une chute de cheval au cours d'une partie de chasse où il eut le bonheur de se relever souffrant seulement de quelques contusions et d'une légère foulure. Son maître de vénerie, qui l'accompagnait, ne connut pas le même sort. Son cheval, soudain pris de frayeur, s'enfuit au triple galop et se débarrassa de son cavalier qui, en tombant, eut le pied gauche coincé dans l'étrier. Le cheval traîna le malheureux à écorche-cul par les buissons, les ronces et les cailloux. Il fut tellement malmené que le cheval s'en revint seul à l'écurie ne rapportant que le pied bien chaussé du cavalier. Je ne pus m'empêcher de penser : « Il est parti à cheval, il est revenu à pied ! Qui va à la chasse perd sa place ! » Quelle fin tragique pour l'écuyer de François qui, d'une certaine manière, lui avait mis le pied à l'étrier !

Mon roi, qui n'était plus que son fantôme, semblait se désintéresser de tout ce qui l'entourait. Mais les semaines s'égrenant à une vitesse vertigineuse, il se souvint qu'il était toujours Sa Majesté Louis XII, roi Très-Chrétien et père du peuple, et que, selon son serment, il fallait bien finir par marier sa fille Claude au beau François. Ils étaient fiancés depuis huit ans et tous deux avaient largement dépassé l'âge de la nubilité.

Il reprit ses séances du Conseil auxquelles j'assistais comme naguère. Plusieurs fois je l'entendis exprimer son peu d'enthousiasme pour ce mariage qu'il avait pourtant tant désiré. Il trouvait que son héritier présomptif n'avait rien retenu de la bonne éducation qu'on lui avait donnée et que cet enfant gâté allait justement tout gâter ; les folles dépenses et les prodigalités excessives du duc de Valois étant tout à fait inacceptables et sa conduite indigne de celle d'un futur roi. Louis avait en effet appris sa liaison avec une des plus belles femmes de Paris, Madame Disommes, qui, en trompant ouvertement son vieux magistrat de mari, donnait raison au vieil adage populaire affirmant que la justice était aveugle. Cette liaison faisait grand bruit dans Paris et l'on commençait à « jaser dur » sur les prouesses amoureuses de « mon cousin » qui, à en croire la rumeur, ne s'arrêtait pas à cette aventure.

À cela s'ajoutaient les chuchotements de la courtisanerie qui s'étaient mués rapidement en un immense brouhaha et on ne parlait plus que haut et fort de l'avènement de François au trône. C'en était trop pour mon roi qui convoqua son futur gendre pour converser en tête à tête. Après avoir congédié tout son entourage sauf moi (oublia-t-il ma présence ou voulut-il que je reste ? Mystère !), il réprimanda avec douceur ce grand et beau garçon qui le dominait d'une bonne tête en lui faisant une belle leçon d'économie, en lui donnant de sages conseils fort utiles pour quelqu'un qui a le grand désir d'accéder au trône et en le mettant en garde contre toutes les tentations susceptibles d'entraver le bon déroulement d'un règne. Il termina son long monologue par une apologie comme il les affectionnait :

« Au cours de mes nombreux voyages, je chevauchai depuis fort longtemps et je me crus enfin arrivé à une ville dont j'apercevais le clocher derrière un repli de terrain. Je pensais atteindre vitement les portes de la ville. Ce n'était là qu'une illusion : j'ai dû chevaucher bien plus longtemps que je ne l'avais cru tout d'abord. »

François écouta avec attention et répondit avec déférence qu'il avait bien compris le message, qu'il s'engageait à prendre en compte tous les avis et les conseils de Sa Très Gracieuse Majesté et qu'il promettait de s'amender en toutes choses.

Guidé et appuyé fortement par son nouveau précepteur et par Florimond Robertet, François de Valois se mit à fréquenter assidûment les séances du Conseil, à prendre connaissance de la gestion des différentes affaires du royaume et à montrer un intérêt certain à son futur métier de souverain. Louis, tout en n'étant point dupe de ce prompt revirement, sembla satisfait de l'attitude de son futur gendre et, au début du mois de mai, il se décida à quitter le lugubre château de Vincennes où il s'était retiré depuis la mort d'Anne pour prendre ses quartiers au château de Saint-Germain plus propice à donner des fêtes et des réjouissances. Sa Majesté Très Chrétienne redevint d'une humeur assez joviale et reprit goût aux divertissements et à mes facéties. On crut un instant que le mariage de sa fille avec le duc d'Angoulême allait être célébré dans les fastes et l'allégresse.

Tout le monde tomba de haut quand, le 13 mai, un bref avis annonçant le mariage de Claude de France avec son cousin le duc de Valois-Angoulême fut proclamé dans le palais. Il précisait dans un style d'une grande froideur que la cérémonie aurait lieu dans la plus stricte intimité, eu égard au décès récent de la reine et au deuil qui affectait encore le roi et sa cour.

Cinq jours plus tard, le mariage eut donc lieu dans la petite chapelle du château. Jamais je ne vis de mariage plus triste ! D'abord tout le monde était vêtu de noir pour bien souligner le deuil de la reine trépassée. Oui, tu as bien entendu ! La mariée était en noir ! Le marié aussi ! Ainsi que le roi, tous les princes du sang, Louise de Savoie, les nobles seigneurs, les prélats, les princesses, les demoiselles d'honneur, les enfants de chœur, la chorale, tout ce joli monde était vêtu de drap noir. Une seule tache de couleur, moi, Triboulet, dans mon costume de bouffon qui, pour la circonstance, avait été taillé dans une soie de couleur rouge et jaune.

Après une messe qui eut le mérite d'être fort courte, le dîner ne le fut pas moins. Frugal et lugubre. Drôle de banquet de noces ! Ni trompettes, ni tambourins, ni ménestriers, pas de joutes ni de tournois, pas l'ombre d'un drap d'or ou de soie de satin ni de velours. Je n'eus même pas le loisir d'intervenir durant le repas. Le roi souhaita la bonne nuit à tout le monde et se retira, laissant les deux époux gagner la chambre nuptiale. Le beau François, habitué à la beauté étincelante de ses nombreuses conquêtes, dut se contenter cette nuit-là d'une jeune fille de quinze ans d'une fine joliesse, boitant quelque peu, ce qui était loin de le motiver même si elle était dotée d'une douceur extrême, d'une vraie candeur, d'une simplicité de cœur et gratifiée d'une voix charmante. Était-ce suffisant pour « mon cousin »? Avant que la porte de la chambre ne se fût refermée, il se retourna vers ses compagnons pour leur dire :

« Rien en la personne de cette fille de roi ne me séduit, je l'estime mais je ne pourrai jamais l'aimer. »

Il l'honorera bon nombre de fois puisqu'elle donnera naissance à sept enfants dont cinq mourront avant d'avoir atteint leur vingt-deuxième année.

Louise de Savoie jubilait. Pour elle, la partie était gagnée, son César allait bientôt devenir roi de France. C'est alors qu'il se passa un événement qui laissa tout le monde dans la plus grande stupéfaction : Louis, trouvant certainement son veuvage suffisant et se souvenant qu'il avait engrossé son Anne un an et demi plus tôt, se dit que, malgré sa santé vacillante, il se sentait tout à fait capable de procréer à nouveau.

Son père, Charles d'Orléans, que l'on avait « *reconnu caduc, débile, malade et moribond* », avait eu son dernier enfant à l'âge de soixante-douze ans et Louis en avait vingt de moins ! Il se mit donc en quête d'une reine possible pour l'asseoir sur le trône de France. Il n'en manquait pas mais aucune ne convenait à mon vieux roi, convoiteux de chair fraîche, devenant difficile sur la « marchandise royale ». Si on l'avait souvent accusé d'être peu exigeant pour la délicatesse de ses divertissements (tu vois qui était encore visé !), il n'en était pas de même pour la suavité du coït royal.

Le 7 août, un traité de paix et d'alliance avait été signé avec Henry VIII d'Angleterre à la suite de la défaite de la bataille de Guinegatte, surnommée *journée des Éperons* [1], où des Français de haut lignage avaient été faits prisonniers.

Leur incarcération était fort douce puisque, très rapidement, ils furent admis dans la familiarité d'Henry VIII, festoyant avec lui et jouant de grosses sommes, espérant

1. Le surnom de cette bataille vient de ce que, ce jour-là, les cavaliers français se sont plus servis de leurs éperons que de leurs armes.

ainsi pouvoir payer leur libération grâce aux gains accumulés. Parmi eux, le comte de Longueville, compagnon de jeux préféré du souverain anglais, eut une idée diabolique digne du plus rusé diplomate que Machiavel n'aurait certes pas renié. Il persuada Henry VIII de faire alliance avec la France en faisant s'épouser sa sœur Mary et mon souverain veuf et triste.

« Ces tendres liens uniraient nos deux pays, lui répétait-il avec l'évidence d'un homme politique aguerri. »

Et ce fut conclu mais après combien de palabres et de sordides discussions d'argent ! Que de tractations pour en arriver à ces épousailles ! À croire qu'Henry VIII était encore plus pingre que notre cher « éconhomme de roi ». Enfin, l'on signa la promesse de mariage. C'était l'occasion ou jamais pour Louis XII d'une réconciliation avec l'Angleterre.

Le mariage par procuration eut lieu à Greenwich le 13 août. Le duc de Longueville y représentait le roi, resté à Paris. Le contrat signé, Mary reçut un anneau d'or qu'elle enfila à l'annulaire de sa main droite. Après la messe, le cortège royal se rendit jusque dans la chambre nuptiale où, selon l'usage, Mary fut mise dans un lit où le duc de Longueville, au nom de son maître, la toucha de sa jambe dénudée. Elle était reine de France et l'on prépara sa venue dans son futur royaume.

Mary supplia son frère de lui permettre d'emmener avec elle le comte de Suffolk pour une raison très simple : il était son amant. Refus catégorique du roi son frère. Il promet qu'il l'enverrait en tant qu'ambassadeur dans quelque temps. Mary insista alors pour que sa gouvernante française Jane Popincourt ne la quittât pas. Elle se heurta cette fois au refus du roi son époux. Cette femme était la maîtresse du duc de Longueville et sa réputation de mégère avait plusieurs fois traversé la Manche, si bien que Louis XII exigea qu'elle restât sur le sol anglais et que jamais elle ne mît la pointe de son soulier sur la belle terre de France. J'ai entendu de mes grandes oreilles Louis prononcer cette phrase à son propos :

« C'est un bûcher de sorcière qu'il lui faudrait ! »

Ce jour d'automne 1514 était un brin froid mais le soleil avait daigné faire une timide apparition sur les côtes de France pour embellir, s'il en avait été besoin, les cheveux bruns, la belle taille et le teint blanc agrémenté d'une touche de vermeil du séduisant François, duc de Valois, comte d'Angoulême, agissant en qualité de premier prince du sang, venu accueillir le frais minois de dix-neuf ans aux cheveux dorés de Mary d'Angleterre, sœur du roi Henry le huitième du nom de la lignée des Tudors, qui devint Marie, nouvelle reine de France.

Dès qu'elle mit le pied sur le sol français, elle vit le beau François, souriant de toutes ses dents, fort belles et bien rangées, vêtu de blanc et d'or et la mine avenante. Il parla d'abondance, complimenta, charma, avant que d'attaquer, bien décidé à vaincre. Même si le duc de Suffolk, son jeune amant, était l'élu de son cœur, ce dernier s'était mis à battre à un rythme prompt à donner la pâmoison. Elle ne se doutait pas qu'il pût battre ainsi comme jamais elle n'avait pensé pouvoir l'arrêter. Mon cousin fut séduit à son tour et, comme à son habitude, éperdument amoureux, ce qui, tu t'en doutes, ne va pas arranger la suite des événements déjà assez compliqués. Elle avait été fiancée à Charles de Gand ! Tiens, un revenant ! Et il va d'ailleurs revenir en force, mais c'est pour plus tard ! Pour le moment, il n'est pas encore roi d'Espagne.

François la conduisit de Boulogne à Abbeville où mon roi devait l'épouser le 9 octobre. Elle venait de fêter ses dix-neuf ans, Louis en avait cinquante passés et en paraissait le double. Un mariage dont la gaieté frôlait la tristesse d'un enterrement. Décidément les mariages ont bien triste mine ces derniers temps ! Il n'y avait que mon somptueux habit de sayon jaune et rouge et la chasuble multicolore du cardinal qui coloraient la sempiternelle lugubre cour de France toute vêtue de noir en signe de deuil récent. Un nouveau mariage en noir que tout le monde, sauf mon roi, qualifiait de mariage blanc.

Ne voulant pas changer ses habitudes, le ciel du Nord s'était mis à l'unisson et s'assombrit si fort que l'on crut que la nuit était tombée devant que vêpres fussent sonnées. Marie n'était pas venue seule ! Sa suite était imposante.

Parmi ses demoiselles d'honneur, j'avais remarqué une jeune fille brune aux yeux noirs brillant tout à la fois de malice et de détermination. Ses fines mains virevoltaient comme de petits oiseaux folâtres, elle était toujours vêtue de robes écarlates au décolleté provocant et avait un cou long et gracile. On sentait que cette jeune fille avait du caractère. On la devinait obstinée, ambitieuse, manipulatrice, d'une force et d'une volonté peu communes. On la disait intelligente et courageuse. Très bien éduquée, elle dansait à ravir mais je sentais qu'il y avait en elle quelque chose de mauvais. Encore une personne qui allait aussi changer le monde, j'en donnais ma tête à couper !

L'avenir m'a prouvé une nouvelle fois que je ne m'étais pas trompé sauf sur ce dernier point, ma tête est bien restée solidement vissée sur mes épaules alors que la sienne fut proprement tranchée. Je ne t'ai pas dit son nom ? Anne Boleyn !

Si Louis était aux anges, retrouvant l'espoir de donner un successeur à sa dynastie des Valois-Orléans, Marie et François étaient bien déçus et je me souviens des soupirs à fendre l'âme de François quand on eut refermé la porte de la chambre nuptiale, abritant la jeune et le vieux marié.

Mon roi en était sorti le lendemain matin, rajeuni, réjoui, contant à qui voulait l'entendre qu'il avait « fait merveilles ». Je tentai tant bien que mal de consoler le pauvre François :

« Mon cousin », n'en prenez pas ombrage. Ça n'a pas plus duré qu'un quart d'ardeur ! »

Lui qui avait l'élégante habitude de rire haut et fort à mes mauvais jeux de mots me gratifia d'un regard consterné et tourna les talons, me laissant, pour une rare fois, décontenancé.

Le roi, de son côté, paya comptant ses prétendus exploits amoureux par une violente crise de goutte qui le força à boiter, ce qui accentua son allure de vieillard.

L'agitation était grande ; la cour se transformait en basse-cour tant les conversations qui emplissaient les couloirs ressemblaient à des caquetages de volailles affolées se disputant du grain dans lesquels une phrase irrespectueuse revenait comme un leitmotiv :

« Si notre vieux roi avait encore la semence fertile ! »

Si un fils naissait – ce fils tant attendu par Louis et tant craint par Louise –, « mon cousin » ne régnerait pas et fini toutes les faveurs promises et tous les rêves… ! Mon avenir s'était enveloppé dans un épais brouillard d'incertitude.

Le 5 novembre, Marie fut couronnée à Saint-Denis et son soupirant François, en tant que dauphin, soutint sur la tête de sa belle reine la pesante couronne. Le sacre est aussitôt suivi de son entrée solennelle à Paris. Le peuple est frappé d'étonnement par cette jeune reine couverte de joyaux.

On disait pourtant que son frère l'avait livrée sans dot D'où venaient ces bijoux ? N'était-ce pas le cadeau d'un vieil amoureux à sa jeune épouse ? Notre bon roi devenait-il « dispendieux » sur la fin de sa vie ? Toutes ces interrogations n'empêchaient pas la foule de célébrer leur nouvelle reine en chantant :

« Marie avec nous se marie. »

Le roi dépérissait à vue d'œil et n'avait plus besoin de se faire annoncer par l'ample voix du chambellan tant sa toux grasse et ininterrompue résonnait sous les voûtes des couloirs froids et interminables de l'hôtel des Tournelles à Paris.

Je n'ai jamais supporté que l'on tousse, c'est un bruit qui me met les nerfs en pelote. Pour remédier à ce supplice, j'avais trouvé le moyen de me fabriquer de petites boules de cire d'abeille qui assourdissaient grandement les bruits gênants et m'apportaient une grande quiétude. Je les avais d'ailleurs appelés mes « *boules de quiestude* ».

La fraîcheur éblouissante de Marie irradiant nos pupilles en émoi, Louis ne put que prier Jean Perréal d'en faire son portrait qui restitua dans une peinture sur bois, sans en rien embellir, la parfaite beauté de cette jeune femme que l'on disait « plus folle que reine ». Si elle l'était déjà, la vie quotidienne n'allait pas tempérer sa folie. Chaque jour, la jeune, éclatante et désirable reine au teint de miel, à la douce peau translucide, à la belle chair pleine mais non enflée de graisse, voyait entrer son vieil époux, voûté, ridé, au teint jauni, frileux malgré les devants de cotte fourrés de loup, ses collets et mancherons superposés et ses chaperons de martre. On le devinait à peine sous cet amas de vêtements. Il se retenait de lâcher des vents dont il m'avait garni les narines pendant le trajet de sa chambre à celle de son épouse. Elle s'inclinait devant lui, en une gracieuse révérence, lui baisait sa main décharnée et lui posait la question d'usage en un « *françois* » saupoudré d'une charmante pointe d'accent anglais :

« Comment se porte mon doux seigneur ce matin ? »

Il répondait invariablement, après avoir abondamment craché dans son mouchoir :

« Mal, ma mie, très mal mais tellement mieux quand je vous vois. »

Il la gratifiait d'un sourire édenté qui donnait un haut-le-cœur à la pauvre Marie. J'intervenais aussitôt :

« Va te coucher, Beau Sire !

– C'est bien mon intention ! » me répondait-il avec un sourire salace en direction de la belle Marie.

J'insistais :

« Va rejoindre ta couche tout seul, il faut te ménager ! »

Il tentait de me taper gentiment avec ma marotte qu'il m'avait prise des mains :

« Méchant fol qui ne veut pas que son roi donne un héritier à la couronne ! »

Je voyais dans les yeux de la jeune reine comme une supplication et j'entendais clairement sa pensée joliment teintée d'un séduisant accent :

« *Ô genty Triboulette, éloignez lé vieil roy dé mon couche !* »

Il me fallait être diplomate et convaincant. Je m'approchais doucement de lui, récupérais ma marotte et je lui disais avec un gracieux sourire :

« Si tu veux procréer, Beau Sire, garde tes forces pour cette nuit, et va prendre les potions fortifiantes que t'ont préparées tes charlatans ! »

Mes arguments étaient toujours d'une salvatrice efficacité.

« Ma beauté, ma mie, je vais prendre potion et repos et serai au fond de votre lit dès le coucher du soleil. »

Marie regrettait déjà que les jours soient si courts en décembre.

Nous allions fêter la fin de l'année et bientôt passer en l'an 1515. Déjà ! Paris était couvert de neige, et l'hôtel des Tournelles, non loin de la porte Saint-Antoine, ressemblait à une immense meringue à la crème fouettée.

François négligeait quelque peu sa femme Claude, la petite dauphine, maladive comme son père et boiteuse comme sa mère, et la trouvait bien moins appétissante que sa rieuse, séduisante et coquette belle-mère. « Mon cousin » était irrémédiablement amoureux. Quant à la santé fragile de Louis, elle déclina fortement. Entraîné dans les fêtes et les banquets bien au-delà de minuit, le vieux roi ne tenait plus le rythme accéléré que lui imposait (sciemment ?) sa petite Marie, épanouie, enjouée et souriante. Le roi d'Angleterre avait-il envoyé une haquenée[1] pour le porter bientôt et plus doucement en enfer ou en paradis ? Je ne le crois pas. C'était seulement une jeune femme écervelée, tout en récréation, peu encline à la mélancolie et seulement esclave de ses passions amoureuses.

La belle avait donc épuisé ce qui restait de mon pauvre roi qui, le jour de Noël, se mit au lit, seul, agité de diarrhées et de fièvres pernicieuses. Certains croyaient à de nouvelles crises de ce mal qu'il avait déjà surmonté pendant des années. Mais lui savait pertinemment qu'il ne se relèverait pas et il entra en agonie avec sérénité, se préparant calmement pour son dernier sommeil. Il garda force et lucidité pour dicter son testament, son corps possédant encore un ressort extraordinaire. Il confirma, tout comme en 1505, le Conseil de Régence. Autour du lit, Charles de Bourbon, comte de Vendôme, François de Bourbon, son frère, comte de Saint-Paul, l'aumônier Guillaume Parvy, qui avait reçu la dernière confession de la reine Anne, La Trémoille, Louis d'Orléans, comte de Dunois, le grand chambellan, des officiers anglais représentant la reine Marie, les chevaliers Bayard et La Palice. Louis tourna la tête vers François, ce qui lui arracha un rictus de souffrance, et il lui fit signe de venir près de lui :

« François, mon fils, prenez soin de ce royaume et de son peuple que j'ai chéri du plus profond de mon âme. »

Il me fit signe d'approcher à mon tour. Entrecoupé de force soupirs et halètements, faisant un effort extrême pour tenter de dessiner un semblant de sourire sur son visage blême et sinistre, il me hoqueta :

« Et toi, Triboulet, tu avais bien raison, c'est mon portrait que j'aurais dû laisser vieillir à ma place. Ne laisse pas la nature te dégrader. C'est elle qu'il faut craindre, plus que la camarde. »

Mon corps tétanisé était incapable de se secouer de sanglots et mon regard, fixé sur l'homme allongé devant moi à

1. Jument d'allure douce.

qui j'étais redevable de mon existence, qui m'avait permis d'atteindre une des positions les plus enviables à la cour de France, mon regard s'emplissait de pitié, de reconnaissance, d'admiration et de tristesse qui venaient grossir les larmes coulant abondamment de mes yeux et humidifiant ma barbe.

Il tendit une main tremblante en direction de « sa poupée anglaise » comme il se plaisait à l'appeler parfois :

« Mignonne, ma mie, vous aurez ébloui de votre grâce et de votre jeunesse les derniers jours d'un vieux roi qui meurt d'avoir voulu vous trop aimer, et je ne puis vous offrir comme plus beau présent de Noël que ma mort qui ne saurait tarder. »

Comme si elle attendait que l'on prononçât son nom pour accourir, la mort vint le chercher brutalement, ne lui laissant même pas le temps d'un râle.

Sa tête, presque réduite à la taille de celle de ma marotte, disparut au milieu de la foison des oreillers en plume. Guillaume Parvy, son aumônier, lui administra l'extrême-onction.

J'appris plus tard qu'un cavalier-messager était parti au triple galop à l'annonce du mal-être du roi pour alerter Madame de Savoie afin qu'elle ne perdît pas un seul instant pour venir rejoindre son César qui allait enfin accéder au trône de France.

Après une année, presque jour pour jour, mon roi était parti rejoindre celle qu'il avait le plus aimée. Paris résonnait de cloches funèbres qui couvraient les voix des crieurs répétant d'un ton monocorde :

« Bonnes gens, le bon roi Louis, le père du peuple, est mort. »

François prend tout de suite ses responsabilités de gendre et de futur roi de France. Il appelle Galéas de Saint-Séverin, grand écuyer du roi, pour qu'il se charge de la direction des cérémonies funèbres.

Je ne pus empêcher un fou rire intérieur quand j'appris que François avait dépensé seulement 13 000 livres pour celui que tous pleuraient dans les rues comme roi et père du peuple alors que Louis, lui-même taxé d'économie virale à la limite de l'avarice, avait été quatre fois plus généreux avec son prédécesseur Charles VIII. L'ingratitude est mesquine jusque dans son prix !

Tout fut décidé comme si l'on voulait effacer au plus vite le nom et le souvenir de ce souverain très ou trop populaire. Son corps, transféré le 3 janvier à Notre-Dame, fut enseveli le lendemain à Saint-Denis.

Je suivis le convoi funèbre de mon roi, tout de noir vêtu sans grelots ni marotte. Mon masque rieur de la comédie s'était changé en masque triste de la tragédie et j'eus la pudeur de ne laisser couler de mes yeux que des larmes d'eau alors que mon cœur versait des larmes de sang.

Le corps de Louis XII fut inhumé auprès de sa chère Anne de Bretagne selon leur souhait commun. Le grand écuyer de France s'approcha de la fosse et cria par trois fois « Le roi est mort » pendant qu'on jetait les étendards de France sur le cercueil. Il prit la bannière du royaume, la baissa en répétant : « Le roi est mort », puis il la releva en criant avec la même force : « Vive le roi ! » Toute l'assemblée reprit en chœur la phrase qui faisait de « mon cousin » Sa Majesté François Ier roi de France.

La jeune veuve pensait peut-être continuer à s'en donner à cœur et à corps joie, maintenant que son vieil époux était bien couché sous terre sans risque de se relever. Le duc de Suffolk avait assisté à l'enterrement en tant que représentant d'Henry VIII et comptait bien retrouver son statut d'amant de Marie. Quant au futur roi de France, il papillonnait autour de la reine veuve, certain d'arriver à ses fins. Son entourage le mettait en garde contre les conséquences catastrophiques d'une grossesse de la reine mais cela ne semblait pas l'affoler plus que de mesure et il fanfaronnait :

« Si elle a un fils, il ne sera qu'un enfant et il faudra bien un régent et d'après l'ordre du royaume, le régent, c'est moi ! »

Louise le tançait d'importance :

« Ne vois-tu pas que cette femme est fine et *caute*. Elle ne cherche qu'à t'attirer à elle afin que tu l'engrosses et si elle vient à avoir un fils, le voilà dauphin et futur roi de France et toi, te voilà encore simple comte d'Angoulême sans le moindre espoir d'accéder au trône. Songes-y ! »

Ne faisant aucune confiance à son fils, encore moins à Marie, Louise fit appliquer la coutume qui veut que l'on séquestre les veuves royales durant quarante jours. Pendant plus de deux mois la reine avait reçu les faveurs (le mot est rude !) de mon défunt roi, il l'avait donc chevauchée au moins une bonne trentaine de fois et si les potions revigorantes avaient rempli leur office, la semence royale pouvait bien avoir engendré un dauphin posthume.

Les quarante jours d'attente furent très pénibles, d'abord pour la reine Marie qui était en claustration dans sa chambre, fenêtres et volets fermés, à la seule lueur des chandelles, ensuite pour toute la cour de France dont les rumeurs allaient bon train.

Il faut dire que je prenais un malin plaisir à les alimenter en semant par-ci par-là un proverbe du genre :

« Jamais femme habile ne mourut sans héritiers ! »

Pour plus de sûreté, Louise de Savoie fit surveiller jour et nuit la princesse par une escouade de dames d'honneur dirigées en alternance par Madame d'Aumont et par Madame de Nevers qui avaient l'ordre formel de ne laisser approcher aucune personne du sexe masculin, que ce soit son fils, le duc de Suffolk ou même un quelconque soldat.

Celle qu'on disait plus folle que reine devint vraiment folle au point de faire courir le bruit de sa grossesse, s'enflant le ventre avec des linges et imaginant qu'elle pourrait acheter l'enfant d'une femme grosse qui lui serait fourni dans le temps du prétendu accouchement. Louise n'était pas femme à se laisser duper aussi facilement. Elle envoya une délégation de sages-femmes pour la visiter. La supercherie fut découverte et il y eut grand soulagement à la cour. François, qui ne pouvait se faire sacrer roi avant d'être certain que la reine ne fût point enceinte, brava les interdits de sa mère, pénétra dans la chambre de Marie et lui demanda si le temps était venu pour lui de porter la couronne de France. Marie n'eut d'autre choix que de lui répondre :

« Sire, je ne connais point d'autre roi que vous ! »

À dix-neuf ans, la sœur du roi d'Angleterre et veuve du roi de France était donc un parti intéressant et Henry VIII, qui avait déjà envisagé de la marier à Charles de Gand, retenterait bien cette alliance prometteuse mais il voudrait voir revenir sa chère sœur avec les nombreux bijoux que lui avait offerts Louis XII. François n'était pas de cet avis et il écrivit à Henry :

« Les reines de France ne sont que les dépositaires des bijoux de la Couronne qui doivent se transmettre de l'une à l'autre. Une veuve peut à la rigueur les conserver jusqu'à sa mort, à titre de douaire, si elle reste en France, mais elle ne saurait les emporter dans son pays d'origine, encore moins en disposer à sa guise. »

Henry lui répondit que les joyaux offerts étaient des cadeaux personnels et qu'il serait malvenu de les lui reprendre. J'agitai mes grelots :

« Donner, c'est donner et reprendre, c'est voler !

Mais prêter c'est prêter et ne pas rendre, c'est voler ! »

François, toujours sous le charme de la belle Anglaise, songea un instant à répudier Claude, enceinte de sept mois, et à prendre pour épouse sa veuve de belle-mère. J'avais entendu la reine Anne pousser les hauts cris, mais ce n'étaient que pépiements à côté des beuglements furieux de Louise de Savoie quand elle apprit ce projet insensé.

Heureusement, Marie n'avait qu'une idée en tête : épouser le duc de Suffolk. François, revenant à la raison, vit alors le parti qu'il pourrait en tirer dans ses négociations avec la couronne d'Angleterre. Il promit d'aider les deux amants, mais le plus urgent fut d'aller se faire sacrer à Reims. Ce fut fait le 25 janvier 1515 et, le 13 février, le roi de France, François premier du nom, entra solennellement dans Paris.

Marie et Suffolk étaient présents, attendant avec impatience l'agrément qui leur permettrait de convoler en de justes noces. François, désirant garder alliance et amitié avec son « frère anglais », usa d'une brillante diplomatie à la française.

Cela se termina à l'anglaise, par un score nul et un partage à l'amiable : *fifty-fifty*. Les bijoux, la vaisselle, tout fut divisé en deux parts égales, hormis un somptueux diamant, le « Miroir de Naples », que la reine Claude réclamait à cor et à cri et qu'Henry VIII se garda bien de restituer. François se hâta de marier celle qui n'avait été reine de France que durant quelques mois et renvoya les deux époux s'expliquer avec le roi d'Angleterre. Bon débarras !

Je pus longuement plaisanter sur le mariage des deux « *lovebirds* » :

Après le roi caduc
Marie se marie
Avec son grand duc
Un plus chouette parti
Qu'"hibou" d'impatience
De conclure cette alliance.

Je rendis une dernière visite de courtoisie à ma matrone qui me donnait l'impression de ne jamais vieillir. Je n'irais pas jusqu'à dire qu'elle gardait une certaine fraîcheur, mais elle était encore gaillarde. Contrairement à nos habitudes, elle m'entraîna dans un recoin de sa cahute qui lui servait de coucher. Elle me jeta presque sur sa paillasse, m'ôta les chausses avec la dextérité d'une professionnelle du déshabillage masculin, releva sa jupe et me chevaucha brusquement en imprimant les mouvements d'un cavalier au triple galop sur un cheval sauvage. Elle hurlait :

« Laisse-toi dompter, mon bel étalon ! »

Je me cabrai à moult reprises, essayant de me dégager, ce qui n'eut pas l'air de lui déplaire, à moi non plus d'ailleurs car nous ne tardâmes pas à unir nos orgasmes dans des hennissements de jouissance. Sans ménagement, elle se désarçonna de sa monture qui resta de longues minutes haletant, sans puissance ni force, pendant qu'elle était retournée s'asseoir à sa table, lapant goulûment une écuelle de potage.

« Nous ne nous reverrons plus mais je garderai un beau souvenir de toi », me dit-elle entre deux déglutitions.

Ayant repris mon souffle, je voulus lui répondre, elle m'en empêcha :

« Ne dis rien. Garde tes banalités pour ton nouveau roi. Je ne te raccompagne pas, tu trouveras bien le chemin du retour tout seul. Dirige-toi vers le sud, quand tu apercevras des érables, guide-toi avec leurs cimes, tu verras le soleil darder ses rayons, continue tout droit et compte cent pas. Répète cette opération quatre fois. Quand tu auras passé six clairières, tu apercevras le village de L'Ormeau, tu n'auras plus qu'à longer la Loire pour rejoindre la grand-route qui conduit tout droit vers le château. À présent, va-t'en ! »

Au moment où je me dirigeais vers la porte, elle me rappela et me tendit une toute petite fiole bouchée avec de la cire remplie d'un liquide d'une pâle couleur jaune. Quand je la pris dans ma main, elle ajouta seulement :

« On ne peut s'en servir qu'une seule fois ! »

Chapitre septième

J'avais le sentiment que l'on quittait une époque, qui avait traversé bon nombre de difficultés, de guerres, d'épidémies où la mort était la seule solution tant l'avenir était incertain et ne présentait aucun intérêt, pour entrer dans une nouvelle ère où la fascination, l'admiration, l'insouciance, la joyeuseté, l'enthousiasme et la curiosité allaient s'imposer dans une renaissance rejetant résolument le scepticisme.

Nous ne sommes pas passés de « l'âge moyen » au grand âge, non ! C'est la Renaissance dans son sens le plus total qui va donner à la France, à l'Europe, au monde tout entier un éclat qui ne se ternira jamais au cours des siècles futurs.

Ma carrière prenait aussi le chemin du renouveau et allait me maintenir au premier rang de ma plaisante profession. Ce fut mon âge d'or, ma consécration ! Ma folie faisait maintenant partie prenante des mœurs.

Si elle m'avait déjà permis d'échapper à l'horreur du quotidien, elle m'avait toujours paru bien sage comparée à celle des hommes. Je possédais en outre une sagesse empreinte d'une philosophie railleuse et joviale qui était très en avance sur son époque. Au cours des années à venir, j'allais faire la rencontre d'hommes exceptionnels qui, à leur manière, ont « folié », eux aussi, et ont laissé sur notre belle terre des traces indélébiles de leur génie pour le bienfait de l'humanité.

« Mon cousin », François Ier, était donc le nouveau roi de France.

François, dans son adolescence, fervent lecteur du *Roman de la rose*, des chroniques de guerre, des livres de chasse et des exploits des Chevaliers de la Table ronde allait rapidement être surnommé *Le père des arts et des lettres*, et s'entourer aussitôt d'érudits et de savants trop souvent absents de la cour précédente.

« Triboulet, je remarque que ta gaieté ne semble plus entachée d'aucune mélancolie ! me disait mon second roi.

– Sire, vous êtes heureux puisque vous êtes le roi et moi je suis heureux comme un bossu ! »

Je trouvais une nouvelle raison d'exister dans l'observation minutieuse des moindres faits et gestes de mon maître qui ne cessait à chaque instant de forcer mon admiration. Rien ne m'échappait. Il me fallait garder juste assez de discernement et d'opportunisme pour me mettre en valeur au moment propice. Grâce à « mon cousin » je prenais une place parmi les grands du royaume que je n'aurais pas échangée pour une couronne ducale, voire une mitre épiscopale. Je les coiffais à ma guise et je pouvais alors singer à volonté les têtes qui les portaient. Je me permis même un jour de mettre sur ma tête la couronne royale. L'entourage du roi se précipita vivement pour me l'ôter, dans l'expectative d'une punition certaine et exemplaire pour ce geste sacrilège. « Mon cousin » se contenta de dire avec un large sourire :

« Laissez-le me désacraliser ! Cela est loin de me déplaire. »

Louis m'avait déjà approuvé sur ce terrain-là et je savais que ce souhait royal était le sauf-conduit de ma totale liberté d'expression.

Il n'en fut pas de même pour le théâtre, la farce en particulier avec son art unique de caricaturer la vérité sous le solide bouclier du rire. Il fut décidé que la farce n'aurait plus aucun droit de cité. Où le *père du peuple* s'était amusé *le père des lettres* se fâcha et sévit avec grande violence. Au mois d'avril, après tout juste quatre mois de règne, François Ier fait fustiger et presque mettre à mort par ses gentilshommes un pauvre diable de farceur nommé maître Cruche qui, avec sa lanterne magique, s'était moqué de lui et de ses amours extraconjugales. L'année suivante, il fait emprisonner à Amboise trois joueurs de farce pour les mêmes raisons. Pierre Gringore, qui s'était à présent transformé en écrivain politique, se voit retirer son droit d'écrire après qu'une sotie non signée de sa main, mais qui rappelait trop son style, eut remporté un scandaleux succès. Satire féroce truffée de malices et d'allusions contre un prince nommé Bontemps, appelé aussi Monsieur de Savoie (avait-il une mère qui s'appelait Louise ?), que l'on croit mort. Mère Folie en deuil avec ses enfants pleurent sur le passé joyeux et se plaignent de ce qui l'a remplacé. Mais puisque Bontemps n'est pas mort, on l'invite à revenir, mais qu'il ne se presse point, sachant ce qu'il va retrouver à son retour : un monde sans farce, où les promesses de bonne justice et de liberté étaient oubliées.

Le seigneur de Joye
Joyeuseté faire convient
En ces jours gras, c'est l'ordinaire.

Quel dommage de refuser ce moyen d'expression qui constitue même dans ses excès un défouloir indispensable, une sorte de désordre éphémère qui garantit l'ordre permanent. Gringore, craignant pour sa vie, disparaîtra sans demander son reste. Il trouvera refuge chez le duc de Lorraine et changera même de nom. C'est ainsi qu'un certain Vaudemont pondit quelques écrits dont le style et la causticité rappelaient trait pour trait les soties de maître Pierre Gringore.

Quand « mon cousin » me demanda ce que je pensais du début de son règne, je lui fis bien sûr maints compliments flatteurs qui étaient le sincère reflet de ma pensée mais je ne pus m'empêcher de lui reprocher sa dureté envers les farceurs et leurs soties ainsi qu'une certaine ingratitude envers son beau-père qui avait tant fait pour qu'il se retrouvât sur le trône de France et qui méritait mieux que l'enterrement célébré sans la pompe habituelle.

Il ordonna sur-le-champ qu'on élève un tombeau monumental et extraordinaire représentant Louis XII et Anne de Bretagne, en orant au niveau haut et en transi au niveau bas. Quant au premier reproche, il me déclara :

« Tu te permets assez d'insolence sans que j'en puisse tolérer d'autres que je ne pourrais contrôler ! »

Le peuple français n'a jamais été reconnaissant à l'homme d'État de bonne volonté ; la seule politique qui lui plaise, même s'il en murmure, c'est la politique de prestige : prestige politique bien sûr, mais aussi prestige guerrier, prestige intellectuel, prestige religieux, prestige humanitaire selon le temps et l'humeur.

Et François était de taille à les exercer tous. Parfaitement à son aise, avec sa taille de géant, son grand nez qui savait si bien flairer le parfum des femmes et les embûches de ses adversaires, ses lèvres de faune au sourire bienveillant un brin moqueur, sa majesté tempérée et sa bonne grâce. Il dégageait une impression de puissance. C'était le roi gentilhomme ! Beau, racé, brillant, joyeux, il était de l'espèce « à traîner tous les cœurs après soi ». L'amour des femmes était une ardeur de famille mais il ne voulait en user que par les moyens que l'honnêteté commandait.

> Où êtes-vous allées, mes belles amourettes
> Changerez-vous de lieu tous les jours ?
> À qui dirai-je mon tourment
> Mon tourment et ma peine ?
> Rien ne répond à ma voix,
> Les arbres sont secrets, muets et sourds
> Où êtes-vous allées, mes belles amourettes ?
> Changerez-vous de lieu tous les jours ?

Ah ! Puisque le ciel le veut ainsi
Que mon mal je regrette
Je m'en irai dedans les bois
Conter mes amoureux discours.

C'était aussi un poète à ses heures dans une inspiration exclusive de l'Amour et des amours.

Tiens, je me sens tout à coup en verve lyrique pour te faire comprendre ce que pouvait être la magnificence à la cour de François Ier.

Imagine-toi une fin de journée d'octobre quand le ciel traîne encore le souvenir de l'été défunt. La foule bruissante des courtisans et des nobles dames trépigne, à l'instant même où l'ombre proche commence à estomper les lointaines frondaisons du parc tout doré par les derniers feux d'un soleil couchant d'automne. Voici qu'étincellent là-bas, au bord de l'horizon, les points lumineux des torches qui encadrent une troupe de cavaliers, revenant de la chasse à courre. Mêlés à la fanfare éclatante des cors, on entend les abois des meutes découplées. Le galop des chevaux s'amplifie, s'affirme et l'on distingue en même temps les appels des piqueurs qui rassemblent les chiens. De la foule des courtisans agitant des mouchoirs montent des cris d'enthousiasme qui s'ajoutent à la rumeur grandissante des équipages chatoyants. Tout à coup s'ouvre l'éventail coloré des livrées et des costumes où dominent les rouges, les verts, les bleus. C'est un joyeux tumulte où l'on peut voir les pages se précipiter aux étriers. Et c'est l'apparition non pas divine, mais royale. On a l'impression en voyant le roi qu'il a reçu tous les dons du ciel et l'on comprend à cet instant qu'il est fait pour commander.

Les femmes, ah ! Les femmes surtout cherchent son regard, dépensent les mille ressources de leur coquetterie afin qu'il les remarque et que tout à l'heure, peut-être, il murmure à l'oreille de l'élue de ce soir ou du proche demain qu'elle réunit pour lui tous les attraits et tous les charmes.

Au souper bientôt servi dans la plus grande salle, ornée de splendides tapisseries et d'inestimables tableaux, éclairée par des centaines de flambeaux, c'est l'habituel échange de gais propos, dans une atmosphère de fête galante, cette atmosphère qui plaît au roi sans qu'il permette qu'elle s'égare hors des bornes d'une étiquette strictement observée. Nul n'ignore que François adore la compagnie des dames et il s'est plu à répéter :

« Une cour sans femmes est comme une année sans printemps, et un printemps sans roses. J'entends que cette cour soit toujours peuplée de jolies femmes beaucoup plus que par la coutume passée. Les dames rendent aussi vaillants les gentilshommes que leurs épées. Donnons aux femmes la place éminente qu'elles méritent et qu'il leur faut garder. Je serai plus que vigilant à ce qu'elles conservent ce statut. On ne doit les abaisser en aucune manière et ne jamais leur manquer de respect. Quiconque touchera à l'honneur des dames sera pendu. »

Soyons francs, s'il respectait scrupuleusement ses propres règles à la cour, il ne se contentait plus de ses conquêtes faciles, il lui fallait trouver d'autres plaisirs chez des filles simples, qu'elles soient boulangères ou greffières ou parfois, pis encore, du plus bas lieu. Souvent, après un banquet fortement arrosé, suivi de ses compagnons d'enfance qui occupaient à présent des postes importants comme il leur avait promis, il partait en aventure dans les quartiers mal famés de Paris. Tandis que sa sœur se divertissait fort de ses escapades nocturnes, sa mère ne cessait de lui reprocher cette conduite indigne d'un roi de France.

« Vous ne regardez guère à la condition de vos maîtresses pourvu qu'elles soient frisques, galantes et bien faites. Je soupçonne fort votre bouffon d'être l'intendant de vos menus plaisirs. Vos compagnons ne valent guère mieux. L'amour des femmes est une ardeur de famille, soit, et je ne vous en blâme pas à la condition qu'il ne franchisse pas le seuil de la courtoisie. Les conquêtes faciles sont dégradantes pour le roi de France. »

M'accuser de dépraver le roi, de le corrompre, de le pousser au vice. Me faire jouer le rôle de l'entremetteur, celui qui montre du doigt la femme à séduire, la sœur à enlever, la fille à déshonorer alors que les plus grands seigneurs, les plus haut placés, briguent à l'envi pour leurs femmes, leurs sœurs, leurs filles ce pompeux déshonneur. Comme si le roi, entre mes mains, était un pantin tout-puissant qui brise toutes les existences au milieu desquelles le bouffon le fait jouer. C'était me calomnier odieusement. Allais-je me confronter à une nouvelle Anne de Bretagne ?

Mon second roi n'avait besoin de personne pour être prompt à pousser son avantage. Il mangeait déjà les femmes rien qu'en les regardant. Il ne pouvait vivre sans qu'une atmosphère féminine ne l'entourât. Il avait besoin de la respirer, comme il aimait à respirer des parfums. Mais je lui rends cette justice, il était fort galant, certes, mais pas suborneur, incapable d'abuser des femmes et n'admettant jamais qu'on les forçât. Eusse-t-il voulu d'ailleurs abuser d'elles, cela aurait été totalement inutile, elles étaient toutes consentantes. N'était-ce pas la faute de Louise de Savoie s'il était devenu ainsi ? Cette mère qu'il entoura du plus déférent amour filial eut pour lui tant et tant de tendresses qu'elle lui donna ce furieux goût des caresses qui devait en faire le monarque le plus galant et le moins fidèle d'Europe. Pourquoi le moins fidèle ? Mais parce que toutes les femmes de la maison de Savoie, depuis les servantes jusqu'aux innombrables amies, en extase devant sa jeunesse triomphante, la régularité de ses traits, l'harmonie de son visage, la douceur de ses yeux souvent pétillants de malice, se le passèrent de bras en bras, de lèvres en lèvres, s'attardant à le parer, l'attifant de toutes sortes d'étoffes éclatantes, de pourpoints surbrodés ornés de soie et d'or, ce qui lui inspira, en même temps que le désir des étreintes, celui de posséder les plus beaux ajustements du monde qui rendront bien jaloux les autres princes de l'Europe.

Dès que j'ai prononcé le nom de François Ier, je suis sûr que la première chose qui t'est venue à l'esprit, c'est Marignan 1515 ! Eh bien, justement, nous y voilà !

François procède à la nomination d'un conseil qui n'existera que par sa volonté. Il choisit ses conseillers pour leur compétence évidemment, mais celui-ci n'excédera jamais plus de dix personnes et parfois il ne demandera qu'à deux conseillers de venir siéger. Je suis bien entendu admis parmi eux et ma participation est active puisque « mon cousin » ne manque jamais de s'enquérir de mon avis sur les grandes décisions de la politique royale. Je suis plus que jamais dans l'intimité du roi. Il rétablit la charge de connétable, chef des armées, vacante depuis 1488. Elle échoit toujours à un grand noble et sa dignité lui donne un vaste pouvoir. C'est le duc Charles de Bourbon qui devient connétable. Il est inamovible (ou presque !), mais n'anticipons pas !

La charge de chancelier revient à Antoine Duprat, une vieille connaissance qui a su faire son chemin depuis le procès du maréchal de Gié. La calomnie va bon train, on le sait, mais les fausses rumeurs aussi. Au sortir de chaque conseil, le bruit courait que j'avais plus d'esprit et de jugement que tous les membres du conseil royal réunis ! N'exagérons point. Disons que je leur faisais parfois entendre raison avec mon bon sens populaire. Ma folie ne consistait pas à vouloir gouverner, Dieu m'en garde ! Mais j'étais là pour donner le reflet de la sagesse du peuple. Je n'avais d'ailleurs qu'une conscience imprécise de mon pouvoir. Je distrayais fort bien mon nouveau roi. L'on commençait à dire qu'un roi qui s'amuse est un roi dangereux. Il préférait qu'on ne s'aperçût pas trop tôt que ce roi joyeux était en même temps un roi profond. C'est en cela que nous nous ressemblions, nous avions l'élégance de cacher notre profondeur par une incurable joyeuseté.

Soudain, tout comme les deux souverains précédents, « mon cousin » fut pris de la démangeaison de la conquête de l'Italie qui le gratta avec insistance. Mon « Beau Sire » lui avait-il transmis cette obsédante maladie ?

La reconquête de Milan et de Naples perdus par Louis XII, c'était une valeureuse idée mais pour mettre sur pied une armée, cela demandait des finances que le trésor n'avait plus. Voilà ce que c'est de vouloir baisser les impôts pour se faire aimer du peuple ! Maintenant, les caisses sont vides.

Qu'à cela ne tienne, « mon cousin » fait fondre la vaisselle d'or d'Anne et de Louis, afin de payer les soldats et les mercenaires qui vont composer une armée de 40 000 hommes.

Mon nouveau roi ne se déplaçait pas sans moi et je le suivais non pas aveuglément, mais aveuglé par cette aura qui l'enveloppait. J'aurais pu prendre comme emblème la fleur de tournesol qui se tourne vers le soleil et avoir comme devise :

Non inferiora secutus.
(Il ne suit pas d'astres inférieurs.)

Avant de partir pour l'Italie, François, botté, vint s'agenouiller devant sa reine :

« Ma dame chérie, je vous rapporterai les clefs de la ville de Milan, ce qui fera de vous la duchesse de Milan. Je m'en vais combattre pour l'amour de vous.

– Mon très aimé mari et seigneur, murmura-t-elle de sa douce voix, j'aurai bon courage. J'aurais mieux aimé que vous eussiez envoyé Monsieur le Connétable à votre place, mais je sais votre bravoure et je ne puis qu'être fière de vous. Partez en toute quiétude, que Dieu vous garde. Je ne cesserai de prier pour vous. »

Elle voulut se lever pour assister à son départ mais un rictus de douleur durcit l'espace d'un instant la douceur de son visage pareil à celui des petites vierges contournées qui bénissent les passants du haut de leurs niches dans les rues de Paris. Son époux se précipita pour la rasseoir avec une infinie précaution :

« M'amie, soyez sage et patiente. Ma mère veillera sur vous. »

À l'énoncé de cette phrase, la reine Claude retrouva son sourire. Louise de Savoie n'avait point trop de tendresse pour elle. Elle en avait tant donné à son fils qu'il ne lui en restait plus une once. Une seule chose comptait pour elle : assurer la vie de la lignée.

« N'avez-vous point le sentiment que parfois Madame se revanche sur moi des mauvais rapports qu'elle eut avec ma mère ? »

Elle avait prononcé ces paroles sans aucune acrimonie, avec cette sincère douceur qui décourageait toutes les rigueurs. François ne trouva rien à lui répondre et prit congé en lui baisant longuement la main :

« Adieu, ma dame chérie.

– Adieu, mon beau seigneur. Adieu, mon roi ! »

Il allait chercher en Italie ce qui lui manquait pour être un souverain accompli : la gloire des armes. Elle ne pouvait se conquérir qu'à la tête de ses armées :

« Parce qu'il siérait mal à un roi jeune comme je le suis de les laisser conduire par d'autres. »

Il chevauchait avec les compagnons de son adolescence, Guillaume de La Marck, seigneur de Fleurange, baptisé le Jeune Aventureux, Anne de Montmorency, Philippe Chabot de Brion, et Artus de Gouffier, seigneur de Bonnivet, le propre frère du gouverneur de François. Sur leurs visages on pouvait lire tout à la fois jubilation, fierté et impatience : ils allaient réaliser leurs rêves d'adolescents guerriers : combattre aux côtés des valeureux chevaliers qu'ils avaient tant admirés, tels que La Palice ou Bayard, le chevalier sans peur et sans reproche qui était toujours en avant lorsqu'on allait vers l'ennemi et toujours derrière lorsqu'on s'en retournait.

Ce fut la seule fois de ma vie que je fus heureux de partir pour la guerre, tout en conservant cette peur qui me tordait les viscères. Mon nouveau roi exerçait sur moi une telle fascination que je l'aurais même suivi au cœur de la bataille. Il rayonnait de bonheur à la tête de cette imposante armée de 40 000 hommes. Il se rembrunit quelques instants quand un courrier couvert de poussière nous rattrapa pour lui annoncer que la reine Claude venait d'être accouchée d'une fille prénommée Louise. Il s'inquiéta de l'état de santé de son épouse et de la nouveau-née avant de lancer avec un large sourire retrouvé :

« Baste, le beau dauphin sera pour la prochaine fois ! »

François Ier, toujours à la tête de son armée, surgit en Lombardie en passant par le difficile col de Larche, alors que les Suisses l'attendaient aux passages les plus habituels. Le matin du 13 septembre, tandis que le camp bourdonnait, une voix domina le tumulte :

« Qui m'aime me suive ! »

C'était le roi, dans son armure rutilante semée de fleurs de lys, sur son grand destrier de bataille. Les Suisses arrivaient, en carrés serrés, hérissés de piques, si pesants que la terre en tremblait. C'était une mer humaine. Les décharges de l'artillerie ne semblaient pouvoir arrêter cette marche terrible d'automates. Même la cavalerie royale se brisa sur cette masse. L'infanterie perdait pied tandis que l'artillerie allait bientôt se faire encercler. Le soir tombait, la bataille était sur le point d'être perdue, quand François Ier, n'écoutant que son courage, entraîna avec lui ses chevaliers et deux mille soldats pour tenter une charge aussi folle que téméraire. Il avait près de lui une trompette qui sonnait plus haut que toutes les autres, de sorte qu'on savait toujours où était le roi et l'on se ralliait à lui. Ils chargèrent deux fois et l'avant-garde suisse recula dans une effroyable mêlée. Tout fut interrompu quand une nuit noire s'abattit soudain, interdisant la poursuite des combats. Le roi faillit vingt fois perdre la vie et la visière de son heaume fut trouée mais il ne descendit pas de cheval. Dans un casque on lui apporta un peu d'eau puisée dans le canal qui longeait le champ de bataille. Il la recracha aussitôt parce qu'elle était mêlée de sang. Il accepta un peu de vin de la gourde d'un soldat. Tout le monde resta le cul sur la selle jusqu'au petit matin où, dès le jour levé, le combat reprit, plus acharné.

Sonnez trompettes et clairons
Pour réjouir les compagnons
Bruyez bombardes et canons,
Tonnez, bruyez gros courteaulx et faucons
Ils sont confus, ils sont perdus
Prenez courage après prenez
Suivez, frappez, tuez !

Le roi, sous sa belle cuirasse quelque peu cabossée, la lance au poing, un nouvel armet à la tête, piqua son grand destrier et s'élança dans la bataille. Les Français luttèrent avec la furie du désespoir et cette fois l'artillerie du grand maître Galiot de Genouilhac fit des ravages.

Les carrés suisses se désagrégèrent, la cavalerie les enfonça, les Suisses reculèrent et furent bientôt décimés. Les étendards, les armes, les piques s'entassaient dans le camp français. C'était un grondement de triomphe qui allait s'élargissant. C'était la victoire totale tant désirée. Comme on s'enthousiasmait autour du vainqueur qui avait reconquis le Milanais, il dit modestement :

« Nul n'en peut prendre gloire si ce n'est le Tout-Puissant ! »

Cette gloire était chèrement acquise. Un véritable carnage ! Plus de dix-sept mille morts gisaient dans les champs qui avaient perdu leur verdure pour n'être plus qu'une immense plaine sanglante que le roi traversait, horrifié par cette boucherie meurtrière. Le maréchal de Trivulce, qui l'accompagnait dans sa funèbre tournée, ne put s'empêcher de dire :

« J'ai participé à plus de dix-huit batailles qui n'étaient que des jeux d'enfants comparées à celle-ci. Marignan fut un combat de géants. »

François Ier fit alors venir le chevalier Bayard qui, une fois de plus, s'était illustré de glorieuse manière, terrorisant les ennemis et les taillant en pièces selon sa hardiesse habituelle :

« *Pierre, mon ami, je veux qu'aujourd'hui soye fait chevalier par vos mains pour ce que le chevalier qui a combattu à pied et à cheval en plus de batailles entre tous autres est tenu et réputé le plus digne chevalier.* »

À ces paroles, Bayard répondit :

« *Sire, celui qui est couronné, loué et oing de l'huile, envoyé du ciel et est roi d'un royaume, le premier fils de l'Église, est chevalier sur tous autres chevaliers.* »

Impatient d'être adoubé, François coupa court au discours de Bayard qui risquait de traîner en longueur :

« *Bayard, il ne faut alléguer ici ni lois, ni décrets. Faites selon mon bon vouloir et mon commandement.* »

Le preux chevalier prit sa lourde épée un peu ébréchée et nettoyée du sang de l'ennemi pour en toucher rudement par deux fois les épaules de François Ier. La cérémonie était terminée.

Cette victoire fut l'ouverture d'un règne glorieux. François Ier impressionna grandement tous les princes et souverains des pays d'Europe par ce coup d'éclat. Depuis huit années le hasard avait voulu que le roi fût présent dans la plupart des victoires françaises. Moment inoubliable : le jour où nous fîmes notre entrée dans la ville de Milan sous les arcs de triomphe élevés par Léonard de Vinci. Quelle rencontre magistrale avec cet homme universel qui peignait, sculptait, creusait des canaux, bâtissait des églises, inventait des machines de guerre et s'occupait de toutes sortes de sciences. Le roi, ébloui tout comme moi par ce « sorcier de génie », découvrit que cet homme vivait dans la pauvreté. Il lui acheta aussitôt un tableau pour la somme de quatre mille écus d'or. Je ne sais pas si tu as entendu parler de cette peinture, elle représente « une certaine dame florentine, faite au naturel, à la demande du magnifique Julien de Médicis », qui répond au doux nom de Mona Lisa Gherardini del Giocondo. Oui, *La Joconde*, c'est bien elle ! Je suis époustouflé par ta culture. Cette huile peinte sur bois de peuplier exerçait une véritable fascination sur tous ceux qui venaient y jeter les yeux. J'ai été immédiatement conquis par la douceur de l'expression de cette chère « dame Lise de la Joconde » qui représentait pour moi l'image exacte de la mère idéale. Elle m'aurait bien mieux convenu que la mienne qui n'avait jamais su exprimer la douceur, l'indulgence ou la sérénité. Elle était d'ailleurs dans l'incapacité de sourire, contrairement à cette belle Italienne qui avait l'air de s'amuser qu'on la dévorât du regard ainsi que font les centaines de milliards de paires d'yeux qui la contemplent depuis cinq siècles.

Léonard de Vinci, malgré l'alléchante somme d'or offerte pour ce tableau, ne se résignait pas à s'en séparer. Cet homme âgé de soixante-trois ans se sentait moralement las et aspirait à un certain repos bien mérité. Lui qui avait été adulé durant plus de trente ans par les grands mécènes de l'Italie était subitement gêné dans ses travaux, calomnié et même accusé de nécromancie. Il nous avouera quelque temps plus tard :

« Les Médicis m'ont créé et m'ont détruit. »

François Ier devint son sauveur inattendu en lui proposant de l'accueillir en France et de le loger tout près du château d'Amboise, au manoir de Cloux[1]. Il le nomma sur-le-champ premier peintre, ingénieur et architecte de la cour de France avec l'assurance de recevoir pour les deux années à venir une pension de deux mille écus. Léonard de Vinci accepta avec empressement et, accompagné de ses

1. Devenu, au XVIIe siècle, le Clos-Lucé.

deux assistants, il prit le chemin de sa future demeure qui sera aussi sa dernière.

Il fallut six voitures pour emporter les objets qui représentaient toute son existence : ses carnets, ses livres, ses cornues, ses globes, ses balances, ses dessins, ses creusets, son télescope et six de ses peintures.

Pendant que Monsieur de Vinci se rendait au manoir de Cloux, François Ier rencontrait le pape Léon X afin de mettre sur pied un concordat qui plaçait l'Église de France sous l'autorité du roi. Le pape accorda à François Ier le droit de nommer les évêques et les abbés, sous réserve bien entendu de son approbation. En échange, le roi rétablissait l'impôt perçu par le pape dans les églises de France.

Les quatre mois en Italie qui l'avaient éloigné de son royaume furent baignés d'une douce folie d'art, il avait dépensé sans compter, pensionné et acheté dix artistes et cent chefs-d'œuvre et si la bourse royale n'avait pas atteint son plus haut degré de dépouillement, il aurait acheté tous les savants, poètes, peintres, sculpteurs et architectes. Louise de Savoie, dès le premier jour de son retour, fit de lourds reproches à son fils :

« Je pensais que vous rapporteriez de l'argent d'Italie, non que vous le dépenseriez jusqu'au dernier écu ! Vous jetez l'or à pleines mains. Soyez-en ménager, mon fils. Nous risquons de perdre ce que vous avez si vaillamment conquis. »

François lui rétorqua qu'il préférait verser l'or que le sang et, se tournant vers moi, me demanda à brûle-pourpoint :

« Triboulet, toi qui as la sagesse infuse, que faut-il faire pour garder l'Italie ?

– Il faut trois choses, mon roi : premièrement de l'argent. Deuxièmement de l'argent. Troisièmement de l'argent.

– C'est fort bien parlé. Ne trouvez-vous pas, ma mère ? »

Je ne suis pas persuadé que ce fût le moment le mieux choisi pour demander son approbation.

Je suivais mon nouveau roi jusque dans la chambre de la reine qui tenait dans ses bras une jolie petite pouponne emmaillotée de soie. François déposa un doux baiser sur le front de sa fille.

« Mon beau seigneur s'est laissé pousser la barbe ? s'étonna le reine.

– Cela dissimule une légère estafilade reçue à Marignan. Cela vous déplaît-il, ma douce amie ?

– Point, mon seigneur, je trouve que cela vous sied à merveille. »

Le roi regardait sa fille avec une infinie tendresse :

« L'archiduc Charles d'Autriche nous l'a fait demander pour femme. Il me veut comme beau-père. Nous trouverons un autre mari pour votre sœur Renée.

– Pauvre petite Louise ! » murmura la reine.

Charles avait été le fiancé de la reine Claude quand elle avait dix-huit mois, ensuite celui de Renée, le voilà maintenant qui voulait ce bébé ! Quelle tristesse que ces mariages de princes ! Ils n'étaient rien d'autre que des traités politiques conclus dans l'intérêt des États. Un voile de mélancolie avait recouvert cette charmante réunion de famille. François le dissipa d'une phrase :

« Eh bien, madame, faisons fi de la tristesse. Ne sommes-nous pas heureux tous deux ? »

Il se leva et nous quittâmes la pièce sans attendre que la reine lui fasse de sa douce voix le petit reproche habituel sur ses infidélités.

Que ne lui reprochait-on pas d'ailleurs ! Ses chasses qui coûtaient une fortune. Les châtelains, les moines, les paysans se devaient d'héberger le roi, sa suite ainsi que toute l'animalerie attenante. Et François Ier qui faisait tout avec faste emmenait avec lui une véritable armée de veneurs, de fauconniers, d'archers, de valets, d'oiseaux, de chiens, sans compter ses compagnons et une partie des grands seigneurs de la cour. On lui reprochait aussi ses maîtresses innombrables, les artistes qu'il avait ramenés d'Italie, son argenterie, ses tapisseries, les constructions qu'il avait commandées, celle de Chenonceau et les ailes ajoutées aux châteaux d'Amboise et de Blois.

C'est dans ce château où la cour s'était installée à nouveau que je vis arriver un homme qui affichait avec grâce l'approche de la cinquantaine. Qu'il parlât couramment le latin n'avait rien d'étonnant, tous les érudits s'exprimaient de la sorte, mais ce brillant théologien, qui venait de publier un ouvrage remarquable, *L'Institution du prince chrétien*, manifestait un intérêt tout particulier à la folie. Il préparait sur ce sujet qui me touchait de près un traité où il comptait en faire l'éloge. Je suis encore contraint de mettre de côté ma modestie pour t'avouer qu'il était en admiration devant mes facéties et que, tout comme avec Machiavel, nous eûmes de longs entretiens où il ne cessait de me demander comment j'arrivais chaque jour à me renouveler. Il était « dans une stupeur sans égale lorsqu'il voyait le roi de France s'enquérir si son Triboulet était bien près de lui ». Il promit de m'envoyer un exemplaire de son *Éloge de la folie* dès qu'il serait imprimé. Il avait même songé à me le dédicacer, mais il réservait cet insigne honneur à son meilleur ami, son cher Thomas Morus, autrement dit Thomas More, membre du Parlement d'Angleterre, chargé d'ambassades par Henry VIII. Il était actuellement en Flandre et serait bientôt envoyé en France. Érasme m'affirma qu'il ne serait pas étonné de l'intérêt que pourrait me porter cet homme exceptionnel. Érasme me pressait de questions auxquelles je n'avais pas le temps de répondre puisqu'il le faisait à ma place :

« Y a-t-il espèce plus heureuse que ces gens qu'on traite vulgairement de toqués, de timbrés ou d'innocents ? Que de belles épithètes ! Quand tu es né, n'as-tu pas inconsciemment déclaré la guerre à la nature ? Si l'on t'accuse d'être stupide dans ton animalité, te comparant à un sagouin sans âme, n'est-ce pas parce que tu passes ton temps en badinage, réjouissances, rires et chansons ? Tu es bien obligé d'aller où te conduisent les plaisirs, le jeu et l'amusement parce que ton destin était d'égayer la tristesse de la vie humaine. On te recherche, on te choie, on te permet de tout dire et de tout faire et tu es protégé. Te rends-tu compte de tes privilèges ? On ne te laissera pas sans secours s'il t'arrive quelque chose de fâcheux, et quel meilleur secours que celui du plus puissant ? Les chiens t'adorent, je suis sûr que l'ours du montreur te caresserait au lieu de te dévorer parce que tu attires la sympathie. Mais comme tu es aimé et protégé, tu attires aussi l'envie et la haine de ceux qui n'apportent que tristesse et problèmes au roi. Que t'importe ! Le roi te goûte si fort qu'il ne saurait, sans toi, se mettre à table ou faire un pas, ni se passer de toi pendant une heure. Les bouffons procurent aux princes ce qu'ils recherchent partout à tout prix : l'amusement, le sourire, l'éclat de rire, le plaisir. Toi, tu es franc, vrai, tout ce que tu as dans le cœur passe par les expressions de ton visage aux multiples facettes et au travers de tes discours aux diverses significations. Tu sais changer le noir en blanc, souffler de la même bouche le froid et le chaud et tu sais aussi éviter de mettre en accord tes sentiments et tes paroles. La vérité n'est pas aimée des rois, c'est un vieil adage, et pourtant, un fou tel que toi réussit ce tour de force étonnant de la lui faire accepter. Tu lui causes même du plaisir en le critiquant ouvertement ou en injuriant copieusement ses courtisans ; les mêmes mots qui, dans la bouche d'un sage lui vaudraient la mort, prononcés par un fou réjouiront prodigieusement son maître et tu sais parfaitement que la vérité a bien quelque pouvoir de plaire et qu'elle est ton apanage. D'où sors-tu tous tes bons mots ? »

Profitant du court moment où il reprenait sa respiration, je pus lui répondre :

« De mon sac à malice, qui n'est pas celui des charlatans dont on ne peut sortir que des remèdes "pour faire les mamelles dures". Les répliques qui en surgissent sont bien plus croustillantes que les casse-musettes qui nous brisent les dents à vouloir les croquer. Et plus elles s'échappent de mon sac, plus il s'en emplit, si bien que je le crois d'une inépuisable magie. »

Il me regarda fixement pour me demander gravement :

« As-tu peur de la mort ?

– Elle est en permanence suspendue au bout de ma langue ou au détour d'une de mes grimaces. Je m'amuse avec elle et je la défie tous les jours mais je n'en ai pas peur. Je suis l'allié le plus puissant du roi. »

Pour mon plus grand malheur, il ne fit que passer dans notre belle cour de France, à présent considérée comme un monde de philosophes et d'érudits.

À la suite de son départ, elle allait perdre beaucoup de son apparat mais Érasme avait une devise, « *Nulli concedo* [1] », qu'il appliquait sans jamais y déroger. Dès qu'il sentait qu'on songeait à se l'attacher, il prenait la route pour se rendre dans une autre cour, un autre château ou une autre bibliothèque où il posait pour un temps sa prodigieuse érudition et sa pensée pacifiste et humaniste qui en faisaient peut-être le personnage le plus éclatant de ce nouveau siècle. Pour moi, il avait transfiguré mon âme rien qu'en y laissant la trace de son regard scrutateur et de son sourire permanent empreint d'une ironique lucidité dont il ne se départait jamais.

Si François Ier était bien le roi à l'autorité suprême que personne ne lui contestait, Madame sa mère ne pouvait s'empêcher parfois d'agir fortement en régente. Son obsession de faire rentrer de l'argent dans les caisses du royaume s'était soldée (si je puis m'exprimer ainsi !) par une multiplication des magistrats à qui elle vendait leurs offices, avec l'accord du chancelier. Puis elle les avait lourdement imposés, alléguant que les magistrats vendaient déjà leur

1. Je ne veux appartenir à personne.

justice et qu'il était bien naturel que le roi y eût part pour entretenir la paix ou soutenir ses guerres. En outre, elle fit payer la gabelle aux privilégiés, gens d'Église et officiers royaux qui en étaient jusque-là exemptés. Tous les allègements que Louis XII avait « imposés » ou plutôt « désimposés » se transformaient en impôts écrasants réhabilités par Madame, qui, sans en être aucunement perturbée, acceptait l'impopularité.

Léonard de Vinci était arrivé en France depuis quelque temps pour s'installer confortablement dans ce petit manoir de briques roses et de pierres grises, orné de tours pointues et avec une vue magnifique sur le château d'Amboise situé à deux pas. Léonard s'y trouvait tellement bien que cette demeure devint vite un haut lieu de rencontres et d'échanges dont le *maestro* était le personnage central.

Mon beau roi et moi-même allions souvent le visiter. François ne manquait jamais de s'attarder longuement en contemplation devant le portrait vivant de cette femme mystérieuse au sourire énigmatique, notre Mona Lisa, qu'il n'avait pas eu la cruauté d'enlever au peintre. Celui-ci s'inclinait pour saluer Sa Majesté qui le relevait aussitôt pour le serrer dans ses bras.

Ce beau jour de fin d'été, la même scène se reproduisit avec une variante de taille : en relevant son « créateur de génie », comme il aimait à le nommer, il ne s'attarda pas sur le portrait de la belle Italienne, mais il se figea littéralement devant la jeune et fine créature qui venait d'entrer dans la pièce auréolée d'un éclatant soleil en contre-jour : c'était une splendide jeune femme brune assez grande, à la taille mince et souple, aux yeux pleins de feu et de douceur. François la salua avec grâce, salut qu'elle lui rendit par une légère révérence de princesse sans rien répondre. Je connaissais bien « mon cousin », je savais qu'il était sous le charme et je dois t'avouer que je l'étais également. Nous nous demandions qui elle pouvait bien être. Nous connaissions notre cour sur le bout des doigts et il n'était pas un courtisan, encore moins une femme dont nous ne sachions leur famille, leurs charges, leur caractère, leurs surnoms, leurs espérances et même jusqu'au nom de leurs amants ou maîtresses passés et présents.

Elle devait être fraîchement débarquée de sa province, car son beau visage ovale sans défaut était ambré et rose de sa couleur naturelle, ses cheveux noirs étaient soigneusement nattés et tirés sous un chaperon de velours orné de perles et sa robe était de belle facture quoique un tantinet démodée.

Léonard de Vinci ne tarda pas à la présenter au roi :

« *Per grazia, maesta, Donna Francesca, contessa di Châteaubriant.* »

« Mon cousin » et moi-même comprîmes immédiatement que cette rencontre n'était pas le fruit du hasard mais l'aboutissement d'un habile complot. Il y a quelque temps, l'amiral de Bonnivet, aussi bavard qu'il était laid, faisait sa cour au roi en lui vantant les mérites et l'éblouissante splendeur de la fille de Phébus de Foix mariée à Jean de Laval-Montmorency, seigneur de Châteaubriant. Le portrait tracé était si flatteur qu'il ordonna qu'on la fît venir jusqu'à lui. Je l'entendis même dire :

« Je ne l'ai point encore vue, mais je la veux ! »

La volonté d'un monarque n'a pas toujours raison de tout. Jaloux comme tous les tigres du monde réunis, Monsieur de Châteaubriant n'était pas du genre à partager sa moitié même avec le roi. Il la tenait enfermée dans sa forteresse de Châteaubriant et lui interdisait de se rendre à la cour. Il avait imaginé un stratagème ingénieux pour que son épouse ne quittât pas son château breton même si on venait la prier de se rendre auprès du roi en son nom.

« Si je tiens à vous voir près de moi à la cour, je joindrai à ma lettre la bague que voici dont je vous laisse le double fidèle. »

Docile, Françoise jura de lui obéir et s'empressa de mettre le bijou en lieu sûr. Jean de Laval se croyait donc à l'abri de tout danger. Hélas pour lui, heureusement pour mon roi, une imprudence due au bavardage d'un valet subtil et cupide fit s'écrouler le rempart dressé pour abriter la vertu.

Bonnivet fit exécuter une copie de la bague après l'avoir fait discrètement subtiliser par le valet, avec ordre de la remettre à sa place dès l'opération effectuée. Il n'avait plus qu'à prier Jean de Laval de venir à la cour. Celui-ci s'y rendit seul bien entendu, persuadé de jouer un bon tour à Sa toute-puissante Majesté qui n'aurait pas le plaisir de courtiser ni d'abuser sa femme. Pendant ce temps-là, Bonnivet faisait porter une missive la priant de venir rejoindre son cher époux accompagnée de la belle copie de la bague.

Et voilà pour quelle raison, en cette belle fin de journée d'été, Madame de Châteaubriant se tenait devant nous et que « mon cousin », tel un prisonnier de l'amour, la contemplait comme une personne surnaturelle.

Le mari crut défaillir lorsqu'il comprit, un peu tard, qu'il avait été joué. Allait-il, l'imprudent, lutter sans espérance ? Il n'y songea pas un seul instant, comptant sur la sagesse de son adorable épouse. Et les fêtes, succédant aux bals, les bals précédant les chasses n'émoussèrent pas la résistance de Madame de Châteaubriant dont la beauté parfaite emportait tous les cœurs de la cour. Sa taille très menue lui donnait l'élégance, son visage très doux reflétait l'innocence, la blancheur de son teint et l'éclat de son rire, ses cheveux noirs brillants, son esprit juste et fin, un bon sens qui jamais ne fut mis en défaut la rendaient la plus rare et la plus admirée des femmes d'une cour toute subjuguée et d'un seul coup conquise.

Flattée de voir à ses pieds, prosterné, un si fougueux admirateur, elle se montra sensible aux poèmes qu'elle en recevait, même si « mon cousin » aurait souvent mieux fait de demander le secours de M. Clément Marot, comme en témoignent ces mauvais vers issus de sa profonde détresse :

> Ne sais-tu pas qu'hier soir tu me promis
> Qu'en allant voir en ville tes amis
> Je me rendrai, pour plus souvent te voir
> Et le plaisir de ta parole avoir ?
> Mais nonobstant ta foi à moi promise
> Qui dans ma main par la tienne fut mise,
> Rien ne ouïs : ni parole, ni vent
> Venir vers moi pour me mettre en avant.
> J'ai attendu et encore j'attends
> Par affection voulant forcer le temps.

Elle succomba enfin et le roi, désireux de la voir s'attacher et glisser davantage, moins de huit jours après qu'elle eut franchi le pas, comme à son habitude se montra généreux envers elle mais aussi envers ses proches. Toute la famille de Françoise bénéficia des largesses royales. Seul, son mari n'accepta pas le statut de grand cocu officiel de la cour et rumina une vengeance qui sera terrible. Louise de Savoie ne cacha pas non plus son antipathie pour la comtesse et ne ménagea pas son fils, l'accablant d'incessants reproches. Il n'en eut cure, trop aveuglé par la rayonnante beauté de la nouvelle maîtresse de son cœur et préoccupé par l'annonce de la mort de Ferdinand II d'Aragon qui signifiait la montée sur le trône de Charles de Habsbourg devenu roi d'Espagne. Les deux souverains décidèrent de se rencontrer pour signer la paix de Noyon.

Charles renonçait au Milanais en échange du royaume de Naples et rappelait mielleusement qu'il attendait avec impatience la nubilité de Louise pour convoler en de justes noces. Décidément, je n'aimais pas cet avorton, toujours habillé de velours noir, la lippe pendante, le teint jaune, au sourire souffreteux qui me jetait des regards moitié effrayés, moitié effrayants et qui m'aurait volontiers livré céans aux disciples de Torquemada.

Dans la foulée, François Ier signa le traité de Fribourg qui nous assurait une paix perpétuelle avec la Suisse dont les régiments serviraient la France, après avoir lutté contre nous durant des décennies. Fallait-il toutes ces guerres et ces massacres pour en arriver là ?

Le 23 octobre, comme le roi chassait dans les forêts qui entouraient le château d'Anet, on vint l'avertir que la reine était dans les douleurs. Il planta là son loisir favori pour retourner à bride abattue au château d'Amboise. Quand il arriva au chevet de la reine, elle était en pleurs : le nouveau-né était une petite fille, Charlotte. Le roi la prit dans ses bras et la consola en lui murmurant doucement :

« Ne pleurez point, ma mie, nous en ferons bien un. Foi de gentilhomme ! »

Tout avait été préparé pour l'arrivée d'un dauphin. Jusqu'aux courriers d'État qui attendaient, leurs chevaux tout sellés, prêts à s'élancer pour porter la grande nouvelle aux quatre coins de l'Europe. La déception fut grande à la cour et l'on chuchotait déjà :

« La pauvre reine Claude est comme sa mère Anne, elle ne fera que des filles ! »

« Mon cousin » retrouva les bras de sa favorite qui l'accaparait plus que de raison sous les regards courroucés du mari qui claironnait à qui voulait l'entendre que la vengeance était un plat qui se mangeait froid et que sa patience dans ce domaine égalait sa colère. Le chancelier et le connétable avaient pris toutes les précautions pour le surveiller en permanence et exhortaient le roi à l'éloigner le plus possible de la cour pour sa sécurité. J'avais un peu plus de temps libre et j'en profitais pour me délasser dans la lecture d'ouvrages empruntés à la magnifique bibliothèque admirablement fournie qui occupait toute une immense salle du château.

Je n'eus même plus besoin de m'y rendre car un matin, on m'apporta deux colis qui m'étaient destinés. L'un venait d'Érasme qui ne m'avait pas oublié. Il me faisait parvenir un exemplaire de *L'Utopie*, l'œuvre de son ami Thomas More. À l'intérieur, il me joignait une lettre écrite dans le plus pur latin m'assurant que j'allais recevoir sous peu son *Éloge de la folie*.

L'autre colis venait de Machiavel qui, lui aussi, tenait parole. Il m'envoyait une des premières éditions du *Prince* dans une reliure magnifique avec ces mots écrits de sa propre main : « *À Triboulet, le prince des bouffons. Votre dévoué Niccolo Machiavelli.* »

Mais bientôt un secret que la comtesse de Châteaubriant avait supplié au roi de taire fit son chemin dans les rumeurs de la cour : la maîtresse du roi était battue par son jaloux de mari.

Bien des fois, depuis le soir où elle s'était donnée, François avait vu le beau corps de sa maîtresse marbré des coups que lui portait son violent époux. Elle l'avait toujours excusé, s'accusant de mériter pis et défendant qu'on soufflât mot de ces brutalités. Le roi avait beau couvrir de biens et d'honneurs le comte de Châteaubriant, rien n'arrêtait sa furie. Il prenait tout ce que le roi lui donnait mais continuait ses déchaînements de mari outragé. Il menaçait même de tuer sa femme.

J'assistai alors à une scène épique entre François Ier et sa mère :

« Madame, je vous prie en grâce de prendre Madame de Châteaubriant parmi vos dames d'honneur.

– Mon fils, comment osez-vous ? Jamais ! Épargnez-moi le spectacle de vos débordements. Je ne supporterai pas la présence de cette femme ! Dame d'honneur ! Et puis quoi encore !… Où loge-t-elle son honneur ?

– Madame, je l'aime ; elle sera déclarée et vivra à ma cour.

– Ne me rebattez pas les oreilles avec ces femelles. Vous l'avez peut-être oublié mais je vous rappelle que vous êtes marié, que votre épouse a droit à un minimum de respect et qu'elle n'a toujours pas été sacrée reine. »

François Ier, s'il n'était pas respectueux du serment de fidélité fait à son épouse, la vénérait sincèrement : il n'ôtait d'ailleurs son chapeau que devant la Vierge, la reine et Madame. Il ordonna lui-même aussitôt la cérémonie du sacre et l'entrée solennelle dans la capitale.

Le 12 mai 1517, la fragile souveraine, qui venait d'avoir dix-huit ans, fut sacrée reine de France à Notre-Dame. Elle émut aux larmes les Parisiens par sa simplicité, par la bonté qui se lisait sur son visage et surtout par sa disgrâce de corps :

« Dieu donne longue vie à notre reine ! Dieu lui envoie un beau fils ! » criait-on d'une voix fervente.

Quant à « mon cousin », éblouissant sur son grand cheval caparaçonné d'or, il était acclamé. Quelle foule versatile ! Les mêmes qui chansonnent le roi, qui se révoltent au coin de chaque carrefour, qui complotent, qui ne songent qu'à l'humilier, qui refusent de payer leurs impôts, les mêmes le voyant apparaître dans sa majestueuse royauté sont tout à coup charmés, l'acclament, l'admirent, l'aiment… C'est du délire ! Dans ces moments de pure exaltation, pas un qui ne donnerait sa bourse et sa fille à ce prince tout auréolé de son prestige.

Est-ce à cause de ces démonstrations populaires que, grisé, François Ier envisagea de postuler pour la lourde couronne de l'Empire ? Je n'ai jamais pu le savoir, car « mon cousin » n'a jamais donné les raisons de cette soudaine lubie qui n'enchantait ni sa mère, ni ses conseillers, ni personne dans le royaume. C'était d'ailleurs un peu prématuré, l'empereur Maximilien n'était pas encore mort même s'il s'était toujours cru moribond, et avait promené partout son cercueil avec lui. De plus, il était aisé de comprendre qu'il ferait tout ce qui était en son pouvoir pour assurer la succession à son petit-fils et que François avait peu de chances de coiffer sur le poteau le roi d'Espagne pour régner après son grand-père. S'il ne m'avait fait aucune confidence sur ses ambitions impériales, il ne cessait de me rebattre les oreilles de sa divine Françoise qui jouissait de toutes les vertus et de toutes les qualités de la perfection féminine. Il alla jusqu'à me faire un cours sur les trente choses indispensables que doit posséder une femme pour être vraiment impeccable en tous points :

Trois choses blanches : la peau, les dents, les mains.

Trois choses noires : les yeux, les sourcils, les paupières.

Trois rouges : les lèvres, les joues, les ongles.

Trois longues : le corps, les cheveux, les mains.

Trois courtes : les dents, les oreilles, les pieds.

Trois larges : la poitrine, le front, l'entre-sourcil.

Trois étroites : la bouche, la taille, l'entrée du pied.

Trois grosses : les bras, les cuisses, le gras de la jambe.

Trois déliées : les doigts, les cheveux et les lèvres.

Trois petites enfin : les seins, le nez, la tête.

Ce qui fait trente en tout. Et il affirmait qu'aucune ne manquait à sa déesse adorée. Françoise de Châteaubriant fut donc déclarée, le roi étant résolu à braver l'univers pour pouvoir seul et à son gré posséder la maîtresse de son cœur et de son corps. Le comte de Châteaubriant dut repartir dans sa province où on l'avait nommé gouverneur de Bretagne. Il garda un silence que je jugeai plus menaçant qu'aucune parole.

Le pape Léon X avait toujours besoin d'argent et se persuadait que la belle France était une mine inépuisable et que François, s'il était d'esprit et de mœurs assez libres, n'en restait pas moins un roi croyant. Le pape, manquant de fonds pour terminer la basilique Saint-Pierre de Rome, ne trouva rien de mieux que de vendre des indulgences pour remplir ses caisses. Il en vendit tellement que cela révolta un certain Martin Luther, un moine augustin allemand qui s'opposa courageusement à lui en placardant sur les portes d'une chapelle quatre-vingt-quinze thèses contre les indulgences décrétées par le pape, lequel, bien sûr, le condamna et lui demanda de se rétracter. Je m'amusai à l'écoute de ce récit ; les thèses de Luther concordaient parfaitement avec ma façon de me comporter avec Dieu sans passer par les intermédiaires cupides de l'Église. Luther ira plus loin encore : il défiera une nouvelle fois l'autorité papale, tenant la Bible pour seule source légitime d'autorité religieuse, ce qui engendrera la Réforme. Était-ce la première secousse d'un séisme qui ébranlerait la cour de France et toute l'Europe dans un monumental bouleversement où les événements les plus divers se succédèrent ?

D'abord ce fut la mort de l'adorable petite lutine Louise, emportée dans sa troisième année par une mauvaise fièvre. La reine eut à peine le temps de la pleurer, elle accoucha deux jours plus tard d'un beau dauphin « *qui est le plus beau et le plus plaisant enfant que l'on saurait voir et qui se fait le mieux nourrir, et la reine se trouve fort bien et fait bonne chère* ».

« Largesse ! Largesse ! Largesse ! » cria le héraut pour annoncer la naissance du dauphin.

« Allégresse ! Allégresse ! Réjouissance ! » hurla en écho le bon peuple, tandis que les poètes de la cour assemblaient des rimes autour du thème : « *Le beau dauphin tant désiré en France.* »

Les fêtes les plus fastueuses furent données au cours desquelles Léonard de Vinci s'amusait à distraire les courtisans grâce à des inventions à la fois décoratives et mécaniques. Il reprit ses activités théâtrales et réédita quelques-unes de ses scénographies les plus fantastiques, malgré un début d'hémiplégie qui le handicapait fortement. Il réussit néanmoins à mettre au point un lion mécanique qu'il présenta au roi lors d'une des fêtes. Le lion s'avança au milieu des courtisans qui hurlèrent d'abord de peur puis clamèrent leur admiration lorsque sa poitrine s'ouvrit pour découvrir un bouquet de fleurs de lys.

Le baptême du dauphin eut lieu le 25 avril, la cérémonie fut telle que ces splendeurs la laissaient présager. Elle eut lieu de nuit, à la lumière des torches de cire blanche, au son de mille trompettes et hautbois. Tout ce que le royaume comptait de grands seigneurs et de grandes dames, les princes étrangers et les ambassadeurs traversèrent la cour du château surmontée d'un velum et tendue de tapisseries, de draperies d'or et d'argent, de guirlandes et de fleurs multicolores.

Laurent de Médicis, duc d'Urbino, neveu du pape, était le parrain et la duchesse d'Alençon, la marraine; ils tenaient l'enfant précieux, couvert de dentelles et de pierreries, au-dessus des fonts baptismaux. Le baptême achevé, on célébra les noces du duc avec Madeleine de La Tour d'Auvergne, nièce du roi. Le marié donna deux magnifiques présents à son épouse : il la mit enceinte dès la nuit de noces et la gratifia en même temps d'un « beau mal de Naples » qui tua les deux époux après la naissance de leur fille. Elle aura un destin unique. Son nom doit te dire quelque chose ? Catherine de Médicis.

Au début de l'année 1519 (le temps courait plus vite que moi !), survint la mort de l'empereur Maximilien, plus attendue celle-là pour diverses raisons. François Ier s'était déjà senti de taille à occuper le trône impérial. Voilà que son « bon frère » Henry VIII se met sur les rangs. Trois princes pour un titre d'empereur, c'est beaucoup. Mais le roi d'Angleterre se retire bientôt de la compétition, ayant vite compris que la position géographique de son pays serait un obstacle certain à son élection. Il devient donc l'arbitre entre les deux protagonistes restants. Pour mon roi, la situation est autrement plus grave. Charles est maintenant maître de l'Espagne, du royaume de Naples et de Flandre. L'Empire va lui donner la haute main sur l'Allemagne, les

États de Habsbourg et l'Italie. Ce qui signifie que le royaume de France va être encerclé !

Je me permis de donner un brin de poésie dans ces moments de gravité, déclarant avec mon langage fleuri :

« À Francfort, le roi de France et le roi d'Espagne se disputent les faveurs de la même maîtresse ! Qui choisira-t-elle ? Le triste nabot hispano-flamand ou le géant séducteur Valois-Angoulême ? »

Pendant que les envoyés des deux souverains luttaient âprement, chacun servant ardemment son maître, prodiguant de grosses sommes d'argent aux Électeurs, naissait, le dernier jour du mois de mars, Henri, le deuxième fils et quatrième enfant de la reine et du roi de France. Les fêtes reprirent, moins importantes mais tout aussi fastueuses. Seules les machineries de Léonard manquaient. Le maître était au plus mal. Un matin du mois de mai qui aurait dû être joyeux, on vint annoncer à « mon cousin » que Léonard de Vinci vivait ses derniers instants et réclamait mon maître auprès de lui.

Sans prendre le temps d'enfiler un pourpoint, il me fit signe de le suivre et nous nous rendîmes, par le tunnel qui reliait directement la résidence royale au manoir de Cloux, dans la chambre où le vénérable vieillard aux cheveux et à la longue barbe de neige était étendu sur son lit entouré de ses deux assistants. Son visage s'éclaira quand il vit apparaître le roi et il lui tendit une main tremblante. Son sourire reconnaissant ne s'affichait que d'un côté de sa figure, l'autre côté étant figé dans une raideur grimaçante due à son hémiplégie. Il surmonta la difficulté qu'il avait à parler pour prononcer ce qu'il savait ses dernières paroles :

« *Mio grande amico*, je vous suis si reconnaissant de m'avoir permis de finir ma vie dans ce lieu de délices et d'apaisement. J'ai continué mes travaux même si ma main droite paralysée m'a grandement fait défaut mais vous verrez mon dernier tableau, c'est vous en saint Jean.

« Vous en comprendrez aisément l'allégorie. Je vous laisse mes peintures, tout particulièrement ma Mona Lisa, prenez-en grand soin. Elle est à vous maintenant mais en même temps elle n'appartiendra jamais à personne parce que je l'ai voulue éternelle. J'ai fait un testament où je lègue tous mes écrits et mes drôles de machines à mes assistants. Je suis désolé de n'avoir pu suivre la construction de "Romolontino", mais vous en trouverez les plans sur ma table de travail. J'ai fait moult choses dans ma vie et j'ai gaspillé mes heures à trop me disperser en satisfaisant ma curiosité plutôt qu'en honorant mes commandes. J'aurais dû être plus consciencieux. Merci du fond de mon cœur si fatigué pour tout ce que vous faites en faveur des arts. Continuez à protéger les artistes, ils ne vous paieront jamais d'ingratitude. Durant mes soixante-huit ans d'existence, j'ai toujours cru que j'apprenais à vivre, je me suis trompé : j'apprenais à mourir. »

Mon roi tenant toujours la main de Léonard, de son bras droit entoura délicatement la tête du vieillard, qui, doucement, ferma ses yeux et expira dans un léger souffle à peine audible, ce qui rendit à son visage la paisible image d'un long voyage vers la quiétude de l'éternité.

Et le 28 juin 1519, à Francfort, les sept princes électeurs, après avoir rempli leurs poches en ayant touché de l'argent des deux partis en compétition, revêtus de leur costume de drap écarlate, au son des cloches et sous la menace des vingt mille hommes d'armes et canons du roi Charles d'Espagne logés à trois lieues autour de la ville, choisirent pour empereur celui qui savait leur parler.

Le pâle jeune homme, petit-fils de Maximilien, devint ainsi Charles Quint, roi d'Espagne, de Flandre, de Naples, de la Sicile et empereur d'Allemagne.

Il est désormais tout-puissant et c'est le moment propice pour lui d'essayer de récupérer la Bourgogne et pourquoi pas de faire valoir ses prétentions sur la Provence et le Dauphiné.

François Ier ne témoigna aucune mauvaise humeur de l'échec de son élection. Louise déplora l'argent perdu mais le roi de France n'avait pas de temps à perdre pour regretter les faits accomplis et chercha tout de suite les moyens de faire face à la formidable coalition que représentait à lui seul, contre le royaume de France, le nouvel empereur.

La première chose à faire était de se rapprocher de son « frère anglais ». Henry VIII, dont l'intérêt était d'éviter que François Ier et Charles Quint ne s'unissent et surtout d'empêcher que l'un devienne plus puissant que l'autre, ne put que se réjouir en apprenant la venue des ambassadeurs de François Ier et de Charles Quint pour lui demander audience. Il savait fort bien qu'ils venaient solliciter l'un et l'autre une entrevue personnelle de souverain à souverain. Il allait donc agir comme l'arbitre de la situation et entendait bien tirer parti de cette position.

Je t'ai dit que je m'étais toujours méfié du roi Henry VIII déjà célèbre par sa cupidité et sa versatilité. Sans l'avoir jamais vu, mais informé des descriptions et récits des ambassadeurs, j'étais capable de lire dans ses arrière-pensées comme dans un livre. Il avait tout de même épousé la tante de Charles Quint et, par ce fait, lui accordait une plus grande cordialité qu'à François Ier qui n'ignorait pas que l'empereur eût déjà fait des offres alléchantes à son oncle par alliance.

Le chancelier d'Angleterre, le cardinal Wolsey, qui comptait bien sur l'appui de l'empereur pour être nommé pape « quand le Médicis aura avalé sa bulle », avait déjà organisé une entrevue secrète avec Charles Quint dès qu'Henry VIII aurait rencontré François Ier sur le territoire français. Cette rencontre restera célèbre sous le nom de Camp du Drap d'or.

Françoise de Châteaubriant conseilla à son bel amant de montrer sa force, sa puissance et sa richesse en déployant un luxe propre à rendre jaloux tous les souverains de la terre, le persuadant que le roi d'Angleterre serait tellement ébahi qu'il n'hésiterait pas un seul instant à s'allier à un ro: capable d'organiser d'aussi coûteuses et somptueuses rencontres.

Après quatre jours de voyage, le cortège royal, avec à sa tête deux litières superbement décorées, dans l'une la reine, dans l'autre la belle Françoise, arriva dans une plaine où se dressaient trois cents tentes de drap d'or et d'argent, véritables palais de toile subitement surgis du sol pour former une ville de rêve.

Il y eut, en réalité, non pas un seul, mais bien deux camps : le premier à Ardres préparé par le roi de France qui avait d'abord envisagé de faire construire un palais royal mais ses architectes l'en avaient heureusement dissuadé.

Le camp français se composait donc d'un immense pavillon de soixante pieds carrés, revêtu d'un drap d'or frisé, l'intérieur doublé de velours bleu parsemé de fleurs de lys, de broderies d'or de Chypre et de blasons peints à même la toile. Autour de lui, s'élevaient deux pavillons secondaires de même conception, dont les cordages étaient faits de fils d'or de Chypre et de soie bleu turquoise, matière fort riche et rarissime. C'était le plus luxueux des campings royaux !

Le roi d'Angleterre avait dressé à Guines un logis de bois de quatre corps charpentés à Londres et amenés prêts à être montés sur un socle de briques. C'était la première maison préfabriquée ! Recouverte de toile peinte imitant la pierre de taille percée de fenêtres tel un palais de verre, revêtue à l'intérieur des plus riches tapisseries flamandes qui se purent être assemblées avec les statues d'Hercule et d'Alexandre en guise de portail, on se trouvait en présence du plus beau bâtiment du monde. Ladite maison, l'entrevue terminée, fut soigneusement démontée et ramenée outre-Manche. Les Anglais ne perdent et n'abandonnent jamais rien. Les deux souverains avaient dépensé là des sommes considérables, fournies de part et d'autre par leurs nobles vassaux, ceux de France ayant accumulé là leurs moulins, leurs forêts et presque tous leurs prés.

François Robertet, le frère de Florimond, écrivit sur ce sujet une pièce satirique : *Le Débat du Gorrier et du Boucanier*. C'est une amusante satire sur ces courtisans prodigues qui allaient bientôt porter « *au Camp du Drap d'or leurs moulins et leurs prés sur leurs épaules* » et qui devaient pendant trois siècles laisser des héritiers fidèles à leurs traditions se ruiner au service du roi et vivre ensuite de dons extorqués et d'exactions. C'est l'opposition de « l'Être et du Paraître » qui met en scène un courtisan étalant son luxe ruineux et un gentilhomme de « *costume arriéré mais ami du solide et vivant sagement de son bien* ».

Les deux rois ne songeaient qu'à s'éblouir l'un l'autre. Henry VIII s'était fait accompagner par cinq mille hommes et trois mille chevaux. Par une claire fin de matinée en ce 7 juin 1520, les deux rois arrivèrent à cheval en même temps sur les deux coteaux entre lesquels coule une petite rivière.

François Ier, vêtu de blanc, ceinturé et chaussé d'or, la tête recouverte d'une toque d'hermine empanachée, était précédé du connétable de Bourbon qui portait l'épée royale. Henry VIII, vêtu d'un pourpoint cramoisi et couvert de bijoux de la tête aux pieds, fit de même avec l'épée d'Angleterre. Ils se joignirent et s'embrassèrent avec une telle effusion que leurs montures respectives firent un écart en arrière.

Leur première rencontre eut lieu sous la tente la plus haute, toujours ornée de tapisseries, de riches étoffes et de pierreries.

Henry avait préparé un discours dont il changea certains termes, se refusant à blesser le roi de France. Il commença à parler de lui :

« Je, Henry, roi… »

Il s'arrêta car il était écrit « roi de France et d'Angleterre[1] ». Mais il ne prononça pas « roi de France » et s'adressant à François, lui dit :

« Je ne le mettrai point puisque vous êtes ici, car je mentirais. »

Et il continua :

« Je, roi d'Angleterre... »

En grand amateur de jolies femmes, il ne quittait pas des yeux la belle Françoise qui étalait une fierté sans pareille d'accompagner son amant aux côtés de la reine, de Louise de Savoie et des principaux seigneurs de la cour.

Les jours qui suivirent, Anglais et Français s'observaient, sans cesse sur le qui-vive : quand le roi d'Angleterre visitait la reine de France, le roi de France devait se rendre chez la reine d'Angleterre : « *Ainsi ils étoient chacun en ostage l'un pour l'autre.* » « Mon cousin », qui n'était pas un homme soupçonneux, « *était fort marri de quoi on se fiait si peu en la foi l'un de l'autre* ».

Un matin au soleil levant, une idée qui lui traversa l'esprit le fit se lever précipitamment. Il vint me secouer avec énergie et m'ordonna d'appeler discrètement deux gentilshommes et un page. Chacun de nous s'enveloppa dans une grande cape espagnole et nous partîmes au galop sur la route de Guines vers le château où dormait Henry VIII.

« Qui vive ? crièrent les hommes d'armes sur les tours.

– France ! » répondit François Ier déjà sur le pont.

On nous laissa passer, les archers anglais, ayant reconnu le roi de France, restaient ébahis de cette hardiesse. Il leur dit en riant :

« Rendez-vous à moi, messieurs, vous êtes pris ! »

Le gouverneur de Guines, accouru précipitamment, ne comprenait rien à ce qui arrivait.

1. Depuis 1431 les rois d'Angleterre avaient toujours ajouté à leurs titres celui de « roi de France ».

« Montrez-moi la chambre de Sa Majesté ! demanda François Ier.

– Sire, Sa Majesté n'est pas encore réveillée. »

Il passa outre, toqua à la porte et entra. Nous le suivîmes, aussi stupéfaits que le roi Henry lui-même qui, ayant sauté de son lit, s'écria :

« Mon frère, vous m'avez fait meilleur tour que jamais homme ne fit à un autre ! Vous me montrez la grande confiance que je dois avoir en vous. Je me rends votre prisonnier dès cette heure et vous baille ma foi. »

En défaisant de son cou un riche collier, il le passa au cou de mon roi :

« Je vous prie de le prendre et de le porter pour l'amour de votre prisonnier. »

C'est alors que je reconnus l'intelligence subtile de mon maître qui sortit de sa poche un bracelet qui valait le triple du collier. Il avait tout préparé d'avance, y compris la phrase qui accompagnait le don du bracelet :

« Et moi je vous prie de porter ceci pour l'amour de moi. »

Henry VIII voulut se vêtir. François Ier fut plus prompt à saisir sa chemise :

« Mon frère, vous n'aurez point d'autre valet de chambre que moi. »

Charmé, le roi d'Angleterre voulut retenir le roi de France à dîner, mais il y avait des joutes à Ardres que François Ier ne voulait manquer sous aucun prétexte. Nous repartîmes au camp du Drap d'or où la disparition du roi avait déjà causé un grand tumulte. Le chancelier Duprat se permit de tancer Sa Majesté avec respect mais avec fermeté. François Ier le désarma en lui répondant joyeusement :

« Que voulez-vous, messire Chancelier, ce matin, j'avais l'humeur farceuse et j'avais une furieuse envie de surprendre le Tudor au saut du lit. Croyez-moi, cette démarche qui vous chagrine a fait avancer nos affaires plus vite que dix années de diplomatie ! »

Les fêtes données furent éblouissantes, c'était un ravissement constant. Durant dix-sept jours, cérémonies, banquets, joutes, tournois avec chevaliers aux armures damasquinées d'argent et d'or, comédies, danses, musiques et ballets se succédèrent sans interruption. Des essaims de jolies femmes menées par Madame de Châteaubriant se pressaient autour de la reine Claude de France qui, en rougissant presque, annonçait à la souveraine anglaise Catherine d'Aragon qu'elle était une nouvelle fois enceinte, de sa voix douce mais suffisamment forte pour que Françoise de Foix l'entendît. Parmi les dames anglaises, je reconnus quelques vieilles (!) connaissances : la toujours belle Marie de France, venue à titre privé, accompagnée de son époux le duc de Suffolk qui faisait tout pour éviter de rencontrer son frère alors que la pétillante Anne Boleyn, toujours aussi gracieuse et gaie, essayait d'attirer l'attention de son roi qui donnait l'image de ce qu'il était : un personnage grossier, goinfre de table et de lit, qui puisait dans son cheptel de dames anglaises comme en un plat où pataugeaient ses mains avides, consommant sur place, cependant que François prenait un plaisir de dilettante en choisissant, de journée en journée, parmi la troupe de danseuses, celle qui allait devenir son élue éphémère et s'en allait discrètement sous sa tente afin de n'effaroucher personne et d'être seul à son plaisir.

Chaque fois qu'ils se rencontraient, c'étaient accolades et embrassades. On aurait dit deux preux chevaliers. Henry VIII se piquait de composer de la musique. Il aimait la faire écouter, il aimait surtout qu'on lui dise qu'elle était enchanteresse et qu'on n'avait depuis longtemps entendu pareil ravissement.

Après un plantureux repas accompagné par une troupe de musiciens, Henry demanda à François :

« Que pensez-vous, mon frère, de cette musique que vous venez d'entendre ? N'est-elle point… ? Mais dites-moi d'abord votre sentiment.

– Y aurait-il là-dessous une composition de mon frère ? répondit François gracieusement.

– Vous avez l'oreille fine. Qu'en pensez-vous vraiment ? Ne me ménagez point.

– Sincèrement, je la trouve… harmonieuse et délicate.

– Je savais que nous aimions les mêmes belles choses. »

Je me permis d'intervenir :

« Sire, ne vous y fiez pas, son goût en musique est déplorable ! »

Voir ces deux puissants rois éclater de rire à cette insolence restera pour moi un des plus forts moments de toutes mes années bouffonnes.

« Votre bouffon me plaît, trancha Henry VIII. Je le préfère à votre connétable.

– Je n'en fais pas le même usage, rétorqua François.

– Comment le nommez-vous ?

– Mon bouffon ? Triboulet !

– Non, votre connétable.

– Le duc Charles de Bourbon.

– Méfiez-vous-en ! Si j'avais un tel sujet, je ne lui laisserais pas longtemps la tête sur les épaules. Méfiez-vous-en ! »

Pendant que Madame, Marguerite et Françoise de Foix faisaient d'éblouissantes apparitions, couvertes de pierreries, montrant leurs gorges parfaites, lançant des modes bientôt suivies par toute l'Angleterre, les jours passaient et le traité n'était pas traité. Un après-midi, voulant briller devant ces dames, Henry VIII attrapa François Ier par le cou :

« Mon frère, je veux lutter avec vous. »

François Ier était un fort bon lutteur mais, courtoisement, se laissa d'abord vaincre puis, oubliant toute diplomatie et refusant d'être humilié devant ce parterre de femmes, plus adroit et moins lourd que son adversaire, il le jeta au tapis. Rouge, mortifié, le roi d'Angleterre exigea sa revanche mais les reines eurent vite fait de s'interposer en voyant que tout allait s'envenimer.

Enfin, l'entrevue se termina par une messe solennelle dite par le cardinal Wolsey à la fin de laquelle les deux souverains communièrent ensemble pendant que les hérauts proclamaient au son des trompettes :

« Paix éternelle entre les deux royaumes ! »

J'eus à peine le temps de converser quelques instants avec Thomas More. Il m'est apparu tel que me l'avait décrit Érasme, un homme à l'allure sévère mais d'une douce détermination, n'élevant jamais la voix, ignorant la colère, gardant souvent un silence réfléchi qui avait beaucoup plus de puissance que des longs discours.

Le 24 juin, nous assistons à une émouvante séparation avec moult promesses de se revoir souvent.

Qui est roi de l'hypocrisie ?
C'est Henry.
Qui est en plein désarroi ?
C'est François.

Cette rencontre restera dans l'Histoire comme l'entreprise de prestige la plus coûteuse et la plus inutile d'où nous ne tirâmes même pas l'ombre d'un avantage. Quand je repense à ces trois semaines de fastes étalés, je ne peux m'empêcher de constater l'immense gâchis. Tout cet ensemble n'étourdit plus, il révolte. Pour en arriver à ce piètre résultat, à ce lamentable échec : Henry VIII refusa de s'engager. Il fallait s'y attendre mais il fit bien pire, ce qui démontrait clairement qu'il était vraiment une sorte de despote aveugle à la politique cauteleuse.

Des espions nous rapportèrent qu'Henry, nous ayant tout juste quittés et avant de s'embarquer pour l'Angleterre, prit le chemin de Gravelines où l'attendait Charles Quint. Ils s'entendirent pour dépouiller le royaume de France, Henry aurait le Nord et Charles la Bourgogne et le Midi. Ils promirent de se revoir un an après à Calais pour mettre à exécution leur odieux projet.

Charles Quint, qui se vantait de ce que le soleil ne se couchât pas sur ses États, allait au bout de sa devise : « *Plus outre. Encore plus loin.* »

Mon cousin est en train de payer cher
Son élégance, son charme et sa gloire.
L'empereur et son ami le roi d'Angleterre
N'apprécient guère les lutteurs de foire.

Il était bien difficile de décrocher ne serait-ce que l'ombre d'un sourire à mon roi qui était contraint de se rendre à l'évidence : son désaccord avec Charles Quint grandissait d'heure en heure et il était temps de réagir.

Dans la série « Je trahis le roi de France », voilà qu'entre en scène le pape Léon X qui s'allie en secret avec l'empereur. Mais cela n'altère en rien la bonne humeur de François Ier qui n'est pas du genre à se laisser abattre, au contraire : il construit. Il ordonne que l'on mette en chantier la construction du château de Chambord, un projet magnifique qui non seulement va coûter une somme astronomique, mais qui ne sera pas achevé avant deux bonnes dizaines d'années.

Notre douce petite reine nous fit la bonne surprise de mettre au monde une jolie petite Magdeleine pour le bonheur de ses frères et sœurs et pour « le plus grand plaisir du roi » qui me glissa à l'oreille en prenant bien garde que Madame de Châteaubriant n'entendît pas :

« Tu surveilleras la chambre de Madame Françoise pendant que je m'acquitterai de ma visite annuelle chez la reine maintenant qu'elle a accouché. »

Il commençait à mettre en doute la fidélité de sa maîtresse, Louise ayant sournoisement décidé de perdre la favorite dans l'esprit du roi en l'accusant de collectionner les amants. Mais la cour ne fait pas que colporter des ragots d'alcôves, elle fourmille de nouvelles venues de toutes les parties du monde : du Portugal où un navigateur nommé Fernão de Magalhães est parti agrandir le monde. Pourquoi ne pas en faire le tour pendant qu'il y était ? Comme si on pouvait tourner autour de la terre ! Quand Magellan sera arrivé au bout de l'océan, il verra bien qu'il n'y a que le vide et il sera alors obligé de revenir. Encore une entreprise coûteuse qui n'aboutira à rien !

On apprend aussi l'avènement de Soliman le Magnifique en Turquie. On dit de lui que c'est un être qui brille d'une indiscutable primauté.

Il y a deux empereurs
Pour notre malheur
L'un à l'Orient,
C'est Soliman.
L'autre n'est pas loin,
C'est Charles Quint.

La dernière nouvelle arrive toute chaude d'Allemagne, de Worms exactement où se sont réunis les États du Saint-Empire germanique. Qui présidait cette diète ? Charles Quint en personne. Qui fut excommunié et mis au ban de l'Empire ? Martin Luther, à la suite de la publication de ses trois traités réformateurs. Des savants à la cour ? Monstruosité rare ? Que nenni ! Elle en était bien pourvue et l'on pouvait, grâce à eux, rendre compte de la grandeur de la France malgré la petitesse des mœurs de la cour. Mais à cause de cette maudite diète, nous allions perdre l'un des hommes les plus savants de notre siècle. Il se nommait Jacques Le Febvre d'Étaples, c'était un polygraphe émérite qui avait publié une édition des Épîtres de saint Paul que j'avais lue et relue avec enthousiasme, étant en plein accord avec ses commentaires où il émettait des opinions dogmatiques qui le séparaient de l'Église romaine, rejetant la prédestination, n'admettant pas que la foi seule puisse sauver, et attachant une médiocre importance à la confession. Il rejoignait ainsi les thèses de Luther. Certaines de ses affirmations allaient être entachées d'hérésie par la Sorbonne et ses livres saisis par ordre du Parlement.

Il n'avait plus qu'à s'enfuir de la cour s'il voulait ne pas subir le sort qu'on réservait aux hérétiques. Il trouva asile à Strasbourg.

Tout au début de l'année 1521 – décidément je n'aime pas les mois de janvier –, la neige ensevelissait les bois autour du château de Madame, à Romorantin, où le roi tenait souvent sa cour. C'était son soir : le soir des Rois et François s'ennuyait, il voulait sans cesse de l'action. Nous fûmes obligés de le suivre dans le froid et la tourmente pour aller assaillir à coups de boules de neige l'hôtel de Saint-Pol, l'un de ses compagnons d'armes. Dérangé au milieu d'un festin, Saint-Pol ouvrit sa fenêtre et jeta sur nous un gros tison enflammé qui tomba sur la tête du roi. On le transporta d'urgence dans une chambre où les chirurgiens du château le crurent perdu ; il était aveugle, le crâne brûlé. On fut obligé de lui couper ses beaux et longs cheveux dont il était si fier. Toute la cour, dès le lendemain, se mit à porter les cheveux courts. Madame, folle de douleur, entra dans ses grandes fureurs et parla d'arrêter Saint-Pol. Le roi blessé s'y opposa fermement :

« Laissez-le. J'ai fait cette folie, il est juste que j'en sois puni. »

Le bruit de sa mort courait déjà hors de France. Il se fit parer, farder et reçut, encore défaillant mais le sourire aux lèvres, les ambassadeurs étrangers afin de leur montrer qu'il régnait toujours et qu'il entrait dès cet instant en guerre avec Charles Quint.

Et nous voilà revenu dans la série « Je trahis le roi de France », deuxième saison. Madame Louise ne relâchait pas un instant sa haine pour la favorite qu'elle rendait responsable des folles dépenses du roi et elle avait décidé de séparer son fils de cette femme qu'elle jalousait comme une rivale. François Ier se refusait à croire que sa maîtresse, la maîtresse en titre du roi de France, osât lui faire porter les cornes de cerf qu'il savait si bien débusquer lors de ses parties de chasse. Louise utilisa les grands moyens en lui révélant le nom d'un de ses amants : l'amiral de Bonnivet. Le même Bonnivet qui avait attiré l'attention du roi sur la beauté de Françoise de Châteaubriant. C'était la pure vérité : depuis quelque temps, Bonnivet faisait cocu le roi de France.

François ne le crut pas, mais le doute le rongeait. Usant d'un stratagème tant de fois employé, il déclara un matin qu'il partait pour Fontainebleau courir… le cerf, évidemment, pendant quatre jours… et il s'en revint le soir même, m'ordonnant de l'accompagner jusqu'à la chambre de Madame de Châteaubriant et de rester à l'extérieur pour empêcher quiconque d'y entrer ou d'en sortir. Comme par hasard, il se trouvait que, ce soir-là, Madame recevait dans son lit son galant amiral où ils se livraient tous deux à des jeux fort actifs. Quand ils entendirent soudain « mon cousin » frapper à la porte en s'annonçant :

« Ouvrez, ma mie, ouvrez, ouvrez au roi ! »

Nous entendîmes un mouvement d'affolement vite couvert par la voix de la favorite qui ne trahissait aucune panique :

« Un moment, je vous prie ! »

Nulle issue sauf la vaste cheminée garnie en été d'un buisson de branchages, de feuillages et de fleurs. C'était la cachette la plus sûre et Bonnivet s'y réfugia en chemise, tout heureux que cette scène n'ait pas eu lieu en plein hiver. Françoise se hâta d'aller ouvrir à son royal amant :

« Vous m'avez fait bien attendre, ma mie, dit François tout souriant en constatant qu'ils n'étaient que tous les deux, mais souffrez qu'avant de vous rendre les hommages qui vous sont dus, je satisfasse un besoin qui me presse. »

Et se dirigeant vers la cheminée, mon royal cousin arrosa abondamment le paravent de verdure et de roses et Bonnivet de surcroît. Il se mit ensuite à la besogne avec la belle Françoise durant plus d'une heure et s'en fut entièrement satisfait tandis que le malheureux amiral, tout ruisselant d'embruns, se réfugiait, transi, dans la chaleur du lit de Madame de Châteaubriant où ils purent reprendre leurs ébats royalement interrompus.

Deuxième épisode de la série : la trahison du connétable de Bourbon. À l'intérieur du royaume, le duc constituait à lui seul une force qu'il pouvait à son gré rendre redoutable. Sans être le plus proche héritier de la Couronne, il était le plus fort des princes de sang, possédant un pouvoir considérable.

Je ne me suis jamais aventuré à le moquer ni à le contrefaire, connaissant trop bien son caractère impulsif et la certitude de son impunité. Déjà fort grand seigneur, il avait épousé la fille de Louis XI, une princesse maladive et tordue qui lui apporta des biens immenses. La duchesse mourut, n'ayant réussi qu'à mettre au monde des enfants moribonds, tous enterrés au bout de quelques jours. Il était stipulé par contrat que si la duchesse mourait sans héritier, ses biens reviendraient à la Couronne. Louise ne manqua pas de sauter sur cette belle occasion de trouver de l'argent pour financer la guerre contre Charles Quint. Mais le duc prétendait garder ces provinces que Madame soutenait lui appartenir en qualité de cousine de la défunte.

Le duc pouvait se remarier et les domaines passer à ses enfants, ce qui aurait été catastrophique pour la couronne de France. Trouvant le connétable à son goût, Louise s'offrit même en remariage, ce qui eût tout arrangé. Mais le connétable repoussa sa proposition et devint alors d'une surprenante grossièreté qui laissa toute la cour médusée :

« J'avais déjà épousé une femme très laide, ce n'est certes pas pour me retrouver entre les bras d'une femme qui a perdu sa jeunesse. Cela me suffit pour me dégoûter définitivement des femmes et n'en veux plus jamais côtoyer. »

Devant une telle insolence, Madame n'hésita plus : elle intenta un procès en restitution à l'intraitable connétable, procès auquel se joignit François Ier pour lui réclamer toutes ses possessions comme échues au domaine royal. Pour se venger du roi de France et de sa mère, le connétable s'allia avec l'empereur, assuré du concours d'Henry VIII et du nouveau pape Clément VII. Il proposa de diriger l'invasion de la France par leurs armées et de soulever le pays contre François Ier qu'il disait détesté par son peuple parce que trop livré aux emportements de ses passions. Le roi ne voulut pas croire qu'une telle trahison fût possible ; il ne comprenait pas qu'on pût le haïr à ce point, lui qui était incapable de jalousie ou d'animosité.

Il alla voir le connétable et lui demanda si les tractations avec Charles Quint étaient choses avérées. Le connétable eut le front de lui répondre sans sourciller :

« Non, Sire.

– Je sais tout et je suis sûr de mes sources. Qu'il vous souvienne bien de ce que je dis là », renchérit le roi.

Les yeux d'épervier du félon étincelèrent :

« Sire, vous me menacez ? Je n'ai pas mérité d'être traité ainsi. »

Quelques heures plus tard, il s'enfuit dans le Bourbonnais où il trouva refuge dans l'un des plus inaccessibles châteaux de montagne, appartenant à Jean de Poitiers, seigneur de Saint-Vallier, qui se plaignait d'être négligé par le roi. Là se réunirent tous les conjurés qui jurèrent sur l'Évangile de livrer la France à la coalition formée par le triumvirat Henry-Charles-Clément.

Mais le connétable s'était lourdement trompé sur un point essentiel : « Le naturel des Français est de n'abandonner jamais leur prince dans le danger. » François ordonna sur-le-champ la chasse aux traîtres. On attrapa Monsieur de Saint-Vallier, complice du connétable, qui, sans même un procès, fut condamné à avoir la tête tranchée, la mort infamante des traîtres, des criminels de lèse-majesté. Saint-Vallier, qui savait tout du complot, donna les noms de tous les conspirateurs et conjurateurs, espérant ainsi le pardon du roi, mais l'échafaud était dressé place de Grève attendant sa nouvelle proie et il n'était pas question de pardonner. Mon bon roi avait été atteint à l'endroit le plus sensible : le cœur. Je voyais bien qu'il souffrait de se montrer impitoyable mais je le consolai en lui disant que, parfois, la grandeur demande que l'on ordonne des actions contre sa nature et je le tirai par la main pour l'emmener voir sur le mur du château le F couronné et la Salamandre crachant le feu, avec sa devise gravée : *Nutrisco et extinguo* [1].

La fille unique de ce félon, Diane de Poitiers, était fille d'honneur de la reine Claude. Elle était « *belle à la voyr, honneste à la hanter* » avec une voix plus mélodieuse que toutes les sirènes d'Ulysse réunies. C'est cette voix qu'on entendait chez Madame depuis des heures implorer la grâce de son père.

Elle se traîna ensuite aux genoux de Marguerite et de la reine mais elles ne purent que lui répéter :

« Le roi ne fera pas grâce devant une telle faute. »

Nous étions dans son cabinet où François écrivait une lettre à Érasme dans laquelle il lui signifiait son intention de lui confier la direction d'un collège qu'il voulait fonder à Paris où on enseignerait gratuitement le grec, l'hébreu, le latin, les mathématiques, la médecine et la philosophie. Il s'interrompit dans sa rédaction, la reine Claude venait de se faire annoncer. Il l'accueillit comme toujours avec tendresse et compassion.

« Sire, lui dit-elle, pour l'amour de moi, recevez la grande sénéchale. »

Diane de Poitiers avait dû la bouleverser par ses prières. Comme François ne répondait rien, elle insista :

---

1. Je le nourris et je l'éteins.

« Je ne vous ai jamais rien demandé, mon doux seigneur. Vous connaissez ma discrétion et mon humilité, alors accordez-moi aujourd'hui ma première sollicitation. »

Le roi la prit sous son bras et l'assit dans son fauteuil. La fragile Claude était encore enceinte et allait bientôt donner un sixième enfant à son époux-roi. François marchait de long en large, préoccupé :

« M'amie, nous sommes entourés de traîtres. Nos vies, celles de nos enfants, le royaume même ne sont plus en sûreté. Je ne peux faiblir en cette grave affaire.

– Mais, Sire, pour être juste, il faudrait abattre d'autres têtes...

– Nous les avons toutes, ma douce amie, hormis le connétable qui s'est enfui. Ils seront tous châtiés comme ils le méritent.

– Pour l'amour de moi, recevez la fille de Monsieur de Saint-Vallier.

– Je ne peux vous refuser votre demande mais dites-lui bien qu'il n'y a rien à espérer. »

Diane de Poitiers était à genoux, effondrée dans les larges plis de sa robe noire. François Ier était devant elle, dressé dans sa grandeur, imposant, glacial comme je ne l'avais jamais connu.

« On vous voit rarement à la cour, Madame ! laissa-t-il tomber pour engager une conversation qui n'avait rien d'agréable.

– Sire, je vous requiers avoir pitié de moi... »

Je contemplais cette suppliante de vingt-quatre ans, son corsage gonflé, ses paupières battantes et cette fièvre qui lui mangeait les lèvres. La contenance, altière maintenant, et sa voix devenue vibrante étaient celles d'une femme qui exigeait et qui s'en croyait le droit. Je me souvenais d'elle quand la cour s'était rendue près de Rouen loger chez son père, le grand sénéchal. Ce jour-là, « mon cousin », malgré la présence de Françoise de Châteaubriant, avait été fort troublé par la beauté froide de la déesse Diane, qui était restée d'une hautaine insensibilité. C'était tout le contraire aujourd'hui :

« Sire, je vous en supplie à deux genoux, faites grâce. Je serai votre servante à jamais, la plus humble et la plus soumise de vos sujettes.

– Madame, je ne puis.

– Sire, dans une heure, il sera trop tard. Le bourreau n'attend pas.

– Madame, l'ordre est parti. Je n'y puis revenir.

– Sire, tout ce que j'ai… Moi ! Je suis à vous ! »

Elle lui baisait la main avec une passion inattendue pour une telle statue de marbre. Je vis que mon roi fut tenté un court instant par cette femme qui s'offrait mais cet être inassouvi de plaisirs faisait passer l'honneur avant tout et il n'eût pas manqué de considérer, en obtenant facilement les faveurs d'une femme venue lui demander merci pour son père, qu'il avait forfait.

Il l'écarta cependant avec une certaine rudesse, se rendit à sa table, prit une plume et, d'un trait, il écrivit :

« Je, le roi, fais grâce de la vie à Jehan de Poitiers, seigneur de Saint-Vallier. De notre pleine puissance et autorité royale, commuons en la peine ci-après déclarée : c'est assavoir que ledit sieur de Poitiers sera mis entre quatre murs pour le reste de sa vie. Car tel est notre plaisir. »

On nous narra que les deux bourreaux, sous les yeux de la populace qui attendait le supplice avec impatience, avaient fait mettre à genoux Saint-Vallier en le priant de requérir pardon à Dieu et au roi. Le premier bourreau s'approchait avec sa hache luisante quand un archer du roi, enfonçant ses éperons dans les flancs ensanglantés de son cheval, s'ouvrit un passage au milieu de la foule en hurlant :

« Holà ! Cessez ! Cessez ! Voilà la rémission du roi ! »

Il tendit au second bourreau la lettre patente officielle scellée de cire verte sur lac de soie. Les bourreaux dépités se retirèrent et le peuple se dispersa, murmurant, déçu de ne pas voir au bout d'une lance la tête tranchée qu'on lui avait promise. Quant à Monsieur de Saint-Vallier, entre les quatre murs de pierres maçonnées dessus et dessous de sa prison avec juste une petite fenêtre par laquelle on lui administrait son boire et son manger, il garda jusqu'à la fin de sa vie une pâleur mortelle.

Marignan était loin. La guerre perdait son panache. Nous subîmes une lourde défaite à la bataille de La Bicoque, ce qui signifia la perte définitive du Milanais. Mais pour François Ier, porter la guerre en Italie devenait plus une obsession qu'une politique. Il ne s'arrêterait pas à cet échec.

Pendant que notre reine, avec de plus en plus de peine, donnait naissance à un petit Charles, troisième fils du roi, la « belle amitié » d'Henry VIII se muait en une déclaration de guerre en bonne et due forme.

Et on parlait encore et toujours de guerre, j'en avais la tête toute farcie sans que mon esprit farceur puisse s'exprimer. Il me fallait quitter la cour pour me changer les idées. Me débarrassant de mes habits de bouffon, je redevenais un bossu comme un autre pour me rendre dans la ville voisine où il y avait souvent jours de foire. Je passais inaperçu au milieu de l'immense foule fascinée par les colporteurs tout bardés de médailles pérorant des gaillardises pour mieux vendre leurs pommades aux vertus curatives, par les funambules, au-dessus de nos têtes, qui risquaient leur vie (et la nôtre !) en cherchant leur équilibre sur un fil relié entre deux toits, par les arracheurs de dents qui agitaient leurs pinces incisives attendant la molaire ou la canine à déraciner, et même par ce joueur de viole qui jouait si mal que je me suis enfui « à toutes gambes ». Un montreur d'ours affublé d'un petit singe de Barbarie grimaçant moins que son maître rendait les badauds hilares.

Des ânes aux longues oreilles n'arrêtaient pas de braire, couvrant les prédictions des gitanes diseuses de bonne aventure, jurant promesse de vie heureuse sur terre et bien au-delà, quand, tout à coup, une espèce de géant à la tête toute biscornue se dressa devant moi. Je tordis le cou pour pouvoir le regarder dans les yeux qu'il avait glauques et sans expression. Il articula ou plutôt éructa :

« Tu te souviens ? C'est moi Nicolas, ton grand frère, tu te souviens de ton grand frère ? Je suis ton grand frère ! Tu te souviens ?

– Je me souviens surtout qu'il était niguedouille, tout juste bon à faire des nattretés[1].

– Tu es bien habillé, tu es riche… Je suis pauvre… Je suis orphelin… Tu es mon frère… tu dois t'occuper de moi.

– Tu es un souillon, tu es pauvre d'esprit… Je suis riche d'idées… Je n'ai que faire de toi… »

Je regardais ce grand nigaud avec une compassion qui n'excluait pas le dégoût. Il traînait après lui une odeur d'étable mal nettoyée; il était si sale qu'il n'avait jamais dû se laver qu'à la pluie. Il était pareil à ces vilains qui ne songeaient qu'à s'empiffrer de viande grasse et crue, engrossant leurs propres filles et sodomisant les truies. Ce grand escogriffe musclé sans cervelle n'avait sûrement rien compris à ce que je lui avais dit et pleurait presque de me voir hésiter à lui trouver un emploi. Comment l'introduire au château sans que l'on fasse encore des gorges chaudes ?

« Vous avez vu le frère de Triboulet, c'est le même aussi laid mais grandeur nature ! »

Surtout à quoi et où pouvait-il être utile ? Il n'y avait qu'un seul endroit : dans les cuisines du château, là où on ne le verrait pas. C'est ce qui pourrait le mieux lui convenir : marmiton dans les cuisines royales pour nettoyer les plats et autres besognes moins ragoûtantes. Il pourrait même gagner jusqu'à soixante livres tournois par an, avec l'assurance de dormir sur une paillasse et d'avoir une soupe avec du pain et du lard chaque jour. Je l'amenai

1. Tours de vilains.

discrètement au fin fond des caves du château, le confiai à quelque gâte-sauce qui prit soin de lui, l'éloignant des pages et des laquais qui n'auraient pas manqué de lui faire quelques méchantes « postiqueries » et j'allai aussitôt demander à mon roi la faveur de prendre mon grand frère Nicolas à son service :

« Donne-moi une seule raison de t'accorder ce privilège, me dit-il.

– Dieu a fait les planètes, mon frère fera les plats nets ! »

Cette réplique, qui amusa beaucoup le roi, fit office à la fois d'accord et de remerciement.

« Mon cousin », entre ses nouvelles conquêtes et sa maîtresse attitrée, avait consacré une petite demi-heure pour honorer une nouvelle fois sa reine si bien que, moins d'un an après la naissance de Charles, Claude accouchait d'une nouvelle fleur royale : Marguerite, appelée ainsi en hommage à la duchesse d'Alençon, sœur du roi.

Depuis la mort de sa première fille Louise, la descendance de François Ier comptait maintenant six enfants, Charles un an, Magdeleine quatre ans, Henri cinq ans, François six ans et Charlotte sept ans.

Marguerite de Valois, reine de Navarre, se piquait d'écrire et composait souvent des comédies et des moralités que l'on nommait *pastorales*, qu'elle faisait jouer et représenter par les filles de sa cour. Elle trouvait l'inspiration au manoir de Cloux où notre regretté Léonard avait dû laisser un petit supplément d'âme avant de monter vraiment au firmament avec ses drôles de machines. Elle avait pris sous sa protection messire Clément Marot qui était devenu son valet de chambre. Elle l'avait aussi chaudement recommandé à son frère. Messire Clément avait su devenir de bonne heure un parfait courtisan. Il avait fait partie de la Basoche et d'autres confréries de joueurs de farces. Sachant que ce genre de théâtre n'était pas en faveur à la cour, il avait vite fait de biffer de ses œuvres ce qui rappelait trop un temps plus libre et se contentait maintenant de nous « pondre » quelques dialogues récréatifs et joyeux et de charmants petits rondeaux chantant ses amours et celles des autres.

Si François avait son fou (moi, en l'occurrence !), Marguerite avait une folle nommée Cathelot, une naine acariâtre, qui la suivait partout en trottinant sur ses petites jambes. C'était une virago. Sa bête de mère faisait encore dire des messes dans l'espoir de la voir grandir. Elle me harcelait littéralement et clamait à qui voulait bien l'entendre que nous allions bientôt convoler en justes noces. Il n'en était nullement question. Je n'avais pas envie de me retrouver dans un lit, encore moins le reste de mes jours, avec un ersatz de femelle. Je m'en suis débarrassé avec la complicité des médecins du roi qui lui affirmèrent que les plaisirs de l'amour énervent les petites personnes et le plus souvent leur deviennent funestes, surtout quand ils sont pratiqués avec un bossu.

Mais la rumeur avait vite fait le tour des conversations de la cour et les moqueries à mon encontre allaient bon train. Ah ! Courtisans ! *Vil razza damnata !* Toutes ces femmes et ces hommes ne sont là que pour y trouver source de profit. Je les observais se pousser du coude pour tenter de se faire remarquer, de décrocher le regard bienveillant d'une personne haut placée, un sourire du roi, être dans les bonnes grâces de la reine, plaire à Madame, se nourrir d'un signe de tête de Madame la duchesse. Tous ces avilissements, ces faux-semblants, pour bénéficier d'un fragile avancement !

Parfois des haut-le-cœur me prenaient et j'allais vomir tripes et boyaux tant cet étalage de flagornerie me dégoûtait. La vie de cour pouvait changer beaucoup un homme ou une femme et pas toujours pour le meilleur.

Les femmes peaufinaient leur art d'être une femme en se transformant en femme de cour, en courtisane, manipulant les hommes, les caressant dans le sens du poil (et autrement bien entendu !) et en leur faisant bien croire qu'ils régentaient tout. Et les hommes ne manquaient jamais de tomber dans le panneau.

Nous nous rendîmes à Chambord pour nous rendre compte de l'évolution des travaux. Il pleuvait fort ce jour-là, ce qui mettait mon roi de fort mauvaise humeur, je tentai d'apaiser sa colère :

« Ne nous plaignons pas de ce déluge, "mon cousin" cette abondance de pluie ne peut être que bénéfique pour faire pousser plus vite ce somptueux bouquet de pierres. »

Pour éviter de patauger dans la boue, nous passâmes sur des passerelles de bois qui enjambaient de profondes mares formées par ce gros orage. Elles étaient dépourvues de parapets et comme nous nous y aventurions en cherchant à conserver notre équilibre, mon roi bougonna :

« Comment se fait-il qu'on n'ait pas eu la précaution de mettre des garde-fous ?

– C'est qu'on ne savait point que nous dussions passer par là ! » fut ma réponse immédiate.

Belle riposte qui eût valu bon nombre d'étrivières à un pauvre insolent qui n'aurait pas eu le privilège d'être le bouffon du roi.

Pourquoi faut-il que les tragiques événements se succèdent, comme s'ils s'étaient concertés et avaient attendu un moment de félicité pour frapper plus sûrement et plus lourdement ?

Clément Marot avait rimé juste ce jour-là :

On dit bien vrai, la mauvaise fortune
Ne vient jamais qu'elle n'en apporte une
Ou deux ou trois avecques elle…

D'abord, la très noble et bonne dame Claude de France « *s'en alla en joie, laissant à ses amis tristesse* », mourant en paix à l'âge de vingt-cinq ans.

Elle avait connu chacune des trahisons de son époux, elle en avait été peinée dans sa chair mais son âme chrétienne avait pardonné. Si elle avait surtout connu les souffrances de l'amour, elle n'en avait pas eu les joies.

Clément Marot lui compose une épitaphe insistant sur son grand détachement des choses de la terre, sur ce dégoût d'une vie qui lui avait apporté tant de chagrins, de deuils et de larmes depuis son adolescence.

Cy gist envers, Claude, royne de France
Laquelle avant que mort luy fit oultrance
Dit à son âme (en guettant larmes d'œil) :
Esprit lassé de vivre en peine et deuil,
Que veulx-tu plus faire en ces basses terres ?
Assez y as vescu en pleurs et guerres :
Va vivre en paix au ciel resplendissant,
Si complairas à ce corps languissant.
Sur ce fina par mort qui tout termine
Le lys tout blanc, la toute noyre hermine ;
Noyre d'ennuy, et blanche d'innocence,
Or veuille Dieu la mettre en haulte essence,
Et tant de paix au ciel luy impartir,
Que sur la terre en puisse départir.

Elle avait choisi pour devise une lune jetant une douce lumière avec ces mots : *Candida, candidis*.

Son royal époux en fut sincèrement affecté :

« *Si je pensais la racheter pour ma vie, je la lui baillerais de bon cœur, et j'eusse jamais pensé que le lien du mariage fût si dur et difficile à rompre.* »

Les tragiques événements vont continuer de s'acharner sur mon infortuné roi qui pensait que cette année 1524, fatale pour lui et pour la France, ayant perdu le duché de Milan, deux armées et la reine, avait terminé sa distribution de malheurs.

C'était sans compter la petite Charlotte qui, n'ayant pas atteint ses huit ans, allait suivre sa mère dans la tombe. La pauvre enfant à peine recouverte, voilà l'arrivée d'un messager qui revenait tout droit d'Italie pour nous annoncer la mort du chevalier Bayard, survenue au siège de Rebec près de Milan. Au cours d'un combat contre l'armée espagnole, une pièce d'arquebuse lui a brisé la colonne vertébrale. On veut l'emmener sur les lignes arrière pour le soigner :

« Je n'ai jamais tourné le dos devant l'ennemi, je ne veux pas commencer à la fin de ma vie. »

On le transporte alors sous un arbre, la face vers l'ennemi, à sa demande. Le connétable de Bourbon, passé dans le camp espagnol, vient le voir et lui dit qu'il éprouve de la pitié pour lui.

« Monsieur, lui dit Bayard en crachant du sang, il n'y a point de pitié en moi car je meurs en homme de bien. Mais j'ai pitié de vous, de vous voir servir contre votre prince, votre patrie et votre serment. »

Et il rend le dernier soupir.

À ce récit, je pleurais à chaudes larmes le preux chevalier Bayard, tout bardé de prouesses, rendant l'honneur à la France, grand maître des batailles, des fiers assauts, des combats et alarmes. Je regrettais seulement que ses dernières paroles se fussent adressées à un traître.

François Ier décide de rejoindre ses armées en Italie, laissant la régence à sa mère :

« Toute l'Europe se ligue contre moi, eh bien, je ferai face à l'Europe ! Je ne crains ni l'empereur ni le roi d'Angleterre. L'Italie, je m'en charge moi-même. J'irai à Milan, je reprendrai le duché et ne laisserai rien à mes ennemis de ce qu'ils m'ont enlevé. »

Souvenez-vous de cette réunion du Conseil qui avait pour but de déterminer le meilleur moyen de pénétrer en Italie ! Chacun des conseillers se prononça avec plus ou moins de discernement, quand « mon cousin » se tourna vers moi :

« Triboulet va nous départager. Dis ton sentiment, cousin !

– Voilà qui va fort bien, mes beaux seigneurs, mais vous oubliez l'essentiel !

– Qu'est-ce donc ? demanda le roi.

– C'est que vous parlez tous d'entrer en Italie, mais que personne ne songe au moyen d'en sortir. »

Eh oui, vous avez tous beaucoup ri et n'avez tenu aucun compte de mon bon sens. Maintenant, il est bien temps de verser des larmes de sang. Si seulement vous m'aviez écouté ! Si tu m'avais écouté, « mon cousin », tu n'aurais pas commencé cette désastreuse campagne de Pavie, tu n'aurais pas été fait prisonnier, tu n'aurais pas été traîné de prison en prison, d'Italie en Espagne, tu n'aurais pas été humilié par la petitesse de cet empereur qui jalouse ta grandeur de roi. Sans toi je ne suis plus rien. Je ne sers plus à rien dans cette cour assombrie, orpheline de son soleil. Tu me manques, tu manques à ton peuple, tu manques à la France et j'ai pris la décision de partir te rejoindre dans ta prison espagnole.

Chapitre huitième

Ce n'était pas mince affaire que d'entreprendre d'aller jusqu'en Espagne rejoindre mon roi prisonnier. J'emmenai avec moi mon frère Nicolas, persuadé qu'avec sa carrure de géant, il me servirait de protecteur et saurait éloigner les manants qui auraient la mauvaise intention de me chercher querelle ou de me molester.

Il nous fallut quatre lunes pleines pour atteindre Madrid et apercevoir le donjon étroit et sombre de l'Alcazar où François Ier était retenu prisonnier.

Combien de fois avons-nous dû changer de montures tant nos chevaux étaient rompus et combien avons-nous fréquenté d'auberges pour nous héberger après chaque étape du jour !

Nous y avons rencontré plus de buveurs et de vilains que de personnes de bonne compagnie. Tous les soirs, j'avais devant moi mon nigaud de frère que je voyais bâfrer. Après avoir sorti de sa besace son couteau à viande à grosse lame que je savais bien aiguisée et qu'il essuyait minutieusement, il tranchait un bon morceau de lard, me tendait la plus petite part et mordait dans l'autre avec une telle bestialité qu'il aurait fait peur au cannibale le plus sanguinaire.

Il s'empiffrait ensuite d'un pâté en croûte, d'un cuissot de sanglier à la confiture d'oignons et d'une miche de pain sur laquelle il avait étalé de la moelle de bœuf dégoulinante de graisse. Au milieu de toute cette goinfrerie, j'avais du mal à avaler mon bouillon d'orties. À peine arrivé dans mon estomac, une fois sur deux, mon écœurement m'obligeait à quitter la table pour aller au dehors de l'auberge dégueuler toutes mes entrailles.

Parfois le plus crasseux des palefreniers nous cherchait querelle pour un pichet de clairet commandé avec trop d'insistance. J'étais bien sûr celui que l'on insultait en premier :

« Hé ! Le bancal avec ta grosse bosse sur le dos, on te nomme messire Courtebite ? »

Autant je répliquais du tac au tac à la cour de France, autant, dans ce bouge infect, je préférais me taire et laisser mon frère répondre à ma place :

« Tas de brelotins, vous nous braillez bombette ! Je vais me colérer et vous faire jaillir la merde que vous avez sous le bonnet et je vous enduirai la gueule avec ! »

Cela avait au moins le mérite d'être clair et cela donnait immédiatement le signal de la bagarre générale. Je me terrais dans un coin de l'auberge pendant que Nicolas faisait valser les tables et les bancs, éclatait quelques figures et assommait deux ou trois faces avinées. Cela se terminait invariablement par de gros rires gras et force tapes dans le dos autour d'une chopine quand ce n'était pas à conter « farfemouille » à une souillon pour y tremper sa chandelle à la fin de la nuit.

Avant de te conter la suite de nos aventures, il faut que je t'explique tout de même les événements qui avaient précédé notre voyage.

Croyant pouvoir réitérer son triomphe de Marignan, François Ier, toujours à la tête de ses armées, attaque Pavie, en Italie. Mais ce 24 février 1525, jour funeste, c'est le désastre. Tous les maréchaux les plus héroïques sont tués ou mortellement blessés. Le seigneur de La Palice lui-même se voit décocher à bout portant un méchant coup d'arquebuse qui perça sa cuirasse. Il s'était une fois de plus si courageusement illustré dans cette bataille que ses soldats chantèrent sa bravoure en un joli quatrain composé en sa mémoire :

Monsieur de La Palice est mort
Mort devant Pavie
Un quart d'heure avant sa mort
Il faisait encore envie.

Il faisait encore envie tant sa vaillance était un exemple à ne jamais oublier. Je ne sais quel imbécile a souillé sa mémoire en changeant la dernière phrase par « il était encore en vie » ! C'est bien mal honorer la bravoure de ces chevaliers qui ont donné leur vie pour l'honneur de la France.

Au soir de la bataille, l'armée française est décimée mais le plus grave, c'est que François Ier est fait prisonnier et rend son épée en disant :

« Voici l'épée d'un roi qui n'est pas prisonnier par lâcheté mais par manque de bonne fortune. Tout est perdu, fors l'honneur ! »

Les Espagnols pavoisent en ce 24 février. C'est l'anniversaire de leur empereur et roi et le plus beau cadeau qu'ils pouvaient lui faire c'est la capture du roi de France, François Ier.

Prisonnier d'un adversaire sans pitié, François, suivant l'escorte qui le conduisait à Madrid, traversa Valence au milieu de l'admiration des femmes accourues. L'une d'elles la lui manifesta avec tant d'ardeur que le roi lui dit :

« Vous me montrez une telle attention que je ne sais comment vous en savoir gré. Je me tiens, en tout cas, prêt à votre commandement. »

À Madrid où il parvint enfin dans un éclatant costume blanc et or, il mit en transes Xiména, fille du duc de l'Infantado. Désespérée de ne pouvoir le joindre et arriver à ses fins ou à un début qu'elle savait prometteur, elle s'en fut cacher son amour interdit dans la solitude d'un couvent.

Il est bientôt l'objet des rêves de la propre sœur de Charles Quint, Éléonore d'Autriche, qu'il sera obligé d'épouser plus tard tant pour raison d'État que pour la remercier de ses bienfaits.

On a de son séjour trop long et trop injuste conservé des échos que les historiens nous ont abondamment contés. Il en est de pittoresques que je ne saurais te relater mais qui démontrent bien que sa grande infortune ne lui avait point fait perdre une vigueur que nul ne put jamais mettre en défaillance. Il devait laisser, en partant, pantelantes, inconsolées, nombre de ces généreuses Espagnoles.

La plupart des dames de Madrid, toutes compatissantes, émues par ses malheurs, par sa peine et par ses pleurs, toutes prêtes à consoler ce captif séduisant, se mirent à l'ouvrage avec tant d'allégresse qu'il ne sut à quel sein il vouerait son amour. Les geôliers complaisants fermaient leurs yeux sévères et les jours plus riants succédant aux nuits folles firent du roi de France un prisonnier comblé jusqu'au jour où l'envoyé de l'implacable Charles Quint vint lui lire les conditions que celui-ci lui avait dictées :

« Que le roi de France rendît toutes ses terres à monsieur de Bourbon, et en plus, la Provence et le Dauphiné. Que le roi de France remît à l'empereur le duché de Bourgogne, le comté d'Auxerre, de Mâcon, la vicomté d'Auxonne, le ressort de Saint-Laurent, la seigneurie de Bar-sur-Aube et d'autres terres françaises. Qu'il abandonnât la ville de Thérouanne et celle de Hesdin ; qu'il perdît ses droits de suzeraineté sur la Flandre et l'Artois ; qu'il renonçât à toutes ses prétentions sur le royaume de Naples, le duché de Milan, le comté d'Asti, la seigneurie de Gênes. Qu'il restituât au roi d'Angleterre toutes les villes de France qu'il lui avait enlevées ; qu'il rétablît le prince d'Orange dans sa principauté confisquée. Qu'il payât toutes les indemnités pécuniaires que Charles Quint avait promis de payer à Henry VIII. Sinon, il porterait la guerre jusqu'à Paris. »

Le roi écouta jusqu'au bout sans la moindre réaction et répondit avec hauteur et ironie :

« Je suis marri que l'empereur votre maître vous ait donné la peine de venir en poste de si loin pour m'apporter articles si déraisonnables. Vous lui direz que j'aimerais mieux mourir prisonnier que d'accorder ses demandes. Mon royaume est encore en son entier ; je ne veux, pour ma délivrance, l'endommager. Si l'empereur veut traiter avec moi, il faut qu'il parle un autre langage. »

Le lendemain de cette entrevue, il fut transféré de la grande tour de Los Lujanes, où il disposait d'un appartement spacieux, pour le tout dernier étage de l'étroit donjon de l'Alcazar dans une chambre où l'on pouvait juste loger un lit, un coffre, un fauteuil, une table et deux chaises. Il fut privé de toutes les visites qui avaient rendu sa captivité acceptable et qui n'étaient plus maintenant que souvenirs charmants.

Charles Quint ne donnait aucune nouvelle et refusait obstinément l'entrevue avec son captif tant que tout n'aurait pas été conclu avec les envoyés de la régente Louise de Savoie qui, afin de rappeler à tout instant la royauté et la grandeur à son César, lui envoyait des tentures à fleurs de lys, ornées de l'écusson royal et de la Salamandre symbolique. Elle lui adressait aussi des lettres tendres et rassurantes. Marguerite lui envoyait du linge précieux et des fourrures ainsi que des livres et des poèmes de sa composition mal rimés mais passionnés.

Les ambassadeurs délégués à Tolède par Louise n'obtenaient que des refus de Charles Quint. Il ne voulait rien négocier et renforçait même ses conditions. François Ier, de son côté, interdisait de se dessaisir du moindre territoire.

« Il ne faut rien céder. Pas un seul petit morceau de la France. Dussé-je mourir entre ces murailles ! »

Fatigué par la chaleur torride, étouffant dans ce petit espace clos, il tomba gravement malade, terrassé par de fortes fièvres accompagnées d'atroces maux de tête qui le forcèrent à s'écrouler sur son lit sans pouvoir se relever.

Le propre médecin de l'empereur, assisté de deux de ses collègues français, fut envoyé sans tarder au chevet du malade. Charles Quint craignait de perdre son précieux otage. Il n'avait pas tort. L'état de son captif était désespéré : un abcès s'était formé dans la tête de François Ier qui sombrait dans une léthargie proche d'un coma mortel.

Les médecins français tentèrent bien un astucieux diagnostic :

« Peut-être que la liberté, l'air de sa patrie le soulageraient ? »

Mais le médecin espagnol ne fut pas dupe de leurs habiles insinuations. Ils furent interrompus par l'arrivée de Charles Quint en personne qui leur ordonna de quitter la chambre et de le laisser seul avec son prisonnier mourant.

Mon roi me raconta plus tard qu'il entrouvrit les yeux et découvrit l'empereur qui le tenait dans ses bras. L'étonnement passé, il eut juste la force de balbutier :

« Seigneur, vous voyez ce qui reste de votre prisonnier.

– Non, mon bon frère, je vous tiens pour libre, répondit Charles Quint avec une douceur inhabituelle.

– Je suis votre esclave, insista le roi mourant.

– Je ne désire rien plus que votre santé, ne songez qu'à elle. Tout le reste se fera comme vous le souhaiterez.

– Il en sera comme vous ordonnerez, mais, je vous en supplie, seigneur, qu'il n'y ait plus d'intermédiaire entre vous et moi !

– Mon très cher frère, ne vous souciez d'autre chose que de votre guérison et je promets que vous serez délivré à votre grand honneur et contentement après que Madame la duchesse, votre sœur, sera venue à Tolède. »

François n'écoutait déjà plus, étant retombé dans un évanouissement proche de son dernier sommeil. Charles Quint revint chaque jour visiter son roi captif en ne manquant jamais de lui rendre confiance et en le rassurant sur la venue prochaine de sa sœur Marguerite.

Apprenant que le beau roi français était au plus mal, les femmes se précipitèrent en foule dans les églises d'Espagne, priant pour la guérison du royal prisonnier. Charles Quint, exaspéré de la popularité de son rival, ordonna qu'il fût dit des prières publiques, afin que l'on crût qu'il en était l'initiateur.

J'amusais beaucoup « mon cousin » il y a quelque temps à la cour quand je comparais Charles Quint à un crabe : ce sale animal adore la chair de l'huître mais ne peut s'en régaler qu'en évitant un grand danger : celui de se faire sectionner les pinces par la coquille de l'huître pareille à une robuste armure qui, en se refermant brusquement, peut transformer le crabe en une inoffensive araignée de mer. Mais le crabe est patient, il attend que l'huître s'ouvre pour goûter le doux délassement des profondeurs de la mer, il insère alors un galet à la jointure de la coquille lui interdisant de se refermer, il y plonge ses deux pinces et déguste tranquillement son succulent repas servi dans une jolie assiette de nacre. C'était un portrait assez réaliste de l'empereur au teint blafard et aux yeux obliques.

Quand on rapporta à Louise de Savoie l'alarmante nouvelle de la maladie du roi, elle fondit en larmes, sachant qu'elle ne pourrait aller rejoindre son fils agonisant. Pensant arranger les choses avec l'empereur, elle proposa en mariage sa fille Marguerite, veuve récente, et l'envoya aussitôt au chevet de son frère. Marguerite aurait accepté bien pis pour l'amour de son François adoré.

Depuis l'absence du roi, Louise n'avait cessé de lutter pour garder en paix le royaume menacé par une bande de loups qui commençaient à montrer dangereusement les dents. Le Parlement s'opposait à elle régulièrement et lui faisait les nuits blanches. Avant mon départ pour l'Espagne, je n'avais pas manqué de souligner cette guerre intestine avec une verve un instant retrouvée :

La Régente est en conflit permanent
Avec tous ces messieurs du Parlement
Tout ce grand monde, parle, ment,
C'est une assemblée de manants.

Dans ces moments dramatiques, il fallait bien continuer d'exercer ma fonction de bouffon même si elle était devenue bien insignifiante dans cette morosité qui avait gagné la cour et le pays tout entier. Mais aussi étonnant que cela puisse paraître, aucun prince n'avait bougé en France et le peuple était resté loyal envers son souverain pourtant absent de son royaume depuis trop longtemps. C'était la preuve indiscutable qu'il était sincèrement aimé.

Charles Quint, n'ayant même pas daigné répondre à la proposition de mariage, avait donné son accord pour que la duchesse vînt visiter son frère dans sa prison espagnole.

Ils ne s'étaient jamais vus, mais dès qu'ils se rencontrèrent, ils ne se plurent ni l'un ni l'autre. Charles Quint trouva Marguerite quelconque et sans charme, tandis qu'elle fut glacée de peur et de répulsion devant ce maigre jeune homme tout habillé de velours noir. Il la conduisit lui-même auprès de son frère et, sans un mot, repartit aussitôt pour Tolède.

Marguerite ne quitta pas François ni de jour ni de nuit, lui prodiguant tous les soins possibles et imaginables, lui apportant le plus tendre des secours destinés à ranimer son courage durement éprouvé par la plus cruelle des défaites et par une incarcération inhumaine. Mais François ne reprenait pas connaissance et semblait plongé dans une complète insensibilité. Voyant qu'aucun remède humain n'avait d'effet bénéfique, elle fit dresser un autel de fortune dans la cellule où l'archevêque d'Embrun, venu en ambassade, célébra la messe pour l'agonisant. Le roi ouvrit les yeux quand on lui présenta le saint sacrement et demanda l'hostie. Il ne put l'avaler et s'étrangla si fort que l'abcès creva d'un coup, s'ouvrant tout en dehors. Au bout d'une semaine de soins, il avait recouvré le dormir, le boire et le manger. Il était sauvé et put espérer une complète guérison après une longue convalescence.

Marguerite, rassurée, en profita pour se rendre à Tolède où Charles Quint la reçut avec courtoisie. La duchesse eut beau argumenter et user de tous ses charmes, rien n'y fît. L'empereur, tout en restant d'une parfaite galanterie, prétendit que les espérances de liberté prodiguées à François Ier n'étaient que pour délivrer le roi de la mort, et il ne rabattit aucune de ses exigences.

Marguerite proposa la renonciation aux souverainetés d'Italie, une importante rançon royale, le mariage de son frère avec la sœur de l'empereur et le sien avec lui-même. Il changea brusquement de ton, et loin de la considérer comme sa fiancée, il lui dit qu'elle avait entrepris à tort ce long voyage, qu'elle n'avait pas le pouvoir de traiter avec lui et qu'elle devait regagner la France sans tarder. François Ier restait donc prisonnier et pour longtemps. C'est en venant faire des adieux déchirants à son frère que Marguerite me vit, au pied de la tour, attendant toujours de pouvoir rendre visite à mon roi. Plusieurs fois j'avais été fermement refoulé et j'avais dû encore à la corpulence dissuasive de mon frère de ne pas être plus gravement rudoyé. La duchesse me promit d'avertir le roi qui interviendrait pour m'obtenir un laissez-passer. Après le départ de Marguerite pour la France, je tentai une nouvelle fois de m'introduire dans le donjon mais les ordres de Charles Quint étaient formels : aucune visite autorisée. Je pus néanmoins apercevoir le visage fatigué de « mon cousin » qui s'encadrait dans l'étroite fenêtre grillagée tout au haut de la tour, agitant doucement sa main en signe de remerciement, d'impuissance et de tristesse. Sachant que nous n'obtiendrions jamais le droit de visite que nous avions tant espéré, Nicolas et moi regagnâmes notre pays, orphelin, tout comme nous, du roi de France.

L'automne passa, puis l'hiver vint. François, maintenant rétabli mais toujours très faible, s'étiolait entre ses quatre murs. Il avait décidé d'abdiquer en faveur de son fils, le dauphin, mais le Parlement avait justement refusé d'enregistrer son abdication. Toutes les cours d'Europe et même le pape, s'étaient émus du sort déplorable réservé à ce royal prisonnier et suppliaient Charles Quint d'adoucir sa détention. Les seigneurs d'Aragon et de Castille murmuraient :

« Il ne manquera pas d'Espagnols pour ouvrir au roi la porte de sa prison. »

L'empereur, toujours inflexible, se rendit compte que le monde menaçait de se soulever contre lui, et décida de signer un traité où il exigeait toujours l'Italie, la Provence, la suzeraineté de Flandre et de l'Artois avec une quantité d'autres territoires incluant la Bourgogne. Enfin, il offrait en dot à sa sœur Éléonore, si elle épousait le roi de France, les comtés de Mâcon et d'Auxerre qui reviendraient à sa mort à la maison d'Autriche.

Éléonore, comme toutes les Espagnoles, était amoureuse de François Ier. Elle ne se fit pas prier pour accepter d'épouser le beau roi captif qui, plutôt partisan de la grande beauté féminine et en étant privé depuis plusieurs mois, se contenta de cette femme noire comme poivre mais moins piquante, au buste démesuré sur des jambes courtes, l'œil petit, le teint gris, le cheveu rude et la mâchoire prognathe.

Le traité désastreux est enfin signé et François Ier demande sa libération. Mais Charles Quint est méfiant et ne rendra la liberté à François Ier qu'au moment où ses deux fils François et Henri mettront le pied sur la terre d'Espagne et seront gardés en otages, gages de la parole de leur père jusqu'à l'exécution des clauses du traité. François Ier accepte, sachant très bien qu'il se dégagera de sa promesse :

« Tout homme de guerre sait assez qu'un prisonnier gardé n'est tenu à nulle foi et ne se peut obliger à rien et puisqu'on ne se fie pas à ma parole, je ne suis pas tenu de l'observer. »

Les deux petits princes otages, pauvres orphelins, arrivèrent à Valladolid, accompagnés de Diane de Poitiers qui les embrassa avec émotion avant que ne se referment sur eux les lourdes grilles d'un couvent de moines. Diane avait serré un peu plus fort sur son cœur le tendre et triste Henri qui n'oubliera jamais le baiser qu'elle lui avait donné au front.

François était rassuré, Éléonore lui avait promis qu'elle prendrait grand soin du dauphin et de son frère durant leur séjour espagnol en attendant leur union car le mariage ne serait célébré qu'une fois le traité exécuté et les otages rendus.

Voilà plus d'un an que François Ier attendait que s'ouvrent devant lui les portes de la liberté. Il avait oublié les mille souvenirs agréables qui avaient marqué le début de sa captivité. Il ne conservait que les stigmates d'un enfermement où il avait frôlé la mort et qui l'aurait conduit à la folie s'il s'était prolongé.

En arrivant à Bayonne, il se jeta sanglotant dans les bras de Madame puis dans ceux de Marguerite, accourues à sa rencontre. Derrière les deux princesses, Françoise de Châteaubriant guettait un regard, un geste, mais il ne la vit même pas, il n'avait d'yeux que pour la délicieuse fille d'honneur de la duchesse d'Angoulême, Mademoiselle Anne d'Heilly de Pisseleu, qui atteignait à peine ses dix-huit ans. Louise l'avait prise sous sa haute protection, persuadée que son galant de fils ne manquerait pas d'être séduit par son éblouissante beauté. La taille serrée dans une vertugade, Anne portait une robe de drap d'or, fourrée d'hermine mouchetée, et une cotte de toile d'or, largement « esgorgetée » avec force pierreries. Une chevelure dorée encadrait un visage aux traits harmonieux, à la carnation de fleur, des lèvres fraîches bien dessinées, des yeux bleus admirables. On la surnommait « la plus belle des savantes et la plus savante des belles », elle avait tout pour plaire, pour vaincre et pour conquérir. Frappé par l'éclat de ses charmes, François était déjà résolu à lui sacrifier Madame de Châteaubriant.

Il reprenait vie au milieu des vivats du peuple qui hurlait sa joie de le voir délivré et sa fureur de savoir les deux fils du roi en otage. Toute la cour était descendue de la capitale pour fêter son retour ; il eut un mot aimable pour chacun. Il s'arrêta plus longtemps devant moi, me remercia de ma venue à Madrid et m'intima l'ordre de reprendre ma place auprès de lui et de ne plus jamais m'en éloigner. Après toute cette effervescence, il se rendit dans une église avec Louise et Marguerite où il adressa à Dieu les plus ferventes prières pour le prompt retour de ses deux fils prisonniers.

« Maintenant, je suis roi ! Je suis encore roi ! Qu'il fait bon être roi dans son royaume ! » répétait-il sans cesse.

L'ambassadeur espagnol qui, tout comme moi, ne le quittait pas d'une semelle lui rappelait que, maintenant qu'il était libre, il devait impérativement ratifier le traité de Madrid et respecter son serment.

« Monsieur, lui répondait-il, je ne suis pas lié à un serment tenu pendant que j'étais en prison, traité comme un homme sans foi. Néanmoins je tenterai l'impossible pour faire honneur à mes engagements. »

François, suivant les conseils de sa mère, décida d'établir toute la cour à Cognac. Les grands conseillers du royaume vinrent demander au roi s'il avait l'intention de ratifier le très sévère traité de Madrid. Sa réponse fut des plus claires :

« Je ne suis pas lié par le serment de Madrid puisque j'étais prisonnier. Une telle promesse n'oblige aucunement celui qui la fait à moins qu'il ne soit libre. Il ne sera jamais question que je me sépare de la Bourgogne. Je propose à l'empereur de lui payer à la place deux millions d'or. Quand il recevra cette somme il devra délivrer aussitôt la reine Éléonore et mes deux fils. »

Le pape lui-même le délia du serment donné en même temps que sa signature :

« Les accords faits dans la contrainte ne se maintiennent pas », lui assura-t-il.

Fort de l'appui du Saint-Père qui entraîna à sa suite la république de Venise et tous les États italiens, après avoir signé un traité de paix avec Henry VIII, et trouvé une alliance avec Soliman le Magnifique, François Ier forma alors « la ligue de Cognac » contre Charles Quint pour abattre sa puissance. Quand l'empereur apprit cette coalition, il fut ulcéré. Dans sa fureur, il fit aussitôt transférer les deux enfants de France dans un lointain et imprenable *castillo* d'Andalousie. Ils se retrouvèrent bien seuls puisque leurs serviteurs français avaient été vendus comme esclaves en Afrique.

Charles Quint ne décoléra pas :

« Le roi de France m'a trompé. Il n'a point agi en vrai gentilhomme et en vrai chevalier mais méchamment et faussement. Je ne lui rendrai pas ses enfants pour de l'argent. S'il compte les avoir par force, je vous assure qu'il n'y parviendra pas tant qu'il restera pierre sur pierre dans mes royaumes ! »

Pendant ce temps, à Cognac, le roi se précipitait dans les plaisirs dont il avait été privé pendant si longtemps. Madame et sa fille organisaient des fêtes, des pastorales, des bals que le roi ouvrait toujours avec la fine et ravissante Mademoiselle Anne d'Heilly, rayonnant de ses dix-huit printemps.

Au même moment, en Angleterre comme en France, deux jeunes femmes pleines de malice surent fixer l'attention de leur roi : Anne Boleyn pour Henry VIII et Anne de Pisseleu pour François Ier.

> Dieux immortels, rentrez dedans vos cieux !
> Car la beauté de ceste vous empire !

écrivait François dans son enthousiasme, en hommage à sa nouvelle muse, et il ajoutait en soupirant comme un jeune amant transi :

« Elle me fait respirer cet arôme de grâce féminine auquel je me plais tant à rafraîchir ma force. »

Sans retard il l'assaillit et fit si bien qu'en peu de temps elle n'offrit plus la moindre résistance. Il la maria sans tarder avec un mari distrait, Jean de Brosse, qui avait à se faire pardonner une complicité dans la conspiration de Bourbon, le nomma duc d'Étampes, afin que « la plus savante des belles » devînt duchesse d'Étampes. Cependant elle ne se fit pas faute, étant d'un tempérament insatiable, de le tromper fort souvent. Décidément, c'était une mode chez les favorites !

À propos, tu dois te demander ce que devenait la comtesse de Châteaubriant ? Elle avait eu le temps, durant la captivité de son amant, d'éprouver la haine qu'elle inspirait à ses ennemis. Mise à l'écart, elle avait dû résister aux manœuvres de Louise qui avait trouvé sa vengeance en ayant poussé sa protégée dans les bras de son fils.

Le roi, se souvenant de ses voluptés passées avec Françoise, va tenter de faire cohabiter ses deux maîtresses, mais c'était mal connaître Anne qui menaça de se refuser si sa vieille et noire rivale paraissait à la cour et dans le lit royal qui à présent était son territoire.

Françoise, longtemps persuadée que l'amour du roi n'était pas mort et que la blonde Anne ne serait qu'un caprice passager, comme tant d'autres, se rendit à l'évidence : ce grand amour s'achevait en douleur et martyre et elle ne supporta plus ce qu'elle savait perdu. Elle décida alors de laisser la place et de regagner ses terres au château de Châteaubriant pour renouer avec son mari qui l'attendait depuis longtemps, ricanant sourdement.

Le comte n'avait jamais pardonné l'infidélité de son épouse, il allait enfin pouvoir mettre à exécution une vengeance ruminée depuis des années.

Il savait que le roi ne s'inquiéterait plus d'elle, il pouvait donc agir en toute impunité. La comtesse lisait clairement dans les pensées de son mari bafoué, se rappelait ses violences d'antan et tremblait de tous ses membres.

Le soir de son retour, comme elle priait dans sa chambre, agenouillée sur son prie-Dieu de velours, le comte entra suivi de deux barbiers masqués.

« Madame, votre heure est venue !

– Ayez pitié de moi, dit-elle en se traînant à ses pieds, souvenez-vous ! nous nous sommes aimés.

– Madame, les amours qui commencent par anneaux finissent toujours par couteaux. »

Elle se dressa devant lui, sa tête toujours belle aux cheveux gris maintenant, et fixant son mari dans les yeux, elle tendit ses poignets aux bourreaux.

« Faites votre office. »

Ils s'exécutèrent et l'exécutèrent en même temps. Le sang se mit à couler à flots des chevilles et des poignets ouverts, elle eut encore la force de menacer :

« Le roi me vengera, prenez garde !

– Madame, répliqua son mari juge et sanguinaire, ce que je fais ce soir prouve que je ne crains ni Dieu ni diable. Que me fait donc un roi qui vous a oubliée ? »

Elle s'affaissa, exsangue. Le comte la regardait mourir sans sourciller.

Elle balbutia :

« Me laisserez-vous trépasser comme une bête ?

– Comme une chienne, madame, comme une chienne ! »

Lors de la mise en bière, Messire Clément y alla de ses vers :

> De grande beauté, de grâce qui attire,
> De grand savoir, d'intelligence prompte,
> De biens, d'honneurs, et plus que ne raconte,
> Dieu éternel richement l'étoffa.
> Ô viateur, pour t'abréger ce conte :
> Ci-gît un rien, là où tout triompha.

Et mon roi versa des larmes sur sa tombe :

« Triste pierre qui me cache si beau visage, qui me rend malheureux et défait. »

J'étais assez près d'Anne de Pisseleu pour l'entendre murmurer une bien insolite prière :

« Dieu, gardez-la bien au ciel ! Amen. »

Il fallait que j'amuse mon roi dans cette triste cérémonie et j'égayai sa tristesse en lui glissant :

« Tranquillisez-vous, « mon cousin », ça ne diminuera pas le nombre des cocus. »

Les maris cocus de la cour ne se gênaient pas pour punir leurs épouses adultères ; ils les mettaient en prison perpétuelle au pain et à l'eau, enfermées dans une chambre secrète au fin fond de leurs sombres manoirs ; d'autres empoisonnaient leurs épouses infidèles à petit feu.

Ces châtiments étaient dans les mœurs du temps et montraient que sous l'apparence de légèreté, de scepticisme ou de raillerie, les cœurs restaient farouches avec un sentiment profond de l'honneur conjugal. C'était plutôt rassu rant pour ces dames, non ?

Toutes ces intrigues d'alcôve m'amusaient et m'émoustillaient à la fois. Je repensais à ma matrone et me demandais ce qu'elle était devenue depuis tout ce temps. Je fis envoyer une petite délégation avec mission de lui venir en aide si besoin était. Mes messagers revinrent quelques jours plus tard pour me rendre compte qu'il ne l'avait point trouvée et que sa masure au fond de la forêt était vide et inhabitée apparemment depuis fort longtemps ; en interrogeant des paysans dans les fermes alentour, certains l'auraient aperçue partir avec armes et bagages, c'est-à-dire avec ses potions et ses cornues, pour une destination inconnue.

Était-elle encore de ce monde ? Si j'apprenais sa mort, j'en serais bouleversé, tout comme je le fus cet orageux après-midi d'été lorsque j'entendis en passant près d'un groupe de courtisans :

« Machiavel est mort. »

Ils commentaient cette nouvelle comme un simple fait banal. Je me surpris à aller m'appuyer derrière un pilier au bout de la grande salle, le souffle coupé comme si j'avais reçu un violent coup à l'estomac. L'annonce de sa disparition fait partie de mes grandes douleurs, celles des blessures du cœur et de l'âme qui ne cicatrisent jamais et qui sont ravivées chaque fois que la mémoire les évoque.

L'absence d'un roi n'est pas sans conséquence et François Ier dut rétablir l'autorité monarchique que les parlementaires avaient bafouée. Il y avait une grande remise en ordre à effectuer en ce qui concernait les finances du royaume. Le problème venait des financiers eux-mêmes. Ils prétendaient tous s'être ruinés au service du roi, suppliaient Sa toute gracieuse et bonne Majesté d'avoir pitié d'eux, de leurs femmes et de leurs pauvres enfants. Mais leurs coffres secrets regorgeaient d'or, leurs épouses ruisselaient de bijoux, leurs filles étaient dotées comme des impératrices et les caisses de l'État étaient pillées. François Ier se décida à faire un exemple.

Jacques de Beaune, seigneur de Semblançay et vicomte de Tours, chambellan du roi et général des Finances, déjà accusé de malversations dans la gestion des biens du Trésor, fut immédiatement emprisonné, jugé pour faux, usage de faux, prise de commissions illégales et emprunts souscrits à taux excessif. Il fut condamné à mort. Il ne fut pas décapité comme le noble qu'il prétendait être mais pendu comme un vulgaire roturier au gibet de Montfaucon où les oiseaux de proie venaient se faire de plantureux repas en becquetant les yeux des pendus. Trafiquants, financiers, avocats se balancèrent bientôt côte à côte au bout d'une corde.

Je ne résistais pas à railler :

« Toute leur vie ils ont rêvé d'obtenir une position élevée, les voilà au faîte de leur gloire. »

On condamnait beaucoup à mort, d'abord ceux qui n'avaient pas de quoi payer leurs juges mais aussi ceux qui en avaient les moyens et qui se retrouvaient pendus, étranglés, cloués au pilori ou exposés au supplice de la roue, les membres brisés. Fiers du devoir accompli et pénétrés de l'assurance que le Dieu tout-puissant n'aurait pas permis que des innocents soient condamnés à mort, tous les gens de justice s'offraient, après la sentence, un plantureux repas, le « past », aux frais bien entendu du supplicié.

Les bourreaux cherchaient toujours à améliorer les exécutions pour le plus grand plaisir des badauds qui se pressaient en grand nombre sur la place de Grève ou à Montfaucon. J'ai assisté à l'exécution particulièrement atroce d'un parricide sur la personne de son beau-père : il fut condamné à être tenaillé avec tenailles ardentes aux deux mamelles, aux deux bras, aux cuisses et gros de jambes, ensuite appliqué sur une roue pour y être rompu et brisé en chacun des membres, et après être demeuré quelque temps en cet état, être étranglé tant que mort s'ensuive, puis le corps jeté en bas, la face contre terre, et enfin être brûlé et réduit en cendres pour être jeté aux vents.

François Ier se rendait presque tous les jours à la Sainte-Chapelle pour y entendre les vêpres. Je le suivais comme à mon habitude et notre entrée se faisait toujours dans un silence impressionnant. À peine étions-nous installés que l'évêque entonnait le *Deus in adjutorium*, immédiatement suivi par des chantres dont les voix puissantes se répandaient sous les voûtes. Un jour, surpris et agacé par ce tonnerre de vociférations, je me levai, bondis sur l'évêque et lui assenai quelques vigoureux coups de poing pour ensuite revenir calmement m'asseoir à ma place. Sans s'émouvoir, François me demanda les raisons de ma fureur soudaine contre cet homme de bien.

« Ta, ta, ta ! Mon cousin, quand nous sommes entrés ici, il n'y avait point de bruit et cestui-ci a commencé la noise ; c'est donc lui qu'il faut punir… »

C'était bien la parfaite démonstration de ma totale impunité car j'en connus qui furent envoyés au bûcher pour moins que ça ! Bafouer le clergé était un des crimes les plus sévèrement punis et ne pas le respecter était ma manière à moi de participer à la Réforme sous le couvert de la calembredaine.

Marguerite protégeait ces idées nouvelles que François apprécia d'abord mais sous l'influence de sa mère et des cardinaux du Grand Conseil, il fit volte-face et s'en écarta bien vite. Il maria sa sœur avec Henri d'Albret, roi de Navarre, et la força à s'éloigner de la cour où l'on murmurait un peu trop sur son compte.

Pendant qu'une deuxième guerre s'engageait entre François Ier et Charles Quint, ce dernier demanda qu'on lui accorde un sauf-conduit pour traverser la France. Sans que « mon cousin » ne me demande mon avis, je le devançai :

« Si l'empereur est assez fou pour venir se jeter dans la gueule du loup, je lui ferai don de mon bonnet à grelots !

– Et si je le laisse passer librement, comme sur ses propres États ? rétorqua le roi.

– Alors, « mon cousin », c'est à vous que je l'offrirai et j'effacerai son nom pour mettre le vôtre à sa place ! »

J'ai tant d'ennemis à la cour qui ne me pardonneront jamais de m'être élevé si haut sans être né noble qu'y être encore bouffon depuis si longtemps est un tour de force exceptionnel.

Les courtisans restaient toujours la cible favorite de mes sarcasmes et je ne me privais jamais de les provoquer :

« Courtisans, je ne vous crains guère sinon que ma bosse me rentre au corps et ressorte devant pour me faire gros ventre comme à vous ! »

Le comte de Montmorency ne supportait pas que l'on se moque de sa bedaine qui le précédait d'un bon pied et lui donnait une allure de tonnelet ambulant. Il me menaça de me faire périr sous la bastonnade. J'allais aussitôt m'en plaindre à « mon cousin » :

« Ne crains rien, me rassura-t-il, s'il ose te faire subir

pareil traitement, je le ferai pendre dans le quart d'heure qui suit.

– Ah ! cousin, grand merci, mais je préférerais que vous le fassiez pendre dans le quart d'heure qui précède ! »

J'ai fort heureusement aussi des amis et surtout un tout nouvel arrivant à la cour : François Rabelais. Cet ancien moine qui a pratiqué la médecine est maintenant un écrivain qui nous livre une littérature propre à déclencher l'hilarité et la bonne humeur mais surtout qui s'adresse aussi bien au peuple qu'aux nobles.

« Voyant le deuil qui nous mine et nous consume, mieux vaut écrire du rire que des larmes », dit-il.

C'est lui qui, le premier, m'a surnommé *morosophe* (transcription du grec qui signifie : sage-fou) parce que je prononce, selon lui, des paroles insensées et que je me comporte comme un fou tout en passant pour un sage. Je suis un fou, certes, mais un grand fou, fou superlatif, parangon de la folie, un sot en degré souverain, complètement fol, proprement et totalement fol, c'est ainsi qu'il me décrivait quand nous nous rencontrions pour deviser de longues heures en partageant une « dive bouteille » de vin de Loire qu'il affectionnait particulièrement. Tu sais que je n'ai jamais bu de vin, mais avec l'ami Rabelais, j'apprenais à boire avec modération certes, mais surtout à boire de l'excellent vin de la bonne treille. J'avais trop le souvenir de l'ivrognerie grossière de mon père, pilier de cabaret, courant en manière de batifoleries de taverne en taverne et d'estaminet en coupe-gorge, pour éviter ces saouleries vulgaires que beaucoup de courtisans pratiquaient aussi.

Boire avec Rabelais, c'était comme une messe dédiée au Dieu Bacchus :

« Service divin

Service du vin

Seigneur Dieu, donnez-nous notre vin quotidien », devint ma seule prière quotidienne.

Dans le *Tiers Livre*, deux de ses personnages, Pantagruel et Panurge, parlent de moi nommément :

« *Triboulet me semble complètement fol.*

– *Proprement et totalement fol.* »

Il m'a affublé ensuite de plus de deux cents épithètes. Je ne résiste pas à la joie de t'en livrer quelques-unes :

« *Fol fatal, de gamme majeure, de nature, de bécarre et de bémol, céleste, jovial, joli et folichon, à pomponnettes, excentrique, héroïque, génial, original, papal, impérial, royal, loyal, seigneurial, total, triomphant, favori, redouté, transcendant, souverain, supercoquelicantieux (supercocorico !), célèbre, précieux, fantastique...* »

C'est moi tout craché ! Je suis pour lui « *la fine cresme de desraison* ». Il termine le chapitre qui m'est consacré par cette phrase :

« *Si on avait raison jadis de nommer à Rome Quirinales la fête des fous, on pourrait à bon droit instituer en France les Triboulétinales.* »

C'est lui qui m'a vraiment compris. Il détestait ce qui lui apparaissait bas et malfaisant et il aimait la sincérité dans le rire. J'ai passé avec lui les heures les plus heureuses et les plus enrichissantes de cette période troublée.

Ah ! François ! Mon ami François ! Décidément, c'est un prénom qui me sied à merveille. Il avait sur son visage le sourire constant d'une véritable bonne humeur, élégant, délicat, d'une humilité non feinte et d'une finesse qui était bien loin de la grossièreté et de la paillardise dont on l'a accusé à tort.

Par l'avis, conseil, prédiction de fous, vous savez quantes princes, rois et républiques ont été conservés, quantes batailles gagnées, quantes perplexités résolues.

Il n'y a rien à ajouter.

La paix est enfin signée entre François Ier et Charles Quint qui consent à laisser la Bourgogne à la France seulement si le roi de France renonce à l'Italie. Mais l'Italie, on l'avait chez nous depuis fort longtemps.

La défaite de François Ier à Pavie eut deux heureuses conséquences.

La première fut d'avoir mis fin à ces guerres des Français en Italie qui duraient depuis Charles VIII. La seconde, c'est que, pendant tous ses séjours en Italie, François Ier, prince accessible à toutes les idées qui portaient en elles un semblant de force et de gloire, ne put contempler de près ces grands hommes et ces belles choses sans chercher à attirer en France les plus grands peintres, sculpteurs, architectes et écrivains et à les encourager à continuer leurs œuvres : comme ce Benvenuto Cellini que le roi appelait « mon ami », qui attendit des jours entiers devant la porte de la duchesse d'Étampes pour être payé plus vite des sommes promises par François Ier et que son trésorier tardait à régler. Ces manières agaçaient fortement « mon cousin » que je détendis en lui disant :

« Ce Benvenuto va bientôt se nommer Malvenuto ! »

Il y avait aussi Andrea del Sarto, della Robia, le Primatice et le Rosso. François a toujours regretté l'absence de Tiziano Vecellio, le Titien, qui avait préféré la cour de Charles Quint à la nôtre. Quel dommage ! Mais comment lui en vouloir ? Mon roi et moi garderons toujours notre émotion intacte à la vue de son *Assomption de la Vierge* en l'église des Frari, au cours d'un de nos passages à Venise.

Pour éviter aux deux frères ennemis de se rencontrer et de risquer une mésentente certaine, voire un affrontement physique tant leur haine réciproque était farouche, il fut décidé que la paix serait finalement signée par la mère du roi de France et par la tante de l'empereur. Louise de Savoie et Marguerite d'Autriche se retrouvèrent donc à Cambrai pour signer ce qu'on appellera la « paix des Dames », scellant « une paix perpétuelle qui doit demeurer entre le seigneur empereur et le roi, sans laisser trace de rancune en leur âme ».

Elle permet enfin le retour des deux fils emprisonnés depuis quatre ans mais Charles Quint ne consent à leur rendre la liberté qu'en échange de quatre tonnes d'or qui doivent lui être remises dans les plus brefs délais.

Les deux garçons reviennent en France accompagnés d'Éléonore, la sœur de l'empereur que François Ier épouse un beau jour de juillet.

Anne, dans ses rêves ambitieux d'arriviste forcenée, s'était déjà vue reine de France. Sa fureur ne connut pas de bornes et elle ne cessa d'abreuver le roi de scènes de jalousie épiques. François en profita pour aller batifoler avec de belles jeunes femmes qui ne lui faisaient que des scènes de galanterie bien plus agréables. Il est aussi en effervescence de création ; il fonde le Collège des lecteurs royaux et envisage de créer une imprimerie royale afin que les ouvrages soient maintenant imprimés en français et non en latin et, ce qui constitue à présent sa passion principale, il surveille les travaux d'avancement du château de Chambord qui promet d'être une pure merveille.

Il nous manquait une belle épidémie pour marquer notre nouveau siècle déjà entamé d'un bon tiers, voilà que la peste nous envahit, certainement causée par les charniers de plus en plus nombreux charriés par la Seine. On avait beau allumer de grands feux dans toutes les rues, la peste courait aussi vite que les rats qui la propageaient.

François Ier avait cloîtré sa cour au château de Fontainebleau nouvellement construit et interdisait tout contact avec l'extérieur.

Madame, déjà en bien piteux état de fatigue, quitta Paris en emportant avec elle le fléau. Sa poitrine était parsemée de taches suspectes qui étaient la marque fatale de la peste. Elle avait fait atteler en hâte sa litière pour fuir jusqu'à Romorantin. Mais à trois lieues de Paris, les deux soldats et le cocher qui l'accompagnaient s'écroulèrent sur le bord d'un fossé, terrassés par le même mal. Des paysans accoururent et portèrent Madame dans leur ferme où ils la couchèrent sur des oreillers de plumes. Elle se résigna à mourir, demanda qu'on aille chercher quelqu'un qui sache écrire pour dicter une lettre destinée à Sa Majesté le roi. Le curé accourut et se vit interdire l'entrée de la chambre :

« Tenez-vous dehors derrière la porte et ne m'approchez pas. Je suis pestiférée. Écrivez ce que je vais vous dire. »

Elle dicta une courte lettre qui résumait en quelques mots très touchants l'amour immodéré qu'elle avait pour son César, sa résignation dans la mort et les souhaits pieux et sincères pour que le royaume reste florissant.

« Ajoutez : et ne veut signer de peur de contagion pour vous. Votre humble sujette et bonne mère. Louise. »

Madame n'eut pas le temps de délirer qu'elle se tordit de douleurs, hurlant : « Ah ! Que tout me soit imputé, que tout me soit compté à charge », et elle expira pendant que le prêtre, derrière la porte, lui donnait l'absolution.

Lorsque l'épidémie fut satisfaite du nombre impressionnant de ses morts, elle s'en alla comme elle était venue, permettant à tous ceux qui avaient échappé à la contagion de retrouver une vie normale. Quand François Ier reçut la dernière lettre dictée par sa mère, il s'effondra sur son lit royal en pleurant :

« Ah ! J'ai tout perdu en vous perdant, mère ! »

Toutes les innovations qu'il impose au royaume le renforcent dans sa grandeur et son autorité de roi. C'est l'avènement de l'absolutisme royal.

Après avoir éliminé Charles de Bourbon, le dernier grand féodal, en confisquant ses terres et en les rattachant au domaine royal à la suite de son crime de haute trahison, il exige que la noblesse devienne une noblesse de cour, pensionnée par le roi.

Tout change, tout se transforme avec une telle rapidité qu'on ne prend plus le temps de vivre. Cette Renaissance n'en finit pas de prendre naissance et tout doit avoir le parfum de la nouveauté.

Puisque les guerres sanglantes avaient pris un repos qu'on espérait éternel sans trop y croire, il fallait bien que l'homme, ne s'accommodant jamais d'une paix qu'il finissait par trouver bien monotone, recouvra la belle manière de montrer sa cruauté et son intolérance. C'est ainsi que ceux que l'on va appeler les protestants, partisans convaincus de la Réforme, vont être de plus en plus durement persécutés.

L'Inquisition, qui n'attendait que cela pour reprendre du poil de la bête immonde, va persécuter à cœur joie sous le signe distinctif du doigt de Dieu. N'était-ce pas plutôt la main du diable ?

Ces messieurs les inquisiteurs me glaçaient les sangs et il fallait les craindre plus que tous les bourreaux sanguinaires réunis.

Une rue mal famée par une nuit d'épais brouillard présentait moins de danger que ces fanatiques qui voyaient le diable derrière chaque homme au dos convexe et des sorcières derrière chaque femme qui se refusait à eux.

Ils n'étaient satisfaits que lorsqu'ils avaient soigneusement torturé et brûlé au nom de Dieu toutes les figures qui ne leur « revenaient » pas. C'était du « délit de sale gueule d'hérétique » ! On ne craignait plus le froid glacial du plein hiver, il y avait des bûchers à chaque coin de rue.

Humant cette effroyable odeur de chair brûlée échappée de la place de Grève, je m'écriai en agitant ma marotte :

« Mon cousin, il me semble que c'est fumet d'andouille ?
Cornegidouille, j'en ai l'estomac qui gargouille !

– Tais-toi, maître fol, m'intima le roi.

– Ah ! Je me suis trompé, ce sont des pauvres hérétiques qui cuisent à petit feu, mis là par ces évêques “ inquisivisiteurs ” qui pensaient leur faire apprendre le latin. Tu n'es donc plus maître chez toi ! »

Il fit semblant d'ignorer ce que je venais de lui dire mais il avait fort bien entendu et il savait que j'avais frappé juste : le roi n'était plus maître dans sa capitale. L'Université, le Parlement, le clergé y régnaient en tyrans.

Ils avaient osé accuser Marguerite, la propre sœur du roi, de protéger les réformateurs et pour ce crime impardonnable, n'avaient-ils pas proposé publiquement de la coudre dans un sac et de la jeter dans la Seine ?

François avait pu sauver quelques-uns de ses amis poètes. Jean Calvin avait été introduit à la cour par Marguerite et François Ier appréciait ses idées humanistes mais quand il posa en admirateur et en défenseur des « bibliens de Meaux », qui furent brûlés pour avoir traduit des livres « *ensuivant la secte de Luther et donc avoient répandu des blasphèmes contre le saint sacrement* », il ne lui resta plus qu'à fuir au plus vite afin d'éviter de respirer encore l'air devenu malsain de la cour. Il fila sans « protester » vers Strasbourg pour aller s'établir ensuite à Bâle. Clément Marot, qu'on avait déjà accusé de « manger le lard » en période de carême, figurait sur la liste des cinquante-deux suspects hérétiques. Il s'empressa de passer les Alpes et avec lui une foule de grands esprits. On brûlait les écrits interdits de Luther et ceux qui les colportaient. Et c'est ainsi que surgit l'« affaire des Placards ». Une nuit, dans les principales villes de France furent collés des placards, que vous appelez maintenant affichettes. On pouvait y lire une critique virulente sur les abus de la messe papale et la non-croyance de la présence corporelle du Christ dans le pain et le vin de la communion car « il était impossible qu'un homme de trente ans se soit caché dans un morceau de paste ». Mais qui avait bien pu en accrocher une sur la porte de la chambre royale au château d'Amboise où nous séjournions paisiblement ?

La consternation fut totale ; tout le monde se soupçonnait, on me regardait de travers. François Ier prit alors conscience que ce qu'il avait toléré devenait intolérable. Ce n'était plus une simple contestation, il fallait l'endiguer sans plus attendre. On pressa le roi de défendre haut et fort et de manière vigoureuse la religion catholique.

Après une messe solennelle à Notre-Dame, François Ier convoqua, pour une réunion extraordinaire, tous les membres du clergé, du Parlement, de l'Université ainsi que les principaux notables parisiens. Il leur fit cette déclaration :

« La France, depuis plus de treize ou quatorze cents ans, a toujours été la très-chrétienne fille aînée de l'Église. Dieu a protégé notre royaume en lui accordant la grâce d'être la seule puissance qui n'a jamais nourri de monstres [1]. Cependant, de méchantes et malheureuses personnes ont essayé de ternir le nom de Dieu en répandant de damnables et exécrables opinions sur le saint sacrement lui-même. Si mon bras était infecté de cette pourriture, je le voudrais séparer de mon corps. Si mes propres enfants devaient être assez malheureux pour tomber en de telles exécrables et maudites opinions, je les voudrais tailler pour faire sacrifice à Dieu. »

Phrase malheureuse s'il en est puisque, après la mort de sa mère, voilà qu'on jette un méchant sort funeste à mon roi. Le dauphin François, le jeune garçon doux adoré de tout le monde, meurt après quatre jours d'horribles souffrances à la suite de l'absorption d'un verre d'eau glacée servi par son écuyer. Ce dernier est aussitôt accusé d'être l'empoisonneur de son maître ; sous la torture, il est bien obligé d'avouer qu'il avait mis de la poudre d'arsenic dans le verre d'eau. Il n'en faut pas plus pour qu'il soit mené dans l'heure qui suit place de Grenette. On lui attache les quatre membres à quatre chevaux et fouette cocher ! Il est écartelé et peut enfin expirer. Mais comme s'il n'était pas assez mort, le peuple va s'acharner sur les cinq morceaux éparpillés du condamné. On lui met la tête « presque par petites pièces. Même les petits enfants n'y laissèrent un poil de barbe, lui coupèrent le nez, lui tirèrent les yeux hors de la tête et à grands coups de pierre lui rompirent les dents et mâchoires, de sorte qu'il fut si défiguré qu'à peine on l'eût su reconnaître ».

1. Les hérétiques.

C'est donc son deuxième fils, Henri, qui devient l'héritier de la couronne de France. Son père, « le cœur pressé de deuil », le met immédiatement en face de ses responsabilités :

« Mon fils, vous avez perdu votre frère et moi, mon fils aîné. Imitez-le, mon fils, surpassez-le, en sorte que ceux qui, aujourd'hui, languissent du regret de sa mort, s'apaisent en vous voyant. »

À genoux, Henri, du « haut » de ses dix-sept ans, écoutait le roi lui annoncer tristement qu'il devenait dauphin de France et qu'on allait le marier à la nièce du pape, Catherine de Médicis, qui avait le même âge que lui. L'annonce de ce mariage ne modifia en rien sa taciturnité habituelle. Il savait que cette épreuve du lit conjugal serait largement compensée par les voluptés qu'il avait fort appréciées depuis peu dans le lit de la toujours très belle Diane de Poitiers, de vingt ans son aînée. De retour à la cour, elle avait aussitôt jeté son dévolu sur Henri « le beau ténébreux ». Il ne portait plus que ses couleurs, le blanc et le noir. Elle en avait fait son galant et s'était juré de le garder jusqu'à sa mort.

J'étais bien sûr le seul porte-marotte officiel à la cour de François Ier, mais arrivèrent en masse d'autres trublions qui se disputèrent l'honneur de faire sourire le souverain. Ortis, le More du roi, amuseur africain, mahométan converti au christianisme qui fut moine chez les cordeliers, divertit quelques mois la cour avant de trépasser à la suite d'un coma éthylique lorsque des courtisans ivres le forcèrent à engloutir une jarre d'eau-de-vie qui provoqua sa mort.

Venue d'Éthylie,
Ortis but l'eau-de-vie
Qui devint l'eau-de-mort
Il était né noir
Il est mort noir
Le More est mort !

On l'enterra dans ses habits de moine.

Ensuite, apparut Villemanoche, un garçon d'humeur joyeuse, du genre pince-sans-rire. Il avait deux lubies : la première, il se disait noble, affirmant que ses ancêtres remontaient à l'Antiquité. La seconde : persuadé que toutes les princesses rêvaient de l'épouser, il se lamentait de ne trouver aucun parti digne de lui dans le royaume. Ce n'était qu'un fou occasionnel que l'on payait au cachet mais il n'a jamais vraiment appartenu à la maison du roi. Il faisait partie de ces fous qui réjouissent par hasard en disant un bon mot.

Celui qui était digne de me succéder s'appelait Brusquet, de son vrai nom Jehan-Anthoine Lombart, d'origine provençale. Il avait d'abord exercé la médecine et avait été employé un temps au camp d'Avignon où il fit tant de victimes par son ignorance qu'on allait le pendre. Il réussit à s'enfuir en se cachant dans une troupe de farceurs qui sillonnait les provinces et finit par se perfectionner à tel point qu'un grand seigneur le remarqua et l'introduisit à la cour où il fut tout de suite apprécié : je sentis dès son arrivée que mon départ était proche.

C'était dans l'ordre des choses, je voyais bien que les plaisirs de la cour devenaient plus vifs et plus ingénieux, le bouffon tel que je l'avais créé allait perdre de son lustre et on lui préférerait les bals et le luxe élégant aux élucubrations d'un malheureux privé de l'usage de la raison.

Un jour prochain, le roi ne tolérera que des flatteurs de cour au sourire hypocritement radieux qui n'oseront jamais grimacer une ombre qui puisse effleurer le soleil de sa gloire, vivant dans la crainte d'être envoyés en exil ou dans quelque geôle dont on ne s'évade jamais. Je portais autour de mon cou des tablettes où étaient inscrits les noms de ceux qui me faisaient concurrence et cela n'amusait que moi.

François Ier, en passant par un bel après-midi d'été dans le quartier des halles, entrevit une femme exquise et ravissante qui était l'épouse de l'avocat Jean Féron. Lui fixer un rendez-vous par le truchement d'un de ses familiers fut aussi rapide que l'avait été la séduction. La dame mit quelque coquetterie avant de consentir. Elle exigea mille précautions, connaissant à merveille le caractère peu accommodant de son époux, mais malgré ces précautions, trop tôt négligées, et surtout grâce à l'intervention bienveillante d'un de ces « amis qui vous veulent toujours du bien », Jean Féron apprit qu'il était royalement pourvu du double ornement qui pare les taureaux de combat. Sa fureur ne connut pas de bornes et la fureur des avocats, nul ne l'ignorait, était de l'espèce la plus redoutable. Féron rumina naturellement les plus sombres projets de vengeance, voire celui d'ôter la vie à son rival, couronné et par son rang et par sa femme. Sa rage prit un tour imprévu, machiavélique et funeste. Il rechercha, au risque d'en périr lui-même, quelque ribaude frappée de ce mal qu'on appelle napolitain.

En peu de nuitées, il le prit pour le transmettre incontinent à sa conjointe infidèle. Et mon pauvre roi constata peu après qu'il était sans nul doute, ses médecins consultés, victime du plus terrible des coups de pied que Vénus, parfois redoutable, peut donner.

Comme il ne cessait de prodiguer à la duchesse d'Étampes son affection agissante, Anne, atteinte à son tour, dut faire appel aux soins éclairés du docteur Fernel qui parvint à endiguer le mal en lui ordonnant de prendre quatre fois par jour des bains de lait d'ânesse. Elle ne garda nulle rigueur à son partenaire d'une erreur, dont ses vingt-trois ans la sauvèrent autant que le lait des troupeaux d'ânesses amenés chez elle à grands frais.

Les traitements massifs à base de mercure altèrent la robuste santé du roi aussi bien que son caractère. Des boursouflures apparaissent aux joues d'abord, puis aux bras et aux jambes. La duchesse Anne va profiter alors à l'excès de sa puissance et de son influence sur mon souverain diminué. Elle se hâte de pourvoir ses parents et ceux qu'elle protège de charges et d'emplois. Elle a conscience que, lui disparu, elle devra quitter sans tarder le luxe et les facilités, l'autorité dont elle dispose à présent pleinement. J'avais bien vu en elle, dès qu'elle m'était apparue, son cœur sec et indifférent à la véritable passion que lui vouait son amant, vieillissant certes, mais qui ne méritait sûrement pas les humiliations qu'elle lui faisait subir en partageant sa couche avec l'amiral Brion, Clément Marot, Bossut (ce n'est pas moi !) de Longueval, Dampierre, le comte de la Mirandole, le capitaine des gardes Christian de Nançay et j'en passe. Fallait-il que mon roi souffrît pour inscrire avec un charbon sur le mur de l'escalier de Chambord menant aux appartements de la duchesse ces dix mots :

Souvent femme varie
bien fol est qui s'y fie.

Rien ne pouvait le consoler et je n'arrivais même plus à lui décrocher le moindre sourire. Avais-je besoin d'avoir ma dose de rires ? Pourquoi suis-je descendu aux cuisines pour y trouver un public acquis à mes turlupinades ?

Belle Anne est assaillie
De milliers de saillies.
Ils sont montés sur Anne,
Montés comme des ânes
Pourvus le lendemain
Du mal napolitain
Cadeau de Pisseleu
Qui fait beaucoup souffrir.
Pour ne pas en mourir
Dégorge et pisse-le !

François Ier fut mis au courant de cette chanson par une personne « qui me voulait grand bien ». Je n'ai jamais su qui elle était même si je soupçonnai fortement Brusquet d'avoir brusqué ma sortie. Le roi me convoqua et m'obligea à traverser la grande salle au milieu des courtisans ravis de savoir que j'allais me faire rabrouer de la belle manière et que la punition serait exemplaire. François avait sa voix des graves occasions et je savais, à l'entendre, que c'en était fait de moi :

« Je t'avais mis en garde : ne jamais être aux dames malfaisant. Tu as transgressé l'ordre royal en dépassant toutes les limites par ton insolente vulgarité envers la favorite de ton roi qu'on ne peut accuser de champisseries[1]. Je te condamne à mort mais comme tu m'as diverti durant bon nombre d'années, je te permets de choisir ta mort !

– Mon cousin, j'aimerais mourir de vieillesse. »

L'éclat de rire spontané qui suivit ma repartie me sauva la vie. La cour ne fut plus qu'un grand éclat de rire ininterrompu ; on se répétait ma phrase durant des jours et des jours. Mon roi trouva une respiration entre deux hoquets pour me signifier :

« Je te gracie pour ce bon mot. Il te rendra célèbre pour la postérité. »

Je l'avais véritablement échappé belle et la nuit qui suivit me porta le meilleur conseil que j'aie jamais pu recevoir d'elle. Tout bien pesé, ma conclusion fut qu'il était peut-être temps que je me retirasse. Depuis trente-six années j'avais distrait mes deux rois, j'avais amusé deux cours de France, je m'étais fait cent fois plus d'ennemis que je n'avais eu d'amis, il fallait savoir laisser la place, partir à temps, éviter qu'on me le demandât avec plus ou moins de persuasion, laisser peut-être des regrets plutôt que d'attendre que l'on me chasse. On commençait à dire que j'étais un fou à « *vingt-cinq carats dont les vingt-quatre font le tout* ». François était devenu plus distant. Mes reparties le faisaient à peine sourire et mon envie d'amuser s'émoussait fortement. Le soir même, j'agitai ma marotte aux pieds de mon roi :

1. Tours et pratiques de femmes légères.

« Mon cousin, que dirais-tu si je te disais que je veux quitter la cour ?

– Quelqu'un t'a encore menacé ?

– Point. Mais je me fais vieux et je sens que tu n'as plus vraiment besoin de moi à tes côtés.

– Je vais m'ennuyer sans toi.

– Allons donc, les milliers de personne qui forment ta cour à présent te suffisent amplement. Tu as tes artistes italiens, tes érudits et tous ces banquets, ces ballets, ces concerts, tu as tout prévu pour ne jamais connaître l'ennui. Laisse-moi partir, « mon cousin » !

– Ai-je jamais pu t'interdire quoi que ce soit ? Où vas-tu aller ? Amuser un grand seigneur ?

– Sûrement non. Je vais goûter la solitude, je n'ai pas trop eu l'occasion de la côtoyer et je suis sûr que c'est la seule compagne qui ne me trahira jamais.

– Je te ferai donner une belle somme d'or.

– Gardez votre argent, mon roi, les caisses du royaume en ont plus besoin que moi. J'ai de quoi ne pas mourir de faim pendant un bon nombre d'années.

– Où vas-tu demeurer ?

– J'ai un petit lopin de terre non loin de la forêt de Blois qui suffira amplement à ma vie nouvelle. Je n'aurai plus que les sauterelles à faire sauter de joie.

– Quand pars-tu ?

– Je suis déjà loin, « mon cousin ». Je suis entré dans ta vie sans que tu t'en rendes compte, je vais en sortir de la même manière. »

François Ier se leva, vint vers moi, se pencha pour me serrer fortement dans ses bras et sortit sans un mot pour aller retrouver la duchesse d'Étampes ou quelque conquête facile qui le distrairait une petite heure. Je suis resté le cœur déchiré et l'âme en désarroi, je me séparais à nouveau d'un roi qu'au moins je ne verrais pas mourir. Je me consolais en pensant que j'avais accompagné un grand roi qui aura seul porté tout au long de son règne et pendant les années de sa toute-puissance, et pour les conserver par-delà le tombeau, trois couronnes étincelantes : la couronne de France, la plus belle de toutes, la couronne laurée d'or des lettres et des arts et la tendre et fleurie couronne de l'amour.

Je regagnai ma chambre où je quittai mes habits de bouffon que je pliai soigneusement avant de les entasser dans un sac de toile. J'enfilai alors des chausses de couleur beige, des poulaines assorties et une chemise marron en fil de soie de Lyon. Je regardai par la fenêtre toute la cour qui s'apprêtait à partir avec mon roi pour la chasse. Quand tout ce beau monde disparut à l'horizon, je restai à contempler les jardins si bien ordonnés et j'attendis que la nuit tombât. Je me glissai hors du château sans être vu et je gagnai la petite masure qui allait abriter la fin de ma vie. Il fallait à peine deux heures de marche pour l'atteindre. J'avais préparé devant la maison un tas de branchages et de bois que j'allumai dès mon arrivée. Les flammes ne tardèrent pas à crépiter, j'y jetai mon sac avec mon habit de bouffon.

Je m'assis sur le petit muret de pierre près de la porte en regardant se consumer ce qui avait représenté presque quarante ans de ma vie.

Chapitre neuvième

Mon éloignement de la cour a été cause que l'on a fait aussitôt courir le bruit de ma mort. Une poésie latine ne tarda pas à me glorifier.

Vixi morio regibusque gratus
Solo hoc homine, viso num futurus
Regum morio sim Jovi supremo

(Fou, j'ai vécu et fus chéri des rois
Uniquement à ce titre
Puissé-je à l'avenir devenir
Le fou de Jupiter, le plus grand des rois)

J'ai vécu fou et cher aux rois par ce seul nom ! Alors, lorsque l'on est le fou du roi, n'est-on pas devenu celui de Dieu ?

Je suis tellement loin à présent des intrigues égocentriques, de l'arrivisme, de la servilité, des galanteries, de l'autosatisfaction des imbéciles, de la futilité, de la cupidité, des friponneries et des mensonges. Je ne demande plus qu'à partir, à laisser toute cette insignifiance derrière moi pour aller rejoindre ceux que je sais authentiques.

Oui, il est grand temps pour moi que la camarde vienne me chercher. Je l'attends de pied ferme ; j'ai toujours un peu vacillé, c'est la faute à mes jambes tordues mais je suis sûr que je vais trouver mon véritable équilibre dans la mort.

La puissance de la tendresse de l'amour paternel aurait sûrement fait de moi un autre homme, un homme tout simplement, avec les sentiments de tout le monde. Si seulement j'avais su les exprimer ! Je n'ai jamais dit « je t'aime » et on ne m'a jamais dit que l'on m'aimait, mais aurais-je seulement permis que l'on me le dise ?

Clément Marot dans la deuxième épître du « Coq à l'âne » écrit que « Triboulet a frères et sœurs ». Évidemment, les hommes sont tous fous mais ma folie n'était pas celle du commun des mortels ni même celle de la mégalomanie des dictateurs. Non, je n'ai été qu'un libre esprit qui cachait, sous les apparences de la folie ou de la sottise, les hardiesses de mon bon sens. J'étais « le plus vray sot qu'oncques forgea Nature ».

J'aurais pu avoir de bonnes raisons d'être plus méchant que je ne l'ai été. J'aurais eu au moins trois raisons qui m'auraient donné le droit de haïr :

– Haïr le roi parce qu'il est le roi.

– Les seigneurs parce qu'ils sont les seigneurs.

– Et les hommes en général parce qu'ils n'ont pas tous une bosse sur le dos.

Ah ! Je ne t'ai pas dit, mais je bois du vin à présent et même en grande quantité. Est-ce à cause de l'ami Rabelais ? Il ne doit pas être étranger à ce que je trouve maintenant réconfort et oubli dans la dive bouteille.

« Teintez-vous, rouges-nez à la bouteillerie ! Chargez flacons, faites emplir tonneaux de vins de Beaune ou bien d'Artois. »

Étais-je dans les hallucinations vinicoles ou bien étais-je dans la lucidité la moins avinée quand j'ai entendu les trompettes et les cors de la chasse royale qui passait au bout du champ jouxtant ma maison ? Ai-je rêvé quand mon roi descendit de sa monture pour venir me serrer dans ses bras et s'enquérir de ma santé ?

La chasse passa effectivement avec le roi à sa tête mais il n'eut pas l'ombre d'un regard vers le petit bossu planté devant sa maison qui resta de longues heures dans la même position bien après que la chasse se fut éloignée. Mon cousin n'a pas seulement daigné me faire un signe de la main ni jamais songé à s'enquérir de ce que j'étais devenu, alors que nous nous étions côtoyés durant plus de trente ans !

Les fols sont roys, les roys sont fous
couronne ou bonnet verd en teste
sceptre ou marotte pour la feste
ensemble mieulx que chiens et loups
roys et fols de guerre et de chasse
fols sont roys de qui les pourchasse
donc fols sont roys et roys sont fous.

Tout cela n'est que justice : je n'ai jamais vraiment aimé les gens, maintenant ils m'indiffèrent, alors pourquoi me porteraient-ils un quelconque intérêt ?

Mon habit de bouffon n'était pas une défroque accidentelle, c'était en quelque sorte ma seconde peau. Je l'ai brûlée et ma chair est à vif.

Je vais mourir tout seul. N'est-ce pas le châtiment suprême ? Mourir seul après avoir été adulé, craint, haï et n'être plus rien. Qui pense à moi à présent ? Comme dit justement un des dictons qui se sert de mon nom :

Je ne m'en soucie comme de Triboulet.

Dans un sens, mon existence a été un échec : toute cette vie tourbillonnante pour me retrouver seul et abandonné dans cette masure au milieu des champs. Moi qui ne cherchais qu'à m'épanouir dans le silence, je devrais être heureux.

Je n'ai plus qu'une seule distraction quotidienne, c'est une promenade qui me mène invariablement dans le petit cimetière perché sur la colline au bout du village. Je lis les inscriptions gravées au bas des croix et sur les pierres tombales. Toutes disent les vertus de droiture, de bonté, de courage, de fidélité qui ont animé ces corps du temps de leur vivant. Je me suis toujours demandé où étaient enterrés les menteurs, les scélérats et les infâmes… !

À force d'avoir vu tellement de gens mourir, il n'est pas bien étonnant que la vie n'ait plus une grande attirance pour moi.

Une fin de journée, assis sur mon petit muret de pierre, lieu privilégié de mes réflexions quotidiennes, je m'amusais à bousculer dans ma tête des images qui se superposaient : Louis XII, le maréchal de Gié, Anne de Pisseleu, « mon cousin », Anne de Bretagne, Nicolas, Rabelais, Le Vernoy, Machiavel, la reine Claude, Chailly et Herbault, ma matrone, quand survint un événement qui restera la seule énigme de ma vie jamais résolue.

Un jeune homme de belle physionomie âgé d'une vingtaine d'années, superbement vêtu, monté sur un beau cheval noir, s'arrêta devant moi et, sans descendre de sa monture, me regarda longtemps avant de me demander :

« Vous êtes le sieur Triboulet ?

– Ce qu'il en reste, oui.

– Ma mère m'a souvent parlé de vous.

– On parlait beaucoup de moi il y a un certain temps. Qui était votre mère ?

– Quelqu'un de bien, tout comme vous.

– Je vois que vous me connaissez mieux que moi.

– Puis-je vous être d'une aide quelconque ?

– J'allais vous faire la même demande.

– Je passais par hasard dans la région et j'ai appris par les gens du village voisin que vous demeuriez ici. Je suis venu vous saluer en souvenir de ma mère.

– Comment se porte-t-elle ?

– Elle a rendu son âme à Dieu il y a plusieurs années. Vous exerciez le métier de bouffon, n'est-ce pas ?

– C'était un métier dont j'ai fait un art. Vous vous rendez à la cour ?

– Non, je vais à Nantes où j'ai un commerce sur le port. Je vends des marchandises par-delà les mers.

– Qu'exportez-vous ?

– Des plantes aux vertus médicinales.

– J'ai bien connu une femme remarquable qui fabriquait ce genre de médecines extraordinaires. C'était dans un fort long temps. »

S'installa alors un lourd silence rempli d'émotion puis le jeune homme me salua, me dit qu'il avait été ravi d'échanger quelques mots avec moi et souhaita que Dieu me garde en son infinie bonté.

« Comment s'appelait votre mère ? » lui demandai-je tandis qu'il piquait son cheval qui partit à bride abattue. Je ne peux l'affirmer, les bruits des sabots couvraient presque la voix du jeune homme, mais j'ai cru l'entendre crier :

« Rosa Caron ! »

Je suis resté plus d'une heure le regard sur l'horizon où les sabots du galop de son cheval avaient fait lever la poussière de la route. Et j'ai rêvé de ce beau jeune homme en imaginant qu'il était peut-être mon fils, tout en sachant que c'était impossible. À maintes reprises, ma matrone m'avait répété qu'elle prenait une décoction propre à l'empêcher d'enfanter à chacun de nos accouplements, se refusant à mettre au monde le produit de nos turpitudes.

« Il y a assez d'un laideron sans vouloir en mettre au monde un autre, encore plus laid », disait-elle en me désignant.

« Et si nous avions le malheur de faire un enfant, ce ne pourrait être qu'un monstre », ajoutait-elle.

Et si ma matrone, lors de notre dernière « entrevue chevauchante », n'avait pas pris ce jour-là sa « potion de désenceintement » ? On n'a jamais su ce qu'elle était devenue. Elle avait quitté son antre au fond de la forêt sans laisser aucune trace. N'était-elle pas partie très loin pour aller accoucher et donner naissance à notre fils ? Ce pourrait être l'explication de sa disparition, mais les pensées d'un homme seul deviennent vite élucubrations et je suis vite revenu à la raison : ce beau jeune homme ne pouvait être mon fils, il est si beau et je suis tellement laid. Il valait bien mieux que cela ne fût pas : aurait-il tiré fierté d'avoir pour père un pitre ?

Je ne m'étais jamais séparé de la fiole que ma matrone m'avait donnée la dernière fois que nous nous étions vus et je me doutais que son contenu servirait à m'aider à quitter ce monde le jour où mes souffrances morales et physiques seraient devenues insupportables, ou bien le jour où j'aurais atteint les limites de la lassitude et de l'ennui. Je n'avais qu'à me coucher tranquillement sur mon lit avant de l'avaler à petites gorgées. La mort serait alors bien obligée de venir me chercher. Elle serait sûrement furieuse, elle déteste qu'on prenne la décision à sa place ; elle aime surprendre et non qu'on la surprenne et puis elle ne supporte pas que l'on parte sans souffrir un minimum, mais j'avais pris la décision de devancer son appel.

Le lendemain matin, je me suis levé bien avant que le soleil ne brille trop fort, je me suis gratté consciencieusement les parties génitales et le cul, j'ai lâché deux gros pets libérateurs tout en arrosant l'herbe de mon urine matinale et après avoir brûlé mon regard dans le doux feu des premiers rayons du soleil, je suis retourné me coucher et j'ai attrapé la petite fiole que j'avais posée sur le tabouret près de mon lit. J'ôtai la cire qui entourait le goulot avec la pointe de mon couteau et je bus lentement le contenu. Le liquide descendit comme une traînée de velours dans mon estomac, me laissant un goût de violette. Je sentis une chaleur qui me réchauffa les entrailles et me laissai glisser avec délice dans la torpeur qui m'envahissait doucement.

Je pensais que mon corps se redresserait en accueillant la mort mais je me sentais toujours tout cabossé et tout meurtri. Naître laid, vivre laid, passe ! Mais mourir laid : ce n'est pas ce qui s'appelle finir en beauté ! Il y avait chamboulement dans ma tête, comme s'il fallait que je me presse à dresser le bilan de mon existence.

Amuseur imprévisible et dérisoire, fantaisiste et capricieux, provocateur et sage, confident, conseiller, révélateur, amuseur drôle au regard changeant, incisif ou hagard au gré de l'invention, spectateur des réalités avec un grand recul, émetteur d'une vision qu'on ne voit pas, qu'on ne peut pas voir ou mieux qu'on ne veut pas voir, pitre lucide, intégré et opprimé à la fois, travesti de l'esprit spirituel, critique acide de l'autorité absolue, irrespectueux et insolent, calculateur, astucieux et habile, incohérent, illogique, démesuré, malin, dérangeant, alambiqué, grossier et raffiné… À quoi bon faire mon panégyrique ? Rabelais l'avait mieux fait que moi.

Mille questions tournaient dans mon cerveau qui n'avait plus la célérité des pensées qui avaient fait ma réputation. Étais-je un innocent démon ou un animal divin ?

Je fus le complice des rois que je poussais parfois en mal et victime de ceux qui, avec le roi, s'amusaient de mes farces. Ma vie a été traversée par la contradiction où ma duplicité était évidente et que je me devais d'entretenir. Ce double, partie intégrante de moi-même, m'incitait constamment à me révéler soit par le comique, soit par le tragique.

La suprême justesse de mes propos amorçait parfois un doute sur ma folie d'esprit simple qui fait simplement rire. Il ne faut jamais oublier que je risquais ma tête à chaque instant mais mon impunité était limitée au bon gré de celui qui me l'avait généreusement accordée et qui pouvait, selon son humeur du moment, me l'ôter en même temps que la vie. Ma vie, une vie de funambule dont je viens de décider de couper le fil !

Ma laideur et ma difformité étaient des critères rassurants pour devenir l'objet des dérisions qui m'ont toujours blessé. Mon but n'est pas qu'on me plaigne, j'ai toujours été assez solide pour endurer les humiliations et les souffrances sans avoir besoin du baume de la compassion. J'ai su m'endurcir au mal pour supporter l'insupportable.

Mon sort était enviable aussi bien par la position que par les richesses dont on m'a comblé. Je fus royalement entretenu aussi bien que protégé mais toute gloire mérite châtiment et mon châtiment a été d'être sans cesse minimisé. Beaucoup se sont profondément mépris sur moi ; moi j'ai toujours eu le plus profond mépris pour eux et ce mépris perdure encore.

Tu crois que l'éternité donne le repos ? Il faut croire que non puisque j'ai senti le besoin pressant de revenir me réhabiliter auprès de toi.

Je reste tout de même le bouffon le plus connu de toute l'Histoire avec un grand H. Bien sûr, j'aurais pu tenir un journal en y consignant toute l'épopée de ma vie et de mes rencontres. Mais à quoi bon puisque je viens de t'en raconter une grande partie, même si elle ne représente pas la moitié de tout ce que j'ai vécu !

J'en connais peu qui ont eu le privilège de pouvoir revenir de l'au-delà mais j'étais persuadé que l'on m'en donnerait l'occasion et quand je t'ai entendu m'appeler, j'ai saisi ma chance.

Je n'ai pas été obligé de sortir de ma tombe, heureusement ! Mon squelette doit être si tordu qu'il serait rapidement tombé en poussière.

Je te sais gré de m'avoir fait revenir avec ce corps de marionnette qui se dresse au bout de ta main. Et si je n'avais été qu'une marionnette de chiffons ?

J'avais le sentiment désagréable que tout ce que j'avais accompli était totalement inutile. Je n'ai peut-être pas eu la vie que je méritais. Quand je lisais les exploits des Chevaliers de la Table ronde, je me disais que j'aurais dû naître dans le corps de Lancelot, j'aurais voulu être beau, avoir du charme, ne pas être obligé d'être drôle. « Beau, beau, beau et con à la fois ! » Pourquoi pas ?

Je rêvais de beauté, de grâce et de douceur, pas de luttes, d'efforts et de simagrées. On désire toujours ce que l'on n'a pas ; je serai donc l'éternel insatisfait qui s'est satisfait de sa vie. J'étais né mélancolique et ma gaieté n'était que fabrication. Je me suis forcé à faire rire. Je vais retrouver ma vraie nature comme si la mort était mon meilleur destin. Ma vie n'a été qu'une mascarade. J'ai fait vivre un être qui m'était totalement étranger et pourtant je l'ai supporté et même accepté pendant près de soixante ans.

J'ai été l'acteur de ma vie sans cesse en représentation, j'ai joué ce personnage qui a fini par être moi-même (une partie de moi-même ?), en modelant mon caractère à la perfection.

On peut m'accuser de mystification mais je me prenais tellement au jeu que je ne savais plus où était la réalité. Je cherchais surtout une certaine dignité dont on ne m'a jamais revêtu.

Étais-je un simulateur ? Mystère du miroir dans lequel je ne pouvais pas me regarder mais qui me permettait de forcer les autres à se voir tels qu'ils étaient. J'étais moi-même un miroir déformé mais qui renvoyait les images impitoyables de la réalité. J'ai remué la vase au fond des eaux dormantes. J'ai un pied dans la tombe et je ne suis pas loin de passer l'arme à gauche mais je garde ma folie, elle est à moi. C'est elle qui m'a rendu unique.

Les humains ont tendance à mélanger ce qu'ils appellent la folie et les fous. Le véritable fou ne s'aperçoit pas qu'on se moque de lui. Il y a de l'innocence dans la vraie folie et de l'innocence, on passe aisément à la niaiserie, à la bêtise, à ce que vous nommez si justement à présent : la connerie. Vous allez même jusqu'à organiser des dîners pour vous moquer d'un con, moi ça me couperait l'appétit.

Pourquoi m'avait-on marqué du sceau de la différence ? Comment un si joli esprit a pu se loger dans un si vilain corps ? Si l'on me donnait le choix de rejouer mon existence, je voudrais avoir ce corps harmonieux dont j'ai tant rêvé mais je voudrais garder mon esprit tel qu'il était. Beau, beau, beau, mais brillant à la fois !

La gloire me serait indifférente et je n'aurais de plus forte ambition que de vivre heureux, peut-être avec femme et enfants. Dieu aurait pu me faire la grâce de me rappeler plus tôt. À quoi ont servi ces dernières années ?

À ressasser tous mes souvenirs, à me rendre compte de mon inutilité et de ma solitude, sans amour, sans femme, sans enfants, sans plus aucune passion qui m'anime.

J'ai dû faire beaucoup de mal pour mériter un tel châtiment ! Mais je n'ai qu'à m'en prendre à moi-même, je me suis condamné à mourir seul et je meurs dans l'incompréhension, dans la plus complète indifférence, mais j'avais trop de souvenirs pour rester muet dans ma tombe et tu m'as ressuscité. Je viens de renaître en me livrant à toi. Toi aussi, tu te sens abandonné par ta femme et par ton métier, tout cela n'a pas grande importance. Tu as fait ton chemin. Il faut savoir partir au bon moment.

Comme moi, tu as su faire rire, donc tu possèdes quelque chose de plus que les autres qu'on ne te pardonnera jamais. C'est pour cela que tu paies en ce moment une lourde addition, mais console-toi en te disant que ceux qui n'ont pas connu le plaisir absolu d'amuser, de déclencher les rires, de goûter ce bonheur extrême, cet orgasme supérieur, ceux-là ne seront jamais que des pantins, des bouffons peut-être, mais sans âme et sans talent ; sans ce génie qui est le nôtre. La *vis comica*. Le rire sortira éternellement vainqueur.

Tout le monde en est conscient. L'Église, les politiques, les intellectuels, tous ont craint le rire et l'ont montré du doigt. On a même tué, exécuté en son nom. Maintenant, même les gens sérieux se servent du rire, de la dérision comme d'une arme redoutable. Tous veulent s'y mettre et y vont de leur bel instrument, mais ils auront beau faire, leur musique sonnera toujours faux parce que leur diapason n'est pas parfaitement accordé au ton de la sincérité.

À mon époque, beaucoup d'enfants sont mort-nés, moi j'ai toujours été mort-vivant, dans une mauvaise peau, dans un mauvais rôle et pourtant j'ai été utile à la société au milieu de laquelle je m'étais fait une place qui ne pouvait qu'être la mienne. J'ai été le confident de deux rois parmi les plus puissants, j'ai croisé des gens exceptionnels, j'ai eu l'amitié, sinon la considération de Thomas More, d'Érasme et de Rabelais, Victor Hugo et Verdi m'ont immortalisé dans deux chefs-d'œuvre, je suis devenu une création digne de Shakespeare, je me devais de revenir me confier à quelqu'un comme toi.

D'après la liste de Porphyre, j'étais à moi-même les cinq universaux, le genre, l'espèce, la différence, le propre et l'accident. J'en suis venu à penser tout ce que je disais. Un homme issu de la boue qui ravit la parole aux grands et aux princes, un moins-que-rien qui a l'oreille royale, ça vaut la peine qu'on lui prête quelque attention, non ?

J'avais parfois la satisfaction de représenter le peuple, de pouvoir dire les vérités qu'il n'aurait jamais pu marmonner sans être réduit sur-le-champ au silence.

En apostrophant les grands, en leur crachant leurs défauts au visage, en les humiliant tout en les faisant rire, en les faisant réfléchir en les distrayant, je me révoltais contre un milieu dont j'étais le complice et la victime. Je restais en opposition constante jusqu'à atteindre parfois l'intensité de la violence.

Je me suis pris pour Momus, le bouffon des dieux de l'Olympe, fils de la Nuit, dieu de la moquerie et de la critique, en même temps censeur des mœurs divines, toujours représenté masque levé et marotte à la main, symbole de la folie.

J'ai sacrifié toute mon existence en portant la lourde charge d'égayer les autres, de leur faire oublier la tragédie de la vie et les vicissitudes du quotidien. J'ai réussi à acquérir au prix de quels efforts une renommée qui m'a conduit jusqu'à être un des hommes les plus en vue des cours de France. Un simple bouffon, par l'importance de son rôle, peut éclipser un roi prestigieux.

Tout cela maintenant pour avoir une fin si triste ! Partir sans laisser aucune trace ! L'homme m'a fait mort mais c'est à tort car ma folie demeurera à jamais en vie. On attendait mes bons mots comme on les craignait. Maintenant, il m'en fallait trouver un avant de m'effacer du monde des vivants :

« La mort devient une chose délicieuse, tout comme la vie, il suffit de décider de ne pas les prendre au sérieux. »

Pas mal, non ?

C'était bien mon dernier bon mot, je sens que je m'en vais. Mes membres s'engourdissent mais ne me font plus souffrir, c'est déjà cela de gagné.

Je suis maintenant incapable de faire un mouvement, si ce n'est de serrer dans ma main un porte-clefs en bronze qui me représente dans mon costume de fou, ma marotte à la main. C'est une sorte de passeport pour qu'on puisse me situer quand je frapperai à la grande porte là-haut, bien au-dessus des nuages, là où il fait toujours beau.

Certains qui affirment en être revenus, te diront :

« Je n'ai vu ni entendu rien d'autre, donc il n'y a rien. »

C'est faux, il y a quelque chose mais cette chose, il faut la mériter.

Je n'ai pas vu Dieu mais j'ai vu la récompense d'une vie bien remplie où la générosité, l'honnêteté, le talent et l'amour du travail bien fait sont les laissez-passer indispensables pour rejoindre ceux que tu admires et qui t'attendent.

Épilogue

Je me suis réveillé en sursaut. La marionnette avait glissé de ma main et, en tombant, la tête s'était brisée en plusieurs morceaux.

Je ne sais pas si ce qu'il m'a conté est la pure vérité et si je ne suis pas dans un « delirium qui n'a rien de très mince », mais je crois m'être souvenu de tout et je l'ai retranscrit de mon mieux. Dans tous les cas, ce bouffon m'inspire le respect plus qu'aucun autre pantin politique ou artistique qui s'agite sur les écrans des diverses chaînes de télé.

Je vous remercie du plus profond de moi-même, messire Triboulet. Vous resterez pour moi (pardon, mesdames !) la plus belle de mes nuits. Cela tombe très bien, je n'ai plus l'intention d'en vivre d'autres. Voici le moment venu de mettre à exécution une décision mûrement réfléchie. Je vais doucement me laisser glisser dans la nuit éternelle. N'ayant pas une fiole de matrone, je me contente d'une boîte entière de barbituriques que je vais avaler. Mélangée avec les deux bouteilles de Bowmore, l'effet va être radical.

Je ne pouvais pas rendre un plus bel hommage au sieur Triboulet que celui de choisir la même mort que lui.

Je pars vous rejoindre, mon cher homonyme ! Quelle meilleure compagnie que la vôtre ?

Au moment où j'ouvre le tube et m'apprête à vider son contenu au fond de ma gorge, mon portable, que je croyais déchargé, se met à vibrer avec insistance. Quand on a envie de décrocher de la vie, a-t-on envie de décrocher son téléphone ? Surtout quand le numéro est masqué ! Geste machinal ou signe du destin ? Allez savoir.

« Oui ?

– C'est toi, Alain ?

– Pour peu de temps encore, oui.

– C'est Christian, ton agent !

– Je t'avais reconnu.

– Tu as le rôle !

– Quel rôle ?

– Les essais que tu as passés la semaine dernière pour le film de Gaël Le Bornec. C'est toi qui as été choisi.

– Tu plaisantes ?

– Jamais dans le travail. Tu pars dans un mois en Roumanie pour douze semaines de tournage. Ton premier rôle dramatique. Qu'est-ce que tu en dis ?

– Que ça ne pouvait pas mieux tomber. »

La batterie à bout de souffle interrompt la conversation. Je reste hébété, assis sur le bord du lit. Je regarde la marionnette qui gît par terre devant moi. Je la prends dans ma main, ayant ramassé les morceaux de la tête brisée que je recollerai soigneusement. Ce sera mon porte-bonheur pour le restant de mes jours. Ce cher Triboulet qui a changé ma vie et qui vient même de me changer ma mort.

Rassure-toi, mon ami, j'irai te retrouver mais pas tout de suite. Il te faudra m'attendre au moins une bonne quinzaine de films ! Je ne te demande qu'une chose, quand je viendrai te rejoindre, prépare-moi un bon gueuleton avec des invités de marque qui ont rempli ma vie : D'Artagnan, Molière, Nietzsche, Orson Welles, Maupassant, Verlaine, sir Laurence Olivier, Jules Renard, Rossini, Frank Sinatra, Sacha Guitry, Thomas More, Louis Armstrong, Gene Kelly, Verdi. On laissera entrer Mozart même s'il arrive en retard. J'ai tant de questions à leur poser, ils auront tellement de choses à me dire, et moi j'aurai l'éternité pour les écouter. Quand je ferai mon entrée dans leur grande salle à manger, je verrai dans leurs regards une lueur d'envie et d'admiration car j'aurai à mon bras Ava Gardner.

Castelnau-Magnoac, juillet 2009.
Noisy-le-Roi, octobre 2010.

Sources

ÉRASME, *Éloge de la folie*, Flammarion, 1964.

Henri BERGSON, *Le Rire*, Presses universitaires de France, 1967.

Sébastien BRANT, *La Nef des fous*, éditions de la Nuée-Bleue, 1977.

Serge LENTZ, *La Stratégie du bouffon*, Robert Laffont, 1990.

François RABELAIS, *Le Tiers-Livre*, Le Seuil, 1997.

Georges BORDONOVE, *Les rois qui ont fait la France. Louis XII*, Pygmalion, 2000.

M.-L. JACOTEY, *N'est pas fou qui veut*, Dominique Guéniot, 2000.

Maurice LEVER, *Le Sceptre et la Marotte*, Fayard, 2000.

Didier LE FUR, *Louis XII*, Perrin, 2001.

Anne UBERSFELD, *Le Roi et le Bouffon*, José Corti, 2001.

Georges MINOIS, *Anne de Bretagne*, Fayard, 2003.

Simone BERTIÈRE, *Les Reines de France au temps des Valois*, éditions de Fallois, 2005.

Christiane GIL, *Les Femmes de François Ier*, Pygmalion, 2005.

Sylvie LE CLECH, *François Ier*, Tallandier, 2006.

M.-A. GAZEAU, *Les Bouffons*, Cheminements, 2007.

Bernard QUILLIET, *Louis XII*, Fayard, 2007.

Merci à Franck Ferrand qui m'a permis de gagner un temps précieux pour mes recherches.

Cet ouvrage a été composé et imprimé par
CPI Firmin Didot à Mesnil-sur-l'Estrée
pour le compte des Éditions Plon
76, rue Bonaparte
Paris 6ᵉ
en janvier 2011

Imprimé en France
Dépôt légal : janvier 2011
N° d'édition : 14662 – N° d'impression : 102832